# 論攷 横光利一

濱川勝彦

和泉書院

この書を　若くして身罷りし　母　こみつの霊に捧ぐ

# 目次

# 横光利一・文学の軌跡

## ――「序」に代えて――

親子二代にわたる故郷喪失者を自認する横光利一は、自らのアイデンティティを求めて時代の先端を突き進み、やがて「根なし草」である自己の根源を遡及すべく「伝統」の深淵に身を潜めようとしました。明治維新以来の知識人の典型的な生き方――若き日の西洋文化への憧れから晩年の日本的伝統世界への回帰――と一見似ているようですが、それとは異なった軌跡を見せたのが横光利一という孤高な魂でした。横光にとって必要だったのは、自らのよって立つ堅固な足場だったのです。その探求の道行きが、不幸なことに時代の推移と重なってしまったのです。時代を先取りした、と言っても過言ではありません。横光利一は常に孤独でしたが、決して狷介ではありませんでした。そのため、類稀な誠実さで人に接しました。孤高と誠実、この不均衡が一層彼を傷つけ、人々に誤解を齎したのです。時代の要請を自らの問題として前進する彼は、毀誉褒貶の渦に巻き込まれ、敗戦とともに非難・罵倒の対象となってしまいました。横光利一の革新的な歩みは、同時に受難・悲劇の軌跡でもあったのです。

### 一、幼少年時代



本籍は大分県宇佐、誕生地は福島県東山温泉、幼少年期を過ごしたのが主として三重県伊賀地方、さまざまな地方を流転する鉄道工事請負人を父にもつ少年が、内に秘めた不安、弱さを防御するため身につけたものは、自己顕示という姿勢でした。幼少期を過ごした柘植地方や中学五年間を過ごした伊賀上野に残された横光を巡る話には、この陰影が如実に現れています。

三重県立第三中学校（現・上野高等学校）での生活は、横光利一の青春前期を彩る輝かしい五年間でした。「輝き」を際立たせる「暗さ」を伴っているのは勿論です。校友会雑誌『会報』に記録された横光利一の活躍には、目を見張るものがあります。弁論部での活躍と同時に、スポーツ万能選手として中学校の花形でした。卒業時に『会報』に発表した散文詩「夜の翅」や「鉛の酸化した様な空は私に木枯の枯葉にあたつたそれの様な不安を与へた。」で始まる「第五学年修学旅行記」には、当時の中学生のレベルをはるかに超えた斬新な発想と表現が見られますが、欧文脈の修辞法を大胆に採り入れた華麗な表現の底には、傷つきやすい魂の戦きと不安が隠されています。活発な少年の心には、「余所者《よそもの》」としての強がりと疎外感とが同居していたのです。規律を重んじる中学校への激しい反撥や憎悪が友人、後輩への書簡などに書かれています。しかし、観察眼の質的な深化と表現の斬新さは、この中学校の教育によって齎されたものなのです。現在残されている大正二年、中学二年時の日記（昭和五十四年十一月、かつて横光利一とともに下宿生活をした故・上島頼光の実家から他の資料とともに発見されました）に見られる余りにも稚拙な文章が、たった三年後の大正五年時の感覚的な鋭い表現に成長するには、余程の刺激が必要と思われます。学籍簿や友人の思い出が証するように国漢の教師・今井順吉（中国文学者・藤堂明保氏のご尊父）の大きな指導力があってのことでした。その他、多くの良き師に恵まれ、一方では明るく奔放に、他方では反逆心を燃やして生きる少年・横光利一は、幼い恋を経験します。四歳年下の小学生・宮田おかつと言う少女が、彼の相手でした。しかし、紆余曲折を経て幼いおかつは、病を得て急逝しました。この幼い恋の挫折は、淡く清らかであっただけに少年・横光利一の心に深く傷痕を残したのです。その心は痛みは、戦後に「雪解」として作品化されました。

## 二、文壇登場まで

大正五年三月、三重県立第三中学校を卒業した横光利一は、早稲田大学高等予科文科に入学し、下戸塚の栄進館に下宿しました。伊賀を出る時、栄楽亭の半玉・お玉さん（福若）と恋の真似事をして、後輩の上島頼光少年をハラハラさせた横光は、上京後、隅田川畔で可愛い少女の遊ぶ姿を見ては「俺はもうたまらなくなつて　ポロ〳〵とほんとに来たよ何と云つても the first lo……は忘れられん」（大5・4・13　上島頼光宛葉書）と宮田おかつをしのんでいます。そのような横光は、栄進館での生活を皮切りに東京での生活を始めましたが、すぐに思いもかけない人間の暗黒部に直面することになります。中山義秀『台上の月』（昭38・4）伝えるところの、所謂「里枝事件」と呼ばれる悲劇です。栄進館という下宿屋で生活しはじめた横光は、栄進館を出て、友人二人と雑司ケ谷で共同生活を始めました。その時、栄進館の女中さんの一人（里枝さん）が自ら希望し、三人の面倒をみるべく一緒に引越してきたらしいのです。どうやら横光に好意を寄せていたらしいこの少女が、夏休み、横光の帰省中に、友人の一人と通じてしまい、秋、東京へかえって来た横光は、偶然、二人の同衾している姿を目撃してしまったのです。大正五年の夏から秋にかけての、この事件は、実は真相がよくわかりません。

この頃の横光の心情をよく表しているハガキが一葉残されています。上野で、曾て同じ下宿で生活した上島少年に当てたものです。（詳しくは、本書第一章で考察します。）そこには、青春期の混沌とした心情が述べられ、自己愛と異性への愛、生命の横溢と自殺願望——静かな城下町から大都会の坩堝へ突入し、人間の裸形に接して悩む横光の苦悩が沸き立っています。その文面の中に「私は女のことを思ふ」という言葉があり、おかつやお玉さんとは別の女性を指していると思われます。問題の「里枝さん」を指している可能性が非常に高いのです。先のアンビヴァレントな心の様相は、この「女」によって惹き起こされたものであり、横光自身も「危険な時である」と自覚しています。しかし、この混乱の原因は、むしろ横光本人にあるようです。愛する対象を確認しながら、それに向かって進めず、反対に破壊願望を抱いて、その場で逡巡する――その結果、悲劇を自ら招き、自分自身が最も傷つくという成り行きです。後の横光の作品にも、このパターンはよく見られます。古語でいう「ひとやりならぬ」悲劇と言えましょう。

この年の九月、横光は一旦上京し（おそらくその時点で「里枝事件」を目撃したのでしょう。）「神経衰弱」になって、両親の居る山科へ帰省し、養生することになりました。従来、この「神経衰弱」の原因は、「里枝事件」によるものと考えられていましたが、昭和五十四年十一月、三重県名賀郡青山町種生（たなお）の旧家・上島家から発見された多くの横光関係資料の中のハガキが、別の事情を明らかにしてくれました。大正六年七月二十一日消印のものですが、ビシ（おかつ）の突然の死に打ちのめされた横光が示されています。訃報に接するや、直ちに上野の「彼女の家へ走つて行つた」ことや、厭世観に落ち込んでいること、山科で「孤独な生活」を送っていること、そして「毎日、読書と創作とに耽つてゐる」こと等が記されています。

宮田おかつは大正五年十二月十四日急逝しました。（後の作品「雪解」では、スペイン風邪で死んだことになっています。）それから半年以上経って書かれたハガキにも、横光の深い悲しみが溢れています。宮田家には、更に悲劇が続きます。しばらく後のことになりますが、若い横光の憎悪をうけたおかつの母親は、おかつの死後も誤って支給された軍人遺族年金の返済を役所から迫られ、返済不可能のために縊死して果てました。静かな城下町の片隅に起こった悲劇でした。

さて、山科へ帰省した横光が、悲しみの中で書き綴った習作「姉弟」にはおかつの死が色濃く影を落としています。このような横光を見てきますと、大正五年後半の「神経衰弱」は、単に「里枝事件」のショックから起こったというより、より多く宮田おかつの急逝が原因となっていることが分かるのです。お玉さんとの、ややセクシュアルな恋の真似事、その延長線上に、赤裸々な人間の愛欲を、その悲しさと醜さを直視せざるを得なかった横光には、胸中にまだ一つの「聖域」があった筈です。あの可憐なおかつへの想い、隅田川畔で同じ年頃の少女を見ても涙する聖なる初恋の対象が生きていたのです。しかし、その偶像・おかつの、余りにあっけない死、「世間」を代表する母親の妨害、横光の一途な心が、どのようになり行くかは容易に想像されます。

「姉弟」その他の習作群に流れる虚無感は、決してこの時期だけのものではなく、横光の作家としての一生を貫く虚無観に発展して行きました。ずっと後、文壇が「文芸復興」という余り実態を伴わない気運に浮かれ出した頃、横光は鋭く「虚無」の価値を説きます。「覚書」（昭8・10）というエッセイで、次のようなことを言っているのです。（必要な箇所だけを抜粋します。）

・最も美しいといふものそれは所謂虚無以外にはない。
・一切の文学運動はただ一条の虚無へ達し、そこから脱出せんがための手段である。
・文学者の仕事といふものは、優秀であればあるほど、体系からの創造ではなく、虚無からの創造であつた。

このエッセイは、二年後の「純粋小説論」へ発展する萌芽をもった重要な作品なのですが、いま、虚無に関する一部分をのみ引用しました。この引用からも判るように、「虚無」は既に「虚無」感というものではなく、秩序や思想体系に拮抗し得る根源的なものとして考えられています。勿論、昭和九年頃のシェストフ『悲劇の哲学』や『虚無よりの創造』という虚無的思想を鼓吹する書物の流行と無関係ではないでしょう。また、昭和十年以降、戦時中にかけて、若者の心をとらえた『日本浪曼派』の「滅びの美学」とも血縁をもっているかも知れません。しかし横光が時流に乗ったのではなく、青年期の入口で体験し、確認した「虚無」感を、自らの創作の原理にまで成長させていったと見るべきでしょう。敢えて言えば、むしろ時代の方が横光の認識の後を追いかけて来た——即ち、横光が時代思潮を先取りしていた、とも言えそうです。このような、人生に対する虚無的な信条のもとに、青年横光利一は、愈々創作の世界に身を挺することになったのです。

## 三、「上海」まで

横光利一が文壇に華々しく登場する直前、生涯の盟友・川端康成との出会い、父・梅次郎の京城（現・ソウル）での客死という二つの事件は、横光を考える上で等閑《なおざり》にはできない出来事です。既に、大正八年頃、上野三中で一年先輩であった藤森淳三等の紹介で菊池寛の知遇を得ていたのですが、大正十年十一月、菊池寛の家で川端康成を識ることになったのです。この二人の出会いについては、いろいろ興味深いエピソードが伝えられています。時あたかも川端康成は、十六歳の少女・伊藤初代との恋に夢中で、太っ腹の菊池寛から少女との生活の経済的援助まで約束され、希望にみちていた時だったのです。しかし横光と出会った直後、この少女との不幸な恋愛は終焉を迎えることになり、その間の事情は、川端の「篝火」や「南方の火」をはじめとする小説に詳しく書かれています。横光も「南方の火」では、松尾という姓で登場しています。この幸福の絶頂にあった川端康成の目に映った横光を、八年後に回想して川端は次のように描いています。

私はその日のことをはつきり覚えてゐる。彼は腹案中の小説の私（話？）に夢中になり、病院の寝台から立ち上がつた病人が壁添ひに倒れ落ちる描写であつたが、彼はつかつかとシヨウ・ウインドオに近づいて、その硝子が病室であるかのやうに話した。

（『横光と土谷』昭4・2）

創作に夢中になっている横光の姿が見えるようです。川端も、この後で書いているように、その日から、すぐ二人肝胆相照らす仲になったのです。この友情は、異なった資質、異なった志向を持つ二人の作家を繋ぐ紐帯として美しいばかりではなく、昭和初期の文壇に大きな働きをしたのです。結論を先取りして言いますと、時代や社会の要請する重要な問題を、常に自らの課題として両肩に担い、満身創痍のまま進み倒れた横光と、その横光とは別に、自らの資質や美意識に従い執拗にその奥を窮め、遠く世俗の倫理を離れ美の魔界の裡に自害し果てた川端との、類稀なスクラムが、後述する新感覚派以降の昭和文学を支えたと言えるのです。

　文学上の師・菊池寛と盟友・川端康成を得た横光に、またしても大きな試練が降りかかります。それが大正十一年の父・梅次郎の死です。京城で客死した父の後始末、困惑する母親への配慮、そして父に代わって「社会」という怪物との対決、等々、横光の苦痛と悲しみは、後の「青い石を拾つてから」（大14・3）や「青い大尉」（昭2・1）などの作品によく描かれている通りです。このような文学上の幸運と実生活上の苦渋の中から、文壇の注目を浴びる「日輪」と「蠅」とを大正十二年五月に発表し、ひきつづき大正十三年十月、川端康成らと雑誌『文芸時代』を創刊して、新しい昭和の文学へ大きく歩を進めることになったのです。

　「日輪」（大12・5）は、「魏志倭人伝」等の史料を参考にして、日本の古代に材をとった歴史小説です。しかし、これまでの森鷗外や芥川龍之介の歴史小説とは全く異なり、虚構の中に斬新な表現を駆使して卑弥呼《ひみこ》をヒロインとする愛慾の凄惨な世界を描いたところに特徴があります。不弥《うみ》の王女・卑弥呼をめぐる男達の争い、それに伴う数々の殺戮、自滅とも見える男共の本能の、絢爛たる原色の世界が描かれ、最後に残るのは、古代日本に輝く「日輪」のような卑弥呼の姿なのです。卑弥呼は、愛する「卑狗《ひこ》の大兄《おおえ》」を殺害された報復も、憎い仇敵「長羅《ながら》」と狂暴な「反絵《はんえ》」を相打ちにさせることよって果たすわけですが、最後まで自分への愛を告げる「長羅」にとどめをさすことも出来ず、後に残るのは、虚しさと悲しみばかり、という世界なのです。この作品を、横光の私生活に引き寄せて考える人達は、三年程前から、苦しみつつ愛し合い、この頃同棲する小島キミとの恋愛による横光の「嫉妬」と「女性不信」をこの作品に読みとろうとします。確かに、嫉妬故の殺戮の後には、愛そのものさえ喪くした世界が拡がるのですが、それだけのスポットでは、この作品の一部分しか理解出来ないことになるでしょう。横光は、実生活をそのまま素材にし、自分の主観を唯一の真実として書く「私小説」を、「大嘘つき」と見做し、ひたすら「虚構」の中に文学世界を築き上げようとしています。有名な評論家・小林秀雄は「横光利一」（昭5・11）という評論で、この作品以前には「現実を縫っていた」横光の眼が、この作品で鏡を覗き、それ以前の作品に対する凶暴な反逆を行ったとして「『日輪』の眼は瑠璃の眼だ」という有名な定義を下しました。小林秀雄の言うように、「日輪」という作品で、横光利一は、新しい作家としての眼、方法を手に入れたと見るべきでしょう。

また、この「日輪」という作品が評判になった一半の原因は、新鮮で奇抜な表現にあったのです。例えば、小石を投げこまれた森を「森は数枚の柏の葉から月光を払ひ落して呟いた」のような擬人法で表現したり、古代人の会話をリズミカルな短文で示すなど、随分工夫が凝らされています。これまで文章道と言えば、志賀直哉流のリアリズムが主流であり、現に横光も習作期に志賀の影響を受けたのでしたが、この作品で、全然異なる表現意識を明確にしました。皮肉なことに、この表現は、後に横光はじめ新感覚派の若者達を徹底的に罵倒する生田長江の訳した「サラムボオ」（フロベール作）の訳文にヒントを得ていたのです。この絢爛たる表現と、内容の虚無的な側面とは、奇妙に相応じた文学空間を形造っているのです。

「蠅」という同時に発表された作品も、前述の「眼」が蠅を通して、さらに蠅をも越えて、はるか高みから、人間の悲劇をみつめています。一人の馭者の、隠された欲望、その満足に伴う居眠りによって、それぞれの過去を背負った大人達が、そして洋々たる未来を秘めた幼な子まで、全く思いがけず断崖から馬車もろとも落ちて死に、眼の大きな一匹の蠅だけが生き残るという作品世界には、底知れぬ大きな「虚無」がひろがって行きます。

横光が、自らの処女作とした「面」（大11・5、後に「笑はれた子」と改題）にしても、「日輪」、「蠅」の二ケ月後に発表された「碑文」（大12・7）にしても、作品の背後にひろがる「虚しさ」は、おおうべくもありません。（詳しくは第一章参照。）この時期、横光は強烈な意志をもって、「虚無」にぶつかって行き、そこから創作の情熱を獲ち得ていたようです。先に触れましたように、昭和九年頃から、ロシアの亡命哲学者・シェストフの著者が流行しますが、そうした時代の動きを、いち早く横光の敏感な感覚は、自己のものとして把《とら》えていたようです。

明治末、大正を通じて日本の文壇を支配しつづけて来た自然主義文学——その末裔「私小説」、「心境小説」が、既に新しい時代の動きに応じきれなくなり、文学的にも行詰まりの状態に陥った大正末年。労働運動やプロレタリア文学運動の隆盛に対抗すべく横光、川端ら、菊池寛の『文芸春秋』同人を中心とした青年作家が、新しい運動をおこしました。それが大正十三年十月の雑誌『文芸時代』の創刊となって現れました。とくに、創刊号の創作欄の冒頭を飾った横光利一の「頭ならびに腹」という作品が、大きな波紋を投げかけました。この短編小説の冒頭の文章をめぐって、既成文壇と若者達との間に論争がおこったのです。その論争の前に、千葉亀雄という評論家が、『文芸時代』創刊号に見られる傾向から、この派を「新感覚派」と名附け、以後、文学史的には、この呼称が用いられています。さて、「頭ならびに腹」の冒頭「真昼である。特別急行列車は満員のまま全速力で馳けてゐた。沿線の小駅は石のやうに黙殺された。」をめぐり、新しい感覚の働きを論じる片岡鉄兵（この頃の「新感覚派」のスポークスマン）と、広津和郎ら作品全体との有機的関連において判断しようとする既成文壇との間に、所謂「新感覚派論争」がおこりました。唯、不思議に思うことは、この論争で「頭ならびに腹」という作品自体が全く論じられなかったことです。この作品を、現代の人間解体現象を描いたと見なそうと、世俗の権威「腹」に従属する空虚な「頭」の悲劇と考えようと、いずれにしても、「蝿」と同じような虚しさの広がる作品であります。横光は「感覚活動」（大14・2、後に「新感覚論」と改題）で、自分の考える「感覚」の概念を説明して「自然の外相を剥奪し物自体へ躍り込む主観の直感的触発物を云う」と定義しています。簡単に言えば、対象の奥に秘められた本質を直観ですばやく把握することを言うのでしょう。横光のこの評論で注意しなければならないことは、彼は「感覚」のみを重んじているのではない、ということです。感覚の背後に存在する悟性の働きを重視する横光の考えは、二十世紀文学の創造にふさわしい思想と言えましょう。右の引用中にある「物自体」という言葉をはじめ、この頃カント哲学の用語をさかんに使用しています。しかし、カントの「物自体」に与えた意味と異なった用い方をしているのですが、この「物自体」の概念を、自らの概念として熟させて行きます。

文壇の毀誉褒貶の渦に包まれながら、颯爽と健筆を振るうかに見える横光ですが、また彼に試練を与える不幸がふりかかってきました。母の死（大14・1）と妻の発病と死（大15・6）という不幸です。とくに妻・キミについて彼女のコケットリーに悩まされつづけた横光は、その苦しい想いを「愛巻」（大13・11、後に「負けた夫」と改題）やその草稿とも言うべき「悲しみの代価」に詳しく描いています。その妻が結核に倒れ、その看病の体験を「春は馬車に乗つて」（昭2・1）や「花園の思想」（昭2・2）に描きました。死にゆく者と生き残る者との、傷つけ合う葛藤劇は、やがて決定的に訪れる「死」に向かう夫婦の姿にまで昇華されて行きます。そこに不撓の作家魂とも言うべき横光の意志を読みとることが出来るのです。このような彼にとって、岬を廻って春を運んできたスイートピーの花束に顔を埋め「恍惚として眼を閉じ」る病妻を描くことは、死にゆく妻への心からなるレクイエムだったのです。この系列「病妻もの」の最後にあたる「担ぎ屋の心理」（昭和2・7）が書かれる頃から、より大きな転機が訪れます。問題作「上海」への行程が開かれようとしているのです。

## 四、「上海」から「純粋小説論」へ

昭和二年二月、菊池寛の媒妁によって日向千代と結婚した横光は、翌三年四月から約一月間、上海を旅行します。その動機は「自殺の二ヶ月程前遺言のやうに『上海へ行け』」と言った芥川龍之介の言葉によった、と横光は言います。かつて大正十年に中国を旅行し「上海游記」などの紀行文をのこした芥川の、中国にいると「芸術なぞよりは数段下等な政治の事ばかり考えてゐた」という言葉に同感する横光も、上海渡航以前、既に「政治」「イデオロギー」の激流にまき込まれていました。昭和二、三年という時期は、大正末年以来の労働運動、プロレタリア文学運動の隆盛期にあたり、多くの若者が左傾していた時代です。横光の周辺にも、今東光をはじめ左傾する者が続出し、とくに、新感覚派のスポークスマンとして活躍した片岡鉄兵まで労農党に入党し、ナルプに加入したことは、横光に大きな衝撃を与えたに違いありません。横光と川端の二人は、この激流に耐え、川端は彼一流の生き方に従い「伊豆の踊子」から「温泉宿」「浅草紅団」につながる世界を創り、やがて「禽獣」「抒情歌」から昭和十年代の「雪国」へのコースを歩んで行きます。プロレタリア文学運動の激しい勢いに立ちむかったのは、ほとんど横光一人の観がありました。確かに横光は苦境に立っていたと思われます、しかし、上海行を、その苦境からの逃避行と見做すのはやや早計ではないでしょうか。むしろ横光は、積極的な意欲をもって上海に渡っていったのです。渡航前の作品や帰国後の作品「上海」は、そのことをはっきり証しています。

上海渡航の直前に執筆した「花婿の感想」（昭和3・4）という作品は、「一名流行を追ふ男」という副題をもっています。この副題中の「流行」に、当時青年層を風靡していたマルキシズムが含まれていることは明らかです。大地主の息子が都会で作家になろうとして裕福な生活をしている内に玩具売りの小作に出会い、彼の貧しさこそ自分に欠けているものと考え、玩具売りの資金を、その男を通して、村の貧しい青年団に与えます。その上、彼は、作られた玩具を引き受け、遂には新妻にも逃げられて「復讐された」彼は、「罰だ」を連呼しながら笑い出す、という作品です。金に困らない若者が、当時流行の貧乏人、プロレタリアに憧れ、何の展望もなく金を提供、遂には自分の家庭も崩壊する様《さま》が、戯画化されて描かれています。「流行」への横光的批判が読みとれましょう。小説よりも、もっとはっきりプロレタリア文学、マルキシズムの文学への横光の態度が示されているのは、彼の評論です。

例えば「新感覚派とコンミニズム文学」（昭3・1）では、新感覚派文学こそ正当な唯物論的文学であると主張しています。相手の拠り所である「唯物論」を、相手からとりあげ自らの文学にその切札を貼りつける論法です。この主張は、上海からの帰国後、「形式主義文学論争」と呼ばれるマルクス主義陣営との論争の中で、更に横光的色彩を濃くして行くものです。しかし、いま、ここで重要なことは、プロレタリア文学こそ、イデオロギーに束縛された観念論的文学であり、「物体」や「物自体」に即している新感覚派こそ、新時代にふさわしい唯物論的な文学であると考えていることです。横光の主張や思考に、どれ程無理や強引さがあろうと、彼の決意、信念を疑うことは出来ません。横光が上海で「東洋の物自体」を、「政治」を見窮めようとしたことは、彼の文章「仮説を作って物自体に当れ」（昭9・5）が何よりも雄弁に物語っています。しかも、それらを、ルポルタージュや紀行文に表現しようとしたのではなく、長篇小説に書こうとしたことは、改造社社長・山本実彦の、紀行文を書いてほしいとの依頼に対する横光の返事に明らかです。上海の面白さを、上海ともどこともしないで「ぽつかり東洋の塵埃溜にして了つて一つさういふ不思議な都会」を「長篇」に書きたいと言っています。作品「上海」について、横光自身の数多い発言がありますが、やはり長篇小説という形式で「惨めな東洋」（昭7・7）を、「自然を含む外界の運動体としての海港」（昭10・3）を描きたかったということに要約されます。

作品「上海」は、雑誌『改造』に昭和三年十月（「風呂と銀行」）から昭和六年十一月（「春婦・海港章」）まで三年間連載され、大幅な推敲を経て昭和七年七月、改造社から出版されました。さらに手を加えて、書物展望社から決定版として昭和十年三月出版されましたから、結局七年近い歳月を費して成ったものと言えましょう。雑誌本文と単行本の本文とにかなりの変動があり、研究者によっては、雑誌連載のものと単行本とを別に考えるべきだと主張する人もいるくらいです。現に、雑誌本文では、都市名としての「上海」は一度も使われず、単行本にする際「上海」と明記されました。また、登場人物の扱い方もちがいます。（それらについては第四章参照。）一口で言えば、

「上海」という作品は書き継がれ改訂される過程で、作品自体が徐々に大きく成長した作品と言えます。それ程に横光の、この作品に寄せる執念は大きかったのです。

作品の世界は、列強の侵略に対する中国民衆運動「五・三十事件」の動乱をダイナミックに描いたもので、同じ年の広東革命を描いたアンドレ・マルローの「征服者」と、世界文学として好一対をなすものです。参木という「白皙明敏な中古代の勇士のような顔」をした主人公（中学で一学年下の今鷹瓊太郎氏がモデル）、一見「性格破産者」に思われそうな、虚無的な生き方をしている、この主人公を中心に、行動的で商売に走る功利主義者、アジア主義者、インド国民会議派、中国の富豪、中国の女性マルキスト、亡命ロシア女、湯女、娼婦等々、様々な人物を配し、当時の上海を描いているのですが、中国民衆――とくに動乱の際の群衆をマス（集団）として表現する方法は、近年とくに高く評価されています。植民地化しようとする列強、それに抵抗する中国民衆、日本人としての自覚と矛盾、――当然日本のプロレタリア作家達が書かねばならない主題です。それを横光は己の作家的生命をかけ多くの資料を駆使して書いています。この世界史的動乱・「五・三十事件」を、参木という消極的で傍観者的な青年を中心として描いたことで、プロパガンダの臭みや政論の抽象性から救われているのですが、また同時に作品世界を収斂する人物としては力に欠けるところもあります。中でも芳秋蘭という女性マルキスト（動乱中、参木に救われ、女性として参木を慕いますが、日本人・参木に接近したことが疑われ、最後は中国人の仲間につれ去られます。おそらく「死」が彼女を待っていると想像されます。）の扱い方は、単行本にされる過程で、とくに重要視され、この行動的で美しい女性は、受け身で堪え忍ぶばかりの日本の娼婦・お杉（参木をひたすら恋い慕い、参木の友人甲谷に犯されて、遂に娼婦に転落します。しかし、作品の最後、参木がたどりつくのは彼女のもとでした。）とともに、この作品を解く鍵を握っているように思われます。

前述のように、この作品の連載と併行してプロレタリア文学陣営と論争をはじめるのですが、意外なことに突如として――と私には思われるのです――「上海」連載が小さくまとまって終わる、正確に言えば、中断する動きを見せます。何か或る大きな衝撃を横光は体験したようです。作品「上海」の五番目の章「海港章」には、連載時その章の終わりに「ある長篇の第五篇、及び前篇終り」の附記があり、当然、前篇に対する後篇が期待されます。ところが、次の掲載まで一年以上も間をおき、しかも掲載された最後二篇「婦人」、「春婦」ともに「海港章」に属するものと設定され、ここで連載は終わります。後篇どころか、「前篇終り」の附記まで無になりました。一体、横光に何があったのでしょうか。昭和四年後半から五年にかけて作品「上海」継続を断念させるような事件があったのではないでしょうか。私は、それを「ヴァレリー体験」と考えています。一種のカルチャー・ショックなのです。ヴァレリーとは、二十世紀初頭のフランス知性を代表する、あのポール・ヴァレリーのことです。横光利一は、当時無名の青年・河上徹太郎訳の「レオナルド・ダ・ヴィンチ方法序説」を『白痴群』(昭4・7　第二号)誌上で読んだのです。もっとも、河上訳は、現在私達が見るヴァレリーの「レオナルド・ダ・ヴィンチの方法序説」の前半だけでしたが、ヴァレリーの、あらゆる神秘、霊感等を排除し、唯専ら「知性」によってのみ世界を把握しようとする方法に、横光は、すっかり脱帽してしまいました。彼は、そこに「知性」を通して「自意識」というものの力を思い知ったようです。昭和四年九月、藤沢桓夫にあてた書簡に、ヴァレリーのことを「天下にこんなに豪い男がゐたのかと思ひ、一切、筆を捨てたくなつた、(中略)僕はこれ一つ(注・「方法序説」のこと)で四、五年間の飛躍をしたのは事実である」と書いています。この書簡の、さらに後の部分で、「虚無」と「自意識」との関係を、「虚無とは自身と客観との比重を物理的に認識した境遇に於ける自意識だ」と書き、それまで別々に考えていた両者を同じ範疇に属することを認めています。そして彼はヴァレリーに対抗出来る「理論」を造ることに苦慮していることを述べ、「僕は田舎へ引き込みたい。もう書く元気がないのだ」とも書いています。「物自体」の動きを作品「上海」で書こうとした横光は、人間の側にある「自意識」に足もとをすくわれたのです。この手紙から半年程後の書簡に、横光は自らを「人間学を中心としたマルキストだ」と書いています。やはり、アントロポロギー（人間学）への関心の深さがみられ、この「自意識」への開眼は同時に、横光を、伊藤整らの新心理主義文学へ導いたようです。フロイトやユングの精神分析や深層心理学は、単に心理学の領域にとどまらず、広く文化の全領域に大きな影響を与えました。文学においても、ジョイスの「ユリシーズ」（一九一八―二二）やプルーストの「失われた時を求めて」（一九一三―二七）があらわれ、日本でも翻訳されはじめました。伊藤整は、昭和三年頃から新心理主義的な小説や評論を発表しましたが、さらに「ユリシーズ」を友人二人と翻訳して昭和六年から九年にかけて完成させました。プルーストの「失われた時を求めて」も、淀野隆三らによって昭和四年頃から訳されはじめました。横光は、回想という心の働きによって無意識界の奥底まで検証しようとしたり、人間の無意識界の広大さを描くこれらの作品から「自意識」との血縁を読みとったようです。作品「上海」執筆の途中にあたる昭和五年に「鳥」、「機械」、つづいて「寝園」を書き、人間の複雑奇妙な心理の世界にわけ入る方法を駆使し、その成果を世に問うたのです。もう作品「上海」を書き継ぐことの不可能は明白です。

「機械」（昭5・9）にみられる句読点の少ない長い文章は、そのまま、無類のお人好しの主人公のめまぐるしい思惑や心理の連鎖であり、「寝園」（昭5・11〜昭7・11）のヒロイン・奈奈江が、猪に襲われた夫を助けるため咄嗟に銃の引き金をひく、その心には、あるいは無意識のうちに愛する梶のため夫を撃とうという願望がひそんでいたかも知れません。前述の評論家・小林秀雄は「機械」を評して「世人の語彙にはない言葉で書かれた倫理書だ」と絶賛しています。現代人の「自意識」の複雑な動きや暗い無意識界が、横光の意欲をかき立てているのが判ります。また「寝園」は、サロン小説、新しい風俗小説として好評を博し、「花花」や「紋章」の先蹤をなしています。

文壇は、屢々触れましたように、昭和八年頃から「文芸復興」の気運に活気づいていました。昭和初年頃、隆盛をきわめたプロレタリア文学運動が、それ以後、政府の弾圧に屈し、昭和八年、小林多喜二の虐殺、佐野学、鍋山貞親両共産党幹部の獄中転向声明などがあり、雪崩れ的に、「転向」現象がおこりました。このプロレタリア文学衰退の後をうけて、明治、大正以来の既成作家達の復活、転向作家の純文壇への参加、新人作家の活躍により、「文芸復興」の活気が見られることになったのです。しかし、明治以来の義務教育の成果が顕著にあらわれ、文盲率の低下により、読み物に対する民衆の欲求がたかまって来ました。彼等は、狭小な世界を独善的に描く「私小説」よりも、大衆文学の面白さを求めました。一方、知識階級も「私小説」的な暗さや陰湿より、外国文学の翻訳に触手を伸ばしはじめました。こうした純文学の危機と「文芸復興」の不思議な組合せの中に、横光利一の「純粋小説論」は書かれたのです。

「純粋小説論」（昭10・4）において、横光は「純文学にして通俗小説」こそ、現代のもっとも高級な文学だとし、それを「純粋小説」と呼びました。そして、これ迄、純文学が排除してきた「偶然性」と「感傷性」とを大胆に採用することも同時に主張します。また、現代人の自意識過剰にも触れ、純粋小説こそが、この自意識に悩む現代を表現し得る新しいリアリズムであるとし、「四人称」という新しい視座を提案したのです。勿論、こうした理解や理論の背後に、アンドレ・ジイドの「贋金づくり」等にみられる二十世紀文学の新しい方法の影響を読みとることが出来ます。ジイドが「贋金づくり」で志向した「純粋小説」は、作中人物・エドゥワールが書きつけるように、本来小説に属さない外的事象や人物描写などを、不要と見做し、そういう不純物を排した純粋な小説を考えていました。一見、横光のそれと異なるようですが、横光は日本の現状に即応した「純粋小説」を考え、ジイドから、自意識の不安の中から文学を創造する方法のヒントを得たものと思われます。横光は、自分の「純粋小説論」は、「上海」から「天使」にいたる長篇製作に関するノートであるというように、彼の新しい問題提起であると同時に、自らの実践を理論化したものと言えます。この後、愈々「金銭のこと」を中心に人間の生き方を問う「家族会議」（昭10・8〜12）を新聞に連載し、「純粋小説論」の成果を世に示しました。

「文芸復興」が叫ばれる中で、横光の文壇的地位は高くなって行き、雑誌『文学界』やその他有力雑誌の主要メンバーとして活動し、文壇を背負って立つ「文学の神様」と見なされるに至りました。周囲からの力と、内なる志向とによって、横光は否応なく時代の奔流にまき込まれて行きました。時代は、日中戦争から太平洋戦争へと急ピッチで流れつつあり、一方で、保田與重郎らを中心とする「日本浪曼派」の古典復帰や死の美学が、時代に追いつめられた若者の心をとらえつつありました。横光は昭和十一年二月、ベルリン・オリンピック大会に「東京日日新聞」「大阪毎日新聞」の特派員として日本を出発します。皇道派の青年将校による二・二六事件を横光が知るのは、この航海の途上、台湾沖でのことでした。ヨーロッパへ、それは横光にとって、東洋対西洋、とくに日本精神と西洋合理主義の対決に、一つの解決を見出そうとする悲壮な旅立ちであったのです。

## 五、「旅愁」、そして戦後

昭和十一年二月二十日、神戸を出航した箱根丸には、俳人・高浜虚子も同乗していました。そのため、かねてより松尾芭蕉の血を継ぐ者と自負していた横光は、船中かなりの俳句をよんでいます。虚子の主催で船中句会が催され、その出席者の中には、「旅愁」の主人公・矢代のモデルと言われる文部省在外研究員・当時京都帝国大学文学部助教授の宮崎市定も入っていました。例えば、「欧洲紀行」三月四日の条に、虚子をはじめとして二十人で句会が開かれた旨が記されていますが、その席上、虚子に撰せられた自作の句として、横光は「水牛の車入りけり仏桑華」「鰐怒る上には紅の花鬘」の二句を挙げています。秀句とは言えないまでも、シンガポールでのエキゾティシズムを横光の感覚が、うまくとらえている句と言えましょう。この他、スエズで作った「モーゼ来りたまはばや朝の星落ちぬ」とか「まるまると陽を吸ひ落す沙漠かな」など、いかにも横光らしいスケールの大きさが感じられる句もあります。しかし、興味深いことに、地中海に入り、マルセイユに着く頃から句作は見られなくなります。この「欧洲紀行」には載っていませんが、マルセイユで前記の宮崎市定と別れるとき「春の夜の桜にかかる投げテープ」の句をおくっています。もっとも、パリに着いて三句ほど作りますが「ここでは句にならぬ」と断念しているのです。しかし、句作がみられなくなったのは、ヨーロッパの風物が俳句的感性を拒否するとか、横光の詩想が涸渇したとかを意味しません。パリに着いて一週間目で、はやくも横光は「見るべき所は皆見てしまつた。しかし、私はここの事は書く気が起らぬ。早く帰らうと思ふ。こんな所は人間の住む所ぢやない」と書きつけています。何故このように帰心矢の如き心境になったのでしょうか。カルチャー・ショックのためでしょうか。この疑問に答えるものが作品「旅愁」なのです。横光は、ベルリンへ行くまでにハンガリア、イタリア、スイス等を旅して紀行文を書きましたが、それらの美しい紀行文に、かつての少年時代のような新鮮な感覚で風物を捉えています。中学五年生時の「修学旅行記」や「夜の翅」に見られた感覚が優雅に洗練された趣きがあります。また一方、思想の問題としてヨーロッパの政治、社会、文化を汲みとろうともしています。アルプスの自然の美しさを満喫する一方で、レオン・ブルム左翼政権下での大ストライキをパリで経験します。横光は、岡本太郎にパリを案内してもらいながら、日本で会った吉田健一（戦後の首相・吉田茂の子息）の言葉を思い出します。外国生活の長かった吉田健一は、横光達が一番ヨーロッパ的だと信じていた東京・銀座を、東洋的だと言い、奈良、京都など、東洋的には見えぬ、と言います。ヨーロッパに来て、横光は、この不思議さがよくわかったと思い、「奈良、京都はすでに電池の切れた日本である」と言います。問題は、現代の日本人として、この切れた「電池」をいかに充電し、東洋文化、東洋精神の存在理由を、ヨーロッパ精神と対峙させるかにあると言えましょう。ベルリンで「ハイル・ヒットラア」を挨拶代りに言う老婆を見、広大なシベリアを廻って帰国した横光は、当時の日本人が、——そして現代の私達も、避けて通れぬ東洋対西洋の難問に向って突進します。「旅愁」という思想小説は、かくして書かれはじめました。

「旅愁」は昭和十二年四月から戦後の昭和二十一年四月まで、九年の歳月を費して書かれましたが、遂に未完に終わった作品です。新聞、雑誌に断続的に掲載され、それらが単行本にまとめられる際には、また大きく推敲されるという、まさに心血を注いだ作品と言えます。（因に、この大作の直前に書かれた「厨房日記」（昭12・1）は、「旅愁」執筆のための手ならし、或いはノートとでも言えそうな作品で、「旅愁」の主要なモチーフが多く見られます。）

「旅愁」の、多くの登場人物の中でも、やはり矢代、久慈、千鶴子の三人の若者に注目すべきでしょう。久慈という青年は、ヨーロッパ文明を吸収することに夢中であり、とくにストライキの頻発する混乱期のパリで、自らの思想を確立するためにも、先ず西洋の実態を窮めようと志す若者です。この久慈に対して、矢代は、ヨーロッパの文化、政治等に直面する度に、常に「日本」を想わずにはいられない青年です。矢代自身も、マルセーユが見え出したときから、たえず日本のことばかり考えている自分を不思議に思う位です。この二人の生き方は、横光利一の二つの精神的傾向を代弁するものと考えられます。この二人の対立と融合・止揚こそが、横光の目指すところでしょうが、残念ながら、そのことは遂に作品には書かれませんでした。――横光が書けなかった、と言うよりも、現代の私達にいたるまで、すぐには解けない大きな思想的課題ではないでしょうか。しかし、この「旅愁」という作品のもつヴェクトルは、その課題を自己の問題として日本人が担うことを要請しています。戦後、横光は文学上の戦争責任者としての汚名をきせられ罵倒されます。しかし、横光が、敗戦後も、なお、「旅愁」を書きつづけ、戦後版「旅愁」の刊行を成していることは、この作品が、戦争協力のために書かれた書ではなく、日本人が避けて通れぬ問題を提示しようとした思想小説であることを証しています。

もう一人、千鶴子という、美しい女性が問題です。彼女は、ヨーロッパで生々と生活する現代的なお嬢さんで、カソリック信仰に生きるクリスチャンです。矢代がパリを離れ、一人、チロルへ旅したとき、彼女は矢代を追ってチロルにやって来ます。理屈の多い「旅愁」という作品で、もっとも美しく抒情的な部分が、このチロルでの二人を描写する箇所です。矢代は、夜、氷河の見える丘の端で、遠くの山の峰々を背景に敬虔に祈るクリスチャン・千鶴子の姿に「神厳な寒気」にしめつけられるところがあります。この箇所は、もしかすると、単に美しく荘厳なだけではなく、二人の、いやこの作品の達せられなかった世界を予兆しているのかも知れないのです。矢代と千鶴子とは婚約はしたものの、日本に帰国してからの二人の結婚は、作品で描かれていませんし、実現するにしても、矢代の古神道と千鶴子のカソリックでは問題があり、困難が十分に予想できます。あのチロルの祈りの感動は、神道とカソリック、日本と西洋という人間が勝手にこしらえた垣根を越えて、もっとも純粋な形で人間が結ばれることを暗示しているのではないでしょうか。同時に、アルプスの山頂からみた「世界の果て」の日本という認識も、実は「果て」が重要なのではなく、その世界、或いは地球の広がりを認識するところに、即ち、人類、文化、政治の差異を越える深い理解と認識の方向に、横光の夢みつつ達成されなかった境地があるのではないでしょうか。

「旅愁」及び作者の横光利一は、戦後、批判、非難、罵詈の砲火にさらされました。しかし、以上、簡単に見ただけでも十分に判るように、戦争協力という目の先のことではなく、もっと大きな文明の問題に取り組んでいたのです。

「夜の靴」（昭22・11）には、戦中戦後の疎開先での窮乏生活に耐え、横光が、どのように敗戦の国土から立ちあがろうとしていたかが示されています。敗戦の報に茫然自失しながら、「見なければならぬ」と主人公は考えています。勿論、すぐには何も見えるものはありません。しかし、親類も知人もない田舎で、主人公がこれから見るものは、「旅愁」の矢代が、父祖の地・九州の田舎で見たものと同じく、素朴な土着の日本人の姿（長短ともに含んだ）である筈です。そこには黙示録風の心象風景が展開され、自らを「木人」たらんとする姿勢の向こうに、新時代への道を打開しようとする横光の決意が見えてきます。

東京に帰り、停電の不自由な生活の中で、ランプに触発されて、伊賀の地・柘植の伯母達や自分の幼年時代の思い出を綴りかけた「洋燈」の途中で横光利一は斃れました。胃潰瘍に腹膜炎を併発しての死。昭和二十二年十二月三十日のことでした。

未完の作品「洋燈」と関係して、最後に「雪解」のことを簡単に考えたく思います。考えると言いましても、内容についてではありません。それを書く横光の不思議さについてです。敗戦後、根源的な回生の要求される最も重要な時に、何故、中学生と小学生の、余りにも淡すぎる恋（?）を、それも十二年前に発表した作品の後篇を書き継ぐ必要があったのか、ということです。自分と宮田おかつの初恋をモデルに「青葉のころ」（「雪解」の後半部）を完成しようとした横光は、戦争末期や敗戦後の日本に、創作欲をそそる素材がなかったからではなく、むしろ積極的に幼い恋物語を完結させようとした形跡があります。先程、私は「不思議さ」と言いましたが、考えてみれば、不思議でもなんでもありません。再起をはかる横光利一にとって、伊賀の地と、その地で過ごした少年時代の思い出が彼に活力を与えてくれる桃源境だったのです。中学時代、あれほど「圧迫」を押しつける対象として伊賀や三重県立第三中学校に示した反撥は、実は、自由を求める青年特有の拒絶であったことも判明します。改めて、横光利一と伊賀の地との、複雑に屈折した関係の在り様《よう》が理解されるのです。（Ⅱ、四「雪解」解説参照。）

四十九歳の若さで逝いた横光利一を考えますと、その余りに早い死は、惜しんでも余りあります。横光の示した文学の軌跡の、その延長線上に様々な可能性が見えるのですが、それはあくまで「可能性」にとどまったのです。横光利一を、もっともよく識る友人・川端康成の弔辞の一節を引用して終わりたく思います。

君は日輪の出現の初めから問題の人、毀誉褒貶の嵐に立ち、検討と解剖とを八方より受けつつ、流派を興し、時代を画し、歴史を成したが、却つてさういふ人が宿命の誤解と誣伝とは君もまぬがれず、君の孤影をいよいよ深めて、君を魂の秘密の底に沈めていつた。西方と戦つた新しい東方の受難者、東方の伝統の新しい悲劇の先駆者、君はそのやうな宿命を負ひ、天に微笑を浮かべて去つた。

# I

# 第一章　初期作品と青年・横光利一

## ——「虚無」からの創造——

### はじめに

大正十三年十月、『文芸時代』が創刊されると、千葉亀雄の好意的な評論をむしろ例外として、既成文壇から、囂しい批判の声が投げかけられた。当初、これら大正文壇からの非難に対し、片岡鉄兵が立ちあがり、広津和郎を相手に所謂「新感覚派論争」をひきおこすにいたるが、喧々囂々の応酬を視野に入れつつ、改めて横光利一の初期作品を眺めるとき、華々しい論争や益々あがる文名にかかわらず、横光の作品に漂う虚しさに驚かされる。華麗な技法や彼自身の評論、さらには新感覚派における彼のリーダー・シップに眩惑されて、作品にひそむ台風の眼のような虚無感を無視するわけにはいかない。

本章は、横光にとって重要な意義をもつ初期作品三篇をとりあげ、それに流れる虚無を摘出し、その虚無のよって来たるところを論じようとするものである。

## 一、「面」から「笑はれた子」へ

昭和二年二月号の『文芸時代』は、「同人処女作号」と銘うって、同人の処女作を特集した。しかし、「編輯後記」にも記されているように「必ずしも処女作ではない」ものが多かった。この号に、横光利一は、みずからの処女作として、五年前に発表した「面」（『塔』第一輯　大11・5）を「笑はれた子」と改題、本文も推敲して掲載した。（もっとも、改題、推敲は、すでに刊行された作品集『幸福の財布』（大13・8）で行われているが、本稿では『塔』と『文芸時代』の本文を使用する。）この号には「処女作」と同時に「処女作時代を顧みる」という欄が設けられ、十七名の同人がコメントを寄せている。（処女作を掲載したのは十八名の同人中、十六名で、佐々木茂索と岸田国士の二人は寄稿しなかった。しかし佐々木茂索は「赧然たる耳」というコメントをこの欄に寄せている。）これらのコメントには、石浜金作や佐々木味津三によって代表される、恥多き処女作への自己否定タイプや、他の多くの同人にみられる処女作時代の回想に伍して、横光利一の「笑はれた子と新感覚―内面と外面について―」と川端康成の「『招魂祭一景』に就て」は、よく作品誕生の秘訣を解きあかす好エッセイとなっている。

横光は、この「笑はれた子と新感覚」（以下サブ・タイトルは省略）の冒頭で次のように記している。

「笑はれた子」は最初発表したとき、「面」と云ふ題にした。確か書いたのは二十か二十一の頃だつたやうに記憶してゐる。私の父の弟（私の叔父）のことを書いたものであるが、かう云ふ話に興味を持つたその頃の自分を振り返つてみると、ちよつとませてゐて不快である。しかし、私は此の作を恐らく五回ほど書き直してやつと仕上げた。最後の所にひつかかつて、一年ほどほつておいた。一年ほど過ぎてまたとり出して最後の所を読むと、またそこが不快になつて書き直した。だから、年月で計算すると、此の十枚足らずの作に、三年ほどかかつたわけだ。さう云ふ点で、此の作は私にとつてかなり懐しみを感じさせる。ひよつとすると、此の作が私の作中で一番いいものになるのではないか、と時々思ふことがある。しかし、今は私はかう云ふものをもう一度書きたいとは思はない。

右の文章によれば、「面」を書いたのは、大正六、七年頃のことになる。但し、推敲に要した「三年ほど」が、大正六、七年に加算されているのか、「三年ほど」を加えるのか明らかではない。大正六、七年というと、「神馬」や「犯罪」等と同じ頃に書かれたことになる。いま、問題にしたいのは、この執筆時期（井上謙氏によれば大正八年）の確定より、それにつづく「五回ほど」の推敲、とくに一年ほどかかった「最後の所」の書き直しについてである。書き直しは、実は最後の部分に限らず、「面」から「笑はれた子」への過程で、句読点、漢字の変更や傍点の施しを除いて、二十四ケ所の改訂がなされている。その中でもとくに重要なのは、勿論最終部の変更である。この部分の変更と題名の改変とは密接な関係をもっていると言えよう。では、この作品の内容をみて行こう。

少年・吉の将来に関して、吉の家では晩餐後毎夜のように論議されているが、本人の吉は、まだ少年らしい好奇心で他の事に気をうばわれている。「金」が儲かるという実利的理由から吉を大阪へ奉公にやろうという父、吉の健康を何より心配する母、百姓にさせることを主張する兄、「手工が甲だから」信楽へ茶碗造りにやるとよいと云うませた姉。家族の論議があった夜、吉は夢をみる。

> 吉は真暗な涯のない野の中で、口が耳まで裂けた大きな顔に笑はれた。その顔は何処か正月に見た獅子舞ひの獅子の顔に似てゐるところも有つたが、吉を見て笑ふ時の頬の肉や、殊に鼻のふくらぎまでが、人間《ひと》のやうにびくびくと動いてゐた。吉は必死に逃げやうとするのに足がどちらへでも折れ曲つて、たゞ汗が流れるばかりで結局身体はもとの道の上から動いてゐなかつた。

その大きな顔は、吉の近くへ寄って来るが、彼をどうしようともせず「何時までたつてもたゞにやりにやりと笑つてゐた。何を笑つてゐるのか吉にも分からなかつた。」この夢の中の「大きな顔」こそ、吉の運命の予兆であり、既に彼を馬鹿にしたように笑っているのである。翌日、吉は学校で三度教師に叱られる。昨夜の顔を再現させようと習字の時間に「三つの顔」を書き、幾度も口の曲線を書き直したために「真つ黒く」なってしまったほどである。学校から帰った吉は、注意深く欅の丸太を選び屋根裏にこもって剃刀で仮面《めん》を彫りつづけた。一ケ月経った四月、吉は小学校を卒業したが、彼の職業はまだきまっていない。ある日、父が剃刀の刃のこぼれをみつけ、おませな姉によって吉の仕業とわかる。この姉は、吉の彫りつづけた仮面を父に渡した。「うむこりや好く出来とる。」感嘆した父は、吉を下駄屋にすることを決定し、母も吉が家に居ることによって賛成する。かくして吉は下駄屋になり、二十五年の歳月が流れた。作品「面」の最終部は、次のように書かれている。

或る日、吉は久し振りでその仮面を見た。すると仮面は、いかにも彼を馬鹿にしたやうな顔をしてにやりと笑つた。吉は腹が立つた。次には悲しくなつた。が、又腹が立つて来た。

『貴様の御蔭で俺は下駄屋になつたのだ！』

吉は仮面を引き降ろすと、鉈を振るつてその場でそれを二つに割つた。暫くして彼は下駄の台木を眺めるやうに割れた面を眺めてゐたが、何んだかそれで立派な下駄が出来さうな気がして来た。

この作品「面」を「その〈父〉（注・梅次郎）と横光が真向から対決した作品」と捉え、面を割る行為を「その憤懣《ママ》とそこからの脱皮の意志」であり「その行為は吉が〈新生〉するために必要なもの」とみる説（井上謙氏『評伝・横光利一』昭50・10）がある。作者の伝記的事実と作品世界とを直結させることに疑問を感じるか、敢えて横光利一の少年時代における父と彼との関係を、この作品の父子関係に対応させても、両者が等式で結ばれることは難しい。さらに井上氏は「吉の夢は、父の嘲笑と吉の屈辱の象徴」とされ、「剃刀で面を彫つたのは父に対する吉の抵抗」と解されているが、その夢で笑った顔を彫った仮面が、作品中で手にとりあげた「父親を見下して馬鹿にしたやうな顔でにやりと笑つてゐた」り、右に引用したように吉を馬鹿にしたように笑ったりすることの意味が解せなくなる。また、吉が仮面を彫ることとは、彼の〈新生〉につながっていくのであろうか。作品「面」における吉の悲劇は、「貴様の御陰で俺は下駄屋になつたのだ！」という吉自身の認識にあるのでもなく、また、仮面を二つに割ったことにあるのでもない。実はそのような認識も、一見反逆に見える行為も、完全に運命のままに下駄屋になりきった吉の職業意識に吸収されてしまい「何んだかそれで立派な下駄が出来さうな気がして来た」ところにこそ、彼の悲劇は存在する。「新生」どころか、沼地に投ぜられた小石の波紋が、すぐに沼地の静寂に消えて行くように、そこには下駄屋としての吉が、二十五年の歳月を背負って存在するばかりである。横光が、昭和二年二月号の『文芸時代』にみずからの処女作として掲載した「笑はれた子」の最終部は、次のように変えられていた。（便宜上、添加された部分に傍線を施し、変更された部分を（　）に入れて示す。）

吉は仮面を引きずり降ろすと、鉈を振るつてその場で（仮面）を二つに割つた。暫くして、彼は持ち馴れた下駄の台木を眺めるやうに、割れた仮面を手にとつて眺めてゐた。が、ふと何だかそれで立派な下駄が出来さうな気がして来た。すると間もなく、吉の顔はまたもとのやうに満足さうにぼんやりと柔ぎだした。

終わりから三文目の「面」が「仮面」に訂正されたことによって「笑はれた子」の文中では、「めん」はすべて「仮面」に統一された。しかし、これより、もっと重要なのは、最後の一文の添加である。「満足さうにぼんやりと柔ぎだした」吉の顔を敢えて描いた横光の意図は何であったのか。それは横光が「面」から「笑はれた子」への過程で、吉が、父の恣意によって敷かれたコースを一つの宿命として完全に服してしまったことをダメ押しの形で表現しようとしたのである。「立派な下駄が出来さうな気がして来た。」だけでは不十分と見、この最後の一文によって運命に嘲笑されきった一人物を描ききったわけである。こう解することによって「面」という運命の象徴とも言うべき物から、もっと積極的に、その「面」が吉なる人物を嘲けり笑う——吉からすれば受け身の「笑はれた」ことになる——働きが重要な力点となっていることがわかるのである。横光は、先に触れた「笑はれた子と新感覚」の最終部分で「此の『笑はれたる子《ママ》』一篇には新感覚的な経営が少しもない。此の故に、私は此の作品を過去の芸術だと主張する。」と、新感覚派の立場から発言しているものの、先に引用したように「ひよつとすると、此の作が私の作中で一番いいものになるのではないか、と時々思ふことがある」とか、また「此の『笑はれた子』は、内面のみを重んじた片輪時代の私の作としては、さう大した駄作だとは思つてゐない」という風に、かなりの愛着と自信とを示している。

この「笑はれた子」を論ずるとき、常に言及されるのが志賀直哉との類似ないし影響関係である。横光の「笑はれた子」は素材の面で、志賀の「清兵衛と瓢箪」との類似が指摘される。たしかに素材面では、大人と子ども、その無知と芸術的才能等々類似した点が多い。しかし、両作品は、類似よりは相違の方が、より顕著である。ここで「清兵衛と瓢箪」（大2・1）を詳論することは出来ないが、十二歳の清兵衛には瓢箪に対する一見識（平凡な恰好をした瓢箪を愛する）を持っており、古瓢よりは、まだ口も切っていない皮つきに興味を持ち、それを立派な瓢箪に仕上げるという、換言すれば、新しい美をつくり出す創造の喜びを見出す芸術的素質をもっていた。父親や学校の教師に代表される大人は、清兵衛の才能を理解していないが、教師がとりあげた清兵衛の瓢箪は、その後に骨董屋によって六百円（教師の月給の四十八倍——約四年分）の値段がつけられた。ということは清兵衛の瓢箪は専門家によって、その価値が保証されたのである。志賀直哉が「創作余談」で語っているように、これと似たような話を四国へ渡る汽船の中で聞いたのを利用したのだが、動機として「自分が小説を書くことに甚だ不満であった父への私の不服」を挙げていることによっても明らかなように、清兵衛の芸術的才能を作品中で不動のものとしている。これに対し、吉の場合は父親が一応認めた吉の腕前は、下駄職人としての評価であり、吉自身も、清兵衛のような、はっきりした見識を持っていない。まして作品中で、彼は二十五年の時間の流れの中で父親の思いつきにすぎない下駄屋に完全になりきっているのである。横光は、少なくとも「笑はれた子」において、志賀直哉的世界と異質のものを創ろうとしている。それが、もっとも明白に示されるのが、「面」から「笑はれた子」への過程で推敲、添加された最終部である。ところが、「笑はれた子」の最後二行「が、ふと何だか…以下」を「志賀の肯定的な世界に近づけている思想の語られている部分」と見、「末尾の二行を除けば、一層ののつぴきならない悲劇を構成する」という意見（佐藤昭夫氏「横光利一論(1)―世界とその変貌―（『成城文芸』昭35・3））がある。しかし、これまで考察してきたように、むしろ最後の二行にこそ志賀的世界と異質のものを持ち得た横光の姿勢を読みとるべきではなかろうか。

横光利一は、「笑はれた子と新感覚」で、さらに昭和二年における彼の抱負を述べ、内面より外面を、光った言葉を愛するということを記しているが、ここでは、それらについては触れず、先に引用した部分の「かう云ふ話に興味を持つたその頃の自分を振り返つてみると、ちよつとませてゐて不快である。」という横光の感想について考察したい。横光がその頃の自分に「不快」を感じた原因は「ちよつとませて」いたからである。何故、ませていると見たのか、又、何故それが「不快」なのか。「二十か二十一」の青年が、その年不相応な何かを先取りしたことが「ませ」たことなのであろう。「かう云ふ話」、具体時に作品化された「笑はれた子」に即して言えば、人生の半分を、そしてこれからも自ら関知しない生き様を強要された吉の、その人生の背後に横たわる大きな空洞――まさに虚しさをいかにもワケ知り顔に描いて見せた己に対する不快感になるであろう。しかし、横光が、いかに己の「ませ」たことに不快を感じようと、若い彼が、吉という一人物の悲しい「虚無」の人生を把握したことは事実である。ということは、「二十か二十一」の横光自身が、同じように人生の底に虚無をみつめていたことになろう。極言すれば、人生の虚しさ、虚無という空洞を中核とする人生観、生命観から創作の原動力を得て、更にそこへ回帰していると言えよう。この作品と同種の虚無は、彼の初期作品のほとんどに流れている。

## 二、「蠅」の眼と空虚

大正十二年五月、横光利一は「日輪」を『新小説』に、「蠅」を『文芸春秋』に、それぞれ発表し、文壇に新進作家として登場した。両作品、就中「日輪」発表の陰に、菊池寛の尽力があったことは周知の事実である。ここでは「蠅」が、作者・横光にとって、どのような意味をもつかを論じてみたい。「蠅」は全十章の短編からなり、ここに用いられたモンタージュの手法、カメラ・アイの駆使、擬人法等については既に多くの論考がなされている。そうした技巧にも触れつつ、先ずはじめに作品中の「眼の大きな一疋の蠅」と作者・横光の視座との関係から検討しよう。

この作品全十章の内、この「眼の大きな一疋の蠅」が登場するのは、一章と九、十両章の三章にすぎない。しかも「蠅」という名詞が出てくるのは七回（一章に1、九章に1、十章に5）「眼の大きな」という修飾辞を伴うものが四回、たゞの「蠅」は三回（これは、いずれも十章）という分布である。眼の大きさが、殊更に強調されながら、その「眼」が有効に作動するのは十章においてのみである。一、九の両章では、大きな眼は一向に働いていない。では、十章（最終章）では、大きな眼は、どのように働いているかをみよう。この作品のプロットについては後述するが、人馬もろともに谷底へ墜落し、カタストローフを迎えるところで、横光利一は、次のように表現する。

突然、馬は車体に引かれて突き立つた。瞬間、蠅は飛び上がつた。と、車体と一緒に崖の下へ墜落して行く放埒な馬の腹が眼についた。さうして、人馬の悲鳴が高く一声発せられると、河原の上では、圧し重なつた人と馬と板片との塊が、沈黙したまゝ動かなかつた。が、眼の大きな蠅は、今や完全に休まつたその羽根に力を籠めて、ただひとり、悠々と青空の中を飛んでいつた。

右の傍線を施した表現に注意しなければならない。「眼についた」という表現は「眼の大きな蠅」の眼に、何ら積極的、意志的な凝視がなかったことを示している。それは、非情性とともに、偶然性という要素のあることを物語っている。しかも、最後の文で、「悠々と青空の中を飛んでいつた」蠅は、その「眼の大きな」という特性を全く行使することなく終わっている。では、この「眼の大きな蠅」は、その大きな眼で対象を眺めることを全くしなかったのであろうか。実は、十章の他の部分で、その眼を積極的に働かせる箇所がある。猫背の馭者が居眠りする部分で、次のような表現がある。

その（注・馭者の）居眠りは、馬車の上から、かの眼の大きな蠅が押し黙つた数段の梨畑を眺め、真夏の太陽の光りを受けて真赤に栄えた赤土の断崖を仰ぎ、突然に現れた激流を見下して、さうして、馬車が高い崖路の高程《ママ》でかたかたときしみ出す音を聞いてもまだ続いた。

「眺め」・「仰ぎ」・「見下し」という動作の主体は勿論「蠅」である。（序に言えば、「聞い」てという聴覚の主体も「蠅」）一章で、蜘蛛の巣から危うく脱出した蠅は、馬の背中に這い上がっていた。九章で、この蠅が再登場するや、その馬の腰の余肉から馬車の屋根の上にとまり直り、右の引用部へつながる。この蠅は、二章から八章までに展開される人々の集合と、馬車という一種の運命共同体へ吸収される過程——即ち人間達の運命とは、一切無関係に馬車の上から眺めている。しかし、右の引用文で判明するように、折角与えられた特性——大きな眼を働かせる部分は、「その居眠りは、……まだ続いた。」という主文の中にはめ込まれた従属文にすぎない。彼は、人間の運命のなりゆきを大きな眼で眺める代わりに、断崖や激流を眺め、馬車のきしみを聞くだけである。そして、人馬の悲劇に際しては「眼についた」にすぎない。要するに、蠅の大きな眼は、作品中で繰返し強調表現されながら、実質的な働き、価値を有していない。むしろ、その「眼の大きな蠅」を非情にみつめている作者の眼が、作品全体に行きわたっていくことの方が重要なのである。最後の「ただひとり、悠々と青空の中を飛んでいつた」様を、作者・横光は、何の詠嘆、感傷をつけ加えることなく眺め相対化している。「『眼の大きな一疋の蠅』は作者横光利一自身にほかならない」（『日輪・春は馬車に乗って』岩波文庫　保昌正夫氏解説「作品に即して」昭56・8）ということは言い得ないのではないか。同様に蠅は「人間たちの破局の状況を見る存在」、「破局の全体を見る表現者の位置に立たされ」（栗坪良樹氏・「横光利一・『蠅』と『日輪』の方法―表現者の行程―」『文学』昭59・1）という風に蠅を過大評価することは出来ない。全作品を通して、蠅の視線と作者のそれが一致ないし近い位置にあると思われる部分は、ただの二ケ所にすぎない。九章の最後、馬車が森の中へ入った時、「緑色の森は、漸く溜つた馬の額の汗に映つて逆さまに揺らめいた。」いかにも新感覚派的な表現ではあるが、汗の玉に映って逆さまにゆれる森を眺めるのは作者のカメラ・アイであるが、その前に車体の屋根にとまり馬車と一緒にゆれている蠅の眼にも、そのようにうつったはずである。即ち作者の俯瞰と蠅のそれが一致している。さらにもう一ケ所、先に引用した十章の「眼についた」のところ。ここは蠅の眼によって作者は表現している。これ以外は、作者・横光利一の眼は、蠅の大きな眼より、もっと自由自在に動いている。――これを説明するためには、この作品のプロットを解明しなければならない。

全十章の短章には、擬人法、直喩等の技巧が駆使され、カメラ・アイ（由良君美氏・「『蠅』のカメラ・アイ」『横光利一の文学と生涯』昭52・12）とも云える非情な眼は、伸縮自在に対象を拾いあげ表現に定着させていく。一章の冒頭において、「真夏の宿場は空虚であつた。」という風に、季節・場所・状況が示され、つづく三つの文で、「眼の大きな一疋の蠅」の死の危機（蜘蛛の巣にひっかかっている）から生への帰還が即物的に表現される。しかし、この作品全体の構成から観るとき、冒頭の一文はたんに「場」の説明のみならず、この「空虚」という状況は、この一文からあふれ出て、この作品全体のグルンドバスを形成するものと考えられる。現に、この「宿場」には、一章で蠅と馬、二章では「猫背の老いた馭者」の存在が明示され、更に二章の表現からすれば、直接姿をあらわさないにしろ馭者の将棋の相手（「何に？　文句を云ふな。もう一番ぢや。」と馭者が言葉を投げかける相手）、「饅頭屋」の人（六章では、この店の主婦が登場する）の存在が推測できる。これだけの人、動物・昆虫が居ても、「真夏の宿場は空虚であつた。」と横光が敢えて表現することは、この「空虚」が三章から六章にかけて登場する人物達によって、「充塡」（由良氏・前掲書）されるべくもなく、この状況は「宿場」のみならず、前述したように作品全体を蔽い、最終章の、眼の大きな蠅が「たゞひとり、悠々と青空の中を飛んでいつた」後に、ひろがる「圧し重なつた人と馬と板片との塊り」の沈黙と等質のものである。首尾呼応する巧みなプロットと言うべきであろう。

真夏の宿場を非情に眺める作者の眼は、しかし、一定の場所に固定されていない。宿場の全景をとらえているロング・ショットの冒頭につづく蠅への視線は、部分を拡大するズーム・イン（由良君美氏・前掲書）であり、三章で息子危篤の電報をうけとった農婦の出現を宿場の庭でとらえた作者の眼は、四章で一転し、「野末の陽炎の中から、種蓮華を叩く音が聞えて来る。若者と娘は宿場の方へ急いで行つた。」という風に、宿場をはなれた道で、二人の男女の後ろ姿をロング・ショットでとらえている。次の瞬間、作者の眼は、二人と同時進行し、二人の会話や表情を巧みに捉える。五章では母と男の子の二人を「宿場の場庭へ……這入つて来た。」、六章での田舎紳士も「宿場へ着いた。」と、作者の眼は宿場へ帰って、集る人物を迎えている。このような作者・横光利一の、作品への完全な支配力は、「われわれは虚偽を造る。われわれはわれわれわれの虚偽を真実ならしめんがため傀儡師たらんことを欲す。」（「絶望を与へたる者」『新潮』大13・7）と豪語する彼にふさわしく、思い通りに人物を扱っている。この支配力が一歩、作品世界へ直接介入するところに、七章は生まれたのである。

七章は、作者が、登場人物すべてを超えたところから、馬車の出発しない訳を説明する有名な章である。確かに、後に発表される「純粋小説論」の第四人称の先駆的な意味をもつ章で、馭者は、その日誰も手をつけない蒸し立ての饅頭に「初手」をつけない限り、出発しようとしないのである。そして馭者の居眠りから惹起する悲劇の原因を、彼の饅頭に対する異常な執着――抑圧された性的願望の代償行為に求めたのである。「人間たちのみじめな運命の

背後に性欲がある。」と横光は語ったと伝えられている。（『日輪』岩波文庫　片岡良一解説　昭31・1・25）

八章で馬車は出発の準備をし、九章で、いよいよ出発。前述のように命を危うくとりとめた蠅が再登場し、馬車の屋根へ位置を移し、馬車と一緒にゆれて行く。最終の十章では、「馬車の中では、田舎紳士の饒舌が、早くも人々を五年以来の知己にした。」という文で始まる。別々の場所から異なった過去を背負ってやって来、それぞれ異なった未来を目指す大人達が、田舎紳士の饒舌によって一つの集団となったことが示される。この集団は、自分達の目前の未来を託している馭者が、饅頭に飽食して居眠りをはじめていることに気づかない。しかし、その居眠りを知っていたのは、あの眼の大きな蠅一疋であるらしかった。蠅のイメージが人間と等身大にクローズ・アップされるのは、この部分からである。一章においてアップされ描かれた蠅は、薄暗い厩の隅の蜘蛛の巣から、全く偶然に命びろいをした一疋の昆虫にすぎない。有り体に言えば、馬糞にまみれた汚らわしい蠅にすぎない。しかし、この部分から後は、擬人法というよりは、全く一人の人間と等しい扱いをうける。「併し、乗客の中で、その馭者の居眠りを知つてゐた者は、僅かにただ蠅一疋であるらしかつた。」また、「が、眼の大きな蠅は、今や完全に休まったその羽根に力を籠めて、ただひとり、悠々と青空の中を飛んでいつた。」というような表現において、一疋の蠅は「乗客」の中の一人であり、馭者の居眠りを知っていた「者」であった。さらに悲劇の現場を去る蠅は「ただひとり」飛んでいくのである。勿論、この作品で人間扱いをうけたのは蠅のみではない。悲劇の直接の原因をつくる「馬」もまた、「彼は自分の胴と、車体の幅とを考へることが出来なかつた。」と描かれている。小さな蠅を大きな馬と同等に扱うのは、由良氏の説かれるごとく「双眼にたいする複眼の勝利」（前掲書）という対比から来ている。しかし、滅びる馬に対して、生きのこる蠅のイメージの肥大化は重要である。

馬車にゆられ体をやすめた蠅は、「濡れた馬の背中に留つて汗を舐めた。」のである。即ち馬の汗によって活力を得た。その蠅が生き残り、蠅に活力を与えた馬も、乗客もすべて死ぬ。あの「生々した眼で野の中を見続けた」男の子も例外ではなかった。死んだ人間・馬と、生き残った蠅の大きさが、つりあう程に、蠅のイメージは大きい。ということは、相対的に人間のイメージが卑小化することである。惨めな人間の死は、益々卑小化されていく。この悲劇の原因に、前述した馭者の抑圧された性的欲望が潜在していたとしても、この惨劇のあとに何が残るのであろうか。それは、まさに「空虚」、虚しさではないのか。

横光利一は、この作品の発表後、八ケ月目に「もっとも感謝した批評」（「大正十二年の自作を回顧して」『新潮』大13・1）を雑誌に掲載した。この中で、次のように述べている。

「蠅」は最初諷刺のつもりでかいたのですが、真夏の炎天の下で今までの人間の集合体の饒舌がぴたりと急に沈黙し、それに変つて遽に一疋の蠅が生々と新鮮に活動し出す、と云ふ状態が諷刺を突破したある不思議な感覚を放射し始め、その感覚をもし完全に表現することが出来たなら、ただ単にその一つの感覚の中からのみにても生活と運命とを象徴した哲学が湧き出て来るに相違ないと己惚れたのです。

横光の言う「生活と運命とを象徴した哲学」は、確かに沈黙のあとに漂っている。不潔な蠅が生き残り、無邪気な子どもを含めて人々は、馭者の抑圧された性欲のために死んで行くという「構図」に、人間存在の不条理、己の命さえ自らの力で確保出来ない人間――それを横光は、はっきりと把握している。彼が衝撃を受けたという関東大震災の前に、人間と人間の運命の不確かさを見据えている。作品の冒頭にあらわれた「空虚」が、この「哲学」の中核をなすように思われる。

## 三、「頭ならびに腹」

『文芸時代』創刊号（大13・10）の「創作」欄冒頭に掲載された横光利一の「頭ならびに腹」は、その最初の一行（三文）をめぐって片岡鉄兵と広津和郎の間に、所謂「新感覚派論争」の口火がきっておとされ、両者の応酬にひきつづき横光や川端も、それぞれ「感覚活動―感覚活動と感覚的作物に対する非難への逆説―」（『文芸時代』大14・2）や「新進作家の新傾向解説――A　新感覚的表現の理論的根拠」（『文芸時代』大14・1）を書くことで新感覚派としての所信を表明し、つづいて生田長江、伊藤永之介、稲垣足穂等まで参加する賑やかさを呈した。片岡鉄兵が、この作品の冒頭に執し、そこに新しい感覚を説いたのに対し、（しかし、片岡は、最初の「真昼である」には触れなかった）広津が「『頭ならびに腹』と云ふ作物全体が、どんな風に新時代的な感覚的手法の勝利を主張し得るか」を問題にしたのは、もっともなことだと言わざるを得ない。この短篇全体が、いかなるものであるのかは、この論争を通して、遂に解明されなかった。

真昼である。特別急行列車は満員のまま全速力で馳けてゐた。沿線の小駅は石のやうに黙殺された。

とにかく、かう云ふ現象の中で、その詰め込まれた列車の乗客中に一人の横着さうな子僧が混つてゐた。彼はいかにも一人前の顔をして一席を占めると、手拭で鉢巻をし始めた。それから、窓枠を両手で叩きながら大声で唄ひ出した。

片岡鉄兵が力説する如く、作者が「急行列車と、小駅と、作者自身の感覚との関係を、十数字のうちに、効果強く、潑剌と描写せんと意思した」ものに相違あるまい。しかし、問題は、「かう云ふ現象」が、不意の事故によって中断され、「黙殺され」る筈の「名も知れぬ寒駅」に、この特別急行列車が停車したところに始まる。「子僧」を除く乗客のすべては、「H、K間の線路に故障が起」ったこと以外「一切が不明であ」る状態に、「いかんともすることが出来」ず、従って「一切の者は不運であつた」という「運命観」のもと、やがて呆然としてしまう。そこで、この集団のとるべき方法として三つのものが浮上してくる。「一つはその当地で宿泊するか、一つはその車内で開通の時間を待つか、他は出発点へ引き返すべきか」。プラットから野の中へ拡がり出した人々は、駅員からS駅まで引き返し、T線を迂廻して行く方法を示される。群集は、迂廻線の列車と自分達が乗ってきた列車との、どちらが早く目的地へつくか迷う。その時「巨万の富と一世の自信とを抱蔵してゐるかのごとく素晴らしく大きく前に突き出てゐて」、「不可思議な魅力を持つた腹」の紳士が群衆の前へ出て、「これや、こつちの方が人気があるわい。」と迂廻線の方を選んだ。

するとᅳ、今迄静ってゐた群衆の頭は、俄に卓子をめがけて旋風のやうに揺らぎ出した。卓子が傾いた。『押すな！　押すな！』無数の腕が曲つた林のやうに。尽くの頭は太つた腹に巻き込まれて盛り上がつた。

この不思議な魅力を持った腹の選択に、「尽くの頭」は、自ら考え決断することなく、まきこまれて行く。しかし、この部分を、いま少し丁寧に読めば、この巨万の富と一世の自信を抱蔵しているかのごとき腹自身も、自らの判断をもっていなかったことが判明する。彼の前に、二人の人物が迂廻線を選んでいる。二人が、そのように行動しても「だか、群衆の頭は依然として動かなかつた」のである。そして腹の紳士の登場となるが、いま説明したように、紳士は自らの判断で決したのではなく、状況に従うに敏だっただけである。彼の言葉、「これや、こつちの方が人気があるわい」が、そのことを示している。結局、腹自体も思考性がなく、それに巻き込まれて行く群衆の頭は、彼のもつ通俗的な価値に従ったまでである。頭も腹も、自立性を喪失し、後者は、たゞ世俗的な威厳のみを持っていた。しかし、皮肉なことに人々がS駅へ去って「暫くしたとき」土砂崩壊の故障線が開通し、例の子僧だけを乗せて列車は目的地に向って駆け出したのである。この子僧が歌う俗謡で、この短篇は終わるのであるが、ここで、この子僧を検討しなければならない。子僧は傍若無人に大声で歌うが、人々は、はじめこそは失笑したものの、やがて誰も注意しなくなる。事故のため列車が止まっても「彼は眼前の椿事は物ともせず」歌いつづけた。先にあげた三つの方法のうち、結果としては二番目の方法に従ったことになるが、二番目の方法をとるという子僧の意思や決断は全く作動していなかった。ただの一度だけを除いて彼は終始「周囲の人々」には「少しも頓着」していないのである。この子僧がただの一度だけ周囲（外界）に注意をはらったのは人々がＳ駅へひき返したときである。

彼はいつの間にか静まり返えつて閑々としてゐるプラットを見ると、

『をツ。』と云つた。

しかし、彼は直ぐまた頭を振り出した。

この後で子僧が歌うのは、「ギッチョンチョン節」にもなっている「汽車は、／出るでん出るえ、／煙は、のんのん残るえ、／残る煙は／しやん癪の種／癪の種。」であり、この唄だけが、列車や人々のいなくなったという外界に反応した子僧の気持ちがこめられている。他の俗謡は、すべて子僧の勝手気儘な歌であり、深い意味を求めることは困難である。（例えば、最後の唄「アー／梅よ、／桜よ、／牡丹よ、／桃よ、／さうは／一人で／持ち切れぬ／ヨイヨイ。」に菊池寛への諷刺を読みとることなど、作品世界からは不可能であろう。）歌だけではなく、横光が描く子僧のキャラクターに、およそ、思考とか意思とかが見出せない。先に引用した冒頭部で「いかにも一人前の顔をして」というところは、実は子僧が一人前ではないことを暗示している。人々が思案にくれているときも、出来事には、一切関知せず、「恰も窓から覗いた空の雲の塊りに噛みつくやうに、口をぱくぱく」やっていたのである。横光が、この子僧の表情の一つとして二回繰り返し使っているものに「白と黒との眼玉が振り子のやうに。」と「一人白と黒の眼玉を振り子のやうに振りながら」というのがある。これに加えて鉢巻きをし窓枠を叩いて大声で歌う子僧のイメージに積極的な価値を求めることは困難である。彼は自ら、口から出まかせに俗謡を歌う以外、何ら行動をしていない。いや、状況判断や独自の思惟をいっさい示していない。むしろ「無人格」とも云うべき傀儡にすぎない。この空無化された「頭」と、世俗の価値にひきずられていった群衆の「頭」、富と自信にみち状況判断と威厳をそなえた紳士の「腹」と子僧の「頭」、いずれの対比にしろ「頭」は本来持つべきはずの思考性をいっさいそなえておらず、人格を形成する核になっていない。「腹」も、体の一部としての腹ではなく、富と自信の権化として物神化されている。この空虚な「頭」によってあらわされる子僧が目的地へ先に着くという皮肉に、皮肉以上の何かがあるのではないか。ここで、一見、作品の他の部分と遊離しているかの如き冒頭の表現が生きてくる。「全速力で馳けてゐた」のは人間ではなくて「特別急行列車」であった。この機械文明の化物は、人間が「満員」状態であろうと「空虚《から》のまま」であろうと「全速力で馳け出」すのである。人間は、乗客でありさえすれば、人間という尊厳など、どうでもよい。ここには、全人格として存在すべき人間の解体を物語る横光の醒めた眼がある。迂廻線を通っていった腹と群衆の頭、彼らより先に目的地につく子僧の頭、いずれにしても、茶番劇のように後に残るものは「空虚」以外にはない。子僧の姿に「どこか横光自身が宿されているようである」とみる説（保昌正夫氏「『文芸時代』の作品をめぐって」『古典と近代』昭42・10）や「絶対の自立者の意思」をみる説（山崎国紀氏『横光利一論―飢餓者の文学―』昭54・12）、さらに「表現者そのもの」を読みとる説（栗坪良樹氏『鑑賞日本現代文学10　横光利一』昭56・9）は、それぞれ独創性にみちた見解ではあるが、作品に示された子僧のキャラクターからは読みとり難いのではなかろうか。

横光利一自らが処女作と称する「笑はれた子」、文壇登場の記念すべき「蠅」、『文芸時代』創刊号にのり、新感覚派論争をひきおこした「頭ならびに腹」の三作品について、おおまかな検討を加えてきた（後の二作品については、次章で詳細に論じる）のであるが、三作品に共通してあるものは、作品世界のもつ「空虚」――横光が好んでよく使う――であった。横光自身が、胸に大きな空洞をもち、ひたすらそれをバネとし、それを作品に定着させようと努めているのかの如き観がする。虚無へ、そして虚無から　というマイナスをプラスに転換し、そこに彼特有の方法論を明確に意識するのは、ずっと後、昭和八年十月『文学界』創刊号に載せられた「覚書」においてであるが、新感覚派のリーダーとして活躍したこの時期の横光に巣喰っていた人間に対する虚無観は、どのように形成されてきたのか。ここで、一つのアプローチとして中学卒業前後から早稲田に入学した頃の対人関係を検討してみたい。

## 四、柘植と上野

横光利一が、明治四十四年四月から大正五年三月まで在学した三重県立第三中学校（現・上野高等学校）には、彼の生活を彷彿とさせる資料が、かなりのこされており、野球、柔道、水泳をはじめスポーツは万能であり、講演部（弁論部）でも独特のテーマと話術で全校生を魅了したことなど、一きわ目立つ少年であったことがわかる。それ以前の、柘植で生活した頃の様子も『横光利一と柘植』（横光利一文学碑建設委員会編　昭34・12）に描かれており、これらの資料や横光の伊賀に触れた作品、肉親や地元の人からの聞き書き等、広い視野から、横光の幼少年時代を評論したものに井上謙氏の労作『評伝　横光利一』（昭50・10　桜楓社）がある。私は、ここで、井上氏の驥尾に付して横光の幼少年時代を論じようとするものではない。また、柘植で両親の病気や親類の確執の為、孤独に追いやられる横光については、番條克治氏の「『南北』と柘植」（『芸術三重』昭59・9）に詳しい。私は、ただ、横光が幼年時代を過ごした柘植と、そして主として中学時代に住んだ上野という土地柄の特異な関係と横光とを考えてみたいだけである。しかし、また、柘植と上野の風土を論じ、そこから直ちに横光の幼少年時代の環境なり、性格形成を云々する積りは全くない。どこまでが、生まれながらの素質であり、どこからが環境による後天的形成であるか、判断することは困難である。ただ言えることは、三重県立第三中学校に入学したころの横光は、二重の意味で異端的な要素を身につけていたらしいということである。

京都、奈良、滋賀に接した、三重県西北部の盆地——と言うより陸の孤島・伊賀の国は、およそ東西十五キロ、南北二十五キロの広さをもち、行政区画としては中京圏に属する三重県にありながら、伊賀は経済、文化の面では、むしろ西の大阪、京都を志向している。最近の市民運動の一つとして「伊賀は、近畿である」という動きが顕著である。この盆地の東北の隅に、横光利一の母の里、柘植がある。「伊賀の北海道」と呼ばれる柘植は、京都に似て夏暑く、冬底冷えのする伊賀盆地にあって、ひときわ冬の寒さが厳しい。また、伊賀盆地は、霧の濃いことで有名であり、横光も屢々、伊賀の霧の美しさに触れている。（「伊賀のこと」『紫陽花』大15・1や「わが郷土讃・伊賀の国」『婦人公論』昭18・10）とりわけ柘植の霧は濃い。それというのも、伊賀盆地の東北の隅にある柘植は、自然条件が、盆地中央の上野とは趣を異にしているからである。琵琶湖の東南にひろがる近江盆地の平野部へ流れ込む野州川を逆に溯って東南に進むと、草津から水口へ向う旧・東海道があり、三雲の南で支流の杣川に沿い、東海道をはなれ甲賀の山間をさらに南へ抜けると、油日岳、霊山につきあたり、ここから伊賀盆地に入る。その入口にあるのが柘植であり、その南には布引山地がそびえている。このコースは、現在のJR・草津線（草津—柘植）にあたり、とくに秋冬は、この地峡を琵琶湖からの冷い北風が吹き抜け、霊山あたりの山地につきあたり、雪を降らせ、霧を発生させる。勿論、柘植に源を発する柘植川やその支流・倉部川からの水蒸気も一層霧を濃くする。上野あたりが晴天のときでも、柘植の気象だけは予測がつかない。

こういう自然条件は、また、そこに住む人々に、上野と異なる生活様式を与えるものらしい。上野の人々は伊賀盆地の政治、経済、文化の中心という誇りが濃厚であり、木津川沿い、目は西、大阪、奈良、京都をむき、それ故、旧来の習慣、伝統を遵守しようとする傾向が強い。わるく言えば保守的になってしまう。しかし、東北の隅・柘植は、大阪、奈良よりは、むしろ、先程の地峡を北へ、甲賀、草津、江州の方へ親近感をもっており、江州気質への接近がみられる。柘植は、伊賀盆地の中心・上野を意識しつつ、実質的には、甲賀、江州と密接な関係をもっていたようである。歴史的にも古くから開けていたが、柘植と上野とでは異なる点が多々ある。二、三の例をあげるにとどめるが――、伊賀地方では、いまだに語り草になっている天正伊賀の乱（一五七八と八一）で、伊賀一国は織田軍の殲滅作戦にあい、焦土と化した。このとき、第二次伊賀の乱（一五八一）で織田軍を手引きし、伊賀の郷士たちを裏切ったとされる福地伊予守守隆は、柘植の郷士であり、（福地屋敷と云われる城址は、少年・横光利一の遊び場の一つであった）、乱後、伊賀国中の憎悪をうけて出奔する始末となるが、見方を変えれば、守隆は、小さな所領をめぐって暗闘を繰り返す伊賀郷士達と異なり、柘植という立地条件は、彼を天正時代の中央政情（京洛・岐阜）に通暁せしめたとも云える。彼の悲劇は時代の趨勢を伊賀郷士達より一歩先んじて把握していた為とも言えよう。

時代はずっと下がって明治時代、文明開化につづき、当時の文化の尖端、鉄道敷設の波が全国にひろがったとき、伊賀で一番先に鉄道が敷設されたのは、明治二十三年二月、柘植―草津間であった。当時、三重県下では「唯一の鉄道駅」であったと言われる。（福永正三氏『秘蔵の国―伊賀路の歴史地理』昭47・6）柘植の、こうした先進の気風に対し、上野はどうであったか。明治三十年一月、やっと柘植から西へ、伊賀上野（当時は上野駅）を通り加茂まで鉄道が開通したが、鉄道敷設に際して、上野町会の士族議員が中心なり、市街地から鉄道を遠ざけ、三キロ北の三田村に駅をおくことになった。早くも公害を予見し防いだという栄誉とともに、現在の上野の不便さをも同時に招来したのである。

さらに近年、俳聖・松尾芭蕉の生誕地をめぐる上野と柘植の対立は周知の事実であり、横光は、自らの血に母を通して芭蕉の血が流れていると信じ、芭蕉は柘植で生まれたと考えている（「芭蕉と灰野」『馬酔木』昭10・7）。後昭和十六年五月、三重県立阿山高等女学校創立三十周年記念に招かれ伊賀で講演したとき、そのあとの宴席で芭蕉生誕柘植説を発言し、座が白けたと伝えられている。

横光利一が、父の仕事の関係で各地を転々としたことは、よく知られているが、小学校に入学する頃からの彼をみても、滋賀（大津・岡屋）と柘植と上野を、めまぐるしく動いている。柘植を中心に考えると（横光に「小学校にゐたころの記憶を故郷とすれば、私の故郷は伊賀の山中の村の柘植である。」『三つの記憶』という発言がある。）、滋賀と上野をめぐりあるき、後、山科の姉・しず子の家、両親も山科に住むという風に、上野とともに江州方面での生活も見逃せない。彼の意思とは無関係に、幼少の横光は、まさに「柘植」型の生活様式の内に生きていたのである。しかし、その柘植においても生粋の土地っ子ではなく、父親は余所者、柘植に落着くこともなく他国を放浪しており、伊賀には見られぬ「ヨコミツ」姓を名乗り、本籍は九州で、発音に関東のアクセントを持つ、紺絣に羽織の子供・利一は、「トッシャン」と呼ばれ親しまれながら、土地の子とは一線を画されていた。母親の病から、一時、江州の岡屋にある吉祥寺に姉とはなれて一人預けられたことのある少年の、孤独と外界への用心深い反応は、想像にあまりある。このような横光が、県立三中に入学し、小学校時代、一時住んだことのある上野で五年間生活したことは、「柘植型の生活様式＋余所者」という二重の要素をもって青春前期を送ったことになる。知己には全身全霊で「誠実」でありつづけ、外敵には敢然として立ちむかう中学生・横光利一の姿は前述したように三中の交友会「会報」がのこした記録によって容易に想像がつく。

自ら語るように親子二代にわたる放浪者・横光は、規律の厳しい中学校で、彼なりに重圧と、それに立ちむかう客気とのバランスをとっていたようであるが、いよいよこの学窓を巣立つとき、どのような態度で、新しい環境（東京）にとびこもうとしたのか。それを最終学年と、彼の散文詩「夜の翅」や友人への書によって探ってみたい。

## 五、「夜の翅」

大正五年三月に発行された三重県立第三中学校の交友会『会報』の「文苑」欄に、中学五年生の横光利一が書いた「夜の翅」が掲載されている。（同号には、横光の「第五学年修学旅行記五月十九日」の項も載っている。）散文詩と見なしてよい作品で、内容は夜から明け方への変化を、自然と人間界との様相を通して描いている。そして、中心は、前半の夜の翅がひろがっている「夜」の情景よりも、後半の夜の翅がはばたき、夢も去って暁が訪れる方にある。（この作品に関しては、由良君美氏が詳細な分析をされ、横光が「様式言語」を早くも摑んでいた事実を検証された論文（「横光利一研究覚書――『夜の翅』細見」『文学』昭58・10）があるが、惜しいことに氏の拠ったテクスト（『定本　横光利一全集』・第十五巻所収のもの）に疑問の箇所や誤りがあり、氏の論自体の修正が必要になってくる。例えば行換えについて、二ケ所、全集本テクストのように、はっきり改行しているとみるか、前文のつづきを、たまたま行のはじめにもってきたか、検討を要するところがある。また漢字の使用についても、「会報」本文では、「々」や「〱」というおどり字を頻用しており、例えば、大正十二年の横光利一の日記をみても、同漢字の畳語が五例でてくるが、すべて二字目は「々」を使っている。横光の癖であると同時に、当時の慣例でもあるようだ。しかし全集本テクストでは、おどり字を使っていない。この為、改行第二部で「刻々に死に近づく恐怖を強ひて微笑するいぢらしい心をも」の解説で、由良氏は「〈刻々〉と書かず、故意に〈刻刻〉とすることで死の到来の非情で容赦ない秒読みの感覚を視覚的に定着し云々」と書かれたが、原本は「刻々」であるから削るほかない。）

　中学五年生の横光は、かなり意識的に破格の表現を駆使している。後に、彼が「国語との不逞な闘い」と自らの初期を規定したが、この作品にも「不逞な闘い」の跡が早くも見える。「夜の翅」の冒頭は、次のように始まる。

　　地へも、屋根へも、凝然と昼の深みを見守つてゐた。空へも、荘厳な夜の翅が拡つてゐる。

　難解な表現である。「……見守つてゐた。」の句点は、読点であろうとする意見（保昌正夫氏『横光利一』昭41・5）もあるが、生原稿が存在しない以上、印刷上のミスとも断じがたく、この表現そのものを尊重すれば、やはり第一文の主語は、「へも」の三つの用法から考えても、由良君美氏の云われる如く「夜の翅」となるであろう。この文の末尾、過去形の「た」は、この作品中、ここ一ケ所だけで、あとは、すべて時間の流れに従い、現在形を使用している。結局、冒頭部は、

闇をもたらす夜の翅は、真昼の輝きにかくれて、地上に対しても、家々の屋根に対しても、真昼の支配する光輝の深みをひそかに眺めていた。そして、いま、地上や屋根の上へは勿論、あの耀かしい光に充ちていた大空へも、大きな夜の翅がひろがっている。

のような意味になるであろう。この夜の翅に支配されている世界に、横光は四つの現象を捉えている。まず、第一の現象は

黒い屋根の下からは、老いた顔をも、若い顔をも、刻々に死に近づく恐怖を強ひて微笑するいぢらしい心をも、美妙な音響に憧る丶望ましい霊をも、暖く照して洩れるランプの光が、何物かの暗示の眼の様に、キラリと闇に光つてゐる。

と表現される。闇に「ランプの光り」を対置して、その光に「暖く照して洩れる」という肯定的な修飾を冠し、この小さな光が「何物かの暗示の眼の様に」光るということは、夜の翅とは反対の範疇に属するものであることが判明する。これを云うのに二組の対《つい》「老いた顔×若い顔」「刻々に死に……心×美妙な……霊」を用いることによって、すべての人々を、すべての心を、ランプの光が暖く照すことを示している。後にふれるように「闇」「夢」の否定的《マイナス》イメージに対し、光は肯定的《プラス》イメージをあらわしている。第二、第三の現象は、次のように描かれる。

夜烏の悲調な歌が黒い梢から脱け出して闇の漲つたみそらに顫ふ。
柔和を装うた夢は下つて、屋根をも揺籃をも蔽うて黙る。

闇の空をふるわせる夜烏の声は、文字通り「悲調」であり、闇の深さを強調するものと云えるが、第三の、夢に対して「柔和を装うた」という形容は、後半の「喜をも悲しみをも皆奪ひ取つた虚偽の夢」という表現によって

「装う」が理解される。しかし、ここで重要なのは、それよりも何故「屋根」につづいて「揺籃」を出してきたのか、ということである。同時に、後に示すところで「虚偽の夢」が飛び去るときにも「屋根から、揺籃から」と対《つい》にして使用している。実は、中学五年生の横光にとって、「揺籃」は特殊な意味を持っていたのである。（これについては後述する。）表面柔和な、しかし虚偽にみちた夢が、すべてを蔽うこのイメージも「夜烏」の歌と同様に「夜の翅」の範疇に入り、マイナスのイメージをつくっている。第四の現象は、次の通り。

　無限の天上から垂れ下つてゐる星は、静かな呼吸に戦のいてゐる。

先の「ランプの光」と同様、星も闇の中に光をはなつプラスのイメージと云えよう。

このような四つの現象を闇の中にみつけたが、夜の闇は、確実に明けつつあった。

地球がだん〳〵廻つて、静寂な眠りから醒める。

　夜の翅がはばたきされる。

「会報」本文で問題になるのは、右の「夜の翅が……」が、行を改めているのに一字下げにならず、前文からのつづきのようにも見えるところである。もう一ケ所を除き、他の改行部分はきちんと一字下げにしているのに二ケ所だけが、そうなっていない。昭和三十六年十二月号の、三重県立上野高等学校「図書月報」で「夜の翅」を紹介された岩野義三氏は、後のもう一ケ所も含めて、行つづきと見なしておられる。詳論はさけるが私も岩野氏の読解に賛成である。とにかく、この部分から夜明けに向うターニング・ポイントになる。

　垂れ下つた星は、一つ一つ天上へ引き昇つて、やがて来る可き活動と、喧擾との前徴を語る。と東の雲間から、しら〴〵しい輝きが昇つて来る。

　地も、梢も、空も笑ひ出す。

すべてが「笑ひ出す」明るさが、あたりを領する夜明けの到来。ここでは「しら〴〵しい輝き」という皮肉な表現が目につく。しかし、これは「夜の翅」に多くみられる文語調から考えて、さらに、闇と光の関係から考えて、アイロニカルな表現ととるよりも「しら〳〵し」という文語形容詞にある「白く見える、白々としている」の意にとってよいであろう。最後の三段落は、次のようにつゞく。

　喜をも悲しみをも皆奪ひ取つた虚偽の夢は、柔和な仮面を脱ぎ捨てゝ、嗤ひながら、屋根から、揺籃から闇と共に飛び去つて行く。

　屋根の下が騒ぎ出す。

　揺籃の中からは、騒ぎに交つて、母を呼ぶ可愛らしい韻律が正しく響いて来る。

「夢」は前述したように、実は、やすらぎをもたらすものではなく、人間的な感情を奪い去るものとして捉えられており、夜明けとともに、人々を嘲り笑いながら闇とともに去って行く。悪夢からさめた人々は「活動」と「喧擾」との中に息づきはじめる。右に示したようにこの作品最終の二段落は、夜の翅が去った後の人間界の動きを示している。「屋根の下」の「揺籃の中から」、なぜ最後に、わざ〳〵母を呼ぶ赤ン坊の声をひびかせたのか。夜の翅がもたらした闇、夢というものは、本当の人間らしさを奪うものとして捉えられ、それが去った後に人間の本当の営みが来る。その人間の、もっとも無垢な存在として乳児の声を最後にもってきた、という意味以外に、横光独自の想いがこめられていた。この作品発表と同じ大正五年三月、横光利一は、三中を卒業するに際し、友人・松村泰夫氏への別れの言葉を毛筆で書いて渡した。次のような文章である。

　　御身よ！
　私は揺籃から匐《ママ》ひ出ようとしてをります
　もう私は私のものになるのです
　私は立ち上ります私は私唯独人の道を歩みます　そして私はあくまで私の家を真摯なる態度を以つて探求し

ますそこで、私と云ふものは死にませう而し私は死にません
　揺籃の中の私は生きてをりませんかつた　生かされてをつたのでした——暗い冷たい空気を呼吸さゝれて無理に。
　御身〔一字消〕よ！　生きてをらなかつた間の私は何をしてをつたのでせう?
　私には判りません　それを考へることも不可能です　あゝ私はもう生きませうそして独人で思ふ様呼吸しませう。

　右の文中の「揺籃」は、上野での生活——とくに三中での生活をさしている。三中については、「俺の見たる人生に於て圧迫と云ふことは第一の敵である。（中略）俺の出た、兄の今居る学校は此の圧迫の製造所であつた。」（大5・5・31　上島頼光宛ハガキ）とか「三中は人をだん〳〵殺して行く一種のギロチンになつて行く様な傾きがあるかな」（大6・11・16　上島頼光宛ハガキ）とも書いており、その「揺籃」の中では自分は生きていなかった、生かされていた、いま、夜明け（卒業）とともに、「揺籃」の中からはい出して、自分は生き、自由な呼吸をしよう、という右の文章の構図は、「夜の翅」の後半部と一致する。詩的に書かれた夜の翅は、三中での暗い抑圧された（と横光は感じている）生活を象徴しており、夜明けとともに「揺籃の中から」聞こえてくる乳児の「正しく響いて来る」韻律こそ、彼の新生活への憧憬にみちた呼び声であった。

## 六、虚無へ、そして虚無から

　しかし、彼の書簡等をよくみれば、三中への反撥は、むしろこれから伸びようとする若者特有の、身近な規範に対する反逆のようであった。東京へ旅立ち、今迄のように余所者の自意識で苦しむこともなく、余所者の集まりで

ある東京で「独人で思ふ様呼吸しませう」と希望に燃える青年・横光が、三中卒業前後に見舞われるのは、幼い愛を手はじめに、やがては地獄の様相を見せる愛の嵐であった。

上野市内の芸妓――というよりも半玉――お玉さんは、卒業直前の横光に積極的に接近して行ったようである。かつて横光と同じ下宿で暮らした一年後輩の、上島頼光氏の日記（大正五年）に、

横光は恋されたのだ御玉に芸者に非常な熱心な恋であつたのだそして卒業後にあふて呉とだしぬけにふといつた僕はその大胆と熱心に驚かざるをえな〈か〉つたそしてもしそれが不可能ならば写真〈で〉よいから何卒御送り下さいと願つたのであつた（三月十四日の項。〈　〉内の字は引用者が補ったもの）

と書かれ、傍で見ていた純朴な田舎の中学生・上島少年の驚きと狼狽とが如実に文章にあらわれている。同月十八日の上島日記によれば、上島少年の下宿で朝寝をしていた横光を、お玉さんは三回も訪れている。二十日迄上島少年の下宿に居続けようとした横光は、下宿の主人が文句をつけた為か、十八日には大津へ帰ってしまった。上島少年は、伊賀上野駅まで横光を送り、涙しながら下宿へ帰ってきた。それに対し大津から横光もハガキを送っている。

寒いのにありがたう！（中略）
上野が恋しかつた、もう一度君が見たかつた！
君の眼が、うるんだ時私は顔をそむけざるを得なかつた。〔二字消〕だるそうな電気の下で君にもらつた敷島の紫色の煙を輪に呼ひ《ママ》た時、玉ちゃんの星のような瞳がぼんやりと思ひ出された（中略）
御身大切に！前の人に宜敷しく、・Jにも。急ぎ手紙を出そう、（大5・3・日は判読不能）

美しい友情があふれた書簡である。横光は、この文面通り、さっそくお玉さん（「J」は、Jewel—宝石・玉—の頭文字でお玉をさす）に手紙を出したらしい。上島日記、三月二十日の項に、「横光からJにあてた手紙が自分の所に

来ておつたJの喜ぶこと限りなし」と書かれている。

しかし、この幼い恋心は、かなり華やかな外見を示しているが、中学五年生の少年にとって、心にくい入るものではなかった。お玉さんとの恋が外面的なものとすると、横光には、それとは別に密かに内面に育んでいた「初恋」があった。後に、この初恋をモデルに「雪解」という作品を書いたが、この作品については、福田和幸氏の詳細な論考（「雪解」の意味」『芸術三重30』昭59・9）があるので、ここでは割愛する。横光は、上野で下宿しはじめた頃、それ以前に見た一人の少女と幼い交際をはじめた。宮田おかつという、四歳年下の、可愛い少女であった。横光は三中卒業後、四月に上京し、早稲田大学高等予科文科に入学した。その直後（四月十三日）、上島少年に次のように書き送った。次は、その一部。

隅田川の堤のあたりを遊びに行つたときビシにそつくりなガールがの　可愛い江戸ツコをつが《ママ》つて遊んでゐるのさ俺やもうたまらなくなつて　ポロ〳〵とほんとに来たよ何と云つても the first lo…は忘れられん

戯文調の照れかくしの背後にビシ（宮田おかつのこと。横光達の間で使われた暗号。シーザーの Veni Veli Vici 来た、見た、勝った、の最後、勝ったとおかつをひびかせたもの）に対する深い想いが読みとれ、横光自ら、おかつとのことを「初恋」と呼んでいる。

これ以後横光利一が遭遇する所謂「里枝事件」とおかつの急逝についての概要は、既に本書「横光利一・文学の軌跡　二、文壇登場まで」で述べた。しかし、もう少し詳しく、ここで考察してみたい。「揺籃」から夜明けの光を慕って独立独歩の生活をはじめるべく、彼は東京市外戸塚村下戸塚の栄進館という下宿屋に住みはじめる。しかし、まもなく経済的負担の軽減と家庭的雰囲気への憧れから、友人二人と雑司ケ谷で共同生活をはじめた。青年三人の家に、自ら希望してついてきた少女（栄進館の女中さん）が、家事一切をひきうけてくれた。横光に好意をもっていたらしいこの少女が、横光の帰省中に友人の一人と通じ、二人の同衾の姿を東京へかえってきた横光が目撃してしまうという「里枝事件」（中山義秀氏『台上の月』昭38・4）がおこった。この大正五年四月以降の、横光の行動には不明な点が多く、栄進館から出て友人達と共同生活に入ったのがいつで、「里枝事件」が、いつ頃なのか、よくわからない。同年四月十三日付のハガキ（上島頼光氏宛）には、東京への恐れと早稲田への好意を記した後に「六月に入れば直ぐ休暇になるから」という文面が見え、七月には山科へ帰っている（7・15付ハガキあり）から、共同生活に入ったのは遅くとも五月初旬から中旬、「里枝事件」は九月ということになろう。ここに一葉のハガキがある。大正五年五月三十一日付「東京にて」としか住所欄に書かれていないので、雑司ケ谷からのものかどうか不明であるが、大津へ帰省する直前の五月三十一日であるから共同生活中のものと推定できる。細字でびっしりと書きこまれ、表の宛先欄の下三分の一にも書きこんだハガキである。その一部を次に引用する。

俺は此の頃淋しうてならぬ、運動は少度もしない、市へも出ない、何だか恐ろしい様な気持ちがしてならぬもの。家の中に居て硝子を透ほして、あの青葉青葉の銀色の吐息が大気の中へ放散して溶けこむでゐるのを眺めてゐる。そして夏が来た、と云ふ生々した心持ちを味つてゐる。だけど美てうことは忘れられぬ。愛と云ふことも忘れられぬ。私の内的生命には不断の力が漲つてゐる。私は女のことも思ふ自己と云ふことも思ふ。私は生きてゐると思ふと何となしに嬉しい、だから余り嬉しすぎて時々悲観する。そは生てふことについて悲観する。そして時々、自殺と云ふことを考へ出す。余り自己を愛する心が膨大するから自殺を思ふ。死と云ふことは如何なることであるか。又如何なることを俺にもたらすかと云ふことは俺は知らん。しかし、生と死との別は云へないが判つてゐる。何だか、此頃は、おど〳〵として少しも落付きがなくなつて来た。危険な時であるとは知つてゐるが、どうすることも出来ん。弱いのでもあろう。しかし別に気にかけたくない　だから俺は自殺てふことをそれ程恐ろしいことであるとは思はれぬ

この続きが、先に引用した「俺の見たる人生に於て圧迫と云うことは第一の敵である云々」である。混沌とした

青年の心情がよく吐露されている。生きているということは嬉しい、だから余り嬉しすぎて悲観する、生ということについて悲観し、時々自殺を考える――生の歓喜と自殺の願望が、同時に存在している。自己愛が膨張し、その故に自殺を思う――外部への発展より、内部の密室での自我と生の葛藤、換言すれば自意識の過剰な跳梁、この危険を横光はよく知っている。右の文面の「私は女のことも思ふ」の「女」は誰であるか断定できない。しかし、この前後の書簡では、おかつのことはビシ、お玉さんのことは、玉ちゃん、ジュエル、J と、はっきり書かれているので、この二人ではないと推定できる。このハガキの日付から考えて「里枝」にあたる女性と考えても、あながち誤りではないだろう。そうすると「私は生きてゐると思ふと何となしに嬉しい、だから余り嬉しすぎて時々悲観する。そは生てふことについて悲観する。そして時々、自殺と云ふことを考へ出す。」の部分は、「愛」や「女」を考えている横光にとっては、愛することに喜びを感じ、その故に悲観し、愛そのものを殺そうとする、というロジックをも許容する心理のなりゆきだと言える。ここまでくれば、四年後に執筆する「悲しみの代価」の主人公の心理と同じパターンであることが判明する。主人公は、妻の辰子と友人・三島との結びつきにつき「三島の罪の半分は自分にあるのを彼は知つてゐた。もともと前には三島と辰子の結ばれることを願ひ、結ばれるやうに自分から仕向けていつて、さて今さうなつたが故に、三島や辰子に怒りを持つたとすると、それはあまりに利己的にすぎるにちがひない。」と反省する。右の書簡にみられる横光のおそれは、この主人公の前半の想いに似ている。「俺の見たる人生に於て圧迫と云うことは第一の敵である」という「圧迫」は、かつては外界にのみ存在するものであったが、いまやその敵は己の内部にも息づいていることに気づいている。「女」「愛」を目の前にして自意識過剰に苦しんでいる若い横光がいる。だから「危険な時であるとは知つてゐるが、どうすることも出来ん。弱いのでもあらう。」という認識は、すでに神経衰弱の入口に居ることを自覚していることであり、その「危険」を自ら招いたような形で「里枝事件」に発展したとも云えよう。このハガキの最後に書かれた「俺の眼からは、実朝の断末《ママ》の様な涙がポタリ〳〵と流れる。」という表現も、決して誇張されたものではない。

　横光利一を回想する知人、友人達の文章には、必ず「誠実」という文字が出てくる。その彼が、自分を愛してくれたはずの少女に、友人に、そして自らに裏切られることによって傷つく心の痛手は、どれほどのものであったろうか。しかも、予測し得た最悪の事態が現出したことへの恐怖と何者かへの畏怖、これだけでも充分「神経衰弱」になる可能性がある。しかし、これに追い撃ちをかけるように起こってきたのが、同年十二月十四日の、宮田おかつの死である。流行性感冒による急死であった。（作品「雪解」では、栄子＝おかつの死をスペイン風邪によるものとしている）翌大正六年七月二十一日のハガキ（上島頼光氏宛）に彼の心情が書かれている。

　ビシが死んだのを聞いて俺は直ぐ上野へ行つた。何のために行つたのか分からなかつた。俺は実際あれから厭世を起こして了つた。一月に再び上京はしたが、もう学校は止した。そして直ぐ此の静かな山科に帰つて孤独な生活を送つてゐる。上野へ行つた時如何なる感情がもり上がつたものか、俺は彼女の家へ走って行つた。彼女の母は……アアもう俺は彼女の母に付いては言ひ得ない。俺は憎む。俺は毎日、読書と創作とに耽つてゐる。

　この切迫した感情の激しさと、後年「雪解」に描かれる主人公の心理との逕庭については、本書Ⅱ、二「雪解」解説で簡単に触れているので、ここでは論じないが、宮田おかつの死に「厭世を感じ」た横光が、孤独な山科で試みた「創作」とは、又、創作する心とはなんであろうか。習作期の作品「姉弟」、「神馬」「犯罪」等が、この頃に書かれたものである。おかつの死による心の痛手を、もっともはっきりと書いているのは「姉弟」である。主人公の「私」が学校を止してしまうことに対し、姉が何故かと尋ねたとき、「私は此の姉に皆んな話して了はうか、恋を、死を、そして淋寂を。」と考える部分や、「微風が吹いたのか淡水の匂が磯の漣から漂うて来る。私は逝つた彼女の事を思ひ出して空を見上げた。」の箇所に横光の想いが投影されている。もともとこの「姉弟」という作品は、「御身」へ発展していく習作であるが、「姉弟」から「御身」へのラインからは削りとられていく、このような要素を「姉弟」はもっていた。

　しかし、注意しなければならないことは、たんに「姉弟」に横光の悲しみが投影されているという微々たる事ではなく、彼が、この悲しみと「神経衰弱」の中で、創作にどのように対していたか、換言すれば、いよいよ作家たるべく創作に全力投球するとき、いかなる原理が彼を支え、彼の力の源泉になったかということである。

「神馬」では、日露戦争で戦功のあった馬が、神馬として神社に保護され飼育される、その馬の幽閉状態が描かれている。馬の視線を追いつつ参詣に来る様々の人間をみつめ描くうちに、いつの間にか、讃美され拝されている馬より、外部の人間の方が自由だということがわかって来る。彼（馬）は餌をもらい残らず平らげると、「男は重戸をピシャリ落ろした。真暗になつた。」こうして「今日も知らない一日を彼は生きた」のである。神馬は、昨日も今日も、そして明日も、彼の生きる限り、この無為で空虚な生を送らねばならない。ここには、あの井伏鱒二の「山椒魚」のようなユーモアやペーソスは見られない。しかし、同じ幽閉の懼《おそろ》しさ、悲しさを描いているのである。

「犯罪《つみ》」も同じ方向を示している。目白を二年間も飼い、その間、雌の目白を「彼女」と呼び親しんでいた主人公が、或る日、籠の鳥の不自由さに気づき、彼女を逃がしてやる。しかし、既に彼女には野性はなく、すぐに籠へ帰ってしまうのである。主人公は「俺は神に対する犯罪を背負つた」と後悔し、やがて、老いた彼女（目白）は死に、その死骸を彼は掌にのせて「彼女と空虚《から》の籠とを交り番に眺めてゐ」ると、「軽い恐怖がサツと胸を」通り抜けるのを感じた。この犯罪は、勿論法律上のそれではなく、「神」に対する罪――横光は「神」と書いているが、宗教上の罪というより、自然の掟に対する倫理的な罪を意味していよう。その罪を自覚した青年の向こう側に、鳥籠で一生を終えた「空虚」な彼女の生がひろがっているのである。主人公は、その罪に対して、償おうとして努力するのか、または、その罪を永遠に背負って苦しむというのか。この作品には、積極的な姿勢は示されず「軽い恐怖」に示されるように、罪の意識のかげに低迷する心理しかない。彼が後にもよく使用するキイー・ワード「空《か》虚《ら》」が、ここにも使われている。

横光利一は、友情、愛、自己に対する幻滅を味わった後、彼を創作へ駆り立てるエネルギーを、孤独のうちに湧きでるマイナスの、すべてが虚しいという虚無観から獲得したのではなかったか。彼は、山科の生活で、己の内なる空洞を、はっきり認識し、逆にその空洞から「創る」という活力を得たと推定できる証拠を、彼自身の作品が示していた。「蠅」について横光がいった「生活と運命とを象徴した哲学」を、この山科の生活で得たのであろう。初期の横光は、一見さかんな評論や論争において、技巧や表現、形式について熱弁をふるいながら、不思議なことに、その底にひそむ人生観については、余り語っていないのは、彼自身が「虚無」の認識の上に立ち、そこから創作のエネルギーを得ていることを自覚していたからであろう。横光が方法論として明確に意識し宣言するのは、もう少し後のことになる。

若い横光利一の、この「虚無」の認識と、「虚無」からの創造は、やがて、プロレタリア文学の隆盛、そして弾圧による「転向」の嵐を得て、昭和という時代そのものが虚無感に見舞われるに先立って、実践の原理とされていた。シェストフ『悲劇の哲学』（河上徹太郎・阿部六郎共訳　昭9・1）三木清の「シェストフ的不安について」（『改造』昭9・9）を先取りしていたと言えよう。

# 第二章　「御身」

横光利一の作品集『御身』（大13・5・20　金星堂）で初めて発表された作品「御身」を考慮する際、先ず二つの疑問に直面する。収録された十三篇の小説、三篇の戯曲には「日輪」「碑文」「蠅」など、この時期の代表作がありながら、何故一見平凡な「御身」を作品集の題名にしたのか。尤も、二日前の五月十八日に文芸春秋叢書2として『日輪』が出版されているので、「日輪」は使えないとしても、である。二番目に、作品集の最初（序に代へて）と付記された散文詩「御身」と小説「御身」との関係はどうなのか。この二つの疑問を念頭に置きながら、まず作品自体の孕む問題から始めよう。

## 一

既に多くの指摘があるように、「御身」は初期作品に多い、横光自身の身辺に材を取った作品の一つである。「姉弟」「悲しめる顔」「南北」の系統に属し、時期的には所謂「里枝事件」や幼い恋人・宮田おかつの死（大5・12・14）による傷心――周辺の人が「神経衰弱」と見做したころから、二、三年の間のことである。当時大津にいた姉・しずこは、弟・横光利一の神経衰弱の時期に触れた後、次のように回想している。

母は利一が学校時代休暇で帰りますと、いつも大好きなおすしを作って待っていましたが、大津にいる私のところへ下車して、二三日遊んで帰りますのでくさらせてはこぼしていました。それでも帰りますとタライで足を洗ってやりましたり、洗面器に水を入れたりして、それは大切にしていました。

（「弟横光利一」『横光利一読本』昭30・5　河出書房）

この部分は、ほとんどそのまま「御身」6章の一部と重なる。しかし、「御身」では、しずこの娘・昌子への気持ちを素材として、末雄と姪との交渉に中心点が置かれて創作されている。姉・おりかに長女・幸子が生まれ、末雄は東京からの帰省の度毎に会いに行き可愛がるが、幸子はいっこうに懐こうとはせず、むしろ末雄を嫌がる状況が描かれている。

先ずこの作品で注目しなければならないのは、末雄の持つ「倫理観」である。生後一ケ月の姪の泣き声を聞き、「前に読んだ名高い作家の写生的な小説」（志賀直哉の「和解」）の中で描かれていた、死直前の赤子の泣き声と似ていることに不安を感じた末雄が、姪を抱き上げ緩く左右に揺すってやると、すぐ泣き止んだ。寝かしつけるとまた泣き出す。この繰り返しに面倒臭くなった末雄は、姪の枕の下に手を入れ頭を浮き上がらせると、ぴたりと泣き止んだ。この手をもう一度繰り返そうとした時、彼は、ふと気づく、「幸子は生れて今初めて騙されたのではなかろうか」と。「その最初の騙し手が此の叔父だ。」自分の行為を「小さいこと」と思えない彼は「謝罪」の気持ちで姉が帰り授乳するまで抱き通してやったのである。爽やかで潔い、と言うべきであろう。

しかし、この潔癖な倫理観の上に成り立つ「愛」の観念（恋愛、夫婦愛、家族愛）は、奇妙な様相を呈して来る。懐妊中の姉・おりかが、力んで躑躅を抜こうとした為、胎児に異変が有ったのではないかと心配する処（2章）で、末雄は次のように思う。

正式な結婚で姉は人妻になつてゐるとは云へ、とにかくいづれ不行儀な結果から子供が産れて来たにちがひない以上、それをお互いに感じ合ふ瞬間が彼にはいやであつた。

この作品における末雄の年齢は不明である。後に触れる同系統の「姉弟」では、主人公の「私」は「徴兵」近い、「二十にも二十一にもなつ」た青年として設定されているので、「御身」の末雄も成人に達していると見做してよいであろう。その青年が、夫婦の関係を「不行儀」と捉えるところに、彼の結婚観、夫婦愛への基本姿勢が現れている。夫婦が信じ愛し合っても「性」の介在を認めないのである。それは在ってはならないことであり、妊娠は「不行儀」の結果と見做される。しかし、可愛い姪の誕生が「不行儀」の結果であると言う、自らの思考の背反に気づいていない、と言うよりその矛盾したものが同時に存在しているのである。精神的に「性」を拒否しながら、初対面時、生後一ケ月の姪の唇にいきなり接吻をしたり、不安定な姪の臍に、姉に勧められたとは言え、人差指の一節ほど差し入れ、何処までも入りそうな気がして慌てて手を引っ込めると言うセクシュアルな行為を一方ではしているのである。こうした彼のアンビヴァレンスは、大人のそれではなく、一種特権階級的な「学生」のものであり、モラトリアム人間の特徴を示している。例えば、10章末尾に父の要請で日向へ去る母が、車窓から孫の幸子ばかりを見て、一度も自分を見なかったことに、「子より孫の方が可愛いらしい、さう思ふと、その日一日彼は塞いでゐた。」と拘るのも右のことを証している。末雄を「少年」[1]、「幼さ」[2]と捉えるのも、この状態を指していると考えられる。右の引用文の最後の感情「それをお互いに感じ合ふ瞬間が彼にはいやであつた」については、姉との関係(姉弟愛)について触れなければならない。1章で姉の妊娠を母から知らされた時、「彼は姉にそんなことがあるのかと思ふと、何ぜか顔が赧らんだ。」のである。「姉がたいへんに好きであつた」(2章)と言う末雄には、姉を異性として見る密やかな想いがあり、その姉と「不行儀」を結び付けることに羞恥を感じるのである。その羞恥心は、姉に「赤子のことを訊くのが羞しかつたので黙つて時々気付かれぬやうに姉の帯の下を見た。」と言う態度を執らせる。しかし、乳房で圧死した乳児の事を姉に告げた末雄は、「そんなこと知らんでどうする、末つちやんは私《あて》を子供見たいに思うてるのやな。何んでも知つてるえ私《うち》ら。」と言う姉の言葉を聞き、「彼は少し安心が出来た。」と言う簡単な反応を示すにとどまる。何でも知っていることの中には、育児に関する事以外に末雄が忌避している事柄が当然含まれているに相違ないのに、素っ気なくやり過ごしているのは、彼の姉への関心が「近親相姦的願望」[3]と言えるほどには濃厚ではないからである。作品「姉弟」に見られた姉弟の関係よりも希薄化されている。「姉弟」「悲しめる顔」その他初期作品と「御身」との関わりについては、高橋博史氏の詳細な研究[4]があるので、ここでは割愛するが、「姉弟」「悲しめる顔」「御身」の三作品では、主題が姉弟愛、容貌への劣等感、姪への愛、と言うように移動しており、同じ次元で直結させて比較出来ない部分がある。姉弟愛にしても「姉弟」では、「御身」におけるより濃密である。「姉弟」の「私」は、嫁いだ姉を「私の一番好きな着物を着せて美しく化粧をさせて」丘の上に連れ出して並んで座ったり、姉の方も散歩の途次、私にすり寄り、私の手を握って大きく前後に振ったり、指を一本一本しごいてポキリと筋骨が鳴った時など、「おう鳴つた」と私を見上げて微笑する。その様は子供のようで、もうこれ程幸福な事はないと言う様子を見せる。「御身」では、このような関係は後退し、散歩するのも「姉は間もなく裏の山へ行かうと云ひ出した」と言うように姉の発意によっており、末雄の関心は専ら姪の方へ向かっているのである。

## 二

「御身」における末雄と姪・幸子との関係は、ほとんど末雄の一方的な関わりで成り立っている。幸子の二歳（12、13章）、三歳（14、15章）での反応は、まだ充分に人間的ではなく、幼児の本能的反応と言うべきであろう。全き一体化の喜びから、姪の拒否による愛憎の増幅への軌跡が大きな流れを見せ、その中に、前述の特異な結婚観や末雄の人生観の基底が浮上する仕組みになっている。最初に姪を見た時（俺に似とるぞ）を思い、接吻をした後、末雄の想いは次のように描かれている。

（こ奴、俺にそつくりぢやないか。）

彼は不思議な気がすると、笑ひ乍ら、俺の子ぢやないぞと思つた。

（よし。一人増した！）

彼は何かしらを賞めてやりたかつた。これこそ俺の味方だ、嘘ではないぞ、と思つた。母や姉も味方であるに違いない。しかし、彼女らは、大人の世界の住人なのであり、モラトリアムな末雄にとっては、解し難い異質なものを持っている。例えば、母は末雄に姉の妊娠を知らせる時「『姉さんに赤子が出来るのや。』母は何ぜだか普通の顔をして云つた。」と言うように、母は末雄の忖度を越えるものを秘めているし、姉にしても前述のように彼の知らない体験を積み重ねて来ている。しかし、今、目前に横たわる乳児は、人間としての内実を持っていない（無垢）である故に、末雄の願望のままに架空の内容で充填することが出来る。一人増した味方は、母、姉と違って、総ての点において自分の欲するままの味方である、寧ろ「分身」と言ってもよい。ところで、右の引用部では、この姪との一体化の歓喜とともに、もう一つ重要なものが顔を覗かせている。「何かしら」と表現されているもの――世界の遥か深奥に存在し、人間の営為すべてを支配しているものが、この曖昧な表現によって示唆されている。末雄が、このものの存在を明確に察知するのは、姉の便りを誤読して、幸子が種痘の熱から丹毒で片腕一本を喪失したと思った時である（11章）。姉への怒りを爆発させながら、「対象の解らない怒りが込み上げて来た」のは、そうした事態を招いた姉と言う表層のものを超えて、すべてを支配している或るものへの怒りであったからである。

「たうとうやつて来た。」

彼は自分を始終脅かしてゐた物の正体を明瞭に見たやうな気持ちがした。その形が彼の前に現れたなら必死になつてとり組んでやると思つた。不思議な暴力が湧いて来たがしかしどうとも仕様がなかつた。

この凶暴な運命の支配に対抗するには、「不思議な暴力」だけでは方途は開けない。それには前述した潔癖な「倫理観」しかあり得ない。その「物の正体」に打ち勝つことは不可能であるにしても、己の在り方、生きる姿勢を正し支える潔い「倫理観」こそ、末雄の唯一の武器である。この倫理の前には、奇妙なことに世を支配する法律も世俗の道徳も無視される。哀れな姪の姿を思い浮かべ、彼女の背負う不幸を思う時、「俺の妻にしてやらう。」と考える。古代においてならいざ知らず、近代社会では、民法では勿論、道徳上でも三親等以内の結婚は固く禁じられている。島崎藤村の「新生」の悲惨を持ち出すまでもなく近代社会のタブーである。それを無視して姪との結婚を考える末雄に取って、気になるのは、年齢の差と、自分の顔、能力であり、法律や倫理ではなかった。同様に傷ついた姪との結婚を考える「悲しめる顔」の金六は、ひたすら杓子顔に拘ったが、金六の劣等感をそのまま末雄に適用する必要はない。末雄の母が彼の容貌について「痩せて見え」ることを言っている（6章）が、それが「醜い」に直結するとは言い難く、息子の健康を気遣う母親の発言と見るべきであろう。末雄の決意は、「何アに、俺に不足があるものか、必ず幸福にしてみせるぞ。他人の誰よりも俺は愛してやる。よしッ、何アに。」と言う「愛」の力によって「罪悪」に打ち勝とうとするものであった。しかし、この強烈な思い込みには、大きな陥穽が隠されていた。道徳も民法も無視した幸子への愛は、無償の献身的な愛ではなく、最も世間並な報酬を求めるものであった。姉の粗雑な文面から誤読と分かって、健康な姪を再び見いだしても、全く懐いてくれない状態に困惑した末雄は、友人に次のように書き送る。

愛と云ふ曲者《くせもの》にとりつかれたが最後、実にみじめだ。何ぜかと云ふと、吾々はその報酬を常に計算してゐる。併しそれを計算しなくてはゐられないのだ。そして、何故計算しなくてはならないかと云ふ理由も解らずに、然も計算せずにはゐられない人間の不必要な奇妙な性質《たち》の中に、愛はがつしりと坐つてゐる。帳場の番頭だ。

ここに末雄を苦しめる落穴があり、この超俗と打算のアンバランスこそモラトリアム人間・末雄の真骨頂であろう。押し付けがましい末雄の愛は「恋」と成り、それは幼児の直感によって嗅ぎ取られ拒否される。但し、拒否と言っても、直接押し付けがましさに触れない範囲では緩和される。幸子に直接触れたり抱いたりすると泣かれ、「御身よ、御身よ。」と言って、彼女の周辺を廻り、自尊心を傷つけてまでご機嫌を取り結ぶしか仕方がない。或は、姉の言うように「お前あらつぽいからや。」が本当の原因かも知れない。しかし、ひたすら独り相撲を演じている末雄には、「何か子供の直感で醜さを匂のやうに嗅ぎつけているのではないかと恐れることもあつた。」と言うように、己の心の醜悪さに原因を求めるしかない。ここにも、末雄の己に対する厳しさ（倫理観の強さ）が見られよう。そして、「幸子を憎く感じる日がだんだん増して来た。」と言うのも、幸子への嫌悪や恐れを示すものではなく、愛が憎しみを伴って一層深化することを意味しているのである。

作品の最後に、末雄が幸子を見ながら独りごつ「今に見ろ」と言う言葉は、彼を「壁に等しい代物」としか見ないらしい姪に対して、己の愛の勝利を決意すると同時に、凶暴な支配者にたいする挑戦とも解されるのである。

## 三

「日輪」「碑文」「淫月」を始め、作品集『御身』所収の作品に登場する人物は、ほとんど凶暴な運命に翻弄され滅んでいった。「日輪」の卑弥呼にしても、第二の夫・訶和郎の亡骸を傍らにし、大空に立ち昇る火山の噴煙を見上げ「あゝ、大神は吾の手に触れた。吾は大空に昇るであらう。地上の王よ。我れを見よ。我は爾らの上に日輪の如く輝くであらう。」と征服慾を露にするが、最後まで第一の夫・卑狗の大兄を始め、自分のために亡くなった男たちへの悲しみや哀悼の想いで充たされている。と言うことは、たまたま奴国の王子・長羅が不弥の国へ迷い込み、美しい卑弥呼を見たと言う偶然が、多くの人々の生き方を狂わせ、多くの生命を犠牲にする事態を齎した、その凶暴な運命に支配されていることを示しているのである。こうした人物の中で、「御身」の末雄のような潔癖な倫理で凶暴な運命に立ち向かおうとした者はいない。作品集『御身』の表題は、人生への積極的な横光利一の意欲を表明するものと考えられる。

表現においても、既に「俺は余り志賀氏にかぶれすぎてゐた。それを知つた今は何を書いても食べかたの好くない饅頭のやうだ。」（大9・5・24　佐藤一英宛書簡）の自覚があり、彼自身の回想によれば

表現とはいかなるものかを厳密にはまだ知らず、筆を持つ態度にのみ極度に厳格になつてゐた一時期の作である。この時期には、私は何よりも芸術の象徴性を重んじ、写真よりもむしろはるかに構図の象徴性に美があると信じてゐた。いはば文学を彫刻と等しい芸術と空想したロマンチシズムの開花期であつたが（以下省略）

（「解説に代へて」『三代名作全集―横光利一集―』昭16・10・5）

の時期にあたり、余計な叙述を省き、簡潔な表現による15の短章の積み重ねには、「蠅」と通じる「構図の象徴性」への試みが読み取れる。作中に触れられている「名高い作家の写生的な小説」（志賀直哉の「和解」）で描写された死ぬ前の泣き方と5章の表現を比較すれば、佐藤一英宛書簡に示された自信も諾われるであろう。「和解」では、「自分」の最初の娘・慧子の急死を描く際、六ケ所にわたって泣き声を描いているが、その最初の例と「御身」の表現を引用してみよう。

※自分は抱上げながら赤児の顔に自分の頬を当てて見た。頬が冷りとした。唇が紫がかつて居た。

「オイ直ぐ回春堂を迎へにやつて呉れ。一人ぢや淋しいだらう。二人でやれ」

妻は蚊帳を出て急いで台所へ行つた。

「直ぐだよ。いいかい？　直ぐだよ。慧坊の様子が少し変なんだから」かう云つてゐるのが聞こえた。

泣きやうが著しく変になつた。「あつは。あつは」と云ふ風な泣方だつた。（「和解五」）
※彼は遠くで赤子の泣き声のしてゐる夢を見て眼が醒めた。すると、傍で姪が縺れた糸を解くやうに両手を動かし乍ら泣いてゐた。
「アツハ、アツハ、アツハ、アーツ。」
さう云ふ泣き方だ。彼は前に読んだ名高い作家の写生的な小説の中で、赤子の死ぬ前にそれと同じ泣き方をする描写があつたのを思ひ出した。彼は不安な気がして姉を呼んだ。姉はゐなかつた。（「御身5」）

志賀直哉の場合は、事態の進行を簡潔に「写生」して行くのに対して、横光利一の表現は、泣く赤児の動作を巧みに描写し、泣き声の片仮名によるオノマトペや不安な気持ち、姉の不在の叙述は、真実に迫ろうとする「厳格」さが現れている。既に「笑はれた子」を論ずる際に述べたように、発想、表現、構成、主題などに於いて志賀直哉の圏外に立ち、横光利一自身のものを獲得していたのである。

## 四

散文詩「御身」は（序に代へて）として作品集『御身』の冒頭におかれた。この詩は既に大正十二年十月一日発行の『新思潮』（第六次）十月号に「太古礼讃」として発表されたものである。因に、この詩は『書方草紙』（昭6・11・5　白水社）所収の「詩十編」にも収められている。

「太古礼讃」と題された散文詩は、太古の愛が無惨に打ち壊され、現代に失せる悲哀を歌っているもので、文字通りの「礼讃」ではない。加えて、内容とタイトルの背反とともに、愛と死、婚礼と弔い、甦り（発掘）と喪失と言う相反するもの（実は表裏一体のもの）の同時進行が見られ、全体に二重構造をなしている。では、この散文詩の表現と内容を検討して見よう。最初の三節は、次のように歌われる。

余を埋葬した太古の夜は、月光に磨かれた夢を垂らしてきらめいた。林檎拓榴の雑木林《ざうぼくりん》に、孔雀は真珠を銜んで翅を休め、リイは腕に青玉の鐶を鳴らせて重き柩の蓋を取り、紫の薔薇と銀爛色の百合もて編める三つの花輪を余の床にと敷きつめた。

さて、リイは婚礼の悦び籠めた香しき唇を、余の上にと身を投げかけたとき、カルメルの如き緑色の髪を飾つた花橘は、月光の重みに耐えかねて、ポツリと音なき余の心の上に落ちて花開いた。

ああ、もろもろの愛よ。爾はいかに麗しく、いかに喜ばしきものなるかな。

「太古の夜」は、月光のもと、「埋葬」「柩」と「婚礼」とに表されるように、「余」の葬送と「リイ」の結婚が同時に行われている。恐らく「余」の死に花嫁「リイ」が殉ずるのであろう。ここで歌われたものは、殆どが生（祝祭）と死（葬送）との両義性を担っている。(5) そして、詩の歌い手（語り手）は、柩に横たわる「余」なのである。花嫁・リイは、月光に磨かれた夢の立ち舞う太古の夜、聖なる数字であるとともに凶兆をも表す「三」つの花輪を柩の床に敷き、余に口づけする。リイの美しい髪から落ちた花橘が、既に鼓動をとめた余の心の上で花開く。花橘は、言うまでもなく、日本古典文学に頻出する花であり、昔の恋人の思い出に繋がる。(6) しかし、日本古典の香りは、この花橘以外にはなく、歌われる事象をはじめ修辞は、次に述べるように殆どが旧約聖書に拠っている。

リイの髪の美しさを「カルメルの如き緑色の髪」と歌う。カルメル山(7)は、旧約聖書イザヤ書（第35章2節）「盛《さかん》に咲《さき》かゞやきてよろこび且《かつ》よろこび且《かつ》うたひレバノンの栄《さかえ》をえカルメルおよびシャロンの美《うるは》しきを得《え》ん」のように美しいものの代表として常に使われる。特に、リイを讃えたこの部分とこれに続く第三節は、雅歌第七章5、6節を殆どそのまま援用している。「君《きみ》の女《むすめ》」を褒めたたえる詩句がつづく雅歌第七章は、足、腿、臍、乳房、頸《うなじ》、目、鼻の美しさを讃えた後に、以下のように歌われる。

なんぢの頭《かしら》はカルメルのごとく　なんぢの頭《かしら》の髪《け》は紫色のごとし　王その垂たる髪《け》につながれたり　あゝ愛よ　もろもろの快楽《たのしみ》の中《うち》にありてなんぢ如何《いか》に美《うる》はしく如何に悦《よろこ》ばしき者《もの》なるかな

先に引用した「太古礼讃」の第三節を改めて眺めると、雅歌の詩句との関係は明らかであろう。そして、作品集『御身』の冒頭に置かれる時、この第三節の「爾」は、「御身」と変えられ、散文詩全体の題も「御身」と変更されたのである。

さて、修辞は雅歌のものを利用しながら、そこで讃えられる「愛」は、全く異なっている。「太古礼讃」における「愛」は、死と一体化したものであり、死において愛は貫徹されるのである。続く「太古礼讃」第四節がそれを示している。

かくて、彼女は双手に青銅の香爐を捧げ、立ち昇る白煙に身を繞らせ、七色の舞踏を月光に舞はせて婚礼の余が柩の上に螺形を延ばせば、その美しき珐瑯の素足のもとより、嘎々と響を立てて化石した。

香爐を捧げたリイが「余」の柩の上で響きを立てて化石すると言うのは、彼女の死を、恐らくは殉死を意味しているのであろう。かくて二人の愛は死において成就したのである。

「太古礼讃」の後半は、この聖なる愛の場が発掘され、リイが「余」の双腕から引き離される悲劇と愛の喪失が歌われる。

噫呼、しかし、余は悲しき悲しき太古発掘の作業の声を耳にした。リイは余の色無き双腕より放たれて遠き彼岸の唄をきく。

リイよリイよ。余の古き情熱の声は曇れる日輪の下をさ迷ひ歩き、赤子の夢の如く彼女の胸に太古の婚礼の懐想を強ふるを忘れ果てた。（以下省略）

死によって永遠の愛で結ばれた筈の二人は、発掘という思いがけない事態に遭遇し、古い情熱の声は空しく流れ、昔日の力を無くしていた。この後第六節には、発掘の世界、慟哭、哄笑、忿怒すべてが情熱を喪くした様子が歌われ、「太古一切の礼拝は乾燥した魚鱗にも似て光沢を消せば、盲目の月は空中に足を脱して落涙す。」と言う詩句でこの節は歌い終わる。最後の第七節は

ああ、リイの落せし花橘は、今は色褪せ、その鋭く冷き茨の針を余の胸もとに犇々と釘付けた。

と歌い納められる。太古の愛が現代の発掘により崩壊し、痛みのみ残ったと歌うこの「太古礼讃」は、太古の愛を礼讃するとともに、現代における愛の不毛をも歌っているのである。しかし、太古の愛は死とともに成就したものであり、現代においては別の愛があることを示唆している。「余」の双腕から放れていったリイは、「余」にとっての「彼岸」――即ち此岸・現代の世界に甦生したことを意味していよう。色褪せた花橘の茨は死せる「余」の胸に留まり、蘇ったリイのかざす新たな花橘は、現世にどのように咲き薫るのであろうか。死を孕みながらそれを乗り越え、現世に生きる愛が問われねばならない。

「太古礼讃」より七ケ月後の大正十三年五月一日『芸術解放』に発表された「捨子」七篇の中の「愛」は右の問いに対する一つの願望が示されていると考えられる。

六月の夜が来たら
いとしのリイよ
私は野原に立つて高々と
無風の空に灯火をかかげよう。
そのとき御身は花橘の枝折つて、マリアの装ひ整へて、
ソと、私の影に入り給へ。

六月の夜、灯火をかかげる私のもとに、聖母マリアの装いをしたリイが、香しい花橘を手折って寄り添う。ジュー

ン・ブライドのリイが、私の影に入る時、そこから新しい愛が芽吹く筈である。しかし、この詩は、願いが歌われているに過ぎない。複雑な人間世界で様々な愛憎が渦巻く実相が追究されねばならない。そのような愛の諸相が、散文によって描かれたのが作品集『御身』に収められた作品群であった。形式、内容、主題などに於いて様々な試みを見せているこの作品集にあって、他の諸作のほとんどが破滅ないしは悲惨な状況を形象化しているのに対し、作品「御身」は、既述の潔い倫理性によって人間を支配する凶暴な運命に対抗し、「愛」を己の意志によって貫こうとする向日性を示している。このような倫理性の高さ、向日性が作品集を代表するものとして、作品集のタイトルにもなったと考えられるのである。

**注**

(1) 栗坪良樹「横光利一の作家的出発—『御身』論—」(『評言と構想』昭和45年3月)
(2・4)「横光利一『御身』を読む—「姉弟」「悲しめる顔」への考察をもとにして—」(学習院女子短期大学国語国文学会編『国語国文論集』第十六号　昭和62年3月)
(3) 高瀬弘栄「横光利一精神史抄」(『学習院大学国語国文学会誌』昭和34年9月)
(5) 多義的に使われる意味から、この詩のコンテクストに合わせて両義性をのみ採り上げると、次のようになる。(総て『イメージシンボル事典』アト・ド・フリース著による)
※林檎——生きる喜びと罪・死　※拓榴——豊饒・聖性と死・再生　※孔雀——栄耀栄華と縁起の悪さ　※薔薇——(白)喜びと(紫)悲しみ…ギリシアでは、新婚の夫婦はバラを撒き散らした床にバラを詰めた枕を置き、結婚式の時のバラの花輪を持って寝た。ローマでは、死者の額と墓に供えることから、永遠の愛を表す。※百合——白百合は結婚式の花であるとともに、葬式の花でもある。※花輪——結婚と死に関連する。花嫁の持ち物であるとともに、ローマでは、生贄となった者の頭に置いた。
(6)『古今和歌集』第三　夏歌　よみ人しらず

さつきまつ花たちばなの香をかげば昔の人の袖の香ぞする

（7）カルメル山は、ヨルダンの南東から北西に伸びる屋根状の山で、ハイファで地中海に没している。北側は急斜面だが、南側は森林がつづき、美しいシャロンの平野につづいている。（『旧約新約聖書大事典』一九八九年六月二十日　教文館発行による）

# 第三章　「蠅」・「頭ならびに腹」再論

## ——蠅・子僧と構図を中心に——

日本陸軍の皇道派若手将校によるクーデター、二・二六事件の衝撃の三日後、迫り来る時代の重圧に抗しつつ中野重治は、「閏二月二九日」（『新潮』昭11・4）を執筆した。そこで中野が徹底的に批判したのが、横光利一と小林秀雄とである。「反論理主義、反合理主義」と二人の思想を規定し、「まつすぐに反動的である。」と言う中野の論断は、彼の意図とは別に、彼等二人の、作家、評論家としての在り方を見事に衝いている。勿論、中野の批判は、昭和初期の二人の活動に向けられているのであるが、こと横光利一に関しては、この「反論理主義、反合理主義」も含め、「非合理」「「不合理」「不自然さ」等の評は、彼の初期から言われて来たのである。たとえば「蠅」（『文芸春秋』大12・5）については、発表の翌月の合評会（『新潮』大12・6）で中村武羅夫が繰り返し「行き方が、まともでないやうな気がする」（傍点は引用者）と言い、この「まともでない」も作家として正当でなく異端であることを意味しているものと見做し得るし、「頭ならびに腹」（『文芸時代』大13・10）についても、斎藤龍太郎が、とくに擬人《アントロポモルフイズムス》観について「不自然、不合理」と批判し、作家成長の上から、これらの方法を「捨て去る必要がある」(1)と忠告している。まともでない・不自然・不合理・反論理主義・反合理主義の評語に、厳密には意味の違いがあるとは言え、ほぼ合理的でない、自然らしくないという点では一致した見方となっている。既成の文学概念からはずれている横光利一の作品が、既成文壇やプロレタリア文学から、そのように批判されるのは当然と言えるであろう。その不合理、不自然と見える営為の中に、実は新しい可能性のあることを、近年、様式言語や記号論の立場から解明しようとする試みがなされている。

本章は、そうした試みを考慮しつつ、それらとは別に、横光自身が繰り返し主張した「構図」(2)、構造面から、初期作品「蠅」「頭ならびに腹」を中心に横光の新しさと可能性とを論じようとするものである。

# 一

大正十二年五月号の『文芸春秋』は、一月の創刊以来、随筆、雑文にのみ限定していた編集方針を変更し、はじめて小説を、それも十二篇もの作品を特集することになった。そのほとんどが、翌年創刊される『文芸時代』の若き同人達で占められており(3)、その四番目に掲載されたのが、横光利一の「蠅」であった。

全十章の短章からなる「蠅」は、そのモンタージュの手法やカメラ・アイの駆使、擬人法等々について多くの論考がなされているが(4)、蠅そのものの意味については、十分に吟味されていないように思われる。

真夏の宿場は空虚であつた。ただ眼の大きな一疋の蠅だけは、薄暗い厩の隅の蜘蛛の巣にひつかゝると、後肢で網を跳ねつゝ、暫くぶら〳〵と揺れてゐた(5)。

四文からなる「一」の、冒頭の二文である。最初の一文で、作品世界の季節(時間)、場所、状態が明示されるが、実はこの表現こそ旧来のリアリズム文学と全く異なった次元に立つものである。「真夏の宿場」という主語に対する述語が「空虚であつた。」であることは、具象的な意味を拒否するものである。何故、どのように「空虚」(6)であるのか、一切不明なのである。人々の往来の要である「宿場」、しかも自然、人間ともに、もっとも旺盛な活力に充ちている「真夏」にもかかわらず、「真夏の宿場」によって引き出されそうな具体的イメージは、「空虚」によって、一挙に予想される具象性を剝奪される。この「空虚」は、従って、単に「宿場」の状況をのみ指すものではない。由良君美氏は、その優れた論文「『蠅』のカメラ・アイ」（『横光利一の文学と生涯』昭52・12　桜楓社）において、このの作品の「三」から「六」にかけて登場する人物達によって「充填」されるべきものと論じられたが、そのような具象によって充填され得ないことは明白である。何故なら、既にこの「一」の後半と次の「二」において、この「空虚」な筈の宿場に、馬、馭者、将棋の相手（姿は現さないが）の居ることが明記されているからである。この、何ものによっても充たされない「空虚」は、この作品の底流をなすグルンドバスであり、最後のカタストローフの後に広がる死の「沈黙」にまで貫流する作品の基調である。

ところが、先の引用文で明らかなごとく、作品に登場する蠅は、「ただ……だけは、………揺れてゐた。」の構文で判明するように、この「空虚」という大きな枠からはずれて設定されている。右の引用文に続く文章で、蠅は、全く偶然に（万有引力の法則に従ってというべきであるが）「ぽたり」と馬糞の上に落ち、危うく死の危機から生の側へ脱出するのである。その間、いっさいの感傷、感動ぬきの即物的な文体で表現されるこの蠅は、引用分で明らかなように「眼の大きな一疋の蠅」という特性を与えられている。この短篇小説中に「蠅」という名詞は七回使用され、その内四回迄、眼の大きさを強調する修飾語を伴っている。しかし、蠅の眼の動きは、この作品中では十全に生かされなかったと言うべきであろう。このことについては、既に考察した(7)ので詳しくは繰り返さないが、全十章の内、蠅は、「一」、「九」、「十」の三章にしか登場せず、しかも、蠅の眼が、どうやら「見る」という機能を働かせるのは「十」の二ケ所だけである。「十」の、ということは、この作品の終わりに近い部分に、次のような表現がある。

突然、馬は車体に引かれて突き立つた。瞬間、蠅は飛び上つた。と、車体と一緒に崖の下へ墜落して行く放埒な馬の腹が眼についた。（傍点は引用者）

「眼の大きな蠅」は、意志的に眺めるのではなく、惨事が自然に、或は偶然、「眼についた」、即ち視界に入ったということである。ここでは、蠅は「眼」を能動的、積極的に行使していない。それでは、この「眼についた」という消極的な有り様《よう》は、全くの無意味《ノンセンス》なのか、と言うと、そうではない。或る大きな意味を担っているのであるが、これについては後述する。この箇所とは別に、もう一ケ所、蠅の眼が主体的に働く部分がある。

　その（註・馭者の）居眠りは、馬車の上から、かの眼の大きな蠅が押し黙つた数段の梨畑を眺め、真夏の太陽の光を受けて真赤に栄えた赤土の断崖を仰ぎ、突然に現れた激流を見下し、さうして、馬車が高い崖路の高低でかた〳〵ときしみ出す音を聞いてもまだ続いた。

右の傍点、圏点を施した動詞の主体は、勿論「かの眼の大きな蠅」である。いかにも複眼の丸い眼をクルクルと動かしつつ景色を見ている様子が想像出来る描写である。（因みに、圏点の部分は、蠅の聴覚である）。しかし、これは、「その居眠りは、………続いた。」という主文の中に含まれる従属文であり、馭者の居眠りの時間的経過と場の移動（平地から高所へ）とを蠅の視聴覚を通して描いたものである。大きな眼の特異性を格別発揮したとは言いがたい。

　ここで、この作品全体の構造に触れておきたい。「七」を除き、「一」から「十」までの九つの短章は、その構成派風の大胆なプロットにかかわらず、ほぼ作中時間（カイオス）の流れに添って構成されている。午前七時頃から始まり、大体真昼ごろに終わっている。「八」にある「午前十時」という明確な時刻以外は、農婦の「九時になつてますかな。」（六）、「十二時過ぎましたかいな。」（十）という曖昧な発言しかなく、その上、「六」の言葉は初出本文にはあるが、後、単行本[8]に収録されるときには削除されている。しかし、おおむね、農婦のことばは、見当はずれの推定ではないようである。この午前の時間帯の裡で、既述の「真夏の宿場」という場が提示され、それとは別次元で蠅の死の危機からの脱出が述べられる。「二」で猫背の老いた馭者が、将棋に三番続けて負ける「敗者」のイメージで登場する。「三」からは、この「宿場」に、馬車に乗る乗客が登場するのであるが、それぞれの人物について簡単な事情説明が附せられる。既述の『新潮』合評会で中村武羅夫が「十二畳の部屋でなくては盛れないものを、無理に三畳の部屋に盛つた」と評したのは、おそらく、この「旅籠屋の主題(9)」と乗客全員の死とに関連しての発言と思われるが、「宿場」に集って来る人々の生活や感情を、横光は出来得る限り切りつめて記述しようとしている(10)。極度に描写を切りつめ傀儡に近い人物になっているものの、しかし、作品中での、それぞれのリアリティは保証されており、決して「生きた人間であることだけが、彼らに要求されている唯一の資格」であり、「個々の人生内容は一切問題にならない(11)」わけではない。もっとも、この時期、横光は「傀儡」をつくることを積極的に肯定し、それによって旧自然主義のリアリズムとは異なった自分達の「虚偽」を「真実」たらしめようと考えていたが、(12)「蠅」の登場人物は、最少限度の人間らしさを附与されている。「三」から「六」までの登場人物には、それぞれの生活の方向づけがなされている。最初に宿場へ馳けこんでくる農婦は、息子危篤の電報をうけ、三里の山路を馳け続けてきたのである。彼女は「死」に立会うために此処へ来、結果的には自らも「死」に遭遇する(13)ことになる。馳け落ちの若者と娘は、自らの意志で選びとった未来への可能性に賭ける二人である。「知られたらどうしよう。」という娘の悲しげな言葉に、暫く間《ま》をおいて「知られたら又逃げるだけぢや。」と呟くほどに弱々しいとは言え、とにかく未来を、自分達の生を目指している。四十三年目にして、ようやく大金を手に入れた田舎紳士は、昨夜銭湯の洗い場にまで札束のつまった鞄を持ちこんで人々の失笑をかうという滑稽を演じているが、今日は、すっかり満足して伜のため、下駄や西瓜を買うことを思いついている。彼は現状に満足する故に、農婦の訴えにも「それやいかん。」と同情の言葉を発し、馬車が愈々出発してからは、座の中心になっている。彼は、まさに現実肯定の見本なのである。ただ問題になるのが、「五」に登場する母子である。とくに男の子が、他の乗客とは異質のものを持っている。宿場の場庭へ着くと、母親の手をふりきって厩の方へ馳けて来る。「お母ア、馬々。」（初出「お母ア、馬馬。」）と二回叫んで馬に関心を示し、母親も「ああ、馬々。」と応じている。「十」において、馬車の中で田舎紳士が「早くも人々を五年以来の知己」にしている時も、「しかし、男の子はひとり車体の柱を握つて、その生々した眼で野の中を見続けた。」のである。大人の団欒に入ることなく、蝿の大きな眼よりも生々とした好奇心あふれる眼で風景を眺め、「お母ア、梨々。」と母親に告げる男の子は、馳け落ちの青年達よりも更に大きく洋々たる未来を持った存在である。この母子に限って、簡単な経歴さえも附せられなかったのは、この子供に、過去よりは未来の大きさを附与したいためであろうと考えられる。——これらの登場人物は、人間の様々な在り方を代表する意味を与えられていることになる。臨終に立ち会う者、自ら選びとった未来へ旅立つ者、現状に満足する者、そして誰よりも大きな可能性を持った無垢な子供。この人々すべてが馬車の事故で死に、あの蝿だけが生き残ることになるのだが、そのことの意味を吟味する前に、作品世界に突如として現れる語り手の解説（草紙地）について触れておきたい。

「六」まで、農婦が度々口にする「馬車はまだかなう？」という問いかけと、「六」最後の「饅頭はまだ蒸さらんかいな？」という馭者の質問とを関連づけ、同時に絵解きしてみせるのが、「七」なのである。

語り手は、直《じか》に顔を出し、馬車が何時になったら出るのか、誰も知らないと解説し、次のように続ける。

> だが、もし知り得ることの出来るものがあつたとすれば、それは饅頭屋の竈の中で、漸く脹れ始めた饅頭であつた。何ぜかと云へば、此の宿場の猫背の馭者は、まだその日、誰も手をつけない蒸し立ての饅頭に初手をつけると云ふことが、それほどの潔癖から長い年月の間、独身で暮らさねばならなかつたと云ふ彼のその日その日の、最高の慰めとなつてゐたのであつたから。

潔癖症の故に、独身生活を長く続けている馭者は、彼の肉体につき上げてくるリビドーを、その日の最初の饅頭に「初手」をつけるという行為（食欲）で代償し、制禦しているのである。横光利一自身「人間たちのみじめな運命の背後に性欲がある」[14]と語っているが、馬車の出発時刻も馭者の居眠りも、そうしてあの転落事故も、源はすべてこの馭者の抑圧された性欲にあったと言うのである。この語り手の解説で、事故の必然性——馭者は饅頭を尽く

「胃の腑へ押し込んで」居眠りをはじめ、馬車が崖の頂上へさしかかった時「馬は前方に現れた眼匿しの中の路に従つて柔順に曲り始めた」が、「彼は自分の胴と、車体の幅とを考へることは出来なかつた。」その結果、一つの車輪が路から外れ、馬は車体に引かれて突き立った後、墜落していった――は、説明できても、しかし、来合せた人々が、何故そこに居合せたか、の説明は出来ない。宿場に来たのは、それぞれの必然の事情があったからで、事故もまた、それなりの必然があったとしても、この二つの必然が結ばれる第三の必然性は説明不可能である。まさに「偶然」という他はないであろう。蠅は、全く偶然に生の側へ帰還し、人々は反対に、偶然、事故に遭遇して死んで行く。運命悲劇が、ここにみられる。しかし、このテクストには、その悲劇を相対化する冷酷な眼と、それ以上に、この惨事を喜劇にまで化そうとする新しい「構図」がある。

さて、既述の眼の大きな蠅について、梶木剛氏は、「聡明な蠅」と見做し「初期的な作品世界からひとつの跳躍を試みた横光利一の精神的位相」を象徴するものという意見を提示され[15]、保昌正夫氏は「『眼の大きな一疋の蠅』は作者横光利一自身にほかならない[16]」と述べられ、栗坪良樹氏は「人間たちの破局の状況を見る存在」で「破局の全体を見る表現者の位置に立たされ[17]」たものとの見解を示された。しかし、既に見た通り、眼の大きな蠅は、それ自体として何ら積極的意味を担うものではない。最後の「悠々と青空の中を飛んでいつた」蠅をも、死んだ人馬と同様に、冷く見詰める語り手の醒めた眼が存在している。この作品全体が、この語り手の冷静な眼で見詰められているのである。夙に佐藤昭夫氏が「人物に対する作者の位置は蠅そのものというより、蠅をもさらに突きぬけた或る超越的な場所に置かれているといえよう[18]」と指摘され、筆者も、蠅の視点と語り手のそれとは全く異なること、語り手は蠅をも含むこの作品世界をすべて見据えていること等を前々章で論じた[19]。更に菅野昭正氏[20]や日置俊次氏[21]からも同趣の意見が出されている。

作品最後の場面で、日置俊次氏[21]も指摘されるように、蠅はすでに昆虫であることを止めている。この奇怪な「眼の大きな一疋の蠅」は、眼下の血まみれの「人と馬と板片との塊り」には目もくれず、悠々と飛び去る。語り手が意図した、蠅の、人間と等身大の肥大化は、すでに「十」の半ばから始っていた。「併し、乗客の中で、その馭者の居眠りを知つてゐた者は、僅かにたゞ蠅一疋であるらしかつた。」とあり、蠅一疋というより、傍点を施した表現からすれば、むしろ蠅一人というべきであろうが、最終部では、はっきりと「たゞひとり、悠々と青空の中を飛んでいつた。」と明記している。蠅という双翅目の昆虫が、人間と等身大になることは、相対的に人間の卑小化を招くと同時に、蠅自身も昆虫としての本性を失うことになる。蠅特有の嗅覚を働かして馬の汗を求め、それを舐めることで活力を得た筈の、この蠅は、人馬の血塗られた惨劇の現場へ直行せず、それと正反対の「青空の中」を、蠅らしくもなく「悠々」と飛翔するのは、蠅とは別のものに変身したことを示している。

ここで改めて、蠅と人馬との関係を考察しなければならない。既に述べたように、この作品の冒頭から、蠅は「空虚」な世界の外にいた。蠅は危機一髪のところで死地を脱し突き立った藁の端から裸馬の背中に這い上った状態で、一応作品世界の表面から姿を消す。蠅が再度登場する迄の間、人々が相ついで現れ、やっと馬車出発の喇叭がなり、馭者の鞭が鳴る「九」で、蠅は姿を現し、馬の腰から飛び立って車体の屋根にとまり直した。テクスト空間を流れる時間は、この間三時間余りであるが、蠅にとっては「今さきに、漸く蜘蛛の網からその生命をとり戻した身体を休めて、馬車と一緒に揺れていつた。」とあるように、極めて短い時間しか流れていない。いや、短い、長いが問題なのではない。蠅が、人々の居る「空虚」な場から離れているのみならず、別次元の時間を生きていることが重要なのである。蠅は、時空間ともに、人間とは別の次元に属している。この蠅が、人々とかかわるのは、ほとんどの場合、馬を仲介にしている。その最も典型的な例が、最終部の「眼についた」と表現された瞬間であろう。人馬もろともに墜落する惨事を偶々目撃することになった蠅の眼には、落ちて行く「放埒な馬の腹」のみが見えただけである。そのことによって人馬の悲劇に立会ったことになった。そして、この瞬間が、「十」における蠅と人馬との行動のヴェクトルの分岐点をなすものであった。馬車が平地から「高い崖路」を進み「崖の頂上」へさしかかった時、一つの車輪が路から外れ、人馬ともに墜落する瞬間から一気に下降する。即ち上昇志向から急転直下、下降して行く。これと正反対の動きを示すのが蝿である。「車体の屋根の上」から、馭者の「半白の頭」に飛び乗り、更に馬の背中へ下降した蝿は、馬が突き立った瞬間、「飛び上」り、人馬の下降線と交わる形で、「青空」へ飛翔（上昇）するのである。

乗客と異なる時空間に属し、行動のヴェクトルも反対の方向を示す蝿、しかも昆虫ではなくなった、人間と等身大の蝿とは、一体何ものであろうか。この蝿は、異なる世界から立ち現れ、人間の世界を横切って行く異界者[22]の象徴である。人馬の惨事は、確かに悲劇にちがいない。この悲劇の場を、横切って行く異界者は、その通り過ぎるという事によって強烈な異化作用をおこし、悲劇を、唯の惨劇に、いやむしろ、愚かな喜劇に変容させる効力を発揮する。通り過ぎる異界者の存在は、それ自身では無力であり、場合によっては（蝿がそうであるように）不潔ですらある。無力で、その場、集団にとっては余計者である筈の、このものが、場、集団に出現し組みこまれると、その場の意味が一変する。この異界者を、作品世界に登場させ、その異質なままの在り様《よう》で、作品を横切らせる――この構図は、旧リアリズムからは不自然、不合理と称された横光の、新しい意匠であった。この作品「蝿」の場合、蝿の存在は、人馬の惨劇を相対化するにとどまらず、その意味、様相を根底から変質させたのである。深刻であるべき悲劇を卑小化し、その意味を空無化する。作品冒頭の「空虚」は益々拡がり、人々の生死をも底知れない空漠の虚無に吸収してしまう。横光利一が、「虚無」に最も美しいものを見出し「虚無へ行きつくまでの行為は、すべて悪であり、虚無より這ひ出る行為は、すべて善である。」と言い、更に文学者の仕事を「虚無からの創造[23]」と断じたのは、これより十年後のことである。もちろんこの横光の考えには、文芸復興という華やかな名辞の裏に渦巻く時代の大きな圧力が投影されているし、又一方、シェストフの『悲劇の哲学[24]』に触発された横光の反応ということもあるが、彼固有の「虚無観」の萌芽は早く初期作品から見えており、この「蠅」一篇もそうした傾向の顕現と考えられる。

「蠅」発表後のエッセイ「最も感謝した批評」(「大正十二年の自作を回顧して」『新潮』(大13・1))で、横光利一は次のように記している。

「蠅」は最初諷刺のつもりで書いたのですが、真夏の炎天の下で今までの人間の集合体の饒舌がぴたりと急に沈黙し、それに変つて遽に一疋の蠅が生々と新鮮に活動し出す、と云ふ状態が諷刺を突破したある不可思議な感覚を放射し初め、その感覚をもし完全に表現することが出来たなら、ただ単にその一つの感覚の中からのみにても生活と運命とを象徴した哲学が湧き出るに相違ないと己惚れたのです。

ここに言う「不可思議な感覚」とは、人馬の突然の死による「沈黙」と、青空を飛翔する蠅との構図から生じる空漠の感、むなしさという実感であろうし、「生活と運命とを象徴した哲学」の実体は不明であるとしても、彼に終生つきまとった虚無観――運命として人間に背負わされた虚無――と無縁ではないと考えられる。

## 二

大正十三年十月に創刊された『文芸時代』の「創作」欄の冒頭を飾り、また後の「新感覚派論争」の火種ともなった「頭ならびに腹」もまた、先の「蠅」と同趣の構造をもっている。異界者、通り過ぎ行く者としての「子僧」は、蠅よりは、人々との共通の時空間を共有しているかに見える。しかし、現象的にそう見えても、本質的に共有しているとは言い難く、小僧は他の乗客と別の時空を生きたというべきであろう。

先ずはじめに「頭ならびに腹」という作品世界を検討しておきたい。

真昼である。特別急行列車は満員のまま全速力で馳けてゐた。沿線の小駅は石のやうに黙殺された。

余りにも有名な冒頭部分である。片岡鉄兵が口火をきり、広津和郎がそれに応じる形で始められた所謂「新感覚派論争」で、広津和郎が、しきりに問いかけたように、この作品全体の中で、冒頭の表現が、いかなる価値を占めるのか、また、作品全体の意義は何か、に対する答えは遂に片岡鉄兵の論では触れられなかった。冒頭――それも「真昼である。」という、文字通りの冒頭の一文は「黙殺」されたままで、「沿線の小駅は……」の第三文が中心となって（必然的に第二文も問題にされる）議論されたのである。この短篇小説の世界が、明るい「真昼」のもとに展開されることを忘れてはならない。何の翳りもない白昼の喜劇なのである。ところで、第二文冒頭の「特別急行列車」という素材が持つ重々しい意味を軽々に見逃してはならない。論争以来、その擬人法にばかり注意がはらわれてきたが、実は素材の持つ文化史的な重みが、表現を更に奥深いものにしているのである。おそらく、当時の人々には、こういうことは自明の事柄であったために、殊更表面立って論じられなかったのだろう。

明治五年（一八七二）九月十二日に開通した新橋―横浜間の鉄道の、前史を含めての長々しい鉄道の歴史は割愛するとして、日本ではじめて急行料金制度が実施された明治三十九年（一九〇六）四月からの急行列車（最急行、新橋―神戸間）以降について確認しておく必要があろう。就中、この作品の十二年前に出現した特別急行列車は、当時の国策とも相俟って華々しいものであった。明治四十五年（一九一二）六月十五日、――ということは、後一月半で大正が始まる――展望車、一二等寝台車、食堂車などを含む七輌仕立ての特別急行列車（後の「富士」）が運転を開始したが、これには英会話の出来る列車長が乗りこみ、新橋から下関へ走るのみならず、関釜連絡線を通して朝鮮総督府鉄道局の急行列車、更に南満州鉄道、シベリア鉄道への連絡も可能であった。この作品の一年前の大正十二年には、三等急行（後の「桜」）が同じく東京―下関間を走り出し、七年後の昭和五年（一九三〇）十月一日からは、特別急行列車「つばめ」が、東京―神戸間を八時間五十九分で走り、「超特急」[25]と称された。大正から昭和初期にかけて汽車——とくに特別急行列車が、どれほど人々の関心と憧憬を集めたかは、当時の新聞の記事や回想記等がよく伝えている。たとえば、初めて特急「つばめ」を見、その展望車を「垂涎の思い」で眺めたという森本哲郎氏のエッセイ[26]など、当時の少年の心を如実に伝えている。国定教科書にも汽車の教材は花形であり、地理教育のためにつくられた「鉄道唱歌」（第一集、大和田建樹作詞　明33・5）は、鉄道線路の延長とともに歌詞もつけ加えられ、人々の愛唱するところとなり、更に、昭和四年、鉄道省で特別急行列車の愛称を一般募集したところ、一万九千にのぼる応募があり、その結果は「富士、燕、桜、旭、隼」（上位五番迄記す）の順になった。この愛称は、既に述べた特急にそれぞれつけられたのであった。明治の文明開化以来の、日本近代文明の象徴的存在が、人々の眼前を、具体的な偉容とスピードで走りぬける汽車、とくに特別急行列車であったのである。晩年の作品「旅愁」にも、主人公・矢代が母の郷里・東北地方の日本海よりの海岸を走る貨物列車を見て、「あれが日本に顕はれ出て来た初めての西洋の姿か」と思う箇所がある。作品にかえれば、この「特別急行列車は」、特定のものでなくよいのは勿論である。むしろ反対に、すべての特別急行列車を集約した近代文明の権化であり、それが主語となって「全速力で馳け」るのである。それら文明、機械の主人公である筈の人間は、「詰め込まれた」「乗客」であり、機械に思うままに運ばれる客体にすぎない。ここに見られる擬人法は、修辞的な意味を超えて、機械文明の物神化された怪物が、自力の力を得て人間を支配する状況を表すものとなっている。西洋からの帰国直後の作品「厨房日記」では、「現状維持を最も安全な思惑と考える筋合は、実は最も危険思想であるといふ奇怪な進行をなしつつ満員列車は馳けてゐるのだつた。」というように社会の推移を表現する迄に象徴化が拡大されている。論争のはじめに、片岡鉄兵が解説したように「急行列車と、小駅と、作者自身の感覚との関係を、十数字のうちに、効果強く、潑剌と描写せんと意思した」のに相違ないが、この横光利一の表現は、右のような意味あいをも包摂するものとなったのである。[27]「頭ならびに腹」の世界は、この特別急行列車内と、その周辺に展開される。

冒頭部に続いて、次のように叙述される。

> とにかく、かう云ふ現象の中で、その詰み込まれた列車の乗客中に一人の横着さうな子僧が混つてゐた。彼はいかにも一人前の顔をして一席を占めると、手拭で鉢巻をし始めた。それから、窓枠を両手で叩きながら大声で唄ひ出した。

冒頭部分は「かう云ふ現象」という要約で収斂され、全速力で走る列車の内部の「子僧」に焦点があわされていく。当時、特別急行列車に乗ることは、庶民にとっては特別に贅沢なことであり、言うなれば「晴」の場に入ることを意味していた。鉄道運賃や特別急行料金を考慮すると、[26]まさに「子僧」は、場違いな「褻」の世界からの闖入者にちがいない。しかし、「横着さうな」という修飾や、手拭いで鉢巻きをし、窓枠を叩きながら大声で唄う行為は、この少年が、人々の「晴」の場を無視しているかの如く思わせる。しかし、「いかにも一人前の顔をして」の表現が暗示するように、一人前に達していない少年（「小僧」という表記を使わず、敢えて「子僧」を使用したことにも注意すべきであろう。）の行為を注意深く吟味すれば、周辺を無視するという意志的な強い態度ではなく、ただ無関心であるに過ぎないことが判明する。乗客が笑い出しても彼の歌う様子には「周囲の人々の顔色には少しも頓着せぬ熱心さが大胆不敵に籠つてゐた。」のであり、この態度は、一度の例外を除き、終始変わらないものであった。周囲の人も、やがて彼の唄に反応しなくなる。

　このような状況設定の後、突然列車が停車する。乗客の質問に対し、「人形のやうに」車掌は二通りの文句を、紋切り型に二度三度繰り返すだけである。プラットホームへ溢れ出た人々は、H、K間の線路の故障、電信さえ不通、一切が不明という状態に直面し「一切の者は不運であつた」との諦念に達した後、採るべき三つの方法の選択を迫られる。当地で宿泊するか、車内で開通を待つか、出発点へ引き返すか。勿論この時でも小僧は、「眼前の椿事には物ともせず」俗謡を唄いつづけている。このとき、駅員によって第四の方法（迂廻して目的地に行く方法）が示される。乗客は、互に顔色をうかがうばかりで、決断できないでいる。彼等の中の一人の紳士——「巨万の富と一世の自信とを抱蔵してゐるかのごとく素晴らしく大きく前に突き出てゐて、一條の金の鎖が」「祭壇の幢幡のやうに光つて」いる腹をした紳士が、群衆の前へ出て、第四の方法を選んだ。すると、今迄静観していた「群衆の頭」は、「旋風のやうに揺らぎ出し」「尽くの頭は太つた腹に巻き込まれて盛り上がつた」のである。しかし、作品に明示されているように、この「腹」の紳士は、決して自らの考えによって決断したのではない。人々が鳴りをひそめて互に顔色をうかがっている時、「一人の乗客」が、この迂廻線の方を自らの意志で選んだものであり、もう一人、「ぢくぢく」とではあるが自らの判断で動き出している。「腹」の紳士は、この二人の乗客の判断と行為、あたりを取り巻く優柔不断の人々の様子とを「全身の感覚を張り詰めさせて」眺めていた結果「これや、こつちの方が人気があるわい。」という状況判断をしたに過ぎない。磯貝英夫氏の指摘されるように「観察力の程度の差」(28)で人々より一歩前に出ただけで、自らの下した意志決定ではなく、二人の乗客の決断にならった訳である。腹は何も考えていなかった。その腹に巻き込まれた群衆の頭は、更に思考していなかった。これらの頭は、人間の精神生活、身体活動の中枢としての機能を放棄し、世俗の富や自信や地位を象徴する「腹」に完全に支配されたのである。この空無化された「頭」がこうなり行く過程は、十分の計算をもって描かれている。「乗客」(子僧を含む)は、「子僧」と「周囲の人々」・「人々」に分化し、事故に遭遇するや「人々」・「無数の頭」に変わり、去就に迷うとき、個人で判断する能力を失ったかのように「数個の集団」にかたまり、「一切の物は不運」という「運命観」が流れ出すと「集団」は崩れ、第四の方法が示されたとき「群集」・「群衆」というように烏合の衆の有様を呈する。この表現の使いわけは、「尽くの頭」が、形骸化していく過程を見事に描いている。

右の「群衆の頭」とは別個の、もう一つの頭があった。勿論、小僧のそれである。既に引用した部分にあった「手拭で鉢巻をし始めた。」という表現に、頭が言外に示されているが、はっきり小僧の「頭」という言葉が使われているのは四ケ所である。「鉢巻き頭」が二回、あとの二回の「頭」は、いずれも唱いつつ振っている頭である。小僧の頭に言及する前に小僧そのものを、もう少し検討しておきたい。既に触れたように、周囲に一切無関心である小僧も、一度だけ周囲に反応する個所がある。人々が迂廻線へ戻る列車に乗って去ってしまった後である。

　彼はいつの間にか静まり返つて閑々としてゐるプラットを見ると、

「をッ。」と云つた。

しかし、彼は直ぐまた頭を振り出した。

「汽車は、／出るでん出るゑ、／煙は、のん残るゑ、／残る煙は／しやん癪の種／癪の種。」

彼の唱う俗謡は、明治のはじめ頃から流行し、後々まで長く唄われ、歌詞のヴァリアントも多い「ギッチョンチョン節(29)」の一つであり、自分一人がとり残された状況にふさわしいものである。しかし、歌詞の「癪の種」ほどに反応していないことは、次に続く表現が証している。

　歌は瓢々として続いて行つた。振られる鉢巻きの下では、白と黒の眼玉が振り子のやうに。

この部分と最後の俗謡の直前に、もう一度繰り返される「白と黒との眼玉を振り子のやうに」振る様子といい、「窓から覗いた空の雲の塊りに噛みつくやうに、口をぱくぱくやりながら。」という様子といい、「痴者」（磯貝氏）に近いキャラクターを示しており、先の「大胆不敵」や「傍若無人」の態度も、実は、このような「痴者」的在り様《よう》から生じたものと考えられる。この小僧は、小僧の頭は、はじめから終わりまで、考えるなどということを一切していないのである。彼にとって頭は、鉢巻きをするものであり、唱の調子をとるための振り子にすぎない。先の「ギッチョンチョン節」以外の、彼の言う俗謡に、作品世界と有機的に絡みあう意味を見つけることが不可能な上に、既述のような「痴者」としての描写から考えて、小僧を「理性的な表現者」「表現者の理想型(30)」とは認めがたく、また「絶対の自立者の意志(31)」を小僧に見出すことは不可能であろう。

迂廻線へ戻る列車が出発してしばらくすると、故障線は開通した。「烏合の乗合馬車」なら、たとえ烏合であろうと、とにかく乗客の希望や意志で出発することも停止することも出来ようが、物神化された「特別急行列車」は、いつまでも「停車」していることは出来ない。「列車は目的地へ向かって空虚のまま全速力で馳け出した。」のである。小僧は意気揚々と唱いつづけている。しかし、小僧が乗っているにかかわらず、「空虚」という状況が強調される。傍点を施した箇所を含めて三ケ所に繰り返し使用されている。最初に用いられる「所がかの子僧の歌は、空虚になつた列車の中から……」には『文芸時代』初出本文では「空虚《から》」とルビがつけられており、後二ケ所にはルビはない。いずれにしても、小僧の存在は、空虚な列車を充填するものとはならず、小僧の頭のみか、彼の全存在が空無化されている。この小僧だけが、おそらく一番速く目的地に着くであろうし、腹も、腹に従った多くの頭も、小僧に遅れることになるだろう。しかし、どちらにしても茶番劇であることにちがいない。

横光利一は、この作品発表直後の、斎藤龍太郎の批判（既に述べた）、とくに「尽くの頭は太つた腹に巻き込まれて盛り上つた」に対する「不自然さと不合理」故に「自余の芸術的効果をも」減殺される、という批判に答えて

自分は全然、此の「頭ならびに腹」を写実的に書かうとは最初から決して考へはしなかつた。自分は汽車と子僧との大きさを人々の頭の中へ対立的に全然同じ大きさに感じさせたかつたのである。

と述べ、「写実を無視した描法」を強調している。しかし、この横光利一の説明は、テクストのヴェクトルと異なった示唆を与え、かえって混乱を招くものと言わざるを得ない。既に論じたごとく、小僧が乗っていても汽車は「空虚」であり、もし、右に横光利一が言うごとく「汽車と子僧」とが同じ大きさを主張するなら、汽車は「空虚」ではなくなり、小僧一人によって完全に充填されることになる。これはテクストの在り様《よう》と矛盾する作者の発言と言うべきであろう。これでは題名にある「腹」もまた完全に無視されることになる。

作中、「列車の横腹」を除くと「腹」という言葉は四回使用されており、それらは、すべて紳士の腹である。こ

れに対し「頭」は既に見たように、群衆の頭と小僧の頭とにわかれている。しかし、いずれの「頭」も、本来の思惟する機能を放擲し、「腹」も機能よりは外形の大きさによって世俗の権威の象徴となっている。人間が全体として存在し、思惟し行為するのではなく、部分々々に解体され、その部分々々は本来の働きを喪失して行き、遂に部分でさえもなくなる。この作品に登場するほとんどの人間が、このような状態にあるが、ただ二人の人間が、真っ当な人間として存在したことは注意しなければならない。腹にしたがって尽くの頭も、結局は、真っ当な人間の判断に従ったことになる。しかし、それさえも、何も考えず、一歩も動かなかった小僧より、目的地へ着くのは遅れるのである。

小僧の「痴者」的な在り様《よう》、その余りの無関心、このような設定は、小僧が「特別急行列車」という場へ、他所からまぎれ込んできた者であることを示している。丁度、あの蠅と同じように、彼は招かれざる異界者――しかも考えざる存在なのである。彼は作品空間では、一定の座にすわり続け、固定されているようでありながら、「群衆」の意識では、まさに通り過ぎる者であろう。小僧自身、深い意味を持っていないが、彼が「特別急行列車」という近代文明の権化、「晴」の場を横切るとき、人々の愚かしさは浮彫にされる。近代文明の巨大な機構に安心して身をまかしている現代人は、その代償に自らの人間疎外を招き、全き人間ではなくなっている。その機構に異変が起これば、もはや主体的に思索し行動することが出来ず、衆愚の空しさ、仕方なく近くの権威（しかも見せかけの空疎な権威）にすがるしかない。――小僧一人が乗った「特別急行列車」は、「空虚」であり、それが目的地へ速く着いたとしても、何の意味もない。「腹」・「頭」に分断された人間でない人間の愚かしさを通して、そこには、またしても「虚無」という深淵が顔をのぞかせる。

三

蠅も小僧も、人々の集団に対しては異界の存在の位置にある。この異界者が、ある場を横切るとき、その場の様相や意味が一変する。しかし、この通り過ぎる者は、かのトリックスターほど能動的に悪戯をしかけたりしないし、また所謂「まれ人」のような神秘さも貴種の雰囲気もない。ただ通り行くだけである。彼等を組みこむことによって、旧リアリズムとは異なった作品空間を創造しようとする方法は、横光利一の独創というべきであるが、同時に、大正末期の新しい潮流との関係を無視しては正確さを欠くであろう。第一次世界大戦前後にヨーロッパに興り、やがて大正末期の日本に紹介された前衛芸術思想は、川端康成の「新進作家の新傾向解説」[32]や横光利一の「感覚活動」[33]の中にも、はっきり影をおとしている。「蠅」、「頭ならびに腹」と、新しい潮流との関係は、軽々には論じられないが、「速度と光明と熱と力」[34]を媒介しながら「文明機関」を謳う未来派の思想や、破壊によってドグマや形式から解放されようとするダダイズム[35]との関係が考えられる。しかし、より多くの血縁を見出すのが表現派――とくに村山知義の芸術である。詳論は割愛するとして、事項だけを挙げておく。ドイツ表現主義摂取の成果を、村山知義が発表したのは帰国後四ケ月目の大正十二年五月であった。旧来の絵画の概念を破り、構図（Composition）より構成（Constrnction）への発展を意図する彼の姿勢は「村山知義　意識的構成主義的小品展覧会」なるタイトルに如実に示されている。絵画における村山の方法と横光利一の「構図」[36]という方法は、近しい関係にある。具体的なグループ同士の交渉も数多く見られる。村山知義、柳瀬正夢からが中心となって、前衛美術団体「マヴォ」が結成されたのが大正十二年七月、機関紙「MAVO」は翌十三年七月に創刊されたが、このグループや同系統の「アクション」系の人達が『文芸時代』の表紙やカットを担当した。[37]横光利一も「表現派の役者」（大14・1）という軽妙な作品をものし、表現派への関心を大きさを示した。

前衛芸術思想との密接な関係を持った横光利一の「蠅」・「頭ならびに腹」の方法は、初期作品から晩年にまで継承されるものである。「火」（大8・6）では、母子の世界へ入りこみ、母親を背負って行く男や、遠い市から来て宿泊する刺繍の先生、これらの男性達は、米少年を不安に陥れ母子の世界に異変をもたらす。「南北」（大11・2）については、夙に平野謙が「その構図全体は現実を一個の図式にまで変換している。」と指摘し、更に「横光がこの作で描きたかったのは、（中略）死にかけた男を南から北へ、北から南へと押し戻しっこする往復運動そのものであり、その往復運動をさしはさんで、喧嘩にはじまって喧嘩におわるひとつのコンポジションにほかならない。」[38]と評しているが、仲の悪い親戚同士のところへ、病気のために帰郷した男が現れることによって、対立の様相が一変して、北から南へ、南から北へ、この病人を押しつける運動が続き、病人の死後も激しい争いをする。病人は、出現することによって、それだけで二軒の家の関係は激化した。「赤い色」（大13・6、後「赤い着物」と改題）における「婦人」と「小さい女の子」。雨の夜に灸少年の家（田舎宿）へ現れ、二日目に、また雨の中を去って行く。赤い着物をきた女の子は、灸少年の事故死の原因にもなっており、「死の使者のように」（保昌氏）やって来て通り過ぎて行く。

「蠅」や「頭ならびに腹」にみられる典型的な構図は、右にみた初期作品にも適用されているが、この方法は、やがて異なった様相を見せるようになる。異界的な存在が、具象性を持ちはじめ、むしろ、こちらの方に作者の力点が移動し始める。或る世界に闖入し、異化効果をもたらしたものが、実体を持ちはじめ、それが突入する空間とともに、自らも変化を蒙りながら作品空間を形成して行くという状態に変化して行くのである。「蠅」と同時に発表された「日輪」では、異界者・長羅は、無能な通行人ではなく、不弥国《うみ》を通ることによって、彼自身にも、不弥国にも大きな変容をもたらす。後の「上海」、「旅愁」なども、参木、甲谷や矢代、久慈、千鶴子といった旅人が、作品の実質を担うことになる。しかし、闖入者の実質が変化したということであって、この構図自体の変更ではなかった。

「蝿」・「頭ならびに腹」に示された「構図」の方法は、一見、不可解で不自然に見えながら、自覚された新しい意識によって貫かれ、それは既成リアリズム文学観では説明され得ないものであった。そして、この方法は、様々の要素を加えながら、横光利一の作家活動の底流となったのである。

**注**

（1）「横光利一氏の芸術―特にその表現について―」（『文芸時代』大正14年1月）

（2）横光利一は、自分の初期を回顧して屢々「構図の象徴性」（「解説に代へて」『三代名作全集――横光利一集』昭和16年10月　河出書房）、「構図を諷刺として生かす」（「初期の作」『刺羽集』昭和17年12月　生活社）と解説している。

（3）掲載作品十二篇の内、八篇までが、後の『文芸時代』同人のものである。

（4）本論・第一章で、これらの問題を論じたので、本章では、モンタージュ、カメラ・アイ等の方法については触れない。

（5）以下、引用文は、『定本横光利一全集』第一巻（昭和56年6月　河出書房新社）所収の本文に拠るが、必要に応じて初出本文をも用いた。

（6）「空虚」という言葉を、初期の横光利一は愛用し、「から」とルビを附して使う場合と、ルビなしで用いる場合とがある。「犯罪《つみ》」（『万朝報』大正6年10月）には「空虚《から》」とある。

（7）注（4）に同じ。

（8）『日輪』（「文芸春秋叢書」　大正13年5月　春陽堂）

（9）由良君美「『蝿』のカメラ・アイ」（『横光利一の文学と生涯』昭和52年12月　桜楓社）

（10）例えば、「四」における駆け落ちの男女の会話は、初出本文から単行本への過程でも、四ケ所（地の文も含めて）が削除された。
（11）佐藤昭夫「横光利一の思考と現実―新感覚時代にみる可能性―」（『日本近代文学』第10集　昭和44年5月）
（12）「絶望を与へたる者」（『新潮』大正13年7月）
（13）「三」で、この農婦は、馬車が先刻出たのを聞き、「涙も拭かず往還の中央に突き立つてゐてから、街の方へすた〳〵と歩き始めた。」とあり、馭者の「二番が出るぞ。」の呼びかけを聞かなかつたら、彼女の「死」は或いは避けられたかも知れない。
（14）片岡良一「『日輪』について」（『日輪』岩波文庫　昭和31年1月）
（15）『横光利一の軌跡』（昭和54年8月　国文社）
（16）「作品に即して」（『日輪・春は馬車に乗って他八篇』岩波文庫　昭和56年8月）
（17）「横光利一・『蠅』と『日輪』の方法―表現者の行程―」（『文学』昭和59年1月）
（18）注（11）に同じ。
（19）注（4）に同じ。
（20）「新しさへの出発」（『横光利一』平成3年1月　福武書店）尚、この評論は雑誌『海燕』に一九八九年一月から一九九〇年十二月まで掲載された。
（21）「横光利一試論―「蠅」と「日輪」について―」（『国語と国文学』平成2年3月）
（22）「異邦人」の方が分かりやすいのであるが、誤解を招くおそれがあるので「異界者」ということばを使っておく。ここに言う「異界者」とは、人間のみならず、異なる次元の存在をも含むものである。大室幹雄氏の『滑稽―古代中国の異人《ストレンジャー》たち―』（昭和50年　評論社）に説かれる「異人」とは異なる。strangerというよりも、能なしの意をこめたPassengerに近い。
（23）「覚書」（『文学界』昭和8年10月）
（24）日本では、昭和九年一月、河上徹太郎、阿部六郎共訳で芝書店から出版された。

(25) 東京—神戸間の試運転で八時間五十九分、特急より二時間二十五分短縮したことや、「超特急」関係の新聞記事は多い。「東京日日新聞」（昭和5年7月4日、同年10月2日など）「大阪毎日新聞」（昭和9年9月6日）

(26) 「特別急行料金」（『値段の明治・大正・昭和風俗史』上 朝日文庫 昭和62年3月）大正九年改正の料金表によれば、特別急行料金は、二五〇マイルまで四円であった。参考までに日雇労働者の一日分の賃金を挙げると、二円一銭（大正9年）である。

(27) 冒頭部の新鮮さは、同じく『文芸時代』（大正13年12月）に載つた諏訪三郎の「『紳士の話』と失職者」の冒頭と比較すれば一層明らかになるであろう。「いま、秋の半ばで、碧り浅く晴れ渡つた午前のことである。三輌連結の一台のボギー電車が、郊外から市内の方へ向つて駛走してゐる。／窓外の風物は、眼にもとまらない迅さで、大きな渦を巻きながら後方へと流れてゐた。……」

(28) 「一つの分水嶺—横光利一『頭ならびに腹』をめぐって—」（『日本文学』昭和48年2月）

(29) 『続日本歌謡集成』巻五近代編・志田延義編（昭和37年3月 東京堂）

(30) 栗坪良樹「誤解の時代と横光利一——『文芸時代』を読む」（『評言と構想』昭和55年6月）

(31) 山崎国紀『横光利一——飢餓者の文学』（昭和54年12月 北洋社）

(32) 『文芸時代』大正14年1月

(33) 『文芸時代』大正14年2月、後に「新感覚論」と改題された。

(34) 平戸廉吉『日本未来派宣言運動』大正12年10月

(35) ダダイズムの代表的雑誌「DAMDAM」は大正13年10月創刊され、その広告が、『文芸時代』創刊号（大正13年10月の内表紙一頁に出ている。

(36) 画布に新聞紙、ボロ切れ、セメント、女の髪、針金など組合せて、新しい形式や新しい空間を創造しようとする。

(37) 創刊号の表紙をかいた山本行雄をはじめとして、村山知義、中川紀元、吉田謙吉らが担当した。

(38) 「横光利一」（『現代の作家』昭和31年1月 青木書店）

# 第四章　「春は馬車に乗つて」

## 一

横光利一の所謂「新感覚派」時代の華麗な作品群と重なり合うように、病妻を扱った作品系列が存在する。「病妻もの」或いは「病妻物語」と称せられるもので、「春は馬車に乗つて」（『女性』大15・8）「花園の思想」（『改造』昭2・2）「蛾はどこにでもゐる」（『文芸春秋』大15・10）の三作品が「病妻もの三部作」と見なされている。しかし、横光利一の妻・キミの発病から死後にいたる一連を素材とする作品を「病妻もの」と考えるならば、右の三作品に限定せず、もっと範囲を拡大して上記の七作品を「病妻もの」として括ってよいであろう。いま、内容順に並べ、備考として発表順を示すと上表のようになる。

| 作品 | 発表年月・発表誌等 | 備考 |
|---|---|---|
| 美しい家 | 昭和二年一月十七日「東京日日新聞」 | 五 |
| 妻 | 大正十四年十月『文芸春秋』 | 一 |
| 春は馬車に乗つて | 大正十五年八月『女性』 | 二 |
| 花園の思想 | 昭和二年二月『改造』 | 六 |
| 蛾はどこにでもゐる | 大正十五年十月『文芸春秋』 | 三 |
| 計算した女 | 昭和二年一月『新潮』 | 四 |
| 擔ぎ屋の心理 | 昭和二年八月『大調和』 | 七 |

これらの作品は、その素材の性質上、一連

の繋がりが認められるものの、各作品が、それぞれに独立した世界を有しているのは勿論である。各作品における「夫」が、病妻や迫り来る死に対して執る態度にも、それぞれ異なったものがある。と同時に、各作品が素材のもつ現実的意味とも、ある種の隔たりをもっているのである。即ち、素材の世界とは異なった物語空間――虚構をもつものと考えられる。各作品相互の間に存する差異や、現実の素材との間にある違いを無視して、作者・横光利一と妻・キミの生活を、そのまま作品に直結したりしては、「病妻もの」の真の姿は見えて来ないであろう。

例えば、病妻ものの最初（内容上の）としての「美しい家」をとりあげると、「春は馬車に乗つて」との間には、素材としての展開はあっても、作品は異なったヴェクトルを示しているし、また作者・横光利一の実感を綴ったと思われる随筆とも異なっている。いま、後者について考察してみよう。同じ時期の素材を、一方では「美しい家」に、他方では随筆『感想と風景』の中の「家と壁」（『文芸時代』大14・11）に描いている。「家と壁」で書かれた「家」は、横光が大正十三年九月に移り住んだ東京市郊外・中野の家である。「私」は家そのものより庭に心牽かれて契約したが、その直後、家全体から「どこか明るい中に不思議な暗さ」を感じ「いやだ」と思う。さて移り住んでみると「北に連つた壁が絶えず私の心を圧迫」することになり、随筆は次のように続く。

するると、私は病気になつた。二ケ月の間床にゐて、起き上らうとすると、俄然として母が死んだ。と、次ぎには忽ち家人が病気になり出した。さうして一年が経過した。此の間に周囲の庭は緑の中で苺を成らせ、葡萄房をしだれさせ、無花果と栗と小梅の実を累々と実らせた。三人の病の上にこれらの果実が成り続けた風景はグロテスクな風味がある。（傍線・傍点は引用者が施した。以下同じ）

家中の病人三人の命を、まるで肥料にでもした如く、「累々と」果実が成り続けるさまを、横光利一は「グロテスクな風味」という否定的な感想で受けとっている。さらに、壁から受ける少しの不満も、それを忍耐している内に「その一点の心の暗さが生活の中で尨大な翼を広げて黙々と運命の上にのさばつてゐるもの」だと、断言している。

一方、創作「美しい家」では、一日歩き疲れた「私」と「妻」は、草に包まれた丘の上に一軒の家を見つけ、自分達の疲れた体に早く得心を与えるため借りてしまう。その家へ一家が移転して一週間、「北側に一連の壁がある」のに気づくが、当座は庭の花々の美しさに気も紛れる。しかし、秋も深まると、この一連の壁は「俄然として勢力」をもたげ始め「私」は風邪をひき、母は「アツ」と言ったまま死に、妻が母に代って床につく。夏が、またぐり来ても妻の病はよくならず、妻はこの家を替わりたがっている。秋風が立つ頃、「私」は一年前、この家を借りる決心をした、あの丘へ登る。

私は白い草の根をかみながら立ち上つた。ふと、私はその草の根が、去年の秋、私達が座つて踏みつけたときの草の根に相違ないと考へた。それが一度葉を落してまた芽を出した。私達も廻るであらう。今に不幸が亡くなるだらう。——私は家へ帰つて来た。家の小路の両側は桃色の花で埋まつてゐた。この棚びく花の中に病人がゐようとは、何と新鮮な美しさではないか。と私はつぶやいた。

随筆「家と壁」執筆当時は、妻・キミは存命中であった。「美しい家」は、母も妻も亡くなった後で書かれたのである。作中の「私」は、草の命の廻りを見るにつけて自分達の「不幸」もなくなることを予想し、花々の中に病人が居ることに「何と新鮮な美しさではないか」と感動する。ここには「私」の、悲劇をのりこえようとする心の姿勢が見られよう。この作品中に流れる明るさへの傾斜を、作者・横光利一自身の明るさが顕れたと考えることも出来よう。「美しい家」発表一ケ月後、昭和二年二月に日向千代を妻に迎えることになる。新しい生活への門出に弾む横光利一の心境に、この明るさの根源を求めるのも、おそらく誤りではないであろう。しかし、それのみに理由を限定することは、横光の作家としての意図と作品自体とを見誤ることになる。「美しい家」は、作者自身の、生《なま》の心を綴ったのではなく、明らかに「横光」とは異なる「私」を創り出し、この「私」の意志において自分や母、妻の病気を受けとらせている。先に引用した部分の直前に、「私」の次のような自問自答がある。

「生活とは何か。」／苦しむことだ。—／「苦しみとは何か。」／喜ぶためだ。—／「喜びとは何か。」／生活することだ。—／「それなら、生活とは。」

この永久に循環する問答は、結局は、喜びも苦しみも総てを包みこみながら「生きること」に尽きる。逃げは許されない。ここから現状を逆転すべく「私」の明るさへの希求が生じる。作中の「私」と作者横光利一とを等号で結びつけることを、作品自体が拒否している。この事情は「美しい家」のみならず、他の「病妻もの」にも共通しており、私小説家が好餌とみなすであろう素材を、彼らとは異なる創作意識で造型しているのである。「絶望を与へたる者」（『新潮』大13・7）で田山花袋や正宗白鳥らを名指して表明した次の宣言は、依然として有効なのである。

われわれは卿らの握つた真実を否定せんがために傀儡を造る。われわれの傀儡こそは、どんづまつた卿らからの飛躍である。われわれは虚偽を造る。われわれはわれわれの虚偽を真実ならしめんがためかく傀儡師たらんことを欲す。

キミ夫人が葉山小坪の湘南サナトリウムで死去したのは大正十五年六月二十四日であった。七月八日に横光利一と小島キミの婚姻届が出され、キミは死後、戸籍の上で正式に横光利一の妻となった。この頃書かれたのが、「春は馬車に乗つて」であり、キミ夫人死去の直後に書かれた「病妻もの」の最初のものである。二年余りの新婚生活(1)、その半ばに近い一年余の闘病生活の後に、若くして逝いた妻・キミと自分とを素材にして、キミ死後間もないこの時期に横光利一は、どのような作品をものしたのであろうか。

## 二

「春は馬車に乗つて」（『女性』大15・8）は、現在に至るまで高い評価を得ている作品である。既に諸論文で必ずといってよい位に紹介される伊藤整[2]の評論では、好意的に評価され、安川定男氏[3]は、伊藤整の意見に多少の不正確さ（構成の不完全の指摘）を指摘しつつ、「大筋においては的を射た適評であり、これに異論をとなえる者は、よほどのつむじまがりでない限りいないにちがいない」と喝破される。しかし、旋毛曲りならずとも、「印象の鮮明さと、死の認識との結びつきとして、新感覚派手法を使ひ出してはじめて彼の作品が人間的生気を強く放つものとなつた」とか「その自然感情的なもの（引用者注・横光が意志的に流露を拒んでいた自然感情）が、新感覚的手法と融和して頂点となつた」作品と評する抽象性に慊らない想いを抱くのではないだろうか。むしろ安川氏自身の結論、個性と個性との激しい葛藤とその終熄という劇的な展開を見られる方が、はるかに的に射たと言うべきであろう。まして、「愛と徳と人情の優しい慈味[4]」を見取るのは、人間・横光利一を知悉していた中山義秀の感想として肯定出来るものの、「春は馬車に乗つて」の評として、無条件には賛成出来ないのである。

○『お前はそこで長い間寝てゐて、お前の感想は、たつた松の葉が美しく光ると云ふことだけなのか。』

○『実際、俺はお前の傍に坐つてゐるのは、そりやいやだ。肺病と云ふものは、決して幸福なものではないからだ。』

○『しかし、さう云ふこと（引用者注・妻の「あなたは、他の女の方と遊びたいのよ。」を受ける）を云ひ出して、もし、さうだつたらどうするんだ。』

前後の文脈を無視して、いま、右に三例、恣意に夫・「彼」のことばを引用したが、これらの発言は、妻のどのようなことばに対する返答であったにしても、死が確定的な病妻に対するものとしては、どう見ても優しさや労りを欠くものと言わざるを得ない。このような「彼」の発言は、この作品の前半部に集中する。「病妻もの」という括り方から、すぐに連想される[5]「純愛」「情愛の深さ」という要素を無条件に持ち出してはならないのである。

この作品は、全六章にわけられる。その六章も、前半（一～三）と後半（四～六）との二つの部分に大きくわかれる。

| | 章 | 梗概 |
|---|---|---|
| 前 | 一 | 初冬。妻の病篤し。夫、苦痛の波の原因を自らの存在に在りと看做し、身体を一本のフラスコと考える。（夫、自らの実存に責任を負う姿勢。生者として苦痛を全感覚で受容、全身的認識の態度） |
| | 二 | 冬。妻、檻の中の理論。夫、檻に繋がれ廻る理論。二人の会話の擦れ、断層。聖書読む。（妻の理論は、病者の鋭敏な感覚。それが夫の生者の理論と対立、葛藤する） |
| | 三 | 病状の悪化、激しい発作。夫、現状への新しい解釈、生活の難局を如何に克服するか。 |
| 後 | 四 | 冬。医者の宣告。終末の予感。互いに与え尽くした。夫、最後の献身。妻、病気の所為と釈明、遺言のこと。（夫の生者の理論と妻の檻の中の理論との葛藤消滅） |
| | 五 | 霜。妻苦しさの為無言。岬を見詰める。聖書を読む。妻の涙。夫の絶望。 |
| | 六 | 早春。完全に死の準備。知人からスイートピーの花束。妻、花束の中へ顔を埋め、恍惚として眼を閉じる。 |

先ず、前半部に見られる顕著な特徴は、夫「彼」の姿勢である。これは全篇を貫流するものであるが、明晰に意識され定着するのは前半部においてである。

彼は自分に向つて次ぎ次ぎに来る苦痛の波を避けようと思つたことはまだなかつた。此夫々に質を違へて襲つて来る苦痛の波の原因は、自分の肉体の存在の最初に於て働いてゐたやうに思はれたからである。彼は苦痛を譬へば砂糖を甜める舌のやうに、あらゆる感覚の眼を光らせて吟味しながら甜め尽してやらうと決心した。さうして最後に、どの味が美味かつたか。――俺の身体は一本のフラスコだ。何ものよりも、先づ透明でなければならぬ。と、彼は考へた。[6]（一）

ここに言う「苦痛」は、病妻看護の「一年間の艱難」のみではなく、「彼」の謂う「妻を貰ふまでの四五年に渡る彼女の家庭との長い争闘」や「妻と結婚してから、母と妻の間に挟まれた二年間の苦痛な時間」をも含むであろう。ここに示された「彼」の姿勢は、自らを襲うあらゆる苦痛・困難・不幸を、外在的原因によるものとは考えないで、すべて「己が在る」ということ即ち自らの実存に起因しているものと認め、それらを自らの責任において全身的に受けとめようとする潔い覚悟に基づいたものであった。それは「誠実」と言うには、余りにも逞しい意志的な態度であろう。しかも、受けとめるに際しても、単なる知性による認識ではなく、「あらゆる感覚」を動員して「苦痛」に向かい、まさに全身的な認識に到ろうとする。「彼」自ら言うごとく、「フラスコ」の透明さをもって、すべてを、あるがままに受容するのである。この態度の中に「主人公を超えて作者である横光利一自身がむき出しに顔を出している」[7]との意見もあるが、ここに作者自身の素顔を認める必要もないし、また「フラスコ」のように「透明」であることに「表現者の眼の理想形」[7]を読みとることも出来ない。「フラスコ」の比喩は、後の作品「旅愁」にも使われるが、「旅愁」での比喩[8]より、こちらの方が、対象（苦痛）への全身的受容のありようを如実に示している。襲い来る「苦痛」を全身的に受けとめ、その内実を味わい尽そうと決意する「彼」にとって、病妻への対応・接し方において、時として妻の気持ちを転換させるために「柔らかな話題」を選んだり、理論を「極めて物柔らかく解きほぐ」すことはあっても、その場限りの慰めや妥協は許されない。従って、「彼」は、病妻や状況に対し鋭く迫って行く。この夫に対し、病妻も決して大人しく引込む型の女性ではない。「自我の強いところに死病にとりつかれて、いよいよ手がつけられない(9)」というよりも、「潑剌として強い個性を備えた妻(3)」とみる方が、妥当であろう。健康であった時は夫に嫉妬を感じさせるようなコケットリに富んだ女性が、いま、死病にとりつかれている。この病妻は、夫の謂う「檻の中の理論」で対抗してくる。この二人の歯に衣着せぬ鬩ぎ合いは、次の会話に見事に示されている。

『お前をここから見てゐると、実に不思議な獣《けもの》だね。』と彼は云つた。

『まア、獣だつて。あたし、これでも奥さんよ。』

『うむ、臓物を食べたがつてゐる檻の中の奥さんだ。お前は、いつの場合に於ても、どこか、ほのかに惨忍性を湛へてゐる。』

『それはあなたよ。あなたは理智的で、惨忍性をもつてゐて、いつでも私の傍から放れたがらうとばかり考へていらしつて。』

しかし、この二人の口論を支えているのは、全く異なったレベルに立つ論理である。即ち、死に逝く者と生き残る者の論理である。妻の拠る「檻の中の理論」という名称は、「彼」の附したものであるが、単に病床の格子の中で生まれた理論というにとどまらず、既に「死病」によって囲まれ限定を受けた生命の理論である。この理論は、夫たる「彼」が見抜いているように、鋭い「感覚」が、見せかけの論理性という鎧をまとったものである。「彼の額に煙り出す片影のやうな皺さへも、敏感に見逃さない妻の感覚を誤魔化すために」「檻の中の理論」という結論を用意したに過ぎない。病妻の鋭い感覚は、当然のこととして「彼の急所を突き通して旋廻することが度々あつた」のである。「彼」は、病妻の看護のために、「朝から晩まで」枕元につきそっているには違いないが、その行為の中に『それはあなたのためだからよ。私のことを、一寸もよく思つて下さるんぢやないんだわ』と「生き残る者」の理論を指摘されると、彼女の「檻の中の理論」に取りひしがれたと感じるのである。一方、妻は、病身の自分を中心とした極端な自己中心主義から生まれる理屈が、「我まま」であることを知っている。しかし、病苦に苛まれる時、彼女は「我まま」と知りつつ、「檻に縛がれて廻つてゐる」夫を狙い打ち、その「病的な理論の鋭利さ」の為、自らの病気を加速度的に悪化させる。このような状況のもとで、前に引用した夫のことば（三例）が発せられた訳である。生活し、妻を看病し、療養費を得るためには、「彼」は別室で仕事をしなければならない。これを誤魔化さず説明しても、死に逝く者にとっては理屈として分っていても、肯うことは出来ない。彼女の鎧の中味は、自己中心的な「感覚」なのであり、純然たる「理論」ではないからである。二人の会話が、突如として噛み合わなくなるのは、妻の感覚・感情による没論理性によるのである。

○『お前の敵は俺の仕事だ。しかし、お前の敵は、実は絶えずお前を助けてゐるんだよ。』

『あたし、淋しいの。』

○『お前は俺の家の者である以上、他から来た張り札に対しては、俺と同じ責任を持たなければならないんだ。』

『そんなもの、引き受けなければいいぢやありませんか。』

『しかし、俺とお前の生活はどうなるんだ。』

『あたし、あなたがそんなに冷淡になる位なら、死んだ方がいいの。』

悪化の一途を辿り、昼夜五回ほどの発作と、妻の「檻の中の理論」とを相手に看病する「彼」の疲労は段々と大きくなる。苦痛のために荒れる妻の「ざらざらした胸を撫で擦」りながら、次のように考えることがある。

しかし、彼は此の苦痛な頂点に於てさへ、妻の健康なときに彼女から与へられた自分の嫉妬の苦しみよりも、寧ろ数段の柔かさがあると思つた。してみると彼は、妻の健康な肉体よりも、此の腐つた肺臓を持ち出した彼女の病体の方が、自分にとつてはより幸福を与へられてゐると云ふことに気がついた。

──これは新鮮だ。俺はもうこの新鮮な解釈によりすがつてゐるより仕方がない。

疲労困憊した「彼」は、先に述べた「フラスコ」的受容に徹しきれずに、遂にこの「新鮮な解釈」にすがるしか方法がないのであろうか。この作品「春は馬車に乗つて」には、健康な時の妻が、どのように夫の嫉妬をさそうような女性であったのか、いっさい書かれていない。故に、具体的な事情は、全く不明である。ただ、右の表現によって、かつて妻から与えられた嫉妬の大きさを推測するばかりである。素材としての横光利一・キミ夫妻の関係をここに持ち出す必要もないであろう。この作品に、「名作」という評価を与えながら、ほとんどの論者が、作品外の、横光利一とキミ夫人の伝記的事実にすがって補足説明し、やっと解決したような態度を見せるのは、どうしたことなのだろう。この窮余の一策めいた「新鮮な解釈」を、しかし、過大評価してはならない。右の引用のすぐ後に、次の文が続く。

彼は此の解釈を思ひ出す度に、海を眺めながら、突然あはあはと大きな声で笑ひ出した。

当然のこととして、この「大きな」笑いは、「檻の中の理論」に拠る妻の顰蹙を買うのであるが、右の文は、先に引用した「新鮮な解釈」を相対化して余りあるものを持っている。その解釈は、「思ひ出す」過去の範疇に属しており、「大きな声」で思い出し笑いをする対象となっているのである。その解釈が、いかにその場限りの窮余の策にしか過ぎないか、ということを「彼」は知っている。ということは、「彼」がこの解釈から抜け出ていることの証左となるであろう。だからこそ、看病と睡眠不足のため仕事も出来なくなり、方途を失いかけて弱気になることはあっても、「彼」の強靱ではあろうとする心は、次のように現れてくる。

しかし、また彼は、此の生活の難局をいかにして切り抜けるか、その自分の手腕を一度はつきり見たくもあった。彼は夜中に起されて妻の痛む腹を擦りながら、

『なほ、憂きことの積れかし、なほ憂きことの積れかし。』

と呟くのが癖になつた。

ここには、「フラスコ」的受容に加えて、それをいかに克服するかへの意気込み、また、山中鹿之助の「我に七難八苦を与へ給へ」的な、更なる艱難を求める決意がある。自己の心身にわたる限界を、自らの力で、如何に突破するかという姿勢は、先の、すべての苦痛を己が実存に由来するものと引き受ける決意をした、その当然の成り行きと言えよう。しかし、このような勇ましい決意と累積する心身の疲労とは、矛盾なく同次元に並立し得る。先の引用文に続いて、次の文章がある。

ふと彼はさう云ふ時、茫々とした青い羅紗の上を、撞かれた球がひとり瓢々として転がつて行くのが眼に浮んだ。

――あれは俺の玉だ。しかし、あの俺の玉を、誰がこんなに出鱈目に突いたのか。

己の人生を象徴するような「出鱈目」に動く「球」を幻視し、積み重なった心身の疲労に「もう直ぐ、俺も参るだらう。さうしたら、二人がここで呑気に寝転んでゐようぢやないか。」と言う夫に、

あたし、もうあなたにさんざん我ままを云つたわね。もうあたし、これでいつ死んだつていいわ。あたし満足よ。あなた、もう寝て頂戴な。あたし我慢をしてゐるから。

という妻のことばに、夫は「不覚にも」涙を流し、妻の腹を撫でている手を休める気にならない。「甜め尽」す筈の苦痛は、間もなく最大限になろうとしている。フラスコのように何よりも先ず「透明」であらねばならない筈の「彼」の感覚は、極度の疲労のため曇り始めていたのである。ここでもう一度、冷静なフラスコ的受容に彼をかえすのは、「檻の中の理論」にかくれていたかに見える妻の「感謝」と「愛」のことば、即ち、妻の心そのものだった。何よりも「透明」であることは、実は、非人間的、無感動になることではなかった。生き残る者、それに死に逝く者と別次元の立場にありながら、実は、赤の他人ではなく、愛によって妻と結ばれた夫という半身であったの

である。以上のようなドラマは、全く二人の間だけで行われ、「花園の思想」で登場する肉親さえも、ここでは姿を見せない。病める妻と看病する夫との、純粋培養的な劇である。

## 三

「春は馬車に乗つて」の後半部（四～六）は、夫が医者から妻の死の確定的な宣告を受けるところから始まる。死の意味を「ただ見えなくなるだけだ」と強いて自らに納得させた夫は、すべてを暗黙のうちに理解したらしい妻をみつめつつ、「彼女も俺も、もうどちらもお互いに与へるものは与へて了つた。今は残つてゐるものは何物もない。」と改めて二人のこれまでの生活を総括し、その日から「彼」は妻の言うままに「機械のやうに動き出した」のである。もう、ここには「檻の中の理論」との確執はない。後半部で注目されるのは、夫が妻に請われて読む聖書であろう。前半部においても、病の悪化によって、「彼」の苦心の説明――「これは鮟鱇で、踊り疲れた海のピエロ。これは海老で車海老、海老は甲冑をつけて倒れた海の武者。この鯵は暴風で吹きあげられた木の葉である。」（二）――も、妻の食慾をすすめることが出来ず、それより聖書を読んでほしいと妻は願う。

彼はポウロ[10]のやうに魚を持つたまま、不吉な予感にうたれて妻の顔を見た。

しかし、何故聖書を読んでほしいという妻の願いに「不吉な予感」を感じるのであろうか。この作品中には、二人の信仰について一言も触れられていない。したがって、信仰篤いクリスチャンと見るよりは、右の表現によって、「聖書」と死、または臨終を関係づけて捉えている人物であることが推定できる。その「彼」が選んだ（――或いは妻の指示によるか、不明）のは、旧約聖書『詩篇』であった。それも「彼は仕方なくその日から汚れたバイブルを取り出して読むことにした」のである。この前半部の一ケ所と、後半部の二ケ所にわたって、「彼」が妻に読んだ聖書は、次の三篇である。

前半部(二)、『詩篇』第一〇二篇「なやみたる者おもひくづほれてその歎息《なげき》をヱホバの前《みまへ》にそそぎいだせるときの祈祷《いのり》」一～四節

後半部(五)、『詩篇』第六篇「八音《やつのね》ある琴にあはせて伶長《うたのかみ》にうたはしめたるダビデのうた」一～三・五節

第六九篇「百合花にあはせて伶長《うたのかみ》にうたはしめたるダビデのうた」一～三節

これら三篇は、いずれも「個人の嘆きの詩篇」に分類されるものであり、教会伝承では、「悔改めの詩篇」[11]とされる。

民族の嘆きの詩篇（約10個）と個人の嘆きの詩篇（約50個）は、困窮の中から神への嘆きと哀願によって根本的に規定されている。しかし、それは決して嘆きにとどまらず、必ず聴きとどけられるというあらゆる信頼と確信の言葉を含み、あるいはこのような確信のうちで、既に神への賛美へと移行している。

（『旧約新約聖書大事典』平1・6・20　教文館）

右のように説明される「個人の嘆きの詩篇」ではあるが、この作品中で夫が読む詩篇には傍線部分にあたるものが欠落しているのである。成程「ヱホバよわが祈りをききたまへ。」（第一〇二篇一節）とか「神よ、願くば我を救ひ給へ。」（第六九篇一節）とかの冒頭の祈りのことばは読まれるが、それ以後の詩句が切り捨てられたり、改変されている。これらが偶然そうなったとは考えられない。この改変については、既に蔵中しのぶ氏の詳細な研究[12]があるので、ここでは重要な部分についてのみ触れる。たとえば後半部（五）における『詩篇』第六篇「八音《やつのね》ある琴にあはせて伶長《うたのかみ》にうたはしめたるダビデのうた」を見てみよう[13]。

旧約聖書『詩篇』第六篇一～五

一　ヱホバよねがはくは忿恚《いきどほり》をもて我《われ》をせめ烈《はげ》しき怒《いかり》をも
て我《われ》をこらしめたまふなかれ
二　ヱホバよわれを憐《あはれ》みたまへ、われ萎《しぼ》みおとろふるなり、
ヱホバよわれを医《いや》したまへ、わが骨《ほね》わななきふるふ　三　わが
霊魂《たましひ》さへも甚《いた》くふるひわななく、ヱホバよかくて幾何時《いくそのとき》を
へたまふや　四　ヱホバよ帰《かへ》りたまへ、わがたましひを救《すく》ひた
まへ、なんぢの仁慈《いつくしみ》の故《ゆえ》をもて我をたすけたまへ　五　そは
死《し》にありては汝《なんぢ》をおもひづることなし、陰府《よみ》にありては誰《たれ》
かなんぢに感謝《かんしゃ》せん

「春は馬車に乗って」（五）

エホバよ、願くば忿恚《いきどほり》をもて我をせめ、烈しき怒りをもて我を懲《こ》らしめたまふなかれ。

エホバよ、われを憐みたまへ、われ萎み衰ふなり。、エホバよわれを医したまへ、わが骨わななき震ふ。わが霊魂《たましひ》さへも甚《いた》くふるひわななく。エホバよ、かくて幾その時をへたまふや。

死にありては汝を思ひ出づることもなし。


この第六篇は、全部で十節から成り、第八・九節には

　ヱホバはわが泣《な》くこゑをききたまひたり、ヱホバわが懇求《ねがひ》をききたまへり

という「確信」、願いの成就のことばがあるが、これらが「彼」によって読まれないのは勿論、右に示した第四節の削除、第五節の「そは」の省略と「も」添加は、聖書の持つ意味を全く変えてしまうことになる。（なお、漢字への変更、送り仮名添付、句読点添加等については、前出の蔵中論文に譲り、ここでは触れない。）第四節と第五節の接続は、言う迄もなく、「そは」によって果されており、何故第四節のように救いを求めるかといえば、それはいまなければならず、死においては、エホバを思い出すこともなければ、陰府《よみ》においてエホバを讃めたたえることができないからである。この詩句の、「そは」を切捨て、強意の助詞「も」を挿入することは、いま、救いを求めるという限定を取りはずし、死にあっては、あなたを思い出すことなどない、という意味に変ってしまい、エホバを拒

否することになってしまう。これを聴く妻も、魂のやすらぎを得るより、「あたしの骨はどこへ行くんでせう」と、即物的に自分の「遺骨」の行方を問うことになる。これに答えられない夫が、引き続き読む『詩篇』第六九篇も第一節の「神よ、願くば我を救ひ給へ。」があるものの、第三節の「われ歎きによりて疲れたり。わが喉はかわき、わが目はわが神を待ちわびて衰へぬ。」の嘆きのことばで終わっている。前半部における、もう一ケ所の『詩篇』第一〇二篇引用も、最終部にある神の永遠性への讃美まで読まれることなく、第一節から第四節の「なやみたる者おもひくづほれて」言い出す「歎息《なげき》」のみが読まれている。

これでは、死に臨んでの魂の救済や平安はあり得ず、夫は、むしろ『詩篇』の詩句に託して、病妻の苦しみそのものを述べていると考えざるを得ない。眼前に迫った妻の死を前に「最後の餞別」として献身的に看病する信仰なき夫の心は、あの「フラスコ」のように、すべての苦痛を受容する姿勢にあり、「花園の思想」の「彼」が激しく祈る「神よ、彼女を救ひ給へ。神よ、彼女を救ひ給へ。」とは異なる境地にあると考えられる。ここまで検討してくると、他の作家の書いた「病妻もの」との相違が、かなり明瞭に見えてくる。大正十五年八月発表の「春は馬車に乗つて」を挟むように、瀧井孝作の「無限抱擁」(『改造』——単行本の第三の章にあたる　大12・6)と単行本『無限抱擁』(昭2・9　改造社)が発表され、横光利一、川端康成らに続く文学世代・梶井基次郎、中谷孝雄らに熱狂的に愛読された。横光利一と瀧井孝作という両作家の創作意識・方法の相違は、当然のこととして、作品世界に著しい隔たりを見せている。瀧井は、後にこの作品を岩波文庫の一冊として出版する際に、次のように述べている。[14]

この作品は、筆者が自身の直接経験を正直に一分一厘も歪めずこしらへずに写生したもので、つまり筆者自身がモデルなのであります。(中略)　尚この作品に描き出された事柄は、青春の姿、若気の無分別の生活でありますが、筆者は自身のこれを正直にとりつくろはず、匿し立てせずに描きました。

客観的に傍線部のようなことが為し得るのか否か、いまは問わない。唯、瀧井孝作という作家が、自らこのように意図して描いたこと、及び現実とは異なる空間を造型しようとした横光との差とを確認すればよいであろう。『無限抱擁』は、「わが国の恋愛小説の最高位にあることは今日では定説」「大正末期の誠実で求道的な知識人の魂の記録と云ふ点からも極めて貴重」と河盛好蔵氏から絶讃され(15)、ヒロインの松子にいたっては、「日本の近代小説が造型したもっとも美しい女性の一人」と山本健吉氏により讃えられる(16)。かつて吉原にいたとは思えないほど素直で従順な松子、彼女を献身的に看病する信一、この夫婦の間には、「春は馬車に乗つて」の夫婦のような激しい葛藤はない。とき折あるとすれば、松子の母が絡む場面に限られる。誤解をおそれず言えば、先に引用した瀧井の言葉にかかわらず、瀧井の裡で、松子・信一夫婦の美化——追憶の中に行われる浄化作用が働いていることを作品自体が解き明かしている。一方、横光の「春は馬車に乗つて」に美化や救済の要素を読みとることは難しい。その点においても、横光のこの作品は、スーザン・ソンタグの言う「結核の神話」(17)からも免れている。日本においても、結核にかかることが、患者の優しさや精神の高貴さ、繊細さの証しのように受けとられ、「美人病」の別名さえあり、結核患者を素材とする作品に、この傾向が顕著であった。戦後、檀一雄が実名小説として描いた「リツ子・その死」のリツ子は、あの美貌に「隠喩」としての結核が作用しているかに見えたが、檀は、リツ子の臨終に、そうした神話を打破る凄絶な死を描き得た。横光は、「花園の思想」で、「死の美しさ」を描きはしたが、この「春は馬車に乗つて」を含め、「結核の神話」には加担しなかった。

『無限抱擁』を含めて、病妻を扱った作品で明治以降、よく知られたものを任意に挙げ、それぞれキリスト教、家族（親・姑・子供等）、社会事項、病の種類という簡単な項目を点検すると、次頁の表のようになる。キリスト教の欄は、信仰の有無に拘らず、教会や神父が登場（——例えば「聖ヨハネ病院にて」の夫は、はからずも病院のミサに出席し、妻への労りを自覚する）するものには○、家族の欄は、作品世界で夫婦に深くかかわる場合○（例えば「不如帰」における姑や浪子の父親、「リツ子その愛、その死」における子供・太郎、但し、「風立ちぬ」の節子の父は、サナトリウム生活に介入していないものと見做す)、社会事項の欄は、作品中の夫婦が、社会の動向と深くかかわる場合は○(例えば「死と其前後」における夫への警察の動き)。この簡単な四項目でみると、「春は馬車に乗つて」に最も近いのが「風立ちぬ」になる。しかし、「風立ちぬ」の節子と「私」は婚約者同士であり、その点異なる。ただ両作品の、全く相違する世界の基盤に、結核患者と夫(或いは婚約者)が、社会から隔離された二人だけの密空間で、「普通の

| 作品名 | 作者名 | 発表年月 | ヒロイン | キリスト教 | 家族 | 社会事項 | 病 |
|---|---|---|---|---|---|---|---|
| 不如帰 | 徳冨蘆花 | 明三三・一 | 浪子 | ○ | ○ | ○ | 結核 |
| 死と其前後 | 有島武郎 | 大六・五 | A子 | ○ | ○ | ○ | 結核 |
| 春は馬車に乗つて | 横光利一 | 大一五・八 | | ○ | | | 結核 |
| 無限抱擁 | 瀧井孝作 | 昭二・九 | 松子 | | ○ | | 結核 |
| 風立ちぬ | 堀辰雄 | 昭一三・四 | 節子 | ○ | | | 結核 |
| 智恵子抄 | 高村光太郎 | 昭一六・八 | 智恵子 | | | | 精神 |
| 聖ヨハネ病院にて | 上林暁 | 昭二一・五 | 徳子 | ○ | | | 精神 |
| リツ子その愛、リツ子その死 | 檀一雄 | 昭二五・四 | リツ子 | | ○ | ○ | 結核 |

※発表年月は、「死と其前後」「春は馬車に乗つて」「聖ヨハネ病院にて」を除き、すべて単行本の出版年月を示す。

人々がもう行き止まりだと信じてゐるところから始まる」愛の生活と、すべての苦痛を己が責任において引き受けようとする看病生活とを、純粋培養的に描き出そうとする態度の共通性がある。また「春は馬車に乗つて」のヒロインは、「妻」「彼女」と表記されるだけで名前さえも与えられていない。浪子以下の女性達は、それぞれ差はあるが、概ね「夫」(或いは婚約者)に従順であり、夫の方も、リツ子に対する檀の、彼自身も言うごとく生命力の迸る

「特異な」エゴイズムを除けば、妻の看病に献身的である。（いま、一々の作品における差異を述べることは出来ない）横光利一の、「春は馬車に乗つて」に対する創作意図・方法と、完成した作品世界が持つ特異性が、これらの作品群との簡単な対比によっても理解できるのである。

信仰心を持たず強い意志の姿勢で苦痛と対峙する「春は馬車に乗つて」の夫も、妻の素直な心に触れる瞬間には、かえって怯んでしまう。

『あたしね、もう遺言も何も書いてあるの。だけど、今は見せないわ。あたしの床の下にあるから、死んだら見て頂戴。』

彼は黙つて了つた。――事実は悲しむべきことなのだ。それに、まだ悲しむべきことを云ふのは、やめて貰ひたいと彼は思つた。

かくして、「完全に死の準備をして了つた」二人のもとへ、「馬車に乗つて、海の岸を真つ先に春を撒き撒き」「スヰートピー」の花束が届けられるのである。最終部の、春先の明るさと、スイートピーの花束とが持つ両義性について考察する前に、この作品に周到に配された自然の風物について検討したい。

## 四

全六章からなる「春は馬車に乗つて」の、第三章は、妻の病状悪化にともない、夫の、現状への新鮮な解釈や苦難をいかに克服するかの想いが描かれ、遂には、妻の「檻の中の理論」の鋭鋒も消え、夫は「不覚にも涙」をこぼす次第が描かれるのであるが、この二人の葛藤のクライマックスから沈静へ向う第三章を除き、第一章から第六章まで、実に様々の風物が、妻の病状悪化に歩調をあわすかのように描かれている。これらの風物は、独自の効果を発揮し、そのイメジャリは相互に作用しつつ相乗効果によって、暗喩の域を超え、象徴的な役割をさえ演じている。[18]その目指すヴェクトルは、「死」の方向である。いま、まとめて挙げると次のようになる。

（各引用の頭にある数字は、この作品の章を示す）

**『春は馬車に乗つて』にみられる自然・風物**

A　植物―ダリヤ・芝生

一　・庭の片隅で一叢の小さなダリヤが縮んでいつた。

二　・ダリヤの茎が干枯びた縄のやうに地上でむすぼれ出した。

四　・庭の芝生が冬の潮風に枯れて来た。

・彼はそれから庭へ出ると芝生の上へ寝転んだ。（中略）涙が力なく流れて来ると彼は枯れた芝生の葉を丹念にむしつてゐた。

五　・花壇の石の傍で、ダリヤの球根が掘り出されたまま霜に腐つていつた。

（六　・彼と妻とは、もう萎れた一対の茎のやうに、日日黙つて並んでゐた。）

B　動物―亀・猫

一　・彼は妻の寝てゐる寝台の傍から、泉水の中の鈍い亀の姿を眺めてゐた。亀が泳ぐと、水面から輝り返された明るい水影が、乾いた石の上で揺れてゐた。

・「俺は亀を見てたんだ。」

二　・しかし、不吉なことはまた続いた。或る日、暴風の夜が開けた翌日、庭の池の中からあの鈍い亀が逃げて了つてゐた。

五　・亀に代つてどこからか来た野の猫が、彼の空いた書斎の中をのびやかに歩き出した。

C　岬・海

一・海では午後の波が遠く岩にあたつて散つてゐた。一艘の舟が傾きながら鋭い岬の尖端を廻つていつた。

一・もう彼は家の前に、大きな海のひかへてゐるのを長い間忘れてゐた。

四・晴れ渡つた明るい海が、彼の顔の前で死をかくまつてゐる単調な幕のやうに、だらりとしてゐた。

五・彼女は絶えず、水平線を狙つて海面に突出してゐる遠くの光つた岬ばかりを眺めてゐた。

六・彼の妻の眠つてゐる朝は、朝毎に海面から頭を擡げる新しい陸地の上を素足で歩いた。（中略）海面にはだんだん白帆が増していつた。

六・或る日、彼の所へ、知人から思はぬスヰートピーの花束が岬を廻つて届けられた。

D　風

一・海浜の松が凩に鳴り始めた。

二・潮風が水平線の上から終日吹きつけて来て冬になつた。／彼は砂風の巻き上る中を……

四・硝子戸は終日辻馬車の扉のやうにがたがたと慄へてゐた。

六・長らく寒風にさびれ続けた彼の家の中に、初めて早春が匂やかに訪れて来たのである。

E　光・明るさ

一・亀が泳ぐと、水面から輝り返された明るい水影が、乾いた石の上で揺れてゐた。
・『まァね、あなた、あの松の葉が此の頃それは綺麗に光るのよ。』
・『……、お前の感想は、たつた松の葉が美しく光ると云ふことだけなのか。』
・『……、それから、一生の仕事に、松の葉がどんなに美しく光るかつて云ふ形容詞を、たつた一つ考へだすのだね。』

四　・晴れ渡つた明るい海が、彼の顔の前で死をかくまつてゐる単調な幕のやうに、だらりとしてゐた。
五　・彼女は絶えず、水平線を狙つて海面に突出してゐる遠くの光つた岬ばかりを眺めてゐた。
六　・さうして、彼女はその明るい花束の中へ蒼ざめた顔を埋めると、恍惚として目を閉ぢた。

この作品には、初冬から早春へ移り変る季節が明示されており、第三章を除く他の章（一、二、四、五章は冒頭部で、短い六章は中央部で）季節を示すことばが書かれている。作品冒頭部

海浜の松が凩に鳴り始めた。庭の片隅で一叢の小さなダリヤが縮んでいつた。

には、「松」と「ダリヤ」が「凩」に吹かれ始める。表に示した「A―植物」の内、ダリヤについて検討すると、このキク科の球根草は多くの品種があるので一括して説明し難いが、生命力が強く、高さも一～二メートル近くに達する。手入れがよければ夏咲きと秋咲きの二つの時季に大輪の花をつける。この作品の冒頭部にある晩秋から初冬にかけての頃、球根を掘り出し、温い場所で保存すると、春、球根と茎の接する辺りから新芽が出る。球根は生命の源であり、前年の枯死からの再生の力を秘めている。この再生・生命の根源が、保護されることなく、「茎が干枯びた縄のやうに」（二）むすぼれ出し、掘り出された球根は「霜に腐つていつた」（五）のである。確実に再生の可能性は消えた。最終章（六）では、直接ダリヤとは明示されていないが、二章の表現を想像させる直喩で「彼と妻とは、もう萎れた一対の茎のやうに、日日黙つて並んでゐた」と表現され、この夫婦には、かつての健やかな日々が永久に帰らぬことが明白になる。このあたりは、既に小田桐弘子氏[19]により指摘されたように『短篇十種キイランド集』（前田晁訳　大3・8・31　博文館）の「枯葉」におけるダリヤ描写と共通の発想があり、影響関係も考えられよう。ダリヤの死滅して行く過程と、妻の死への接近が、パラレルに進行しているのである。同様に、芝生も、再生の様子は描かれない。妻の死の告示を受けた夫は、「枯れた芝生の葉を丹念にむし」りながら、「死とは何だ」――「ただ見えなくなるだけだ」と強いて納得しようとする。その答えと芝生の「むし」り取りが同時に存在する。

右の表に抽出しなかったが（D、Eで、風や明るさのところで付随的に示されているが）「松」も重要であろう。この常緑樹で「十返りの松」とか「松は千年」とか称せられる松は、言う迄もなく長寿のシンボルである。しかし、この作品では、妻の寝台からの視線によっても明らかなように、仰ぎみる憧れの対象であり、後述の「亀」と同じように、この夫婦の手に入らぬものなのである。

Bの動物。冒頭部で、右に述べたように病床から妻が松をみつめているのに対し、夫は「泉水の中の鈍い亀」を眺めている。「亀は万年」「万劫を経ぬれば仏」になると言われる亀は、長寿でめでたい動物である。しかも初冬で動きの「鈍い」この亀が、二章の最終部で逃げてしまう。夫は、妻から聖書を読んでほしいと言われ「不吉な予感に打たれ」たように、この小動物の遁走を「不吉なことはまた続いた」と表現している。不吉な影の接近はさらに「野の猫」によって強調される。この猫は、「亀に代つてどこからか来た」ものであり、この「代つて」が、亀のような吉兆をもたらすものとは異なる意味を担うと考えられる。「猫」には、吉凶両様の受け取り方があり[20]、この場合は、凶の兆と見るべきであろう。この「野の猫」が、「のびやかに歩き出した」のは、「彼の空いた書斎の中」なのである。この書斎は、彼等二人の生活費と病妻の療養費を紡ぎ出す場である。そこは既に空白になっており、しかも不吉なものが侵入するところとなった。

Cの岬・海についても、作者・横光利一は、意図的にある意味をこめようとしている。キミ夫人死去の一月前に発表した随筆「海の草」（『女性』大15・5）は、葉山海岸での見聞を朝、昼、夕、夜、そして「或る夜」という構成で書いたものであるが、この随筆の中には、「春は馬車に乗つて」に登場する共通の素材が多く扱われている。――（海苔に辷りながら岩角によじ登ろうとする漁夫の児等、昼時、漁村の台所に溢れる魚を「鮟鱇は踊り疲れた海のピエロ。海老は甲冑をつけ倒れた海の武者。鰺は海から吹き上げられた木葉である」と表現したり、波の飛沫を背景に湯気の立つ芋を待つ子達の様子など）しかし、共通の素材が多いということより、更に重要なことは、岬や海に対する見方・

扱い方に共通のものが見出せるところであろう。「海の草」冒頭部で、朝「私」が散策する砂浜は、「春は馬車に乗つて」の六章の冒頭部と類似しているのであるが、この「海の草」では、「私」が、朝、煙草を吹かすのを好むことを述べて、次の文へ続く。

此のとき、光つた岬は鮮鋭な牙のやうに海面に横たはつて、その日の吉凶を静かな水面から占ふのだ。

後半の主語が不鮮明ではあるが、岬は海の、その日の吉凶を示すものであり、「漁夫は岬の先端の輝き」をねらって舟出し、また昨夜出た舟は「朝日の中を」帰って来る。しかし、最終部の三つの文によって書かれた「或る夜」には、「永久に帰つて来なかつた」一艘の舟のことが述べられる。最終の二文は次の通りである。

その漁夫の妻は、渚に篝火を焚いて泣きながら、いつまでも沖の方を向いて立つてゐた。三日目の朝、岩の根に海草のやうに倒れてゐるのを人々は見た。

「岬」はこの場合、人の運命を仕切る境界線であり、現世（生）と異界（死）とを区分するものである。海は、この両者（生と死）を、ともに含む世界である。「春は馬車に乗つて」においても、明晰に「海」の持つ意味が示されている。四章で、妻の死の宣告を受けた夫が見る「海」は、次のように表現される。

晴れ渡つた明るい海が、彼の顔の前で死をかくまつてゐる単調な幕のやうに、だらりとしてゐた。

海はすべてのものが生まれ、また、そこへ帰って行くところである。右の表現では、死を包みこんだ世界と見なされており、「彼」が妻のために読んだ「聖書」においても、旧約・新約両方にわたって「悪の領域」――「悪しき諸力の支配下にある世界」として扱われている。[21] 病める妻が、いつも眺める岬は、生と死の境界線であり、岬の向うの世界――死の世界を妻はみつめるのである。

いま、検討の都合上、各イメージごとに考察しているのであるが、これらは既述のごとく相前後し相乗的効果を発揮するものであることは、次に示す五章冒頭部が如実に示している。

花壇の石の傍で、ダリヤの球根が掘り出されたまま霜に腐つていつた。亀に代つてどこからか来た野の猫が、彼の空いた書斎の中をのびやかに歩き出した。妻は殆ど終日苦しさのために何も云はずに黙つてゐた。彼女は絶えず、水平線を狙つて海面に突出してゐる遠くの光つた岬ばかりを眺めてゐた。

「光つた岬」に関連して、Eの光、明るさについて触れるならば、この作品の最初から最後まで溢れている自然の明るさは何を意味しているのであろうか。これについては既に伴悦氏のロラン・バルトの「S／Z」の論を援用した論考(9)があるが、この作品の、ほとんどすべてのイメジャリが、両義的な意味を持っているのと同様、この奇妙に明るい自然の光は、その対照的な闇の世界の存在をも含有し、裏側の暗闇を一層暗示するものではなかろうか。「光つた岬」の背後に、遠く暗い異界を垣間見ている妻の凝視を読みとることが出来よう。先に見た、死を内包する海も「晴れ渡つた明るい海」であったことも、同じ理由による。

　Dの風についても、初冬から真冬にかけての風は、ものの滅びを想像させよう。風について思いおこすのは、作者・横光利一に特異な随筆「無常の風」(『文芸春秋』大14・9)のあることである。幼時、母から聞いた「無常の風が吹いて来ると人が死ぬ」から始まるこの随筆には、父母や隣家の主婦の死から、「無常の風」が気になりはじめ、「地貌の隆起」の相違からおこる「気流」について、次のように述べる。

> 此の気流と生活と云ふことは余程親密な相関性を持つてゐる。殊に人間の運命とは特にいちじるしい関係があると私は思ふやうになつて来た。人間の意志は気流の為に屈折する。

ここから後で、気流の温度と殺人、狂人の関係、風の通路と碁や性慾、さらに風の乾燥や塩分と霊魂の相関々係、社会主義の布衍と風の密度・地貌との密接な関係等々、「独断にならざるを得なくなる」と言いながら、独特な論を展開し、

> 私は小説を書く男であるが小説の中で人間の運命を発展さす場合、いつも此の風と光線とが気にかかる。確に

此の風と光線とは人間の意志と感情の発生及び発展に重大な必然的影響があると思ふ。

と述べている。「光線」——明るさについては先に触れた通りであるが、「春は馬車に乗つて」における「風」も、何気ない表現の底にイメジャリと相互作用し合いながら、厳しい状況への移行を示すものと考えられる。

## 五

最終の六章において、「完全に死の準備をして了つた」二人のもとへ、「早春が匂やかに訪れて来た。」スイートピーの花束が「岬」を廻って届けられたのである。死の準備をしてしまった静寂の中に登場したこの「花束」は、明るい早春をのみ齎すものであろうか。花々については、後の「花園の思想」で死と同じレベルにあるものとして描かれているが、この「春は馬車に乗つて」では、春の使者というプラスの意味とともに、死の使者としてのマイナスの意味の両義性を担うものと考えられる。一般に「花」は、種々な寓意に使われ、洋の東西を問わず、吉凶両様の意味を持つようである。わが国においても、[22]「花」は華麗なものの代表として多くの歌に詠まれ、やがて抽象化され歌論、連歌論、能楽論に援用されるが、一方で「花も一時」のように儚いものの意にも使われ、同時に軽薄さや不実さというマイナスの意味さえ帯びるにいたる。西洋においても、様々な要因によって多義的に用いられるが、美、喜び、善良、純粋等の肯定的なものと、移ろいやすさ、不誠実なものとに二大別できよう。とくに聖書において、有名なマタイ伝、山上の垂訓の一節（第六章二八〜二九節）

又なにゆゑ衣のことを思ひ煩ふや。野の百合は如何にして育つかを思へ、労せず、紡がざるなり。然れど我なんぢらに告ぐ、栄華を極めたるソロモンだに、その服装《よそほひ》この花の一つにも及《し》かざりき。

にみられるように、人為を凌ぐ優美や栄光をあらわすものと、旧約・イザヤ書の「…人はみな草なり　その栄華《はえ》はすべて野の花のごとし　草はかれ花はしぼむヱホバの息そのうへに吹ければなり…」（四〇・六〜七）をはじめ、多くの例では人生のはかなさ、移ろいやすさ、すぐに滅ぶものの象徴として用いられている。聖書以外でも、例えば[23]「花床」は墓を現すというように、死、滅びとつながる。ところで、この滅ぶ、死ということと関連して、再生やそれにかかわるものとしての意味を担うこともある。日本でも「花は根に帰る」というように再生を意味し、また、盆花など祖霊の依代と考えられている。西洋でも、ユング学派のM―L・フォン・フランツ女史の説くところによれば、[24]古代エジプトでは、花は再生する体の一面とみられ、死者の傍に球根と麦粒とを入れた容器を置き、それに水を注ぎ芽が出ると再生のなったしるしと見なされたという。また彼女の師・ユングは、花のマンダラ構造は「内的な霊的全体性である自己」を指しており、従って花は「死に際しての魂の戻る、成長した内的な全的性質」をあらわすと考えている。「春は馬車に乗つて」に登場するのは、美しく可憐ではあるが、脆弱なスイートピーの切花である。春の、いちはやい訪れとともに、すぐに枯死することが予想されている。束の間の「明るい」春に酔う妻の背後に、その「一時」が須臾の間に過ぎ、「死」の訪れが決定的であることが暗示されている。しかも、このスイートピーの花束は、岬の向う（異界）から廻ってきたものであることに注意しなければならない。この花束は、春の使者とともに、死の使者をも意味し、花々は、妻の魂の還るところと解されるであろう。彼女の再生は、結局、花束の花々に還ることを意味し、ダリアの枯死によって示されたように現世へ帰ることはあり得なかった。このようにして、「春は馬車に乗つて」という作品は終わる。

決定的な妻の死を前に、すべての苦痛を自らの責任として受けとめようとする夫は、前半において、妻の病者の理論との確執に苦しみ、後半部においては、その葛藤は消え、すべてを与え尽した者同士の静寂の中で、死の準備をなし終えた。そこに春の使者でもあり、死の使者でもある明るいスイートピーの花束が届けられたのである。勿論、果して、このような静謐の中で死を迎えることが可能であるか否かは、ここでは問題にならない。それは後の

「花園の思想」という作品が担わねばならない問題なのである。

## 注

（1）横光利一と小島ミキとの同棲が、いつ始まったかは定かでない。大正12年6月頃（神谷忠孝）、大正13年7月以前（井上謙）、大正13年7月頃（栗坪良樹）諸説あるが、大正13年5月27日佐藤一英宛の書簡に「君子は僕の所にゐる」の文句があり、遅くとも大正13年5月頃には同棲中であったと考えられる。山本洋氏に詳しい論考があり「大正十二年前半期」と、見てよかろうとの意見が出されている。「『春は馬車に乗つて』と『花園の思想』の背景」（『龍谷大学論集』平成1年11月）

（2）『現代日本小説大系43』（昭和25年8月　河出書房）と『現代日本文学全集36』（昭和29年3月　筑摩書房）の解説。後、手を加えて「横光利一文学入門」（『文芸・横光利一読本』昭和30年5月　河出書房）。

（3）作品の再検討「春は馬車に乗つて」（『国文学解釈と鑑賞』昭和58年10月）

（4）「横光利一の文学的生涯」（『文芸・横光利一読本』昭和30年5月　河出書房）この部分は、「青い石を拾つてから」「蛾に何処《ママ》にでもゐる」と共に論じられたもの。なお、この評論は、「花園の思索者」として『新文学』昭和23年3月（全国書房）に発表したのを改題したもの。

（5）初出本文『女性』（大正15年8月）及び初版本文（昭和2年1月　改造社）ともに、一行あけをもって六章に別けている。ところが、全集本文は、非凡閣版第九巻（昭和11年10月）改造社版第二巻（昭和23年7月）河出書房普及版第二巻（昭和30年10月）定本全集第二巻（昭和56年8月）すべて、五つの部分にわけている。思うに、初版本十五頁一行目「彼は妻の病勢がすすむにつれて」の前に一行あきがあるのを見落としているのであろう。各頁十二行。この十五頁は十一行。初出本文では、五十四頁に、はっきりと一行分あけている。本論文中に引用した「春は馬車に乗つて」の本文は、初版本の本文に拠り、区切りも、初出及び初版の六章わけを妥当と考える。

（6）漢数字は、右の六章立ての、何章にあるかを示す。

（7）栗坪良樹氏『鑑賞日本現代文学14・横光利一』（昭和56年9月　角川書店）の作品鑑賞。

（8）憧れのパリで、ストライキに出会った久慈について描かれた部分。「久慈はここでの先づ何より自分の勉強は、この完璧な伝統の美を持つ都会に働きかける左翼の思想が、どれほど日本と違ふ作用と結果を齎すものか、フラスコの中へ滴り落ちる酸液を舐めるやうに見詰ることだと思つた。」

（9）伴悦氏「春は馬車に乗つて」論（『国士館大学・人文学会紀要』平成3年10月）

（10）漁夫であったペテロ（本来の名はシメオンまたはシモン）の誤りであろう。

（11）悔改めの詩篇――教会伝承においては、詩6、32、51、102、130、143、篇を指す。これらは同種の詩22・69と並んで「個人的な嘆きの歌」という大きな分類に入る。（『旧約新約聖書大事典』平成2年6月　教文館）

（12）蔵中しのぶ氏「救済の拒絶―横光利一『春は馬車に乗つて』における『聖書』の文体と論理の改変―」（『文体論研究』第36号）

（13）旧約聖書「詩篇」の翻訳出版は、フルペッキ・ウィリアムス、松山高吉、植村正久訳により洋版綴、四六版で出版されたのが、一八八七年（明治20年）。新約は大正に改訳が出されたが、旧約は明治訳のままであった。海老沢有道『新訂増補版　日本の聖書――聖書和訳の歴史』第七章「旧約聖書の翻訳」（一九八一年四月）日本基督教団出版局）

（14）昭和十六年二月、岩波文庫版『無限抱擁』の著者による「解説」。昭和十五年十二月に書かれたもの。

（15）『現代日本文学全集40』の「解説」（昭和30年12月　筑摩書房）

（16）『日本現代文学全集64』の作品解説（昭和41年3月　講談社）

（17）『隠喩としての病い』（一九八七）十九世紀から二十世紀にかけてメタファーとしての「結核」が、相矛盾する二つの用法を生み、その中の一つとして結核は患者を霊化させたり、安楽死に導く「繊細な病気」という上品、感受性の細やかなものというのが指摘されている。（『新版　隠喩としての病い、エイズとその隠喩』富山太佳夫訳　一九九二年一〇月　みすず書房）

（18）次に挙げる各イメージの個々については、すでに諸家によって指摘されている。例えば西尾宣明氏の論文「横光文芸に於ける『新感覚派』時代の一位相――『病妻小説』論」（『日本文芸研究』昭和64年1月）では「ダリヤ」に妻の死を予兆、荒涼とした「波」に自己の現実、傾きかけた「舟」に自己自身を準えると論じられている。ただ、本書では、個々のイメージは勿論、多くのイメージャリによる相乗効果を考えるものである。

(19) 『横光利一――比較文学的研究』（昭和55年5月　南窓社）の「『春は馬車に乗つて』の構造論」で紹介されたキイランドの「枯葉」中の「ダリヤは折れた茎の上に無恰好な縮れ頭を曲げてゐた。」とか「花が萎みつつあつたやうに、少女は人生の冬に向つてゐるのであつた。」と横光の描写は、確かに深い血縁がある。尚、小田桐氏は『キイランド短篇集』と記されるが、大正三年八月博文館版は、正しくは『短篇十種キイランド集』である。なお、「春は馬車に乗つて」という題名につき、この集中の「希望は四月緑の衣を着て」との近似性が伊藤整によって指摘されている。

(20) 日本では「招猫」のように、福や富をよび寄せる場合と「猫を被る」のように悪い場合とがあり、後者の例が多い。秋田県鹿角郡の俗信に「猫三匹殺すと親の仏掻ぎ（法会）しなくても良い」という、極端に猫を悪もの、魔性のものとする諺があるという（『故事俗信ことわざ大辞典』昭和57年2月　小学館）。西洋でもCatは、太陽と月の両側面、一般的性格としても、よい意味と悪い意味の両面を持つ。『イメージ・シンボル事典』（アト・ド・フリース、一九八四年三月　大修館書店）

(21) 旧約聖書「イザヤ書」五一・九～一〇「さめよ醒よヱホバの臂《かひな》よちからを着《き》よ　さめて古への時むかしの代にありし如くなれ　ラハグをきりころし鰐《わに》をさしつらぬきたるは汝にあらずや　海をかわかし大《おほい》なる淵の水をかわかし　また海のふかきところを贖《あがな》はれたる人のすぐべき路となしゝは汝にあらずや」新約聖書「ヨハネ黙示録」二一・一「我また新しき天と新しき地とを見たり。これ前の天と前の地とは過ぎ去り、海も亦なきなり」などがある。

(22) 日本では、王朝以降「ハナ」は、ほとんど総て「桜」を指すが、山田孝雄博士の『櫻史』（昭和16年5月　桜書房、但し、平成2年3月山田忠雄氏の校訳付きで、講談社学術文庫の一冊として出版された）によれば「花といひてまさしく桜花をさせることは」日本後紀・弘仁三年二月十二日、嵯峨天皇の御発意により「神泉苑に行幸して花宴を催させたまひしことを以て史上にはじめて見るところとす」と説明されている。桜の語の見えはじめは、天津日高日子番《あまつひこひこほ》能邇邇藝能命《のににぎのみこと》の大后「木花之佐久夜毘売《このはなのさくやひめ》」の「佐久夜《さくや》」は、古語のラ行をヤ行に転ずる例として、「さくら」であろうとされる。本論文も「桜」の意で用いている。

(23) 旧約「詩篇一〇三・一五」や新約「ヤコブの書一・十一」「ペテロの前一・四」など。
(24) 『夢と死　死の間際に見る夢の分析』(氏原寛訳　昭和62年11月　人文書院)中の「2、草木—木、草、穀物、花」
(付記)「春は馬車に乗つて」の本文は、すべて初版本『春は馬車に乗つて』(昭2・1　改造社)所収のものに拠る。

# 第五章　「上海」

## 一

### 1

作品「上海」は、雑誌『改造』昭和三年十一月号に掲載された「風呂と銀行」をはじめとして昭和六年十一月号の「春婦―海港章―」まで計七章が満三年の歳月にわたり断続的に発表されたものに、昭和七年六月『文学クオータリー』に発表した「午前」、新稿（「三一」に当たる）を加え、昭和七年七月八日、改造社から初版『上海』（四五章仕立て）が出版され一応の完成をみた。更にかなりの修正を加えて、昭和十年三月十五日、書物展望社から『上海』（四四章仕立て）を出版し、作者・横光利一は、これをもって決定版とした。

横光利一が上海に赴いたのは昭和三年であり、前年、自殺直前の芥川龍之介に勧められての渡航であったことは、よく知られている。この一ケ月程の滞在での見聞を素材として創作されたのが「上海」であるが、この作品について横光はしばしば発言している。後に触れるように「上海」そのものに変化が加えられるように、作者の発言も微妙に変化していく。改造社社長・山本実彦の「上海紀行」を書いてほしいという希望に対して、紀行では材料が盛り上がらず大抵の人はそれで失敗していることを述べて、次のように続ける。

## 上海

| 『改造』発表年月 | | 章 | 改造社版『上海』（昭7・7） | |
|---|---|---|---|---|
| 風呂と銀行 | 昭3・11 | 一〜十 | 一〜一〇 | |
| 足と正義 | 4・3 | 一〜十一 | 一一〜二一 | |
| 掃溜の疑問 | 4・6 | 一〜三 | 二二〜二四 | |
| 持病と弾丸 | 4・9 | 一〜九 | 二五〜三四（三一、三二は初出になし） | |
| 海港章 | 4・12 | 一〜六、七 | 三五〜四〇 | ← 昭7・6「午前」 |
| 婦人―海港章― | 6・1 | 一〜三 | 四一〜四三 | 「鳥」昭5・2 |
| | | （七→） | （四四） | 「機械」昭5・9 |
| | | | | 「寝園」昭5・11〜12（前半） |
| 春婦―海港章― | 6・11 | （七→） | 四五 | 「花花」昭6・4〜12 |

書物展望社版『上海』は第四四章を欠き、全部で四四章仕立てである。

> 私は上海のいろいろの面白さを上海ともどこともせずに、ぽつかり東洋の塵埃溜にして了つて一つさう云ふ不思議な都会を書いてみたいのです。それに紀行でも、短篇でも書いて了つたら、もう駄目ですから、ぢくぢくかかつて長篇にしたいと思つてゐるのです…（以下省略）
>
> （昭3・6・15　書簡）

上海という都市名（固有名詞）を消し、短篇ではなく長篇で「東洋の塵埃溜」を書くという企図は、帰国後そのまま実行される。しかし、最後の二章（「婦人」「春婦」）がすぐ前の「海港章」の発展的な世界を担わず補足的なものに転落し、発表もこの二章だけで二年もかかっており、結局未完に終わってしまった。とにかく纏まりを付け昭和七年出版するに際して、また大きな方針変更が持ち上がる。

当時、雑誌『改造』の編集に携わっていた水島治男氏の回想[1]によると、一冊の本として出版する時、雑誌連載時は「ある長篇」としていたものを、「ある唯物論者」というタイトルにすることを横光利一は考えていたらしい。しかし、その題名は採用されず出版社の要請で「上海」になったと言うことである。この題名には横光利一も不満であったらしいが、この変更はタイトルの更新のみを意味するものではなく、「上海ともどこともせず」「ぽつかり東洋の塵埃溜」にする基本的な方針の変更を意味するものであった。具体的に都市名・上海が提示されると、作品空間の出現前に現実の「東洋の塵埃溜」が読者に想起されることになり、現実からの制約も大きくなる。初版以後、上海、四川路十三番八号（二一八）というような現実の地名が登場する。しかし、街々や人々の描写は、ほとんど雑誌初出と変わらず、それらが上海という都会の風物として違和感がないことは、テクスト自体が既に「場」としての「上海」を明瞭に物語っているからである。読者にしても、この小説の場が「中国（支那）」であることが明記され、その上で例えば「持病と弾丸　七」の東洋綿絲会社での騒擾、発砲による死者、「同　九」の中国労働者の抗議デモ、発砲事件、「工部局」という役所名を読めば、場所は勿論、日時まで特定出来よう。四年前（一九二五年）上海で起こった顧正紅の死（五・十五）と五・三十事件を指していることは明白である。従って、タイトル変更に伴う横光利一の方針変更は、初出の世界全否定ではなく、作品中のある要素の肥大化を意味するものであった。

　この作の風景の中に出て来る事件は、近代の東洋史のうちでヨーロッパと東洋の最初の新しい戦ひである五三十事件であるが、外国関係を中心とした此ののつぴきならぬ大渦を深く描くと云ふことは、描くこと自体の困難の他に、発表するそのことが困難である。私は出来得る限り歴史的事実に忠実に近づいたつもりであるが、近づけば近づくほど反対に、筆は概観を書く以外に許されない不便を感じないわけにはいかなかつた。（中略）

　私はこの作を書かうとした動機は優れた芸術品を書たいと思つたといふよりも、むしろ自分の住む惨めな東洋を一度知つてみたいと思ふ子供つぽい気持ちから筆をとつた。

（『上海』序　昭7・7・8　改造社）

ここには、上海は勿論、素材とした五・三十事件の意義まで説明し、描くことと発表との困難に触れ「惨めな東洋」を知りたいという執筆動機をも記している。時空の限定、対象の確定は当然のこととして政治、経済、思想あらゆる分野を糾合することが要求される。夙に祖父江昭二氏[2]が指摘したように「『政治』的契機、『思想』的契機をできる限り押し出し、その比重を相対的に大きくし」ようとすることである。前述の「ある要素の肥大化」とはこのことを指す。昭和九年には、「上海」は「出来る限り物質を書かう」と思って書いたとか[3]、都市・上海で綿が売れぬことから満州事変も日本の不景気も起こり、そこに「東洋の物自体の動き」があり、この都市で「最も興味を覚えるのはエロではなくて政治である。[4]」と言い切っている。横光に上海行を勧めた芥川龍之介が「上海游記」(大10)で上海をはじめ江南を巡っている間、政治を論じたい気分が起こり「誰も頼まないのに、芸術なぞよりは数段下等な政治の事ばかり考へてゐた。」のと軌を一にする。更に、書物展望社の決定版(昭10・3・15)序では、「先づ外界を視ることに精神を集中しなければならぬ」との信念から「人物よりもむしろ、自然を含む外界の運動体としての海港」を造形した由が述べられている。政治、経済、思想、自然すべてを包摂した有機体・「上海」完成の宣言である。尤もこの宣言は、作品そのものよりは作者・横光の胸中で膨らんで行ったようで、作品自体がそこまで成功したか否かは疑問であろう。

## 2

横光がこの作品で、どの程度歴史的事実に近づいたかの検証は前田愛氏の優れた論文「SHANGHAI 1925―都市小説としての『上海』―」(『文学』昭56・8)に詳しいので、詳細はそちらに譲るとして、ここでは、作者・横光利一が歴史的事件「五・三十事件」をどのように捉え作品化したか、――と言うことは同時に何を捉え何を捨てたかを検討したい。

早くアヘン戦争の結果、南京条約(一八四二年)で中国に利権を獲得した英米仏三国に混じって、日本が上海に足場を築いたのは日清戦争後の下関条約(一八九五年)以後のことである。独露仏三国の遼東半島返還の勧告――

所謂三国干渉で日本国内は世論が沸騰していたが、この条約や北京通商条約によって多大の利権を得ていたのである。加藤祐三氏の「上海略史」(5)によって、上海に関するもののみを挙げると、膨大な賠償金を得ることにより日本綿業資本の産業革命を可能にし、後に上海に進出した綿業資本が上海における日本資本の中心を成した。更に中国国内に工場を設置する権限を諸外国に先行して獲得したのである。そして、日本租界を作ることなく、共同租界に属することになった。しかし、第一次世界大戦勃発直後の忽忙に紛れ一九一五年、悪名高い「二十一ケ条要求」(6)を袁世凱政府に提出し、中国民衆の憎悪をますます募らせて以来、先進資本主義諸国とともに排除・打倒の標的になったのである。

一方、中国も大きく変動して行く。(7)一九一九年の「五・四運動」で学生・知識人の間に広汎な拡がりを獲得した運動（毛沢東はこの運動以前を「民主主義革命」、これ以後を「新民主主義革命」として区別した）は、一九二一年七月に共産党創立を見るに至った。同年十月には、「海港章　三」（「三七」）においても登場する英米タバコ会社の二万人の労働者がストで抵抗するなど都市中心に労働者の運動が活発になっていった。一九二四年一月の国民党第一回の全国代表大会において「三民主義」の綱領と孫文提唱の「三大政策―連ソ・連共・工農援助」が示された。即ち国民党の容共方針の提唱である。作品「上海」には、共産党の動きは書かれていても、この国共両党の提携・協力の実態は採り上げられていない。一九二五年に入るや中国各地の外国資本による紡績工場でストが頻発し、四月には青島で日本資本の紡績工場にストがあり、五月十五日「上海」の主要な素材である内外綿紡績工場でのスト中に青年共産党員・顧正紅の射殺（一説には撲殺）、十余名負傷という事件が発生した。これに続く二十八日、青島での日本資本の紡績工場ストにおける弾圧に抗議するデモが学生、労働者によって行われ、多くの逮捕者を出した。これら総ての不当な弾圧に抗議する民族運動とそこに起こった動乱が「五・三十運動」であった。

今、この複雑な運動の意義を岩村三千夫・野原四郎両氏(8)の要約によって、要点のみを記せば次のようになる。

①「打倒帝国主義」のもとに、一切の愛国主義者が団結した民族統一戦線の闘い。

②労働者階級の自覚と力量を齎し、この運動の先頭に立った。五月三十一日上海総工会が結成され、七月迄に三十万人参加。

③国共両党という政治的中心を持つことができた。

④農民の政治的自覚を齎した。（都市の労働者・学生の働きに促されて）

これによれば、作品「上海」の包摂している領域が鮮明に見えてくる。横光のいう歴史的事実の内、右の①、②はよく形象化されている。寧ろ、この運動に無関心な群衆を克明に描いたことは、一層歴史的事件を立体的に描き得たと言えよう。

しかし、③、④に関しては全く触れられていない。一ケ月という短い滞在期間で三年前の大事件の全容を探ることは至難の業である。しかも、横光は歴史的事実の正確な記録を志したのではない。彼はあくまで小説（虚構）を創ることを意図していたのである。加えて、彼の目指すところは、「上海」という「運動体としての海港」なのである。③、④の欠落は作品「上海」の欠点とならないのは勿論である。

尚、②の上海総工会結成に関して前田愛氏の指摘[9]「上海総工会の存在を二週間以上も繰り上げた錯誤」がある。横光は「足と正義　八」（「十八」）で「濱中総工会」の存在を明記しているが、この部分は二章前の「足と正義　六」と同じ日の四月八日に当たり、二ケ月近い繰り上げをしている。但し、これを「錯誤」と断定するかどうかは、俄に決し難い。顧正紅の葬儀の模様を伝える「東京日日新聞」（大14・5・20）によれば、罷業職工団を「工友会」と呼んでおり、既に自然発生的に互助会らしきものが存在したのかもしれない。そのようなことを考慮すると、横光の、日本紡績工場内における中国労働者の組織力を強調するための作為から、とも解されるからである。また、右の指摘に続いて前田氏は十五日の顧正紅事件について次のように述べる。

「工部局属の印度人警官」を射殺事件の共犯者に仕立てあげた「虚構」は、中国工人の正当な主張を言いがかりに切り下げるためとしか思われない。横光が意識的に筆を枉げたかどうかはたしかめることができないが、結果的には事件の責任をできるかぎり回避しようとする内外綿会社の論理が、この場面のコンテキストのなかにすべりこんでしまったのである。

確かに、横光の利用した資料は日本人側のものであった。（上海で横光が身を寄せた今鷹瓊太郎氏や今鷹氏の友人の兄〈高重のモデル〉からのものが、ほとんどである。）しかし、故意に事実に反したことを書いたとも思えない。日本、中国両方の言い分を読み、その上で双方の観方を振り分けて書いたと思われるからである。と言うのは、横光が使用したであろう日本側の資料――例えば、大正十四年五月ころの新聞を見ると、この間の事情がよく分かる。「大阪毎日新聞」夕刊（大14・5・17付）では、上海特電十五日発として、十五日夜七時半、上海内外綿職工の怠業はついに暴動化したため、取り鎮めの「印度巡査が発砲し」十数名の重軽傷者を出したと報道し、同時に上海特電十六日発として、中国側はこれを日本人のピストルによる発砲として宣伝していると報じている。先に述べたように「撲殺説」もあり不明な部分が多い。改造社版『上海』を出版するとき、初めて加えられた「三一」には、インド人・アムリの意見として、次のように発言させている。

今度の事件はなかなか厄介で困つたね。東洋紡の日本社員は、最初発砲して支那人を殺したのは印度人だと頑強にいつてるが、ああいふことを頑強に云はれては、われわれもいつまでも黙つちやゐられなくなるからね。

このように、当事者とされる印度人からの抗議を提出することは、先の動乱の記述を相対化するものであり、作家・横光利一の見識を示すものであろう。ずっと後、杉森久英氏が『大谷光瑞』（昭50・2　中央公論社）を著したとき、この事件の様子を「そこで警戒中のインド人警官や日本人工員は拳銃、小銃を発射した」と描いている。どのような資料によったのか分からないが、横光とほぼ似た理解が示されている。

## 3

では、先に述べた雑誌連載時から初版『上海』への改変を検討しよう。記述の都市名などの具象化を含めて、大きく四ケ条に纏められよう。

①「上海」・場所など現実の「場」の明示
②中国女性共産党員・芳秋蘭の前景化
③主要人物像の具体的描写
④アジア関係記述の増加（インド、アジア主義関係）

前節で触れたように雑誌初出時から、かなりの程度に場所は上海、題材は五・三十事件と想像出来た。しかし、時空ともに明記し限定することにより、政治、経済、思想面で現代的課題を前面に出すことになり、昭和初めの日本に大きな問題提起をすることになった。この作品の内的時間は、一九二五年四月初旬から六月初めまでの二ケ月間であり、改造社版『上海』の章でしめせば、「十六」～四月八日、「三十」～五月十五日、「三四」～五月三十日、「三八」～六月二日のように日が確定出来る。右の四つの章の前後にも、「翌朝」「一昨昨夜」「その夜」などの表記があるので、大体推定できるのであるが、時間の繋ぎが途切れるところがあり、全体の時間的配分は正確には示せない。しかし、示された時間枠は、時局の重大さを十分に示唆していると言えよう。

②芳秋蘭の扱いの変化は重要である。雑誌初出では「掃溜の疑問」（「二三」章に当たる）で初めて登場する。参木が銀行を辞め、甲谷の兄・高重の勤める東洋綿絲会社の取引部に就職し、ストの危機が迫った工場内を見廻った時である。

「君、あそこの隅にスラッピングがあるだらう。その横で、ほら、こちらを向いた。」と高重は云ふと黙り出した。

絡つたパイプの蔓の間から、凄艶な女工がひとり、参木の方を睨んでゐた。参木は彼女の眼から、狙はれたピストルの鋭さを感じると、高重に耳打ちした。
「あの女は、何者です。」
「あれは、君、共産党の芳秋蘭さ。あの女が右手を上げれば、此の工場の機械はいつぺんに停るんだ。」

作品半ばで唐突に現れ、直後に起こった騒動で参木が彼女を助けだし、次章で述べるような重要な役割を演じるにしては、やや無理がある。後の「純粋小説論」（昭10）に謂う偶然性を認めるにしても、やはり余りに突然の出現ではある。

初版『上海』では、秋蘭の登場は、もっと早く「四」章で現れる。シンガポールから上海にやって来た甲谷が、ダンスホール・サラセンでアジア主義者・山口から「一人の典雅な支那婦人」＝（芳秋蘭）を教えられ、その美しさに魅かれ黄包車で後を追うことになる。直接参木と出会うことはないが、参木周辺の友人たちは、これ以後秋蘭に度々出会い、その噂を参木に齎すのである。そのような設定により、参木の執着も無理なく作品中に定着出来たのである。

芳秋蘭の重要さは、その消え方にある。これも次章で触れるが、雑誌初出になかった山口と甲谷との会話が、参木不在の場面で追加された。「四三」（「婦人―海港章―　三」に当たる）に於いてである。

「昨夜は何でも、芳秋蘭がスパイの嫌疑で仲間から銃殺されたらしいんだが（中略）」
「殺《や》られたか、芳秋蘭？」
「いや、それや真個かどうだか、無論分からんが、何んでも日本の男に内通してたといふので疑はれたらしいんだ。（以下省略）」

彼女を求めて動乱の街を彷徨う参木の手に、そっと別れの走り書きを忍ばせた男装の秋蘭も、雑誌初出にはなく、初版で追加されたものである。参木や高重ら、日本男性は、続く騒乱の背後に、何時も秋蘭の幻をみていた。この作品では、労働者のストライキの指揮者を秋蘭と見做す方向が与えられていた。しかし、大規模なストライキを一人で指揮出来るはずもなく、現実の動乱を秋蘭一人に収斂しようとするところに、政治的なものとは別な側面が見えて来る。その無辜の秋蘭さえ大きな組織の中で、あらぬ疑いで殺されて行く非情さが浮上してくるのである。尤も、彼女の死は、高重の言葉や参木の思考の中で予想はされていた。しかし、この女性指導者の死は、『上海』では組織の非情さへは向かわず、参木という日本男性と美しい中国婦人との悲恋に比重がかけられており、作者・横光の都市・上海への想い（「東洋の物自体の動き」の中心）とは裏腹に、恋愛小説としての側面を強調することになった。

③については、次章で具体的な文例を挙げているので、ここでは割愛する。要するに、主要人物の肉づけを施し、より生彩あるものにしようと試みたのであろう。

④は、①と似た効果を狙ってなされたものと考えられる。上海の共同租界に集う各国人――「掃溜」に集まる人人を、秋蘭は「列国ブルジョアジーの掃溜」と見做すが、参木は「掃溜が問題なのだ。」と考え、「各国が腐り出し、蘇生するかの問題の鍵は、此の植民地の集合である共同租界の掃溜の底に、落ちてゐるにちがいないのだ。」と言うのであるが、作品中では、その「鍵」は示されなかった。しかし、各国の寄り集まりと言いながら、ヨーロッパ人は、ひたすらダンサー・宮子の周辺に集まり、彼女の関心を惹くことのみに夢中になり、わずかに自分の属する企業を自慢するに過ぎない。

「足と正義　六」では、アジア主義者・山口の回想を通して中国人・李英朴の日支協約「二十一ケ条」批判が紹介される。伏せ字の多い箇所であるが、日本の帝国主義・侵略政策を悪罵したであろうことは推測出来る。これに対して山口は、「支那も印度も日本の軍国主義を認めてこそ、アジアの聯結が可能になる。」と答えている。

昭和七年の満州建国を迎えるころには、アジア・モンロー主義と言う呼称が流行する。欧米の支配を脱しアジアだけの力で自立しようとする志向が読み取れるが、実際には、日本を中心とする大アジア主義なのであった。その際最も頼りになる武器が、日本の軍事力なのである。このようなアジア主義は、孫文の主張に見られる、一種の汎アジア主義とも、「五・三十事件」の成り行きを見て後のインド国民会議派第四一次大会（一九二六年）議長演説で出された「アジア連盟」とも、第二次大戦後インドのネルーの構想した第三世界の連携に見られる汎アジア・アフリカ構想とも異なったものであった。山口によって代表されるアジア主義は、なによりも日本の国益を優先する愛国主義なのであり、山口自身、愛国主義者やミリタリズムに属することを明言していることからでも理解できる。この時期より数年後になるが、蠟山政道(10)も次のように批判している。

アジアなる地域の地理学的考察を有たず、又経済事情の研究に特殊の観察を有してゐない（中略）殊にそれが国民主義との関係を考慮せず、自己の民族の国家的形成と他のアジア民族との相互関係を極めて曖昧に且つ消極的に理解してゐる。早く云へば、国民主義達成の手段若くはそれの前途が見込がない場合に考へ出される

（以下省略）

同じアジア主義と言っても山口と李と、次に述べるアムリも含めて、それぞれが異なった志向を持っているのである。まさに同床異夢の状態と言うべきであろう。故に、アジア主義は「掃溜」の中の一つの思想として存在と得ても、簡単な論争や記述だけでは作品中の問題解決の鍵にはならない。中国問題では、更に「二八」（「持病と弾丸四」に当たる）に中国資本家・銭石山と甲谷との日中論争が加えられているが、これも作品に大きな変革を齎すものではない。

ここで補強されるのがインド問題である。わずかに「十六」で姿をみせたインド国民会議派のアムリが山口と論を戦わせる「三一」が注目される。この章は単行本出版の時、加えられたもので、インドの立場が議論されている。

山口の、アジアの海岸線がこのように共産化すると大アジア主義もヨーロッパと戦うのでなく共産軍と戦うことになる、と言う発言に対し、アムリは、「君らのミリタリズム」は当然ロシアと衝突するだろう、と答える。山口は更に「××のミリタリズムがロシアと衝突すれば、君、印度はどうする？」と詰め寄る。勿論、この伏せ字××には「日本」が入るのであるが、この問いにアムリは、インドが分裂するだろうことを述べ、「ヤワハラル・ネール」の鞍替えに言及する。

インド国民会議派の消長については説明を割愛するが、第一次世界大戦後の労農勢力は伸長し、一九二〇年には全インド労働組合会議が結成され、この「五・三十事件」の一年後には労農党が誕生している。国民会議派の急進派であったネルーも、態勢立て直しを迫られていた。しばらくの静観後、一九二七年に国民会議派の正式代表としてベルギーでの被圧迫民族会議に出席し、また反帝国主義同盟の会合にも参加し、ソ連訪問に大きな影響を受けて帰国した。そして国民会議派大会議長演説で、将来のインドの方向として社会主義構想を打ち出したのは一九二七年のことであった。

作品「上海」では、明瞭にではないが、ネルーが「青年」の側に移り、社会主義的な方向に「鞍がへ」しつつあるかのような会話が続く。その後へ右の山口・アムリの問答が続くのである。作品中の年代が、現実のそれよりもやや早く、言うなれば時間を先取りしているのである。単行本『上海』の出版が昭和七年（一九三二年）であったことは、先に述べたネルーの方向転換を見定めた後であることを証している。「三一」でアムリに「もう五年、五年間待つてくれ、やつてみせる。」と発言させるのは、或はネルーの構想によるインド独自の路線を念頭に入れての作者・横光利一の計算ではなかったか。執筆ないし編纂時の事柄を、作品中の異なった時間帯に繰り入れることは、後の「旅愁」にも例があり、この場合もそのように考えてよいであろう。インド問題の重要性については、作品「上海」中でもよく言及されており、アジア問題解決の鍵と見做している。新たに「三一」を加えインド独自の動きにも視野を広げたことは、作品「上海」における世界情勢、政治、思想の世界を拡大するものであった。
しかし、①から④までの概観によっても明らかな如く、これらの改変の努力にも拘らず雑誌掲載本文から単行本への過程で、基本的に変わることはなかった。むしろ、②によって芳秋蘭と言う女性の思想と恋愛の相克、非運の内に終わる悲劇性が補綴され、作品「上海」が、競子、秋蘭という前後二つの虚心を持つ楕円構造を鮮明にすることになり、恋愛小説的側面をより強調することになった。これにつき、次章で考察したい。

## 二

作品「上海」は横光利一の代表作の一つというにとどまらず昭和文学の問題作として多くの研究がなされている。近くは、都市小説としての観点からなされた研究[1]、説話《レシ》の記号学を援用して書かれた論考[2]、五・三十事件と同年に勃発した広東革命に自らも参加して書いたアンドレ・マルローの『征服者』や矛盾の『子夜』との異同を考察した研究[3]などが、新鮮で鋭い『上海論』を展開している。しかし、作品内部の不可解な中心人物・参木の内面については余り深入りしていないように思われる。「人物よりもむしろ、自然を含む外界の運動体としての海港[4]」を狙っているものの、この海港に蠢く群像の中心に参木を据えることによって、横光はそれらを形象化しようとしたことに間違いない。

ここでは、参木という人間の解明に焦点を絞り、そこから見えてくる作品の構造を考察したい。

### 1

参木の人物像は、『改造』本文（以下「初出」）、初版の改造社版『上海』（以下「初版」）、書物展望社版『上海』

（以下「決定版」）の三系統の本文を通じて、ほとんど不動である。初版一章で「白皙明敏な、中古代の勇士のやうな顔」という容貌の具体的描写が加えられることによって初出本文によるイメージが補強されることがあっても変更することはない。

　しかし、全四五章（――勿論、三本ともに出入りがあり同一に扱えないが、章数は初版本が四五、決定版が四四。以下、章を示す数字は、すべて初版のそれをもってする。）を通じて、参木という人物には、何と多くの形容が与えられていることであろう。自称、他称、直接、間接をあわせて、主なものを挙げれば、「ドン・キホーテ」（四、十一、十三）、「物理主義者」（十二）、「東洋主義者」（二四）、「ニヒリスト」（三四）、「ふわふわした男」（三九）、「頭の高い人」（四三）、「厭世主義者」（四四）などがあり、もう少し長い表現も拾うと「人間の不幸ばかり狙つて生きてゐる」男（二七）、「人の顔をみると顰めつ面ばかりし続けて、つまんないことばかり考へて」いる男（三九）などもある。これらの表現は、勿論それぞれの文脈で様々なニュアンスを持っており、右に挙げた参木への形容を同一次元で比較出来ないとしても、一見、確かに「性格破産者」(5)の俤が見えてくる。また、参木の無性格をもって「事象をうつしだすための静止した水面」と見做す説(6)もあるが、参木の性格を「消極的な虚無性」(6)と定義づけることも、静止した鏡と観ることも後述するように、正しい参木の把握とは言い難い。

　参木は確かにこの作品の中心的な人物であり、彼の思考や感情、行動が作品の大きな骨骼になっているとは言え、勿論彼の登場しない章や、彼の与り知らぬ事柄も少なからず存在し、彼によって事象がすべて映される訣でもない。参木に作者の面影が見える部分も多くあるが、他の人物にも横光の思想などが投影されており(7)、参木を横光の分身とは言えない。むしろ、横光は意識的に参木という人物を相対化することを忘れていない。たとえば、この作品のはじめの方で、参木がやがて入って行かざるを得ない中国民衆の実態に気づいていない彼を次のように活写している。（以下、引用文の傍点は引用者が施したもの。）

建物と建物との間から、またひと流れの黄包車が流れて来た。その流れが辻毎に合すると、更に緊密して行く車に車夫達の姿は見えなくなり、人々は波の上に半身を浮かべた無言の群衆となつて、同じ速度で辷つていつた。参木にはその群衆の下に、さらに車を動かす一団が潜んでゐるやうには、見えなかつた。（六）

「澎湃として浮き流れるその各国人の華やかな波」の上にしか参木の視線は行っていない。すでにこの作品における人や群衆の動きの描写に、水のイメージが多用されていることは指摘[2]されているが、その水の上澄みの華やかな世界から底の濁流へ潜り行くことが、この作品における参木の軌跡とも極言できよう。右の場合、参木の視界の狭さを横光は暴いていると考えられる。これと同様な表現は、例えば、常緑銀行を馘首になった参木が、卑劣な常務を憎むところで「だが、彼は、自分の上役を憎むことが、彼自身の母国そのものを憎んでゐるのと同様な結果になると云ふことについては、忘れてゐた。」（九）という表現がある（初出では、「母国」は伏字）。ここにも、後に国家と個人の関係に苦慮する参木の未覚醒を摘出している横光の眼がある。しかし、右二列と質を異にする例がある。

参木はやがて此の海港の租界を中心に、巻き起こされるであらう未曽有の大混乱を想像した。もし芳秋蘭が殺されるなら、そのときだ。×英米三国の資本の糸で躍る支那軍閥の手のために、彼女は生命を落とすであらう。

――

しかし、参木には此の彪《ママ》大な東亜の渦巻が、彪大な姿には見えなかつた。それは彼には、頭の中に畳込まれた地図に等しい。（二十六）

ここでは、単に参木の現実認識の観念性を指摘するだけではないであろう。後に述べるように、芳秋蘭という女性共産党員に対する愛を、参木独特の拒絶で終焉させたかに見えながら、尚、愛と己の不決断に苦悩する参木には、己の懊悩との関係においてしか外界を把えることが出来ない。そのような狭隘な視座を批判することなく設定し、参木にその所有を許容していることは、作品「上海」を考える上で重要な鍵になるであろう。横光は、実は、参木をそのように相対化しながら、その参木の狭い視座を利用しようとしているのではないか。後に「純粋小説論」（『改造』昭10・4）で謂うところの四人称の目を、主人公・参木の上に試みたと考えるより、参木をはじめ他の人物も包みこんだ、その頭上に作者自身が四人称の目を操作する試みをしていると観る方が、より妥当のように思われる。

では、横光は、作品の中心的人物というべき参木を、どのような人物として描いているのであろうか、それを問い直さねばならない。

## 2

参木という人物の思考や行動、とくに情操を検証する時、彼の心に不思議な「虚」が存在することが判る。既に丸山るり子氏が「真空の一点」(8)として指摘されている競子の存在がそれである。競子は、この作品で名のみ登場し最後まで実体を見せない。まさに虚像としてのみ終始する女性であるが、参木の思考、感情、行動の全域にわたって彼に掣肘を加える人物である。しかし、彼女が参木の心の中心に居坐り彼を支配するのは前半（初出では「足と正義」まで）までである。後半（「掃溜の疑問」以下）には新たな人物が参木の心に入りこむのであるが、それについては次の節で述べる。この二人の「虚」（後半の人物は実像から虚像へ移行する）が参木の精神を支配するとすれば、全篇を通して、現身の世界で参木へ愛をよせ、彼も又郷愁を感じる女性がいる。それはお杉である。作品「上海」の首尾は、参木とお杉の交渉によって相呼応している。

常緑銀行に勤める参木は、十年も日本へ帰ったことがなく、その間、専務のあけた預金の穴をせっせと繕っている。その挙句、「死の魅力」にひかれ、冗談によせ、一日一回死ぬ方法を考えている彼は、かつて愛した、いまは人妻となって日本へ嫁いだ競子のことも、生活の騒ぎも、日本のことも、一切諦めきっていた。しかし、最近、競子の夫が肺結核で危篤状況にあることを聞き、「身体から、釘が一本抜けたやうに朗らかさを感じ」たのである。競子へのかつての愛は、彼女の夫の危篤を聞いて新たな力と色調を帯びてきた。

彼を愛する湯女のお杉に惹かれた時も、浴場の女将、お柳の嫉妬にいじめられる彼女を救ってやることが出来ず、「どうして好きな女には、指一本触れることが出来ないのか」と自問し、「——これには何か、原理がある」（三）と考える。この「原理」は、己の愛する対象をあくまで精神の領域で浄く守ろうとする参木の倫理観を意味し、同時に「何事でも困るとその場を捨てる彼の持病」（二一）と相通じている。この倫理観と、前述の競子という心の「虚」とが相乗的に彼の行動を規定して行く。競子の兄・甲谷に闇の中で犯されたお杉が、相手を甲谷か参木かと迷いつつ街をさまよっているのに出逢った参木は、彼女の魅惑に危険を感じ「今夜は危い、今夜は」と思うや、彼女と分かれ「女が女に見えぬ茶館」に入って馬鹿騒ぎをする。

彼は競子の良人が死んで了つて、競子の顔を見るまでは、お杉の身体に触れてはならぬと思つてゐた。もし彼がお杉に触れたら、彼はお杉を妻にして了ふに定つてゐると思ふのだ。（一〇）

「触れてはならぬ」という想いは、内気で可憐なお杉に対してばかりではなく「何よりも古めかしい道徳」を愛してきた参木にとって、この中国で「性に対して古い道徳を愛することは、太陽のやうに新鮮な思想」に思えるのである。アジア主義者・山口におしつけられたロシア亡命貴族の娘オルガが、参木に愛を訴えて迫って来ても競子や競子の夫、家で待っているであろうお杉（お柳によって浴場をやめさせられている）の幻に悩まされながら、

——此の心の中に去来する幻影は、これはいつたい何んだらう。お杉、競子、お柳、オルガ。——ただ競子をひそかに秘めた愛人であつたと思つてゐたばかりのために、絶えず押し寄せて来る女の群れを跳ねのけて進んでゐたドン・キホーテ。——然も、競子の良人が死んだとしても、彼は競子と結婚出来るかどうかさへ分らないのだ。いや、それより、彼は今は自分の職業さへ失つてゐるのである。（一三）

「ドン・キホーテ」なる呼称は、既に山口やリアリストの甲谷からも投げかけられていた。山口は「あ奴はああ云ふドン・キホーテで面白くなし」と言い、甲谷は「あの不可解なドン・キホーテ」と呼んでいる。勿論、参木の人柄を評したものであるが、やはり己の中心の「虚」なる存在・競子にひたすら己を捧げようとする参木のストイシズムについて言われたものと見るべきであろう。オルガが、革命への恐怖から、「父と子」のバザロフを唯物主義者で「ボルシエビーキの前身」だと言うのに対し、参木はバザロフは「唯物主義者でもない虚無主義者でもない、物理主義者なんです。」と断定する。その「物理主義者」とは、彼によれば唯物主義者の一歩進んだ者で「つまり、愛の言葉を聞きかけたら、わけの分からぬことを云ふが良いと云ふ主義」ということになる。これは、まさに競子という偶像を守って他の愛から身をかわす自分の在り方を言い表していると考えられる。

しかし、享楽の巷に彷徨する参木は、乾涸びた禁欲主義者としてミイラ化しているのではない。ラ・マンチャの騎士よろしく、ドウルシネーア姫ならぬ競子を中心に堅く守りながら、一方全く対極の世界へも勇ましく突進するのである。お杉に触れてはならぬと思った日、あやしげな写真を売りつけようとする男に執拗に勧められ、瞬間「閃めいた一つの思想」に捉われる。「――人間は、真に人間に対して客観的になるためには、世人の繁殖運動を眼前に見詰めなければ、駄目である」（一〇）と考え、露路の中へ姿を消す。参木の、一見無性格ないし性格破産者に見える所以は、この「客観的になるため」という軌道修正・反省癖のためであると思われる。彼は己の歪み、無力を識っている。故に、常に左へ行っては右へ、右から左へと蛇行する。その振子運動は、無節操にすら見えるのである。甲谷の求愛を受け入れず、かえって参木に好意をよせるダンサーの宮子に対する参木の謹厳さと粗暴、特に食糧難の時に見せた宮子への鼻持ちならぬ言動と自嘲、反省（四四）にも、この振子運動が顕著である。（尚、決定版では、この四四章の内容にあたる部分は削除されている。）しかし、彼には「中古代の勇士のやうな」己を凝視《みつめ》る潔癖な魂がある。これは、女性に対してばかりではなく、一つの信条として参木の生活を貫いているのである。

死の魅力に憑かれ毎日死の方法を考える参木は、この「海港」に生きる外国人や自分を凝視することによって、国家と個人の意外な関係を見出して来る。この「上海」という植民地に集まってくる人間は、「本国から生活を奪はれた各国人の集団が寄り合ひ」ながら、この地にいる限り、それぞれの「本国の吸盤」となって、余りある「土貨」を吸う生活を送らねばならない。

　此のためここでは、一人の肉体は、いかに無為無職のものと雖も、ただ漫然とゐることでさへ、その肉体が空間を占めてゐる以上、ロシア人を除いては、愛国心の現れとなつて活動してゐるのと同様であつた。（九）

　参木は、一九二五年という第一次世界大戦と第二次世界大戦の狭間で、さらに、中国民衆の五・四運動（一九一九年）につづく五・三十事件の勃発する年に、「上海」という「世界で類例のない」空間で個人が生きるということの恐しさを的確に洞察している、――個人ではなく、いやおうなく国民として生きざるを得ない恐しさ、理不尽さ、をである。「彼が上海にゐる以上、彼の肉体の占めてゐる空間は、絶えず日本の領土となつて流れてゐるのだ。――俺の身体は領土なんだ。此の俺の身体もお杉の身体も。――」（九）。後に参木が実感するように、心が母国を放れて忘れようと企てても、厳しい外界がそれを認めない。「皮膚に従つて」（三五）生きねばならない。新たな植民地獲得、再分割をねらう資本主義諸国の国民が、意識的、無意識的に国家の政策に乗り、中国の土地に住みながら自分の足下を己の国家のものと捉える醜態が把握されている。しかも、その醜態を醜態と感じることもなしに。昭和十七年一月『中央公論』誌上でなされた「世界史的立場と日本」（京大学派の座談会）で、高山岩男が、道徳的エネルギーの主体を、十九世紀の文化史的概念「民族」ではなく、文化的・政治的な「国民」にありとした発言を事実上、先取りした見解である。〈第七章三参照〉参木個人について言えば、当時の日本の、資源確保への焦燥、人口の増加という難問題等から生まれる領土拡張への野望を一庶民の立場から悟ったということである。この背後には、言うまでもなく「意識とは客体があっての意識である。われわれの客体たる現実は、未だ確乎たる資本主義的国家主義ではないか。」[9]という横光自身の論理がひめられている。しかし、この段階での参木の「愛国心」が確固としたものではないことが、次の例で分かる。アジア主義者の山口が、李英朴の二十一ヶ条要求批判に答えて、日本の軍国主義こそが東洋を救うものだと強弁している時、

此の志士を気取つて緊張してゐる山口の傍では、参木は前からどう云へば昨夜のオルガとの交渉を、彼に理解さすことが出来るだらうかと考へてゐたのである。(一六)

という対応を見ている。右に傍点を施した部分には参木の批判ないし揶揄がこめられており、また、参木はその論争とは無関係にオルガとの間の弁解に苦慮している。彼の「愛国心」が、イデオロギーや信念にまで固められていなかった一証左である。しかし、「去勢されたホモ・エコノミクス」[2]と評される参木が、真剣に母国の在り方を考え、従来の己から脱出しようとするのは、皮肉にも、競子の長兄・高重の世話で東洋綿絲会社の取引部に再就職して世界経済の一端に触れてからである。

印度綿花市場の動静を注意することを職務とする参木は、印度綿が中国の綿花を圧倒していること、それは即ち英国の経済的制覇を意味すること、さらに中国の富が英国銀行の手中に落ち、必然的に英国銀行が中国における富裕者から守られる等々の成行を理解した。参木は、この巨大な英国の勢力を考えるたびに「母国の現状」を心配する。参木の眼に映る当時の日本は、絶えざる人口の増加、産業の原料を中国に求めねばならない現状、経済力の貧困、沸騰する思想等、難問に喘ぐ坩堝であった。どの国も次第に形態を変えるとしても、何よりの急務は、まず「印度の独立」だと考える。即ち、東洋からの英国勢力の排除である。このあたりはこの「上海」に登場するインド国民会議派のアムリの考えと一致している。アムリは山口や李英朴との会話の中で、印度独立は「印度のために、東洋の平和のために」(一六)必要であると説いており、参木もまた「正義は印度より来るであらう」と考えている。このような認識を持った参木は、中国の幼い女工達の姿を見たり、中国人の「団結の思想」の迫力を感じつつ、

次のような境地に到達する。

　参木は思つた。自分は何を為すべきか。と。やがて、競子は一疋の鱒のやうに、産卵のために此の河を登つて来るにちがひない。だが、それがいつたい何んであらう。自分は日本を愛さねばならぬ。だが、それはいったい、どうすれば良いのであろう。しかし、——先づ、何者よりも東洋の支配者を！と参木は思つた。（一九）

参木は危機感にかられて日本を「愛さねばならぬ」と自ら強制するかのように決意するが、では、どのように愛したらよいのか、その具体的方策は一切空白である。ただ、東洋の支配者（初出本文では、「——先づ、何者よりも東洋の支配者、英国を！」というように国名が明示されている。）に対する抗議の構えを示すに過ぎない。しかし、自らの愛国心を鼓舞するのと平行に、競子への愛が否定されつつあることに注意しなければならない。競子が上海に帰ることも、「それがいつたい何んであろう」と否定的に考え、さらに右の引用部の直後に「彼はだんだん、日光の中で、競子の良人の死ぬことを望んでゐた自分自身が、鱒のやうに馬鹿馬鹿しく見えて来た」と続けることによって、競子の良人の死、及びそれ以後の生活に対する淡い希望を持った自分を完全に否定している。さらに、この文で「鱒のやうに」がマイナスのイメージに使用されたことは、先の、競子の姿を「一疋の鱒のやうに」捉えた真意を充分にうかがわせるのである。

　そして、愈々東洋綿絲会社の中国工人のストが明日始まろうかという時（——この作品の構成から言えば、甲谷が愛している宮子に参木は愛を迫られた直後、そして中国共産党員芳秋蘭の艶やかな姿と動乱の現れる直前の章二二——初出「掃溜の疑問一」である。）参木は競子の良人の死を高重から聞かされる。

　参木は急に廻転を停めた心を感じた。と、輝き出した巨大な勢力が、彼の胸の中を駆け廻つた。彼は喜びの感動とは反対に、頭を垂れた。だが、次の瞬間、彼はじりじり沈んで行く板のやうな自分を感じた。

――俺が競子の良人に変るとしても、金がない。地位がない。能力がない。ただ有るものは、何の形もない愛だけだ。――（二一二）

しかし、既に見たように、参木は、こう感じる前に競子への愛を拒否しようとしていた。そうすると、無いのは金、地位、能力だけではなく「愛」さえも、もう不在になっているのではなかったか。それ故に、高重の「憐愍」を感じると「高重の妹を、押し除ける作用で充血した。すると、今迄、彼女のために跳ね続けて来た女の動作が、浮き上つて来て、乱れ出した。お柳、オルガ、お杉、宮子、と泡立ちながら――」怒りがわき立ったのである。次の決心は、故に、当然の帰結というべきであろう。「彼は嫁いだ競子をひそかに愛してゐた空虚の時間に、今こそ、決然と別れを告げねばならぬ、と決心した。」（二一二）

参木をこれまで支え、支配してきた心の「虚」は、もはや彼にとって存在理由をなくし、その長き支配の時間を「空虚な時間」として葬り去るべき対象として剔出されたのである。

### 3

日本資本の内外綿紡績工場でスト中の中国共産党員・顧正紅が射殺された五・一五の事件や大規模な五・三十事件を素材とする「持病と弾丸」と、その前哨というべき工人スト、動乱を描く「掃溜の疑問」とは、作品「上海」の心臓部を形成する章である。この二章に花やかに立ち現れるのが、女性共産党員、芳秋蘭である。『改造』に断続的に掲載された際、芳秋蘭が最初に現れるのは、「掃溜の疑問二」に於いてであった（初版二三）。横光利一は、この突然に現れた美しい秋蘭に、また唐突にのめって行く参木の心情に不自然さを感じたのであろう、初版の本文では、この二三章までに四章をはじめとした六つの章に注意深く秋蘭を登場させている。しかし、いずれも山口や甲谷が直接彼女とかかわるもので、参木が秋蘭という女性の存在を聞くのは三ケ所しかない。その内二ケ所は、ごく簡単で、甲谷から昨夜芳秋蘭という女性の後を追いかけたと聞かされ（六）、同じく甲谷から秋蘭という女性を見せてやろうと誘われた（一七）にとどまる。三つ目の十八章は、高重・甲谷兄弟が彼女について噂するのを参木が傍で聴くという構図になっている。ここで、参木は、はじめて秋蘭が「全く素晴らしい美人」で、共産党内でかなりの勢力を持ち、しかも高重の工場へ女工として潜入していることを聞く。しかしその時の参木は、競子の育った昔の部屋で、ひたすら競子や自分の回想に耽っているにすぎない。初版、決定版ともに、秋蘭の姿をちらつかせながら、この二三章でクローズアップすることになった。但し、彼女が最初に描かれた章では、かなりくわしく秋蘭の容姿が描かれており、ブリッジ形の鼻をはじめ「ひき緊つた口もと。大きな黒い眼。鷺水式の前髪。胡蝶形の首飾。淡灰色の上衣とスカート」などと描写している。因に、この章では、初出になかったお杉の容姿も山口の眼を通すという形で「滑らかに光つた淡黒い皮膚」「瞼毛の影にうるみを湛へた黒い眼」「かつちり緊つた足や腕」が「忘れられた岩陰で、蟲気もなくひとり成長してゐた若芽のやうに感じられた。」と描かれ、決定版では右二つに加えて更に宮子まで「細つそりと肉の緊つた、智的な眼の二重に光る宮子」として追加されている。それぞれの女性の性格を巧みに描きわけている様がよく判る。

参木と秋蘭の出逢いは、綿糸工場の練條部《ドローイング》の轟音と綿粉の中で行われた。罷業が目睫の間に迫った雰囲気の中で、高重に教えられて参木が、その方を向くと、「絡つたパイプの蔓の間から、凄艶な工女がひとり、参木の方を睨んでゐた。参木は彼女の眼から、狙はれたピストルの鋭さを感じ」たのである。さらに高重の言う「いづれあの女も殺されるに定つてゐるから、見ておき給へ」という言葉（この作品で再三使われる）を聞きつつ「参木は暫く芳秋蘭の美しさと闘ひながら、彼女の動作を見詰めてゐた」のである。この出逢いが、単なる出逢いの域を越えて、深く重い意味をもったことは、直後におこる動乱で参木のとった行動や思考が、それを物語っている。

芳秋蘭の意図しないところから起こった工場内の動乱で、逃げまどう女工の波にのまれた秋蘭を参木は救けようとする。しかし彼女をやっと抱きしめた参木も、群衆の波にのまれる。

しかし、参木には、最早や背中の上の動乱は、過去であつた。二人は海底に沈んだ貝のやうに、人の底から浮き上る時間を持たねばならなかった。彼は苦痛に抵抗しながら、身を竦めた。秋蘭の頭は彼の腹の横で藻掻き出した。彼の意識は停止した音響の世界の中で、針のやうに、秋蘭に向つて進行した。(二三)

例によって水、海のイメージで群衆が描かれ、その「海底」で動乱そのものを「過去」と見做するほどに参木の心は秋蘭とともに別世界にいる。言うまでもなく庇護された秋蘭自身の意識とは無関係に、である。その秋蘭を医院へ連れて行き、足を少し傷めた彼女を部屋まで送る。「彼は彼女を鄭重にすることが、頭の中から、競子を吐き出す最高の機会だと観測した。思慮は一切、過去の総てを悲劇に導いて来ただけではないか。彼は彼自身を煽動しながら、秋蘭の部屋まで這入つていつた。」(二四)動乱の中で抱きしめた秋蘭に、参木の「意識」は集中し、彼女を鄭重にすることが競子という幻を追い払う絶好の機会と考える参木は、競子という虚像を追い出すだけではなく、その空白の中心に秋蘭を据えようとしているのではなかろうか。この夜の参木は、彼の持病とも言うべき逃げの姿勢を忘れ、大胆率直に振舞っている。泊るように勧めた秋蘭の言葉に従う参木は「彼は彼自身の欲するものを退けて来たのは、過去であつた。帆は上げられて辷つてゐる。彼は自身の足音に悪の響きを感じながら」宿泊する別室へ入るのである。彼は再び過去の轍を踏むまいとしており、敢えて「悪」の響きを感じながら秋蘭の好意に従っている。参木の意識だけではなく、上海の事情が競子を彼から遠ざけることにもなる。後、五・三十事件の余波の続く「三六」で、競子が上海に帰れないのは、この海港の混乱に原因のあることが書かれ、参木は、その混乱の底に指揮をとっているらしい芳秋蘭の姿を想像するのである。

一方、参木の思考に別な側面が顕著になってくるのも、二三章あたりからである。それは、綿の山の下で働く中国工人に対する同情であり、中国に埋蔵される資源を発掘する資本の増大を憎むなら「反抗せよ、反抗を。」と心中呼びかけていることである。参木の「愛国心」が徹底したものではなかったことは既に述べた通りであるが、個人が領土となって母国を主張するという捉え方では律しきれない「人間」の一面を参木は感じているのであり、これをインターナショナルな観方と呼んでもよいが、皮膚の色やイデオロギーの違いを越えた、人間としての素朴な共感というべきであろう。後にみる「死」との戯れと並行して、いや、「死」という人間に普遍的な終末を身近に置くことによって一層「母国のために考へさせられてゐる自分」から脱して「最早や彼は彼自身で考へたい」と国籍を放れた人間を希求するのである。参木の場合、この普遍的人間への希求が直ちに「それは何も考えないことだ。彼が彼を殺すこと。――」（三五）というようにマイナスのヴェクトルを持つところに、秋蘭から「ニヒリスト」と評される所以がある。秋蘭との出逢いの直後に、この普遍的人間としての観方が擡頭したところに参木の新たな心理の展開が見られよう。彼は中国工人のマルキシズムと英国のマーカンチリズム（重商主義）に挟み撃ちにあっている日本を想い、もし、参木自身の「思考」に従うなら携帯しているピストルで彼が撃ち得るものは「頭の上の空だけだ」ということになる。

秋蘭を救出した翌朝、美しい中国の街を眺め、自ら異国人であるに拘らず、「此の異国人の混らぬ街を歩くのは好きであつた」参木は、秋蘭が旗亭で「あたくしはあなたが日本の方だとは思へませんの。」と親しげに語るのを聞きながら自分の裡に動くものを見た。

いつの間にか愛の中で漂ひ出した日本人に気がついた。彼は再び憂鬱に落ち込んだ。彼が競子を蹴つたのは、彼が競子のために乱されたからではなかつたか。彼が秋蘭に溺れたのは、競子を蹴つて逃げ出すためではなかつたか。しかし、今また彼は、駈け込んだ秋蘭のために乱され出した。彼は、今は彼自身がどこにあるのか分からなくなり出したのだ。（二四）

虚像の競子に代って実像としての秋蘭が、参木の心を乱し、彼を拘束しはじめたことは明らかである。参木が愛するばかりではなく、秋蘭もまた参木に好意を寄せていることは彼女の言葉や態度の端々によく表れている。昨夜の大胆率直さは、しかし、この「憂鬱」な心によって再び遠く彼方へ置き去られ、参木一流の「物理主義者」的精神が頭をもたげてくる。彼は身構えると、この美しい婦人に議論をふっかける。自分は日本人であることを別に悲しむべきことだと少しも思っていないとか、東西文化の速度を等しいと見ているように思えるマルキストの誤謬の指摘とか、更に外資を圧迫すれば、それだけ中国資本主義が発展するとかを捲し立てる。その一々について秋蘭の、侵略をうけている中国人の立場から、そしてマルキストとしての信念から、もっともな返答があるのだが、参木は早くも「最早や秋蘭との愛の最後を感じると、ますます頭を振つて斬り込んでいきたく」なるのである。参木の論は、秋蘭には「東洋主義者」のそれと思われ、中国の今後の在り方について「列国ブルジヨアジーの掃溜である共同租界の人々」からは考えてほしくないという彼女の発言に対し、「しかし、彼は頭の中では彼女の云ふ『掃溜に関する疑問』は、依然として首を振つた。——問題はそれではないのだ。掃溜が問題なのだ。——と。」と考える。立場の相違が明確に現れ、思想的な溝は埋めようもない。参木の考えるのは「各国が腐り出し、蘇生するかの問題」であり、中国の問題に立脚する秋蘭とは波長があわない。勿論、この作品「上海」の世界で、参木の考える各国の問題をとく鍵が、掃溜の底に在るのか否か、在るとしていかなる物かは触れられていない。参木は一方的な訣別を秋蘭にたたきつけながら、その後で、現身の秋蘭を失った（——と彼は思っている）ことに傷ついている。秋蘭を忘れようと努力し「希望は——彼が芳秋蘭を見て以来、再び、彼の一切の希望は消えて了つた。彼は水を見詰めるやうに、彼の周囲の静けさの中から自分の死顔を探り出した。」（二六）

五・三十事件の直中で、「外界との闘争欲が、突然持病のやうに起り出」すと、危険な現実に、落着いて身をのり出して行く。その時、邏卒につかまっている秋蘭を見つけたのである。彼は体当りで彼女を救け出した後、激昂しているように茫然としている自分と、同時に無感動な胸中の洞穴とを見出した。その「空虚さ」がますます彼の心を沈めて行くと、「彼は最早や、為すべき自身の何事もないのを感じた。すると、幾度となく襲つては退いた死・・・・への魅力が、煌めくやうに彼の胸へ満ち始めた」（三四）のである。その彼は、混乱の中で死と戯れはじめる。死体や負傷者がころがり、工部局の警官隊がホースで放水している道路上で、銅貨を摑んでは遠くに投げ、一人の浮浪者がそれを追いかけ拾うのを楽しむ。

参木は死と戯れてゐる二人の距離を眼で計つた。彼は外界に抵抗してゐる自身の力に朗らかな勝利を感じた。同時に、彼は死が錐のやうな鋭さをもつて迫るのをひしひし皮膚に感じると、再び銅貨を摑んで滅茶苦茶に投げ続けた。（中略）彼は今は自身の最後の瞬間へと辷り込みつつある速度を感じた。彼は眩惑する円光の中で、次第にきりきり舞ひ上る透明な戦慄に打たれながら、にやにや笑ひ出した。（三四）

この「上海」という作品に登場する男性達——とくに参木は、度々、不気味で不可解な笑いをよくもらす。それらの中でも、右の「にやにや」笑いがもっとも怖しく不気味であろう。死の空洞から、うつろにあらわれてくる氷のような笑みが、彼の一身から出て周辺に死の寒気をみなぎらせている。しかし、これらが参木の、死にもっとも接近した限界であった。この死神にとりつかれた参木を、生の側にひき戻すのは秋蘭である。彼女に案内されて五階の部屋から、この「闘争」の現場をみたとき、参木は、ただの「冷然としてゐる街区」にすぎなかったことに気づき、己の「痛ましい愚かさ」にうたれ悪寒で身をふるわせる。本章1で挙げた参木の観念性——「尨《ママ》大な東亜の渦巻が尨《ママ》大な姿に見えなかつた」（二一六）のも当然と言わなければならない。彼の言う「闘争」とは、あの死との戯れなのであるから。むしろ材木の営業担当者・甲谷の方が、その現実的視野から、この動乱を、いち早く「革命」と捉えているのである。参木は、助け出してくれた秋蘭にも、彼女を唖然とさせることしか言えず、別れに際し参木の名をききたがる彼女の希望を一蹴した。それにも拘らず、秋蘭の帰る足音に耳を欹て、「ああ、また自分はここで、今迄何をしていたのだらうと思つて、ぐつたりした。」（三四）のである。それ以後、「ただ今は死ねば良いのだ。死にさへすれば」と想いながらも、秋蘭に会いたいと身を焦がしている。そして「彼の心が外界の混乱に無感動になるに従ひ、その混乱した外界の上を自由に這い廻る愛情の鮮かな拡がり」をはっきり感じる。現身の秋蘭を敢えて手中より遠ざけた参木は、胸中の彼女の幻に、ひたすらなる愛を捧げている。秋蘭は、もはや現実の女性であるよりは、競子に代って参木の心に住みついた虚像となったのである。初出では書かれなかった次の二つの事柄――男装した秋蘭が彼女を求めて彷徨する参木の手にメモを渡し「別れの歎き」の瞳でふり返り、去る部分（三八）と、山口が甲谷に、秋蘭が日本の男性と内通したという嫌疑で仲間から銃殺されたらしいという話を伝える部分（四二）――は、参木故に死ぬ秋蘭の哀れさを示すと同時に、参木の知らない処で秋蘭が殺されたらしいことやその事を参木が知っていないということは、参木の心では既に現身の彼女が虚像に変容したことと見合うことであろう。秋蘭の死（蓋然性）は、最後の章で参木が排泄物を満載した舟の中へ投げこまれ、その上に浮びながら故郷の匂いや母を想い出す場で象徴的に描かれている。

俺はお前にもう一眼逢はねばならない。（中略）しかし、俺は秋蘭に逢つてさて何をしようといふのであらう、とまた彼は考へた。だが、彼は逢ふたびに彼女にがみがみ云つた償ひを一度此の世でしたくてならぬのだ。

しかし、ふとそのとき、参木は仰向きながら、秋蘭の唇が熱を含んだ夢のやうに、ねばねばしたまま押し冠さつて来るのを感じた。すると、今迄忘れてゐた星が、真上の空で急に一段強く光り出した。

またしても彼の内なる虚像は、「虚」の故に彼の手に何物をも与えず、かの現実の細い糸、お杉を求めて、今は娼婦に転落した彼女のところへ参木は行く。

お杉の哀しさ、優しさに触れ、身内にお杉への愛情が改めて湧いて来るのを感じてお杉を抱き寄せるとき、「しかし、それと同時に、水色の皮襖を着た秋蘭が、早くも参木の胸の中でもう水々しくいつぱいに膨れて来た」というように、お杉の優しさによっても拭いきれない秋蘭の幻影は、参木の心中深く潜んでいる。現身のお杉は、参木の無意識の世界では、虚像・芳秋蘭の化身の意味さえ背負って来る趣きもある。

九章で横光利一は、「母国を認めずして、上海でなし得る日本人の行動は、乞食と売春婦以外にはない」と書いたが、工場へも行かず、すべてを喪った参木と娼婦になったお杉の身の上にあてはまるものであった。しかし、このことは、奇しくも、当時の上海の或る事情を裏側に秘めている。内山完造の『上海夜話』（昭15・3　改造社）等によれば、乞食〈告化子〉は、単に「不運」によって転落した者にすぎず、苦力よりも上層に属すと言う。また、奔放な上海漫遊を敢行した村松梢風も「上海風俗印象記」（『中央公論』大15・3）で、上海に乞食の多い理由につき「支那では乞食をすれば食へるからだ。食へないから乞食になつたのではなく、食へるから乞食になつたのだ」と言い、「一種の職業的自覚が伴つてゐるのだから卑屈にならない。（中略）彼等は実は悲惨でも可哀さうでもない」と、その特殊性を述べている。「不運」が「幸福」に変化すれば、市民社会への復帰は可能と言えよう。作品「上海」の最終部に描かれる参木とお杉の様相は、このことを暗示している。参木は、明日からお杉に居候させてほしい旨頼んでいるが、彼自身、明日からそのまま事実になるとは思っていない。この参木に対して、かつての可憐な少女・お杉も、泥濘に住むことによって現実をよく見透していた。永く憧れていた参木に愛され幸せに充ちた彼女は、「しかし、もうこんなにしてゐられることは、恐らく今夜ひと夜であらう」と洞察している。この作品「上海」の最後は、お杉が、やがてまた明日から始まるであろう自分の生活（娼婦としての）を思い「もう彼女はあきらめきつた病人のやうに、のびのびとなつてしまつて天井に拡つてゐる暗の中を眺め出した。」で終わる。この「暗の中」に、二人の明るい展望があるか否か、不明である。しかし、お杉の現実的洞察に従えば、彼女はともかく、参木がこの底辺に永住出来るはずがない。明日、陸戦隊が上陸すれば、参木はまた、秋蘭という幻と、死への希求と、「領土」によって示された愛国心とで彷徨するのは容易に想像できよう。

最後から三番目の章「海港章」（昭4・12）が発表されてから次章「婦人―海港章―」が発表される迄十三ケ月も

必要とした。とくに、最後の二篇は、サブ・タイトルに「―海港章―」と銘うたれて、補充的な意味も持たされているると考えられる。「海港章」「七」は、参木が排泄物の舟に投げこまれ、自ら気づいて「にやにや笑ひ出した。」ところで終わり、「ある長篇の第五篇、及び前篇終り」と注記されていた。当然、それに続く「後篇」が予定されていたであろうが、それは、遂に出現せず、しかも「七」は、三つの部分に分断され、この「海港章」に続く二つの章「婦人」「春婦」が補って終結させたことになる。（もっとも昭和七年六月『文学クオータリー』第二輯に発表された「午前」が、改造社版の「三二」、決定版の「二九」に編入されたが、これは、お杉の造型に肉付けをしているものの、構造上の問題とはならない。）改造社版『上海』の最終章「四五」、決定版『上海』の最終章「四四」の前半に、先に引用した汚穢舟の個所が使用され、矢代がそこから出て、お杉の元へ行ったところで現在遺された「上海」は終わっている。このことは、横光利一のなかで、かなりの構想の変更があったことを思わせ、『改造』掲載の「ある長篇」を初版以降の『上海』と別の作品として捉えようとする説[10]のあることも肯けよう。上海という都市空間に生きるお杉、宮子、秋蘭の三女性の位相で、三角形構造を提示した前田愛氏の見解とは別に、作品内の構造を考えるなら、二つの虚なる中心（競子と秋蘭）をもつ〝楕円構造〟が見えてくる。初版以降の『上海』にみる限り、参木というこの作品の中心人物は、結局、一つの「虚」から他のそれへ彷徨しつつ現実世界に反応していった観念的人物と言うことが出来よう。初版『上海』の終わり方も、この内省的で観念的な男性と娼婦お杉の二人に、作品世界を収斂させたところに「上海のいろ〳〵の面白さを上海ともどこともせずに、ぽつかり東洋の塵埃溜にして了つて一つさう云ふ不思議な都会[11]」を書こうとした当初の企図とは異なった終結になっているのである。

「一」の注

（1）『改造社の時代・戦前篇』（昭和51年5月　図書出版社）

（2）「上海」論―初出と初版本との比較を中心に―（『近代文学における中国と日本―共同研究・日中文学関係史―』昭和61年10月）

（3）「横光利一氏と大学生の座談会」（『文芸』昭和9年7月）

（4）「仮説を作つて物自体に当れ」（「東京帝国大学新聞」昭和9年5月21日）

（5）松本重治『上海時代　ジャーナリストの回想　上』所収（一九八九年三月　中央公論社）

（6）第一次世界大戦に参戦し青島占領後、大正四年一月日本政府が中国政府に提出した要求書で、山東省におけるドイツの権益処分や旅順大連の租借期限・南満州鉄道などの期限を九十九年延長する要求などが入っていた。

（7）以下の要約は、江口朴郎編『世界の歴史14　第一次大戦後の世界』（昭和37年1月　中央公論社）、岩村三千夫・野原四郎共著『中国現代史［改訂版］』一九六四年七月　岩波書店）、貝塚茂樹『中国の歴史　下』（一九七〇年三月岩波書店）などに拠った。

（8）注7参照

（9）「SHANGHAI 1925―都市小説としての『上海』―」（『文学』昭和56年8月）

（10）「亜細亜モンロー主義批判」（『中央公論』昭和7年2月）

「二」の注

（1）前田愛「SHANGHAI 1925――都市小説としての『上海』」（『文学』昭和56年8月）

（2）篠田浩一郎「『海に生くる人々』と『上海』」（『小説はいかに書かれたか―『破戒』から『死霊』まで―』岩波新書　昭和57年5月）

（3）渡辺一民「上海をめぐって」上・下――一九二〇年代論（Ⅰ）（『文学』昭和60年9～10月）

（4）決定版『上海』序（昭和10年3月　書物展望社）

（5）片岡良一『近代派文学の輪廓』（昭和25年10月　白楊社）
（6）岩上順一『横光利一』（昭和31年10月　東京ライフ社）
（7）例えば、アジア主義者・山口の日本ミリタリズム正当論（一六）は、横光自身の意見が投影されている。「空気その他」（昭和3年7月3〜6日　読売新聞）
（8）「『上海』の構造」（『芸術三重』昭和59年9月）
（9）「唯物論的文学論について」（『創作月刊』昭和3年2月）
（10）玉村周「横光利一・『ある長篇』考——〈掃溜〉の中で」（『日本近代文学』昭和60年5月）
（11）昭和3年6月15日消印　山本実彦宛書簡

# 第六章　「機械」

## ――戯画化された自意識の混迷――

横光利一の「機械」(『改造』昭5・9)は、新感覚派時代の総決算と見做された「上海」連載中に発表され、新心理主義の代表作品としての評価をうけている。昭和初年、淀野隆三や堀辰雄、伊藤整らがフランス、イギリスの新しい文学運動として、新心理主義の作品や理論を紹介しつつあったが(1)、横光利一は、ヴァレリによって開眼された人間内部への眼差しを以って、これら若者の動きを先取りするように「鳥」(昭5・2)を書き、続いてこの「機械」を発表したのであり、常に時代に先んじた横光利一の面目躍如たるものがある。発表当初から話題を呼び、なかでも小林秀雄の絶賛(2)は、文学史上の伝説的評価とさえなっており、時期は後の事になるが、伊藤整の先んじられた悔しい思い出(3)も語り種となっている。しかし、このような幾重にも張り巡らされたヴェールを剥いで、この作品の実態を検討することによって意外な別の相貌が見えてくるのではなかろうか。

## 一

この作品の「語り」乃至は「文体」の時制は、大きく現在完了として語り始められる。終わりに近い部分で、「私は彼を此の家へ送つた製作所の者達が云ふやうに軽部が屋敷を殺したのだとは今でも思はない。」とあるように、一連の事件が総て終わった段階での回想と言う表現をとっている。「今でも」と言うのは、この作品の終わり近くに起こった屋敷の死を経験した「今でも」であるから、この時点までは、全ての事件の成り行きを見てしまっているのである。しかし、屋敷の死因をあれこれ考える時から、「時制」は崩れ、突如現在形に変貌する。時制の変化のみならず、それ迄支配して来た「語り」の主導権を放棄し、「私はもう私が分からなくなつて来た。（中略）誰かもう私に代つて私を審いてくれ。」と叫ぶ。これまで語り築いて来た世界への或る種のディコンストラクション（脱構築）を齎し作品は終結する。作者・横光利一が「脱構築」の理論を知るはずもないが、彼の意図の中に「自意識」混迷の実態への深い洞察があったことは確かである。

既に多くの指摘があるように、この作品形成の根底には「Stream of Consciousness」が明確な方法論として流れている。

このウィリアム・ジェームズが規定した「意識の四つの性質」(4)をもって変化流動する「意識の流れ」そのものを形象化しようと試みた作家がいる。

例えば、寝覚めの不確かな感覚を述べる次のような一節

若し彼が何時もとはまるで違つた、崩れた姿勢で睡つてゐるときには、例へば食後肱掛椅子《フオトイユ》に腰掛けてゐる時などには、混乱は軌道を踏み外した世界のなかで、完全なものになるだらう。魔法の肱掛椅子は時間と空間のなかに彼を全速力で旅行させ、そして眶を開くと、彼は数ケ月前に他の国で寝てゐたやうに思ふだらう。しかし、私の寝台では、たゞ眠りが深くて私の精神が完全に休まりさへすれば充分で、私の精神は自分の眠つてゐた場所を忘れるのであつた。それで、真夜中に眼が覚めると、何処に自分がゐるのかわからないから、最初の瞬間、私が誰れなのかさへ分らないのが常だつた。私はたゞ、動物の心の底で顫へてゐるやうな、あの生存の感情を、原始的な単純さに於いてもつに過ぎなかつた。私は穴居の人間よりももつと空虚であつた。だが、そのとき思ひ出が——私がゐる場所の思ひ出ばかりではなく、私が嘗て居たいろ〳〵の場所や、また住んだかも

知れない場所の――思ひ出が、ちょうどひとりでは抜け出せないあの虚無から私をつれ出してくれる上天の救ひのやうに、私にやつて来るのであつた。一瞬にして私は文明の数世紀を飛び過ぎ、そしてぼんやり目に映つた石油ランプの映像《イマアジュ》、次にはダブル・カラァのついたシャツの映像がだん〴〵と私の自我の本来の相《すがた》を再び組みたてた。

（「スワン家の方」『失ひし時を求めて』第一巻　第一コンブレエ　マルセル・プルウスト　淀野隆三訳　昭4・10）

が示す、果てしない深海を漂い「自分が触れる人生の泡を捉へて、その驚嘆すべき感受性と、解析力と総合力に富む知性をもつて、その泡を形づくる流れを創造」（佐藤正彰）(5)したプルーストの営みや、また次のような一節

レオポルド・ブルウム氏は獣や鳥の内臓が嗜好物だつた。彼は濃い鵞鳥の臓物《ざうもつ》スウプ、胡桃の味のする砂嚢、詰物をした焼いた心臓、麵麭の皮にくるんでフライにした肝臓の薄い切れ、フライにした牝鱈の鮞《はららご》を好んだ。就中、彼は焙つた羊の腎臓を最も好んだ。それは彼の舌に、微かに香ひの入つた尿の立派な臭気を与へるのであつた。

彼女の朝食の食器を浮彫にした盆の上にととのへながら、彼が台所を音も立てずに動き廻つた時、腎臓のことが彼の心の中にあつた。凍つた光と空気とが台所にあつた。しかし戸外はどこも穏やかな夏の朝だつた。それが彼を少し空腹に感じさせた。

石炭は赤くなりつつあつた。

もう一切れのバタ附き麵麭、三つ、四つ、よろしい。彼女は彼女の皿が一杯なのを好まない。これでよい。彼は盆を置いた、爐の上の棚から湯沸を取り下し、それを火の上に斜にかけた。それはそこに坐つた、陰気さうにそして蹲つて、その口を差し出しながら。すぐお茶だ。よろしい。口は渇いた。猫が尻尾をぴんと揚げて卓子の脚の周りを硬くなつて歩いた。

——ムナヤオ！

——おお、お前そこにゐたのか、と火から振り向いてブルウム氏は言つた。

猫は答へて鳴いた。そして鳴きながらまた硬ばつた卓子の脚の周りを勿体ぶつて歩き廻つた。恰度俺の書きもの机の上を歩き廻るのと同じやうに。プルル。俺の頭をひつかく。プルル。

ブルウム氏は珍らしげに、人が好さそうに、しなやかな黒い姿を瞶めた。なかなかきれいだ。その滑らかな獣皮の光沢、その尾の根元の下の白い釦、緑色のきらきら光る眼。彼は猫の方に身をかがめた、手を膝の上に置いて。

——子猫はミルクが欲しいかね、彼は言つた。

——ムナヤオ！

人は猫を莫迦だといふ。猫は吾々が猫を了解する以上に良く吾々のいふことを了解する。彼女は自分の了解しようと望むすべてを了解する。その上執念深い。俺は彼女に何と見えるかしら。塔のやうに高いかしら？いや、彼女は俺に跳び上ることが出来る。

（『ユリシイズ（Ⅱ）第二部　4　カリュプソ』ジェイムズ・ジョイス　伊藤整・永松定・辻野久憲共訳　昭5・12）

に見られる「無意識を純粋に無意識とし」「表現を無意識の面に沿うて流動させ(6)」同時展開的記述法を試みたジョイスの方法を横光はどのように評価しているのか。

「機械」発表後、一年四ケ月経って発表された随筆「現実界隈」（昭和7・5）には、横光の二人に対する評価が述べられている。

「ユリシイズ」や「失ひし時を求めて」の企ては甚だ簡単なものである。ただあれほどの馬鹿なことを誰もする気が起らなかつただけなのだ。（中略）

一度は必ず誰かがしなければならなかつたであらう徒労な疲労—それをしてくれたものはプルーストとジョイスである。

既に「寝園」の後半を執筆しつつある横光は、彼自身の心理小説への抱負が確立している頃である。大胆に論断しているが、勿論全否定ではない。作家であるかぎり現実と向き合い「人のやつたことだと思つても、やはりせつせつと一度はやらねばならぬのであらう」と考える。現実と概念との距離についてマルクスもジョイスも見誤ったのではないかと言い

ユリシイズの作者は反対に（引用者注・概念を愛したマルキシズムと反対に）現実を愛した。そのため言葉は現実の前で、過去のおそるべき貧弱さを暴露した。「これが、わしか。」と現実はにがにがしく云つてゐるのだ。

現実の前で無力な言葉を使い、もう一度プルーストやジョイスのしたことを、しなければならないとすれば、どうすべきか。横光は言う。

心理についてわれわれが何事かを新しく考へようとするなら、スタイルについて考へなければなるまい。

（中略）

心理とスタイルについて考へたら、難儀なことには、また必然的にプロットについても考へざるを得なくなる。

スタイルとプロット、この二つに密接な関係を認める横光は、プルーストやジョイスと異質の心理小説を意図しているのは明白である。この時点では書かれてしまった「機械」は、では、どのような作品であったのか、以下検討しよう。

「機械」は、町のネームプレート製作所での人間関係やそこで起こる一連の事件をプロットとし、それらを「私」なる人物の心に映るままに回想されるスタイルをとったものである。方法としての「意識の流れ」は、登場

人物兼語り手たる「私」の意識の内容を追うことに重点がおかれている。この登場人物と語り手とを兼ねる「私」の在りようは、先に触れたウイリアム・ジェームスの言う「全自我 Self」の二側面たる「客我 Me」と「主我I」(7)が認識と表現に現れたと見てよいであろう。勿論、両者は判然と区別されておらず屢々融合する場合があるが、基本的には別の概念によって成り立っている。

「私」の意識の流れは、論理性とともに、いやそれ以上に感覚的な受容に左右され、その表現に際して採用される文体は、「話術系統の文体」は拒否され、「限りない心理内の諸映像を直接に、説話的にではなく(8)」心理の流れに従って表現する文体が用いられている。読点の極端に少ない独白体は、心理の連綿と流れる状態を捉えるのに相応しいと言わねばならない。同時代には谷崎潤一郎などの独白体小説(9)が現れるが、構造的美観を狙う話らしい話のある谷崎作品とは、まったく異質のものである。

ここで、この「私」の在り方を検討する必要が生じてくる。「私」は、多くの場合、快楽追究の原則で物事に対応してしまう。仕事に関しては、「自分で危険な仕事の部分に近づくことに興味を持たうとつとめ出した。(10)」とあるように、「興味」という知的好奇心を発動させるのであるが、生活態度では、しばしば「面白さ」「楽しみ」の追究に偏してしまう。五万枚のネームプレートを十日で仕上げるため、同業者から臨時に雇い入れた屋敷という男が、どうやら主人や「私」の企業秘密を盗みに来ているらしいことに就いて、次のように考える。

・それを知られてしまへば此処の製作所にとつては莫大な損失であるばかりではない、私にしたつていままでの秘密は秘密でなくなつて生活の面白さがなくなるのだ。（傍点は引用者、以下同じ）

・前には私は軽部からそのやうに疑はれたのだが今度は自分が他人を疑ふ番になつたのを感じると、あのとき軽部をその間馬鹿にしてゐた面白さを思ひ出しやがては私も屋敷に絶えずあんな面白さを感じさすのであらうかとそんなことまで考へながら、…

このように見てくると、先の「興味」も知的好奇心の領域から快楽追究の領域へと移行する危険性を多分に持っている。右の引用部分の少し前、屋敷の怪しい行動を問いただそうか、と迷う箇所で、次のように述べる。

此の場合私が屋敷を困らしてみたところで別に私の得になるではなしと云つて捨てておくには事件は興味があり過ぎて惜しいのだ。

このような軽薄な期待にそぐわない結果が出ると「馬鹿馬鹿しい」とか「馬鹿げた」とかの感想になり、「軽蔑」という態度さえも出てくる。当然、日常生活に於ける善悪への対応も「面白さ」「楽しみ」の規準で決定される。

主人に忠実な職人・軽部から疑われ、口論の末、彼から暴力を受ける時、自分の心境を次のように述べる。

実は私は自分が悪いと云ふことを百も承知してゐるのだが悪と云ふものは何と云つたつて面白い。軽部の善良な心がいらだちながら慄へてゐるのをそんなにもまざまざと眼前で見せつけられると、私はますます舌舐めずりをして落ちついて来るのである。

この場合「悪」は、むしろ「意地悪」とも言うべき性質のもので、果たして人倫に背いた「悪」と言えるかどうかは疑問である。悪の内容・定義の曖昧さや悪へのこのような態度は、善（善良さ）についても、これと対《つい》をなす理解を示している。

私が此処の家から放れがたなく感じるのも主人のその此の上もない善良さからであり、軽部が私の頭の上から金槌を落としたりするのも主人のその善良さのためだとすると、善良なんて云ふことは昔から案外良い働きをして来なかつたにちがひない。

「私」は、倫理的な判断も曖昧であり、佐藤昭夫氏の指摘される「倫理的解体」(11)がみられるのである。ただ無類に無邪気な主人には、その欠陥故に惹かれると言う素直さを見せている。

## 二

一見、感覚的に無節操に見える「私」には、もう一つの大きな特徴がある。対象を批判する時の思考回路が、常に自己批判に回帰することである。即ち基本的に「善良」なのである。小林秀雄の強調した「無垢」よりも、むしろ、小林がプレート製作所の主人を評した「お人好し」こそ「私」に似合う評語なのである。この回路が極端になれば、最終的な判断が不可能になり、「自意識」の混迷を来し、無性格の様相を呈することになる。今、自己回帰の代表的な例を二ケ所挙げてみよう。

・実際私の家の主人はせいぜい五つになつた男の子をそのまま四十に持つて来た所を想像すると浮かんで来る。私たちはそんな男を思ふと全く馬鹿馬鹿しくて軽蔑したくなりさうなものにも拘らずそれが見てゐて軽蔑出来ぬと云ふのも、つまりはあんまり自分のいつの間にか成長して来た年齢の醜さが逆に鮮やかに浮んで来てその自身の姿に打れるからだ。

・どうもつまらぬ人間ほど相手を怒らすことに骨を折るもので、私も軽部が怒れば怒るほど自分のつまらなさを計つてゐるやうな気がして終ひには自分の感情の置き場がなくなつて来始め、ますます軽部にはどうして良いのか分からなくなつて来た。

この善良さは、屋敷という老獪な人物に遭遇すると翻弄され迷走することになる。この屋敷なる男は、他所の製作所から新しくやって来た職人で、甘ったれた「私」が「弟子」になりたいと申し出るや、「周囲が一町四方全く草木の枯れてゐる塩化鉄の工場へ行つて見て来るやう万事がそれからだ」と言い切る視野の広さと問題意識を持っている人物である。このような複雑な人間に対しては、「私」の判断は確定せず、変幻極まりない評価の流動性となって現れる。そして、先に述べた「自意識」の混迷を招くことになる。それは同時に、この作品におけるStream of Consciouness の表現が最も特徴的に用いられることにもなるのである。

初め、「製作所の秘密を盗みに来た廻し者ではないか」と疑い、「誰がどんな仕事の秘密を知らうと知らせるだけ良いのではないか」と思い直すが、夜中の屋敷の不審な行動から「一途に賊のやうに疑つていつてみよう」と決心する。「私」の警戒に気づいたらしい屋敷に、窮屈な思いをさせて逃がしてはならないと考えた「私」が柔らかい眼を注ぐと、彼との間に「会話」が展開する、勿論「私」の頭の中だけのものである。

眼だけで彼にも方程式は盗んだかと訊いてみると向うは向うでまだだと応へるかのやうに光つて来る。それでは早く盗めば良いではないかと云ふとお前にそれを知られては時間がかかつてしやうがないと云ふ。ところが俺の方程式は今の所まだ間違ひだらけで盗つたつて何の役にも立たぬぞといふとそれなら俺が見て直してやらうと云ふ。

眼だけで屋敷の胸中を探っているうちに、彼に一番「親しさ」を感じてしまい、「君を尊敬してゐるので」「弟子」にして貰いたいと言い出す始末である。屋敷のような「優れた男」との出会いを感謝すべきなのであろうと思い、すっかり「魅せられて」しまったのである。ところが、屋敷が無断で暗室に入ったことを咎めて軽部が屋敷を組み敷き暴力をふるう場面に出くわした時、「私」の心理は次のように揺れ動く。

日頃尊敬してゐた男が暴力に逢ふとどんな態度をとるものかとまるでユダのやうな好奇心が湧いて来て冷淡にじつと歪む屋敷の顔を眺めてゐた。（中略）私は屋敷が軽部に少なからず抵抗してゐるのを見ると馬鹿馬鹿しくなつたがそれよりも尊敬してゐる男が苦痛のために醜い顔をしてゐるのは心の醜さを表してゐるのと同様なやうに思はれて不快になつて困り出した。

殴られている屋敷に「だんだん勢力を与えるためにやにや軽蔑したやうに」笑ってやると、屋敷は奮然として反撃にでようとするが、余計に形勢は不利になる。
　私から見てゐると私に笑はれて奮然とするやうな屋敷がだいいちもうぼろを見せたので困つたどん詰りと云ふものは人は動けば動くほどぼろを出すものらしく、屋敷を見ながら笑ふ私もいつの間にかすつかり彼を軽蔑してしまつて笑ふことも出来なくなつた…

結局、屋敷も「われわれと変つた人物でもなく平凡な男」と一旦は識るのである。仲裁に入った「私」は、軽部から屋敷との共謀の疑いを懸けられ、軽部の暴力をまた受けることになるが、屋敷まで「私」に殴りかかり、「私」の無抵抗のうちにこの事件は終息する。後になって屋敷にその訳を訊くと「事件に終りをつけるために君を殴らせて貰つたのだ、赦してくれ」と答えられて「屋敷の優れた知謀」に驚くばかりである。屋敷と言う人物に対する「私」の判断・評価は右のように揺れ動くばかりであり、「自意識」の混迷は、現実認識の危うさ・不安を齎す。屋敷から、軽部を扇動したのは君ではないかと揶揄されると、次のように「私」の思考は迷走する。重要な箇所なので、少し長いが引用してみよう。

> なるほどさう云はれれば軽部に火を点けたのは私だと思はれたつて弁解の仕様もないのでこれはひよつとすると屋敷が私を殴つたのも私と軽部が共謀したからだと思つたのではなからうかとも思はれ出し、いつたい本当はどちらがどんな風に私を思つてゐるのかますます私には分からなくなり出した。しかし事実がそんなに不明瞭な中で屋敷も軽部も二人ながらそれぞれ私を疑つてゐると云ふことだけは明瞭なのだ。だが此の私ひとりにとつて明瞭なこともどこまでが現実として明瞭なことなのかどこでどうして計ることが出来るのであらう。それにも拘らず私たちの間には一切が明瞭に分かつてゐるかのごとき見えざる機械が絶えず私たちを計つてゐてその計つたままにまた私たちを推し進めてくれてゐるのである。

認識の「客観性」と言うことへの徹底した懐疑は、「機械」と言う支配的な原理を持ち出してくることになる。（尚、

「機械」については後述する。）

更に「私」の心理変化やその叙述で不思議なことは、肉体的な痛みや生《なま》の感情にほとんど触れていないことである。「私」がどれほど軽部や屋敷に殴られても、痛みつけられる事実は説明されても、生の肉体的な痛みは具体的に書かれない。

お前の顔を磨いてやらうと云つて横たはつてゐる私の顔をアルミニユームの切片で埋め出し、その上から私の顔を洗ふやう揺り続けるのだが、（中略）あの小さなネームプレートの山で磨かれてゐる自分の顔を想像すると、所詮は何が恐ろしいと云つて暴力ほど恐るべきものはないと思つた。ニユームの角が揺れる度に顔面の皺や窪んだ骨に刺さつてちくちくするだけではない。乾いたばかりの漆が顔にへばりついたまま放れないのだからやがて顔も腫れ上がるにちがひないのだ。

軽部と屋敷両者に殴られる時も同様である。生きた人間の感覚・心理が表現されるのではなく、肉体を削除した「実験室」中の心理変化が追われていると言うべきであろう。この抽象性は、前記のプルーストやジョイスの世界との異質を明確に物語っている。

## 三

前節で述べた自意識の惑乱が極みに達し、思考の放棄――それは「『私』の自己崩壊[12]」と同時に「語り」の崩壊を見せるのが最終部である。ある市役所から注文のあった五万枚のネームプレートを十日間で仕上げた（その間殴り合いの事件があった）その代金を、金を持ったら必ず落とすと言う主人が、その「欠陥が是も確実な機械のやうに働いて」落としたことから、軽部、屋敷、「私」の三人が酒を飲み、翌朝屋敷の死に遭遇するという部分である。

屋敷が水と間違えて土瓶の中の重クロム酸アンモニア溶液を飲み死んだことにつき、誰が殺したのかを「私」は考える。諸状況を勘案すると、屋敷の元いた製作所の人々が言うように軽部だ、と断定することも出来ないし、そうでないともいえない。「いや、全く私とて彼を殺さなかつたとどうして断言することが出来るであらう。」もしかすると殺したのは「私」ではないかと疑いだすと、すべてが分からなくなる。

いや、もう私の頭もいつの間にか主人の頭のやうに早や酸化鉄に侵されて了つてゐるのではなからうか。私はもう分からなくなつて来た。私はただ近づいて来る機械の鋭い先尖がじりじり私を狙つてゐるのを感じるだけだ。誰かもう私に代つて私を審いてくれ。私が何をして来たかそんなことを私に聞いたつて私の知つてゐよう筈がないのだから。

ここには戯画化された「自意識」混迷の様が述べられている。客我と主我とが同時に崩壊し、その両側面によって成り立つ「自我」も崩壊するのである。狂人めくほどに無邪気な主人を中心に、目先のことばかり計算する細君、主人に忠実で単純な軽部、老獪な屋敷、主人に惹かれる「私」が廻る「珍奇な構造」の中で起こる事件や人間関係は、多分に「滑稽さ」「馬鹿らしさ」を湛えており、そこに作者・横光利一の狙いがあったと考えられる。

この作品のタイトルにもなった「機械」と言う言葉は、この短篇小説には四回使用されている。既に三例は示してあるが、いずれの場合も、人間の意思や人間関係とは無関係に世界を動かす巨大な「原理」を表すものとして使用されている。それに支配される人間の側から見れば、人間世界を意のままに動かす「運命」と見做し得よう。ということは、人間関係がどうあろうと、個々の「自意識」がどのように紛糾しようとも、人間の善意や悪がどのように働こうと、それら総てを包んで押し流す大きな力を「機械」は意味している。

横光利一の新心理主義的作品「機械」が、「感覚の強度を中心にして、記憶中のあらゆる時と、場所と、を感覚の原因から結果へ、結果から原因へと、実在の進行とは無関係に、作者の意のままに駆けまわ[13]」るプルースト的方法でもなく、またジョイス的な「現在の混沌のままに現実を全部うけ入れながら、心理の新しい細部描写を提出[13]」することなく、小さな人間関係のなかでの心理変化を追求したこと――換言すれば一つのプロットに従って心理変化を特有のスタイルで表現したことは重要である。新しい心理の領域（それは現実の半分を占める）の発見に拘らず、その世界に没頭し、そこから創作の原理や方法を得ようとせず、従来の小説の枠内で「意識の流れ」を利用しようとする意図が明白に見えて来るからである。この作品に続いて書かれる「寝園」は、右のことを証していると言えよう。「純粋小説論」（昭10）の偶然性、第四人称による「純文学にして通俗小説」の提唱は、横光が「機械」で示した心理描写の方法があっての上で、初めて成立するものであったのである。

**注**

（1）『文学』第一号（昭和10年10月　第一書房）に淀野隆三訳として「スワンの家の方　失ひし時を求めて　第一巻・第一　コンブレエ」（マルセル・プルウスト作）が掲載し始められ、『文学』第二号の「スワンの家の方（Ⅱ）」からは、神田龍雄、佐藤正彰、三宅徹三、淀野隆三の共訳となる。

『詩・現実』第二冊（昭和5年9月　武蔵野書院）から始まる「ユリシイズ」（ジェイムズ・ジョイス作）は、伊藤整、永松定、辻野久憲の共訳になる。

（2）「横光利一〈文芸時評〉」『文芸春秋』（昭和5年11月）

（3）「新興芸術派と新心理主義文学」（『近代文学』5巻7号　昭和25年8月）

「機械」を読み出した時、息がつまるやうな強い印象を受けた。（中略）率直に言へば堀も私もやらうとしてまだ力が足りなかつたうちに、この強引な先輩作家は、少なくとも日本文で可能な一つの型を作つてしまつた。といふ感じであつた…

（4）「心理学原理」（The Principles of Psychology, 1890）の短縮版（Psychology : Brief Course　1892「心理学」岩波文

庫本）によれば、

（1）すべての「状態」は、人格的意識の一部をなす傾向をもつ。

（2）すべての人格的意識の中においては、状態は常に変化しつつある。

（3）すべての人格的意識は連続したものと感じられる。

（4）すべての人格的意識はその対象の中のある一部にのみ興味をもち、他の部分を除外し、絶えず歓迎排除——一言で言えばその中から選択——をする。

（第十一章「意識の流れ」今田　寛訳　平成4年12月）

（5）「マルセル・プルウストに就いて」（『文学』第一号　昭和4年10月）

（6）伊藤整「ジェイムズ・ジョイスのメトオド『意識の流れ』に就いて」（『詩・現実』第一冊　昭和5年6月）

（7）私が何を考えているときでも、私はそれと同時にいつも私自身、私の人格的存在を多少なりとも自覚している。また同時にそれを自覚しているのも私である。したがって私の全自我（セルフ）はいわば二重であって半ば知者であり半ば被知者であり、半ば客体であり半ば主体であって、その中に識別できる二つの側面がある。この二側面を簡単に言い表すために一つを客我（Me）他を主我（I）と呼ぶことにする。

（（4）の「心理学」第十二章「自我」今田寛訳　平成4年12月）

（8）伊藤整「新しき小説に於ける心理的方法」（後に改題して「方法としての『意識の流れ』」）（『新文学研究』第一輯　昭和6年1月）

（9）独白体の「卍」（昭和3年3月～昭和5年4月）をはじめ、これに続き「吉野葛」（昭和6年1月～2月）、「盲目物語」（昭和6年9月）、「蘆刈」（昭和7年11月～12月）などがある。

（10）宮口典之「『機械』論（『名古屋近代文学研究』昭和59年12月）や江後寛士「横光利一『機械』試論―心理のゲーム性について―」（『近代文学試論』昭和42年6月）に指摘がある。

（11）「『機械』論――その倫理と心理」（『国文学解釈と鑑賞』昭和58年12月）

（12）高橋博史「横光利一『機械』を読む」（『国語と国文学』昭和59年12月）

（13）伊藤整「プルウストとジョイスの文学方法について」（『思想』昭和6年4月）

# 第七章　「旅愁」

## 一　「旅愁」と古神道

### 1

未完の長篇小説「旅愁」は、いきなりパリの中心部へ、二人の日本人青年を登場させる。復活祭の近づいた春寒のセーヌ河畔を、二人は流れを右手に見ながら逆上るように、ビル・アケム橋（?）を渡り、今度は流れを左にエッフェル塔の裾を廻り、トロカデロ公園を対岸に見つつナポレオンの眠るアンバリイドの傍を通り、世界第一と称せられるアレクサンドル三世橋の白球燈と女神の立像を、対岸のシャンゼリゼの緑の森を背景に眺め、オルセ河岸の古本の露店を通り抜け、ノートルダム寺院の聳えるシテ島を背に右へ曲り、サン・ミッシェル通りの坂を左手に入ったところにあるイタリア料理店まで、約四・五キロの道のりを散策する。時は昭和十一年、既に二・二六事件は報ぜられており、間もなくこのフランスにブルム人民戦線内閣の成立、大々的なストライキの発生、そしてスペイン内乱勃発が迫っているときである。それはいよいよ第二次世界大戦の幕が切って落される直前のパリである。

二人が南へ折れたサン・ミッシェル通りを、真直ぐに進むと、この作品の主要な人物（矢代・千鶴子・真紀子たち）が住んだルクサンブール公園界隈に到り、進行方向左手にはカルチエ・ラタンやパンテオンがある。この近くに、かつて島崎藤村がよく通ったカフエ・リラがあり、ルクサンブール公園を西へ、ラスパイユ大通りとモンパルナス大通の交叉点に、登場人物のほとんどが日参したラ・ドーム（古い文学カフエで、モジリアニ、ピカソや藤田嗣治などが常連だったという）があり、少し西に、ラ・クーポールがある。この作品には、オートイユ競馬場、ブーローニュの森、シャンゼリゼ、ロン・ポワン、コンコルド広場、カフエ・トリオンフ、オランジュリー美術館（モネー館）、モンマルトルのサクレ・クール寺院、そしてオペラ座等々、あたかも観光地案内書のように、きらびやかな花の都パリの街々や店、郊外が登場する。それのみならず、第一篇にはチロルの山々、風物が、一層の情趣を添える。「旅愁」第一篇・第二篇では、青年達の果てしない議論も甘美な恋愛もともに、このパリやチロルの風物のもとに成立している。これらのヨーロッパという異郷なくしては成立し得ない。この異郷を彷徨する青年達を包みこみ、彼等の心情を演出するのが「旅」という特殊な時空間なのである。

このパリの中心部に登場した二人の青年――「歴史の実習かたがた近代文化の様相の視察」に来た矢代と、「社会学の勉強といふ名目のかたはら美術の研究が主」であるという久慈との間には、既に葛藤のドラマは兆していた。渡航の船中で親しくなった千鶴子が、明日ロンドンからパリに来るについて、久慈は彼女の処遇に当惑していた。久慈の千鶴子への関心は、「マルセーユへ上つた途端に眼が醒めた」（第一篇）のである。現在、フランス語の個人教授、アンリエットと親しくしている久慈は、矢代以外の日本人と余り付き合いたくない。千鶴子からの便りは、久慈だけに届いており、その手紙の終わりに矢代によろしくと伝言が記されているだけなのである。久慈は矢代に千鶴子の宿探しを始め、彼女の世話を頼み、矢代は、これを諒承する。千鶴子の関知しないところで、さりげない「恋譲り」が行われた。この長篇の冒頭に、この「恋譲り」が置かれたことは、注意すべきであろう。ウイーンに居る夫に裏切られパリへ来た真紀子と後に同棲するにいたった久慈は、帰国後も千鶴子との結婚を躊躇っている矢代に対して、千鶴子とのことは「やはり、君より僕の方がどことなく適任者だつたのだ」（第五篇）と、矢代の虚を衝く言葉を送る。矢代の恋愛におけるストイシズムを、千鶴子という一人の女性をもとに揺さぶるのは、常に久慈である。これと同様に、彼等二人の論争・対立は、歯車のかみ合わない不毛の議論に見えて、実は、同根の上に立つ二つのヴェクトルを示すに過ぎない。作者・横光利一の「紋章の山下久内を巴里へ追ひやつた所を書いてみたい[1]」（昭11・3・10　水島治男宛書簡）という言葉が示すように、自意識過剰に苦しむ知識人を、矢代と久慈の二人に分身したのである。久慈の科学主義、合理主義を批判する矢代自身が、自らを「科学主義者」と規定したり、日本や東洋の伝統に立ちかえろうとする矢代を久慈も非難しながら、「東洋独自の精神の結合」を考え、ふと矢代との同一性を自覚することがある。「つまり、矢代と久慈との二人の方が、千鶴子と矢代や、真紀子と久慈より、はるかに深い夫婦であつたといつて良い」（第五篇）と述べられる所以である。作家兼実業家の東野や冷静にヨーロッパ文化を写真に撮る塩野等々、論争は紛糾しても、矢代対久慈がもたらす日本対西洋の対立構図は、そのまま矢代と千鶴子の恋愛の構図と重なって来る。第二篇の終わりの方に、ロンドンへ去る千鶴子（——ということは、そのまま日本へ帰ることでもある）を空港に見送った矢代の「自分の青春も今このときを最後に飛び去つて行くのかもしれぬ」という感懐は、そのまま第一篇・第二篇の内容を示唆している。即ち、この両篇は、思想（——と呼べるなら）、恋愛すべてを含めて「青春物語」なのである。しかも、場所は、パリを中心とするヨーロッパという異郷の旅の空でのことである。既に森本隆子氏[2]も指摘するように、この長篇小説にとって「旅愁」という語はキー・ワードなのである。しかし、この「旅愁」なる情緒は、第二篇迄と第三篇以降とでは、その語が示す作用が異なる。菅野昭正氏[3]は、「旅愁＝変容の力」と解説し、その力がしだいに強められて行く過程を見事に跡づけられた。ここで注意したいのは、「旅愁」の「旅」の意味拡大と「愁」の多義性である。「旅愁」という表現でなくとも旅に纏る情緒を表現している箇所は多く、その数は「旅愁」七ケ所、「旅の愁ひ」九ケ所、「旅の思ひ」や旅を人生にまで拡大した類似表現五十ケ所を数えることが出来るが、（本章末尾の表参照）「旅愁」及び類似表現のもつ意味・作用に重点をおいて考察すれば、次の八種類に分類できるであろう。

一、「旅」に具体的な行為（故郷を離れ他郷を旅する）が意味される場合、

① 他郷で感じる甘い感傷的な想い

（第一篇）このやうな感傷的な唄もフランスの婦人が歌ふと、水に浮んでゐる白鳥も花も一しほ矢代に旅の愁ひを感じさせた。

② 激しい望郷の想い

（第一篇）さはさはと立つ風にどこからともなく舞ひ散つて来る落花を仰いでゐると、矢代は何も忘れ、ただ故郷の空の色を感じて胸は淋しく湿つて来た。（中略）ここでは恋愛などは、自分の故郷へ帰りたい心に比べれば物の数ではないと思ひ……

③ 他郷での自由な想い（恋愛）に身を委ねる積極的な姿勢

（第二篇）たうとう自分も日ごろ軽蔑していた旅愁にやられてしまつたと思つた。（中略）実際は、自分たち二人（矢代と千鶴子）は今も夢を見てゐるのと同じだと思ふのであつた。（中略）しかし、それも今は考へたつて始まらぬ。（中略）もう自分はこの喜びを喜ぶまでだと……

④ 他郷での自由な想いを抑制する姿勢

（第一篇）間もなく必ず別れねばならぬ二人（矢代と千鶴子）である。（中略）異国の旅にふと出会つたかりそめの友情であつてみれば、日本にゐたときの互の過去さへすでに白紙であり、またそれをどちらも探

り合ふ要もない、共通の淋しさ儚なさを守り合ふ身に沁む歎きはあるとはいへ、それはただ甘美な旅の情緒にすぎない。

⑤　心身をも傷つける苦労

（第三篇）（塩野の病気・入院について）およそ病因は彼に分つてゐながらも、冗談の当りすぎた気味悪さ以上に、来るものの来た必然さに、長旅の愁ひの常ならぬ辛苦を今さら矢代は考へ直した。

⑥　自己喪失の病いをもたらすもの

（第四篇）（他郷で一緒だった人々の消息も分らず捨ててある）それも一つは、まだ消え去らぬ西洋の幻覚の仕業とも解せられれば、個人に対する興味などおよそ物の数ではなくなつてゐる。茫漠としたある観念に絶えず取り憑かれた、他の多くのものにも共通した旅愁ともいふべき旅人の特長だつた。まつたく事情の違ふ西洋といふ抽象の世界に急激に入り込んだものに突発して来る旅の錯乱は、批判の根拠の移動する不決断に伴つて当然起る、自己喪失の病ひを植ゑつけられ、自分を蔑視する苦しさもあきらめに変へてしまふ。そのやうな内地にあり得ぬ不具者……

⑦　人間の生き方を左右する強い力

（第三篇）（遣唐使の生き方）むかしと変らぬ今日に似た旅愁の所業の一つ……

二、「旅」を抽象的（人生）に捉えている場合、

⑧　デラシネ（根無し草）の悲哀と不安

（第三篇）立ち対ふ態度を洋式にしてゐるうち、いつとは知れず心魂さへ洋式に変り、落ちつく土もない、漂ふ人の旅の愁ひの増すばかりが若者の時代となつて来たのである。

前頁の⑤、⑥、⑦、⑧は、旅――それも異文化の異郷を漂泊した若者を襲う熱病のようなものであり、「愁毒」（第五篇）とまで表現されている。矢代達青年も、屢々「僕らは天罰を受けてしまつた」（第三篇）のように、異文化圏の旅によって「罰」を受けたという実感を口にしている。足元の日本の伝統を忘れ、論理の国際性、普遍性という幻に飛びつき、足をぶらぶら[4]させていた者の当然受けるべき罰と認識している。まさに『荘子』（秋水篇・第十七）に登場する「寿陵余子」の状態である。この重荷を背負いながら生きて行く――ここにも、人生が旅という想いが重なり、矢代の「みなそれぞれ旅をしてゐるのだ、すべてのものは旅のものだ。」（第五篇）の感慨も生まれてくる。この重い「旅愁」の作用が、作品の底流となって登場人物達をも拘束してくるのは明らかに第三篇からである。

## 2

前節の素描は、本節の主要眼目である「古神道」を論じるための前提であり、前節の問題も含め、作品「旅愁」については後節で詳論する。

「旅愁」というキー・ワードのみならず、作品構成からも、第一・二篇と第三篇以降との間に、質の違いが在る。第二篇の『文芸春秋』連載最後（昭15・4）の表題に（終篇）とあることも、意味深長である。しかし、いま、ここで問題にしたいのは、昭和十七年一月から連載の始まった第三篇についてである。先ず発表状況が、甚だ奇妙である。毎日の原稿を要求される新聞連載には、ときに休載があってもおかしくない。雑誌の場合でも長丁場になると休載も間々あろう。しかし、新たに稿をおこす場合、かなりの立案・構想があって筆を執るに違いない。第三篇の場合、昭和十七年一月号の『文芸春秋』に最初の稿を発表し、直ちに三ケ月の休載に入る。再び五月から発表し始め、十二月まで八回連続で掲載し、第三篇を完結するのである。横光利一は同年一月には水上温泉へ旅行（このときの経験が、第三篇最終部、矢代の山籠りに生かされる)、姪の結婚準備のため(挙式は四月)の出雲への旅、引き続き岳父の死のため鶴岡市へと「本州の端から端へ」(昭17・4・18 中村嘉市宛書簡)、まさに東奔西走の忙しさではあった。同年三月末頃と推定される書簡には、「四月号発表の筈の旅愁のつづきが書けず、五月号に延ばして貰ひました」(横山政男宛)とあったり、同年四月以降と覚ぼしき書簡に「ここ一ケ月頭が痛くてペンが持てなくなり」とあったりするが、二月号、三月号休載の理由にはならないだろう。やはり三ケ月休載の理由とするには無理がある。健康状態も、疲労を除くと悪くないようである。

第三篇では、帰国後の矢代を中心に、千鶴子との関係が様々に揺れ動くさまを描くが、これとの関連で、横光利一が帰国後、かなり早い時期に書いた「厨房日記」(『改造』昭12・1)に注目したい。横光利一とほぼ等身大の「梶」が、ヨーロッパ旅行後、東北の温泉場で妻子とともに休養し、やがて帰京する間のことを、回想を中心にまとめた作品である。「旅愁」で提出・展開されるモチーフの多くが、この「厨房日記」で扱われている。梶は、ヨーロッパの知性の没落を見聞し「完成された日本特有の知性」を、「義理人情といふ世界に類例のない認識秩序の美しさの中」に見出そうとする。その安らかさの発見を次のように表現している。

今まで度々東北地方へ来たにも拘らず、梶はこの度ほどこの地方の美しさを感じたことはなかつた。親子兄弟が同じ町内に住んでゐながら、顔を合せば畳の上へ額を擦りつけて礼をするのも、奇怪以上に美しく梶は見惚れるのであつた。稲穂の実り豊かに垂れてゐる田の彼方に濃藍色に聳える山々の緑も、異国の風景を眼にして来た梶には殊の他奥ゆかしく、遠いむかしに聞いた南無阿弥陀仏の声さへどこからか流れて来るやうに思はれた。

梶の見る東北の村落、そして梶の感じたゆかしさは、仏教的というよりも、土俗的な安らぎの世界——吉本隆明氏の云う「アジア的な農耕村落の原理」(5)の支配する世界のものであり、ここには、「古神道」の影は見えない。これに対し、「旅愁」第三篇における矢代耕一郎は、帰京の夜、「いつたい、何を自分はして来たのだらう」とヨーロッパへの旅の空虚さを疑いつつ、おでん屋の入口に置かれた盛り塩に、「合掌した祈りの姿」を見、背をよせかける杉板の柾目が「神殿の木目に顕はれた歳月の厳しさと和らぎ」に見え「ただならぬ国へ帰つて来たものだ」と襟を正すのである。後、母の郷里の東北の温泉に行き「われ山民の心を失はず」の言葉をかみしめるものの、カソリックの大友宗麟に亡された矢代家の先祖への想いから、神道――それも「古神道」への発言が多くなる。すでに第二篇の終末部で、矢代が伊勢の大鳥居を念じたり、カソリック（これは既に第一篇に出ている）や法華が登場したりしたが、昭和十七年五月号以降に集中して「古神道」が語られる。

「厨房日記」との相違、新連載開始直後の三ケ月間の休載、それ以後の「古神道」への傾倒、これらの原因を解く鍵は、昭和十七年一月号の『文芸春秋』が示唆してくれる。

この一月号は、二つの記念を祝す特別の意味を持っていた。文芸春秋創刊二十周年記念号であり、もう一つは、前月、即ち昭和十六年十二月八日に開戦した戦争のための「大東亜戦争完遂のために」の記念号であった。緊急の座談会が開催され、聖戦完遂への意慾をたかめ、保田與重郎の「攘夷の精神」が花を添えている。菊池寛は、巻頭の「発刊二十周年の辞」において、彼個人の余技的雑誌が、堂々たる綜合雑誌に成長したことをよろこび、廉価主義が出版界を刺戟し、出版物が安くなったことと、大正末から昭和初めの左翼文学に対抗し、その瀰漫を制し得たことの二つを「いさゝか誇り得る二つの業績」と自讃した後、次のように述べる。

> 雑誌の経営編輯は、今や一個人もしくは一団体の趣味、嗜好、撰択に依つて行はるべきではなく、国家の国防体制の一翼として国家の意志を意志とし、国策の具現を目標として経営編輯せらるべきである。
>
> 殊に、対米英開戦を迎へて、超非常時に際会した以上、僕以下社員一同はあらゆる私心私情を捨てゝ、本誌を国防思想陣の一大戦車として、国家目的具現のため、直往邁進する決心である。

尊敬する先輩にして恩人である菊池寛の、勇しい進軍ラッパに共鳴した、というより、同じ方向に進もうとする姿勢が横光利一の心底に熟成しつつあった、それが太平洋戦争開始、菊池寛の宣言に触発され、第三篇全体の構想再検討・修正に、この三ケ月が必要になったのではないかと推定できる。一月号の発表部分は、おそらく前年、昭和十六年十二月初め迄の執筆と考えられ、太平洋戦争勃発以前の稿であろう。「日本文学の桃太郎たる横光利一」(6)としてヨーロッパへ送り出された「文学の神様」が見たものが、「旅愁」で描かれる訳であるが、渡欧以前、ある種のヴェクトルは用意されていた。「純粋小説論」(『改造』昭10・4)の後半部で「道徳と理知」に「最大の美しい関心事」を見つけ、ヨーロッパの理知が、「亜細亜の感情や位置の中で、どこまで共通の線となつて貫き得られるものかといふ限界」を考え、いよいよ「いままであまり考へられなかつた民族について考へる時機」が到来したと述べている。こう考える「桃太郎」が、鬼ケ島で手に入れるものは何であるか、出発前から予想できた筈である。帰国後の横光利一の伝統への注目、西洋の知性に代わる東洋的倫理への探求は真剣さをまし、昭和十六年八月二日から五日間、足柄の日本精神道場で行われた大政翼賛会主催の第一回「みそぎ」にも参加している。かくして太平洋戦争勃発により、「古神道」への傾斜を一層強めていった。

この古神道なるものが、「旅愁」で、はじめて現れるのは第三篇においてである。矢代が、千鶴子に両親の信仰上の相違(父は家代々の真宗、母は法華)を述べた際に、千鶴子から、「ぢや、あなたはどちらですの」と問われて、「僕は古神道です」と小さな声で答えるところである。既に触れたように、ヨーロッパ滞在中、矢代は、ことあるごとに伊勢の大鳥居を想起し、自らの心の拠り所としていた。その矢代が、伊勢神道ではなく、まして吉田神道や垂加神道、復古神道、更には明治以降に公認された教派神道ではなく、なぜ、敢えて「古神道」と明言するのであろうか。「旅愁」が戦後まで書き継がれ、出版に際しては、横光自身の苦い反省やＧＨＱへの配慮その他諸々の事情から、本文が多く改訂されたことは周知の事実である。ところが、戦後版「旅愁」では、この「古神道」は消され、或は修正されるどころか、初出本文、初版本文よりも早い箇所に登場（――ということは、それだけ多く）しているのである。対応する部分が、かなり変えられているので分かりにくいが、初出本文（『文芸春秋』昭17・8）と戦後版を対照してみよう。

「知りたくばここを潜れ。」
　とこんなに云ふやうに、少し開いた伊勢の大鳥居の黙然とした簡素鮮明な姿は、いつもヨーロッパにゐたときから矢代の頭に浮んで来た姿だつた。また彼は、恰も、転神の術かと見えるこの姿が浮んで来るときに限つて、千鶴子の信じてゐるカソリックも許容し得られる雅びやかな気持ちの掠め通つて来るのが、いつもながらの不思議なことだと思ふのだつた。

---

その危惧（千鶴子のカソリック信仰が二人の結婚の邪魔になる危惧）を取り払ふ努力をするには、何か適当な他の力を籍りねばゐられぬときが来さうな気持ちがした。（中略）実際、矢代はそんな千鶴子のカソリックを赦し、むしろそれを援ける平和な寛大な背後の力を欲しかつた。しかし、それには仏教でも駄目だと思つた。また神道でもなほ悪かつた。さうしてみると、日本の中にあるものでは、古神道以外に先づ矢代には一つも見つからなかつた。

千鶴子のカソリック信仰を許容し援ける寛大な力として、なぜ、仏教が駄目で「神道でもなほ悪」いのか。矢代の言う「古神道」とは一体何であるのか。

## 3

矢代耕一郎の提言する「古神道」の実態を作品「旅愁」の中から具体的に説明することは困難である。しかし、矢代自身の発言「これは宗教ぢやないんですよ」とか「これはむづかしくつて、僕だつてよく分りませんがね」とか、更に「一切のものの対立といふことは認めない、日本人本来の希ひ（戦後版では「日本人本来の非常に平和な希い」となっている。）」「日本の法律が古神道の精神を中心に創られてゐる」などの言葉や、作品成立過程の孕む問題、作者・横光利一自身の発言などによって、矢代の依拠した「古神道」の実態と影響力が見えてくる。

夙に辻橋寛氏の詳細な研究[7]や菅野昭正氏の明解な評論[8]があるにも拘らず、「旅愁」における「古神道」を、いまだに、単に古い神道と考えている傾向がみられる。「古神道」という信仰、概念、名称が唱えられたのは、新しい時代に属するのである。横光利一の随筆『日記から』の昭和十六年十月三十一日の条に

筧克彦博士の「国家の《ママ》研究」を読む。この書物は非常に優れた著作だ。日本の特種《ママ》性をただ単なる特種性《ママ》とは見ず、各国の多様な国家という普遍性の中から日本の要素を抽き出し、それを特種《ママ》性にまで高めてみるところが、優れた文化論といふべきだ。（以下省略）

この『国家之研究』の著者・筧克彦――当時の東京帝国大学法学部教授・法学博士の筧克彦が唱導したのが「古神道」なのである。

随神道を祖述する『皇国之根柢 萬邦之精華 古神道大義』（大1・10・20　清水書店　以下『大義』と略称する）で、書名が示す如く、「古神道」を詳論し、更に『皇国之根柢 萬邦之華精 続古神道大義上・下』（上巻大3・12・27、下巻大4・4・20、ともに清水書店　以下『続大義』上・下と略称する）を引き続き出版して「古神道」の普及に努めている。これらの内容は多岐にわたり、簡潔に要約できないが、横光利一の確実に参考にしたことが明白な『国家之研究』を含め、「旅愁」の矢代耕一郎の「古神道」と直接かかわりがある部分について考察したく思う。

先ず、「古神道」の定義と名称について、『大義』の「緒言」に言う。

さて本題に古神道と致しましたのは、ただ便宜の為めで、日本国の成立当初より存在し、之と共に発達すべく、又現に発達しつつある「かみのみち」をいひ表はさんと欲したのである。詳しくいへば、神代の諸神が事実に

よりて示され、天照大神により確定せられ、神武天皇を透して此世に実現せられたる生活規範の普遍的理想にして、神と人と及び人と人の相互の合一並に其形式を其内容となし、普遍的信仰並に普遍的実行と離れざるものをいふのである。されば古神道は後世の各派神道とは異なれども、是等と対等の地位に立つて是等を排斥することを主意とするものでなく、反つて各派神道にも生命を附与し、自ら其根柢となりつつあるものである。儒仏と結合したる神道に対して其以前の神道を指すのでもなく、後の闇斎等の神道や復古神道後の神道に対して夫以前の神道をいふのでもない。単に「かみのみち」即ち神道と称すべきものである。然も特に古の字を冠せしめしは真に古より存続発達しつつある神道を指し、各時代の神道の普遍的根拠たる御国の古道を一言にして言ひ表はさんが為めである。権りの言葉である。（圏点、傍点省略。傍線は引用者）

「古神道」は神代以来の生活規範の普遍的理想を謂い、神人合一のもと信仰、実修に励むもので、各時代、各派の神道に普遍的根拠を示すものだと謂う。名称は、便宜的に「古」をつけただけで、「随神道」「かみのみち」をさすものと言う。『国家之研究　第一巻』（大2・11・25　清水書店。但し、第二巻以下は刊行されなかった）の「第五　古神道弁」にも「ルネーッサンスの意味を強めるが為に便宜古の字を冠せしめて置く」と述べており、名称は仮りのものである。しかし、各派神道の根柢たらんとする姿勢と神人合一観とは重要である。とくに後者は、伊勢神道以来、各派ほぼ一致するところであり、『神道五部書』の一つ『伊勢二所皇太神宮御鎮座伝記』(9)に「人乃天下之神物也。莫傷心神」（人ハ乃チ天下ノ神物ナリ。心神ヲ傷クル莫レ）とあり、近世伊勢神道（度会神道）の復興者、度会延佳の『陽復記』(10)（寛文11刊）にも「神はもとより心の主なれば、去ずして神明は我、われは神明、全くへだてもなからんか。これを為《シ》㆓従《フ》㆑道《ニ》之本《ト》㆒為《ス》㆓守《ル》㆑神《ヲ》之要《ト》㆒と云へり。ありがたき神語なり」とあり、この信仰は、垂加神道の山崎闇斎や吉田神道の吉川惟足らの「天人合一」や「神人合一」と同根である。横光利一も、「古神道」の「神神と各人と同体たることの信仰」（『大義』第一章　古神道の性質、第二節　本質）について、『国家之研究』から引用して次のように記している。

「皇国の国法は随神道、即ち、古神道の顕現に外ならぬ。各人は即ち八百万の神の顕現であり、国法は神道の現れである」(以上引用)日本人を神として取扱ふ我が国の国法のこれが原理である。この爽やかな、愛情に満ちた意識を根柢としてゐる文化について、怪しむに足るだけの何が自分らの知の中にあるだらうか。(「日記から」『刺羽集』昭17・12　但し、右は昭16・10・31の条)

「厨房日記」の梶と同じく、西洋的な「知」に、何程のことが判るか、という態度の反転として、「古神道」の説に傾倒している。「旅愁」第三篇、上越の温泉宿で、矢代が、千鶴子や兄で数学者の槙三に「古神道」を説明する箇所で、「千鶴子さんなんかの中にもこの古神道は、無論流れてゐるものです」と説明する背後に、神人合一説のあることは勿論である。先に記した矢代の「古神道」発言に更に追加すると、次の二つがある。

・実際もし日本が徳川時代に、実権が幕府になかつたなら、キリシタンの大虐殺はなかつたですよ。もしあのとき明治のやうに古神道が法律を動かす中心だつたら、踏み絵などといふものはなかつたと僕は思ひますね。
(第三篇)

・だいたい、信仰の根といふものはみな一つにちがひないのですから、日本人の信仰ならどういふ宗教であらうと、その中には大神からの古神道が流れてゐると思はれるのです。僕はそんな風に思ふと、やはりキリシタンの迫害の際にも、死を見ること帰するがごとく平然として死んでいつた信徒たちも、武士道といふよりむしろ、古神道の精神の立派さぢやないかとも思はれるんですが、どうでせうか。(第四篇)

以上挙げた矢代の発言から、彼の考えている「古神道」の特性は、次の三ケ条に要約できよう。

一、古神道は宗教ではない。

二、古神道は、日本人の信仰の根柢に存在し、キリスト教はじめ、他の宗教をも許容する。

三、日本の法律は古神道の精神によって創られている。

一と三は複雑に交じり合うので、先ず二から考察しよう。「旅愁」全篇を通して、矢代と千鶴子の結婚を妨げるものの一つに、千鶴子のカソリック信仰と矢代の母の法華信仰がある。作品世界の展開に従って言うと、第一篇の、もっとも美しい場面であるチロルの旅で、はじめて、やや唐突に千鶴子のカソリック信仰が明らかにされる。矢代が独りでパリから南ドイツを経由しインスブルックへ向かった時、千鶴子は矢代の後を追い、インスブルックのホテル・カイザには千鶴子の方が先に着いた。眠れぬままに深夜、矢代の部屋で語る二人は、翌日の午後氷河を越え山小屋で泊る。矢代の、ストイックな心は、断念・拒否と思慕の両極を往復しつつ、その故に、潔癖で胸の疼くような青春のひと時を過すことが出来たのである。それは千鶴子にとって、「もうこんな楽しいことつて、一生にないんだと思ふと、何んだか恐ろしくなつて来」るような、「一人にいつまでも赦されると思へない」ような幸福の絶頂であった。勿論、矢代にとっても、日本では許されるべくもない、若い男女二人の旅であり、まさに「旅愁」につつまれた歓びのひと時である。そのチロルの山小屋の外で祈る千鶴子の姿を、矢代は、はじめて見る。この部分の表現が、新聞初出本文、雑誌で再び書かれた本文、初版本文の三つに微妙な相違がみられる。これについては、既に羽鳥徹哉氏の簡潔な解説[11]があるので、該当部分全体を引用することは控え、必要な箇所だけを挙げて考察したい。(次頁の表参照)

Ⅰでは、矢代は、ほとんど一心同体に近い気持で千鶴子の祈りに接し、Ⅱは、「すると」という接続詞が示すように、少し心理的間隔をおいている。ⅠⅡともに、「古代」は不明ながら、美しいチロルの星空のもと、敬虔な祈りに接し、矢代もヨーロッパの古代(ヘブライズムとヘレニズム)に想いを馳せ、「柔らぎに満ち」ているのではなかろうか。Ⅲの「憂愁に満ちて」の「憂愁」は、前章で考察した「旅愁」と近しい感情であり、決して「困惑」[11]とか拒否とかを意味するものではあるまい。Ⅲの「古代」は、ヨーロッパ的なものなのか、日本の古代なのか判断し

| Ⅰ | Ⅱ | Ⅲ |
|---|---|---|
| （「東京日日新聞」昭12・8・6）千鶴子の立ち上つて来るまで、彼も祈りに近い気持ちで、空の星を仰いでゐた。もう云ふことも為すこともなかつた。心は古代を逆のぼる柔らぎに満ちて来て、…… | （『文芸春秋』昭14・5）千鶴子の祈つてゐる間、矢代は空の星を仰いでゐた。すると、心は古代を逆のぼる柔きに満ちて来て、…… | （『旅愁　第一篇』昭15・6）千鶴子の祈つてゐる間矢代は空の星を仰いでゐた。心は、古代を遡ぼる憂愁に満ちて来て、…… |

がたい。ⅠⅡⅢいずれにしても、心理的距離は開きつつあるが、千鶴子の信仰を否定するものではない。しかし、同じように千鶴子が祈る第二篇の最終部では、矢代はどのように反応しているであろうか。パリ祭の混乱から、やっと千鶴子の部屋へ帰った二人は、パリにおける最後の夜を送る。勿論、旅愁の甘く悲しい気分を退けようとする矢代と千鶴子とでは特別なことが起こりようもない。ワインで乾杯する直前、千鶴子は「矢代の後の床へ膝をつき寝台の上で黙つてお祈りをした」。チロルのときには、「柔らぎ」「憂愁」いずれにしても、しみじみと心に訴える情感があったのに、「今夜のはひどくこちらの心を突くやうに感じ、彼もその間ともかく伊勢の高い鳥居をじつと眼に泛べて心を鎮めるのだつた」という反応を見せる。ここで、矢代は、はっきりと千鶴子のカソリック信仰に、伊勢の高い大鳥居を念じて対峙したのである。換言すれば、キリスト教対神道の構図を、はじめて示したことになる。第三篇におけるキリスト教対神道の対決は、第二篇の終わりに用意され、第三篇で尖鋭化する。第三篇のはじめの部分で、矢代がシベリア鉄道経由で満州里に到着する直前、千鶴子の祈る姿を「今までに幾度となく」想い出

していたのに「今の千鶴子の祈る姿は、不思議と喰ひ違ふ歯車のきしみを感じて」困っている。この時も矢代は「伊勢の大鳥居の姿を」自然に眼に泛べたのである。しかし、ここに既に作者・横光利一の戦略は周到にめぐらされていた。後に触れるように大日本帝国憲法では、その第二八条で、制限つきながら信教の自由は許されていた。しかし、昭和初期頃までの一般家庭では、嫁すれば夫の家代々の信仰に従うのが普通であった。ところが、矢代の家ではどうか。父は家代々の浄土真宗、我の強い母は、自らの法華信仰に生き、息子の耕一郎は古神道。将来、千鶴子が嫁いでくれば、これにカソリックが加わる。一家四人が、ばらばらの信仰に生き、宗教的にはアナーキーの状態となろう。第三篇で、矢代の「古神道」が現れた時点で、横光利一は、「古神道」による他の信仰を統べる過程を思い描いていたと考えられるのである。『大義』には、わざわざ一つの章を立て「古神道と他教との関係」を設け、次のように述べる。

神道は其信仰により諸宗教を統括し、諸外教は自由に国の内外に活動し得て、少しも拒まるる所でない。其代り、少くも日本人は、何宗教を奉じて居つても、根本に於ては悉皆神道信者である。十字架を首に掛けて居る者は基督教信者であろう《ママ》、珠数を手に下げて居る者は仏教であろう《ママ》が、少くも日本人の心を持つて居る者は皆神道信徒である。（第二節　日本国内における古神道）

更に、矢代自身の「だいたい、信仰の根といふものはみな一つにちがひないのですから、日本人の信仰ならどういふ宗教であらうと、その中には大神からの古神道が流れてゐると思はれるのです。」（第四篇）という発言があり、この「古神道」をもってすれば、矢代は将来において、千鶴子のカソリックは勿論、一挙に対抗者・母の法華をも許容、統括することができるという途が示されている。神道の特色として一般に指摘される Syncrétisme より、更に強力な統率力をもつた「古神道」の力が働くという訳である。（――もっとも、作品自体が未完成に終わったので、この統括は書かれていない。）周知のように、近世神道における排仏論は、主として浄土真宗と日蓮宗に向けられており、維新直後の神仏分離から廃仏毀釈への移行で、復古神道を中心に激しい排仏行為がなされた。しかし、「古神道」では、右に見たように、すべての他宗教を条件つきで認め、包摂する。筧克彦の諸著作において、親鸞や日蓮――わけても日蓮に対する讃美が、屢々見られ、『続大義』下においても、

例へば往時日蓮聖人は、皇国人が仏教に惑溺して居つた頃其仏教の形式を借り用ひて古神道の一端を説かれた。（中略）今日若し、皇国に再生し来られたならば必ず直接に古神道より説かるるに相違ない。

（第三篇　第三部第二段　一年の実修）

と説いている。千鶴子のカソリック、母の法華、父の浄土真宗、これらを融和統一する矢代の「古神道」というプロットは作者・横光利一の胸中では、予定調和的に計算されていたと考えられよう。それは更に大きな視野――日本古神道による東西両洋の宗教の融合統一が用意されていたと考えられる。

勿論未完の「旅愁」では実現されていない。第三篇で、矢代、千鶴子の仲人を依頼された東野が、五十鈴川とヨルダン河の水や「インマヌエル（神なんじと伴にあり）」と書かれた半折を二人に見せる場面で、東野は「二人の間に起るべき当然の悲劇」を直視させるようにしむけ、クリスチャンでもない自分が、この半折を「有り難く」お受けしたことについて、次のように述べる。

だつて君、これは日本人がそれだけ苦労をしたことだよ。その他のことぢやないよ。それだからこそ、われわれの神さまだつてそれをお認めになつて、よしよしと優しく仰言つて下すつたといふもんだらう。僕には、さういふ他国の宗教精神といふものは、それ以外に感じやうがないのだよ。

この前後の部分で五十鈴川の水の腐敗を防ぐためにカンフル注射をしたことが書かれてあり、従来、嘲笑の的にされたところであるが、右の東野の発言やそれに応じる矢代の言葉の中に、東西宗教の統一を試みようとする跡がみられる。

前にかえって、一の「古神道は宗教ではない」は、「古神道」に限らず、明治維新後、神道各派すべてを巻きこみ政治問題に発展したものである。それは同時に「三」にもかかわる。王政復古が、建武中興への復期構想から「神武創業の始」（慶応4・3・13の布告）へと変更されるとともに、必然的に「祭政一致」が大前提となった。幕末におこった浦上四番崩れのキリシタン弾圧に端を発した内外の情勢に苛立った神祇官らが、明治天皇の外祖父・中山忠能を筆頭に十名の連署で明治三年八月提出した建言[12]は、

御国体ノ本根ハ敬神ニ有レ之儀、既ニ祭政一致ノ古儀ニ被レ為レ復云々

に始まっており、既に慶応四年（明1）一月十七日に制定された「三議七科の制」の行政七科の筆頭に神祇科が置かれ、前述の中山忠能が総督に任じられていた。こうした時代の趨勢のもとで、復古神道派は、神道の国教化を画策するが、政府の宗教政策は、別の途を目指していた。安丸良夫氏の解説[13]によれば

十五年一月二十四日の神官・教導職兼補の廃止と十七年八月十一日の教導職の廃止によって、「信教の自由」の原則がひとまず確立され、帝国憲法第二八条でおなじ原則が確認されるという経緯のなかで、神道家たちは各宗派に与えられる「信教の自由」には反対しないという態度をとるようになった。それは、既成事実の承認でもあったが、むしろ神道を「信教の自由」の枠内にある宗教と見なすことを拒否して、事実上の国教としての地位を要求する立場をとったからといった方がよい。

ということになる。こうした立場から、神道非宗教説、神社非宗教説が浮上する。再び安丸良夫氏の言葉を引用すれば、「神道は祖宗の祭祀であって宗教ではないが、祖宗の祭祀と天皇を中心とした権威と秩序は、個別宗教の権威や教義をこえた真実であり、批判を許さない国教である。」という見解である。明治二十二年二月十一日発布の「大日本帝国憲法」の告文に

皇祖／皇宗ノ神霊ニ誥ケ白サク皇朕レ天壌無窮ノ宏謨ニ循ヒ惟神ノ宝祚ヲ承継シ（中略）皇祖／皇宗ノ遺訓ヲ

明徴ニシ典憲ヲ成立シ条章ヲ昭示シ…

とあり、事実上、皇祖皇宗を祭る神道が基本に在り、神道の国教たる事実を示している。それ故、帝国憲法「第二章　臣民権利義務」の第二八条に、

日本臣民ハ安寧秩序ヲ妨ケス及臣民タルノ義務ニ背カサル限ニ於テ信教ノ自由ヲ有ス

とあっても、神道という大枠のもとでの「信教の自由」であった。この第二八条については、多くの学者が発言しているが、横光利一が依拠する筧克彦は、美濃部達吉や柳田国男の神道非宗教説を欺瞞とする見解とは、全く逆の立場から、同じく神道非宗教説を批判する。神道を国教としない政策の理由を種々考察し、結局「日本は其万国無比の精華なる国教制度を振興すべし」(『大義』第三章)と主張している。更に筧克彦は、第二八条に述べられた「安寧秩序ヲ妨ケス及臣民タルノ義務ニ背カサル限ニ於テ」という条件を重視し、

苟も古神道の根本精神を否認する教徒は皆安寧秩序を妨げ又は臣民たるの義務に背いて居る者といふべきである。

として、場合によっては、憲法第二三条[14]に従って制裁を加えるべき法律を設けることも出来ると考えている。しかし「旅愁」の矢代は、「古神道」を標榜しながら、神道非宗教説をとっている。矢代の背後に見えかくれする作者・横光利一が、帝国憲法批判までの線には到らず、一歩退き自重したのであろうか。この態度が、戦後「宗教でない」の意味を発展させることを可能にした大きな理由であるが、もう少し「古神道」の特徴を見たい。「古神道」が、他の神道や他宗教を統べる普遍性、寛容性を持っているとの考えは既に見たが、筧は、さらに「古神道の進化的発達的性質を忘れてはならぬこと」(『大義』第三章第四節余論)を強調する。「古神道は不動の大理想大信仰を其生命として居るけれども、絶えず発達することを其性質とする宗教である」と力説する。これは恐らく、明治初期、祭政一致を急ぎ、しかも「祭」を神道が独占しようとした時、洋行帰りの真宗僧・島地黙雷の宗教進化主義に立っ

た痛烈な神道批判[15]があり、神道の幼稚さ・未開ぶりが論《あげつら》われたことへの反省から生まれたのであろう。その進化的発展をし、時代とともに進歩する「古神道」は「世界的宗教の性質を有つてゐる」(『大義』第三章第二節)即ち、世界の総攬者たるべき天皇を中心とする世界宗教たることを説いている。

矢代耕一郎の唱える幣帛の無限性と集合論のアナロジー、祈りの言葉の「エッ」——(イに過去の神、ウに現在の神、エに未来の神をあらわし、三音同時に叫ぶとエッ)とギリシア幾何学における三角形、「今は昔」[16]論等々、矢代の——と言うことは横光の独創による説も多く、「古神道」との関係で説明がつかない。しかし、朝の陽光を浴び、世界で一番幸福な国日本を実感したり、顔を洗ったり朝の身仕度をしたりすることが、日々の「みそぎ」の実修であることを、それとなく描くところに、横光の周到な用意があった。

未完の「旅愁」は、最初に述べたように昭和十一年春のパリから始まり、昭和十二年初秋の東京で終わっている。最終の「梅瓶」は昭和二十一年四月『人間』(鎌倉文庫)に発表され、単行本も第四篇まで終戦後に刊行されている。このように戦後迄書きつづけ、出版した事実に、横光利一という作家の戦前戦中戦後を貫く不易の一筋があったことが判明するであろう。いま「古神道」との関係のみに限定して言えば、矢代耕一郎は「旅愁」という作品空間で「古神道」の神々の系譜を一言も話していない。ということは、横光利一も口を閉じたままであった。神々の系譜に触れなかったこと、宗教ではなく「神道即人道」(『大義』第一章第一節)という「古神道」の人道の局面を強く訴えたこと、進化的発展を遂げつつ、世界のあらゆる宗教を統一・融和できる人道——これらの諸要素は、第一次・第二次世界大戦で、もろくも崩れていったヨーロッパ的知性、科学主義への信仰にかわる、新しい東洋的倫理・東洋的ヒューマニズムの可能性を示している——と考える横光利一の思考方向が作品世界の背後から明瞭に見えてくる。悪名高い「近代の超克」(『文学界』昭17・9~10)や京都学派による「世界史的立場と日本」(『中央公論』昭17・1）その他との関連が、改めて浮上してくるが、アナクロニズム、聖戦遂行のためのイデオローグ、狂信者、喜劇役者など様々なレッテルを貼る前に、横光利一の提示した諸作品、とくに長篇小説「旅愁」における彼の意図及び作品自体が開示する世界を冷静に腑分けしなければならない。

## 注

（1）同旨の発言が他にもある。「僕は『紋章』のインテリの方をパリにやり、続きを書かうと思つて居る」（「欧羅巴漫遊問答」『文学界』昭和11年11月）

（2）「『旅愁』への一視角―主題の統一的把握を求めて―」に、〝旅の情緒〟が持つ両義性を指摘している。（『国文学研究ノート』神戸大学「研究ノート」の会　一九八八・八）

（3）『横光利一』――時代を漂流する（一九九一・一　福武書店）

（4）『厨房日記』の表現

（5）『悲劇の読解』―横光利一―（一九七九・一二　筑摩書房）

（6）『文学界』昭和11年4月「横光利一渡欧歓送会」での林房雄の発言

（7）「横光利一覚書―その古神道論―」（『神道宗教』昭和32年10月　国学院大学）

（8）『横光利一』――続・時代を漂流する（一九九一・一　福武書店）

（9）『続群書類従』第壹輯神祇部（明治35年11月　経済雑誌社）所収による。

（10）日本思想大系39『近世神道論　前期国学』（平重道・阿部秋生校注、一九七二　岩波書店）所収による。

（11）「『旅愁』の発表、篇立て、その他」（『国文学』昭和55年10月）

（12）「祭政一致の趣旨確立すべき旨建言」（『日本近代思想大系5、宗教と国家』安丸良夫・宮地正人校注、一九八八・九　岩波書店）

（13）「近代転換期における宗教と国家　六『信教の自由』と国家」（注12に同じ）

（14）大日本帝国憲法第二三条「日本臣民ハ法律ニ依ルニ非スシテ逮捕監禁審問処罰ヲ受クルコトナシ」

（15）「三条教則批判建白書」など（注12に同じ、Ⅲ仏教側の対応と「信教の自由論」）

（16）これについて本章「三」で考察するが、佐藤信衛『哲学試論集』（昭和16年9月　創元社）のベルグソン解説に大きなヒントを得ている。また『旅愁』における近代科学への批判も同書に共通点が多い。

（付記）本章で引用した「旅愁」の本文は、特に断らない限り『定本横光利一全集』第八・九巻に拠った。

**付表、「旅愁」「旅の愁ひ」及び類似表現の頻度数と使用箇所一覧**（『定本横光利一全集』第八巻・第九巻）

| | | 矢代 | | | 久慈その他 | | |
|---|---|---|---|---|---|---|---|
| 篇 | | Ⅰ | Ⅱ | Ⅲ | Ⅰ | Ⅱ | Ⅲ |
| 第一篇 | 頻度数 | | 2 | 16 | 1 | | |
| | 使用個所 | | 102<br>132 | 28. 35<br>42. 62<br>88. 88<br>91. 93<br>113. 122<br>123. 126<br>132<br>135. 138<br>196 | 218 | | |
| 第二篇 | 頻度数 | 3 | | 5 | | 1 | 2 |
| | 使用個所 | 237<br>252<br>276 | | 270. 288<br>378<br>409. 436 | | 367 | 341<br>399 |
| 第三篇 | 頻度数 | 2 | 4 | 10 | | | 2 |
| | 使用個所 | 496<br>538 | 490<br>501<br>501<br>548 | 456. 464<br>486. 492<br>499<br>521. 530<br>532. 532<br>577 | | | 463<br>537 |
| 第四篇 | 頻度数 | 1 | 1 | 6 | | | 1 |
| | 使用個所 | 80 | 49 | 37<br>67. 71<br>73<br>105. 216 | | | 89 |
| 第五篇 | 頻度数 | | 1 | 7 | | | |
| | 使用個所 | | 237 | 222. 223<br>224. 227<br>236. 237<br>272 | | | |
| 梅瓶 | 頻度数 | | | | | | 1 |
| | 使用個所 | | | | | | 287 |

※　Ⅰ→旅愁　Ⅱ→旅の愁ひ　Ⅲ→類似表現　使用箇所の算用数字は『定本横光利一全集』第八・九巻の頁

## 二 「旅愁」に於ける〈青春〉

昭和十二年四月十四日の「東京日日新聞」「大阪毎日新聞」夕刊に連載が始まり[1]、昭和二十一年四月の『人間』掲載「梅瓶」まで書き継がれた横光利一の大作「旅愁」は、作者の死によって未完に終わった。太平洋戦争を挟み戦前、戦後十年に渉って書き継がれたこの作品ほど、敗戦直後の非難、罵倒の嵐を受けたものはなかった。作者生前の昭和二十一年六月『新日本文学』には、戦争責任者の一人として指名され、「旅愁」の作者は、ほぼ全否定に近い扱いを受けた。あれから五十年以上の年月を閲しても「旅愁」の評価は定まっていないのである。作品世界は、昭和十一年から翌十二年初秋までの設定で、二・二六事件、蘆溝橋における日中衝突、上海での日中両軍交戦、作中人物たちが旅したヨーロッパでは、フランスで社会党党首レオン・ブルムの人民戦線内閣が成立、スペイン内乱勃発など第二次世界大戦へ向かって世界が進んで行く激動の時期である。作者・横光利一自身が、昭和十一年二月から八月まで前記新聞社の特派員[2]としてベルリン・オリンピック取材を兼ね渡欧しており、その時の見聞が、「旅愁」の素材となっている。勿論、「旅愁」以外にも渡欧体験から生まれた作品もあり、「欧洲紀行[3]」、「厨房日記」などは、「旅愁」を読解する際重要なヒントを与えてくれるものである。本節は、全五章と「梅瓶」とからなる『旅愁』の、前二章について、そこに描かれた青年たちの実態を考察し、「旅愁」の基層の孕む問題点を明らかにして、現在に至るまで非難の絶えない第三篇以下の物語を解析する方向を確認しようとするものである。

## 1

「旅愁」第一篇と第二篇は、舞台をほぼパリ中心に限定し（渡欧途上の船中やこの作品でもっとも美しいチロルの場面も登場するが、それらを除き常にパリが中心）、異国の文化に直面し、いかに対決或いは摂取するかに悩む若者達の姿が描かれている。そこには、故郷を離れ〝旅愁〟という哀歓に包まれた若者同士の「愛」も生まれてくる。複数の世界観、人生観、価値観、恋愛観が輻輳する故に、そこに対立、相剋、親和が生じ、物語は自らダイナミックに展開する活力をもって来る。しかし、第三篇以降は、多くの新しい人物や局面を迎えながら、ほぼ一人の主人公に視点を定着させたため、物語は狭い視野に閉じ込められ自動的な活力を喪って行く。第二篇と第三篇との断層については、全く別の視野から本章一節で論じたが、物語内部の必然的要素からの断層と言うより、多分に外的要因に負うものであった。しかし、ここで確認しておきたいのは、この断層の故に「旅愁」の世界や主題が分裂しているとは、考えられないことである。第一篇から「梅瓶」まで〝旅愁〟という情感によって貫かれているからである。その断層を越え、〝旅愁〟という言葉の領域は拡大し深化して行き、帰国後の登場人物たちの生き方をも支配しているのである。第二篇の終わりの方で、主要人物のひとり・矢代耕一郎は、ブルヂエ空港にロンドンへ引き返す宇佐美千鶴子を見送った時、チロルでの思い出に触発されて「自分の青春も今このときを最後に飛び去つて行くのかもしれぬ」との想いを噛み締める場面があるが、彼の予感通り、矢代のみならず、千鶴子、久慈、真紀子たちの〝青春〟は、この第二篇で終わるのであり、帰国後彼等を待つ「愛」は、〝青春〟とは別の次元に絡み取られていく態のものであった。

「旅愁」全体のプロットは、矢代耕一郎と宇佐美千鶴子との愛を太い縦糸にし、久慈と真紀子、東野と真紀子の関係を細い縦糸として絡ませ、緯糸に様々の議論（すべて二項対立）が織り成されている。とくに当面の二つの篇は、故国を離れ異文化との対決という心身ともに緊張の極みにある若者たちの物語であり、そこに繰り広げられる愛は、当然のこととして彼等の世界観、人生態度、政治意識、美意識などと堅く結び合わされている。それ故、これらの要素を個々に切り離すことは出来ないのであるが、論述の都合上彼等の愛の様相と思想に関する論議の二つに大別して以下考察する。

## 2

「歴史の実習かたがた近代文化の様相の観察」を目的にヨーロッパを訪れた矢代耕一郎の、宇佐美千鶴子への想いは、常に相反する方向に働く二つの力によって支配されている。千鶴子という清純で美しい相手に向かおうとする思慕の念と、それを抑し留め断念にまでもって行こうとする抑制・否定の想いが、踵を接して現れて来る。後者の想いを矢代の倫理観の強さと見ることも出来よう。丁度、「上海」(4)に於ける参木が「此の支那で、性に対して古い道徳を愛することは、太陽のやうな新鮮な思想だ」と考えたのと同様に、潔癖な道徳を遵奉していたとも考えられる。後述するチロルの場面でも、オペラ座の個室においても、矢代の働きかけは、ほんの切っ掛けに過ぎず、むしろ慎ましくありながら、精一杯積極的に行動するのは千鶴子の方であり、矢代は、それに応ずるだけである。しかし、矢代のこうした抑制を、果たして彼の潔癖な倫理観にのみ帰すべきであろうか。抑制の後に連動する「断念」は、倫理観とともに、また別の領域からやっても来るものではあるまいか。この疑問を考察するためには、矢代の千鶴子への特殊な関わり方について触れておかねばならない。船がマルセーユに着き、一行のものが街へ見物に出掛けた時、矢代は航海の疲労のためか、片足が硬直し歩行困難になる。船へ一足先に帰る千鶴子に助けられ帰船した矢代は、航海中それほど親しくなかった千鶴子と話し合い、ロンドンの兄のもとに行く彼女がパリへ来る時自分が案内することを約束する。しかし、話題がヨーロッパ人に及ぶと、日本人があまりに貧弱に見えることに気づき、千鶴子もそれを意識して沈んでいくのを見ると、「矢代は千鶴子を抱きかかへ何事か慰め合はねばゐられぬ、いらいらした激しい感情の燃え上つて来るのを感じ」、更に故国・日本恋しさから「血液の純潔」を願い、「身の安全な今のうちに日本の婦人と結婚をしてしまひたい」と呻くように思った。その対象に千鶴子を選び、危うく口に出すところであった。勿論、危機は脱したが、およそ千鶴子の人格を無視したこの衝動は、矢代の重い負荷として心中に蟠っていていい筈である。ところが、作品のプロットに徴するかぎり、この負荷にほとんど比重は課せられていない。ロンドンからパリへ飛来した千鶴子の生き生きした美しさを目にすると、「も早やマルセーユの切ない心は矢代から消えて来るのだつた」と簡単に処理され、後にルクサンブール公園でも、向こうのベンチにいる恋人たちの接吻に赤面する千鶴子とともに彼らを見つめる事によって、「あのとき騒いだ自分の心の自然な結末をここでゆつくり一度清めてしまひたい」と思うことで終わっている。このことは、以下展開される矢代と千鶴子の関係が、矢代という男性中心に運ばれる基本線が示されたことになる。

五月のパリ、街路や公園のマロニエの花が咲き、総選挙の結果は社会党の勝利に騒然としている中、矢代と千鶴子が毎夕行く事になっているドウム[5]での二人のやり取りと矢代の想いは、先の疑問に答えてくれるものである。千鶴子が、日本大使館筋の依頼で（日本製鮭の缶詰をフランスに輸出する為の手回し）、上流社交界のサロンへ出席することを認めてしまった矢代は、「もうそろそろお別れしませう。僕はミユンヘンからウヰーンの方へ行かなくちゃならんのですよ。」と、早くも離別を口にする。千鶴子の方は、臆することもなく、「ぢや、景色のいい所があつたら、電報を打つてちやうだい。そしたらあたしすぐ行きましてよ。行く先のホテルと日を験べておいていただけないかしら。」と申し出る。矢代は、「さうしませう。」と一応の承諾を与えながら、叙述は次のように続くのである。

しかし、彼の心中、もうこのあたりで千鶴子とは別れてしまひ一生再び彼女とは逢はない決心だつた。もしこれ以上逢ふやうなら、心の均衡はなくなつて、日本へ帰つてまでも彼女に狂奔して行く見苦しさを続ける上に、金銭の不足な自分の勉学が千鶴子を養ひつづける労苦に打ち負かされてしまふのは、火を見るよりも明らかなことであつた。

矢代は千鶴子のホテルの方へ彼女を送つて行きながら、かうして愛する証左の言葉を一口も云はずにすませたのも、これも異国の旅の賜物だと思つた。

ここに見られる恋愛における美意識・誇りや経済上の打算を責めるのは酷に過ぎよう。自らを保ち、愛する人の心身の幸福を願う思案は、許されてよいのであろう。むしろ、ここで注意すべきは、矢代の想いが、〝異国の旅〟という次元に乗っかってなされている事である。〝異国の旅〟にある人の心を占めるものは旅情であろうが、「旅愁」という作品空間では、それらの情感は、ほとんど〝旅の愁ひ〟や〝旅愁〟という範疇に収斂されている。矢代の思考も、この〝旅愁〟の中で漂っているのである。この〝旅愁〟の指す情感の意味や範囲に大きな振幅がある。これについては、既に本章一節で論じたが、第一篇と第二篇とに限っていえば〝旅愁〟という情感に肯定的に身を委ね感傷に浸る場合と、それを逆手にとって現状を乗り越えるバネにする場合とがある（第三篇以後は、人間の生き方にまで及ぶ）。矢代は、現在の自分が仮初めの場にあり、真の自分はここになく、故国という地盤に帰還して初めて顕現されるものと信じている。矢代にとって〝旅愁〟なるものは、愛する自分の本心を隠すことを許す隠蓑でもあり、場合によっては反対に自分を惑わす甘い蜜であったりする。矢代は、後述する久慈との論争で明らかになるように、論理的であるよりは情念に重きを置く青年である。（彼は議論の途中や心が激した時、よく涙を流す）その彼が、ひと時〝旅愁〟の流れに身を委ねることも勿論有り得る。

フランス大蔵省の書記官ピェールにオペラ座へ招待された千鶴子は、矢代にも来て欲しいと願う。パートナーを真紀子（ウィーン滞在の夫に背かれパリに来ている）に依頼し、タキシードを身に着けた矢代は、密室に近い桟敷からヴェルディの『椿姫』を観る。舞台で演じられているアルマンとマルグリットの恋を自分と千鶴子の上に重ねながら、マルグリットと同じ愛の言葉をいつも胸中で囁いていることを反省し「日本を離れた遠いこのやうな所にゐるときの愛情は病人と何ら異るところはない」と考え、「旅愁に襲はれてゐる二人の弱い判断力」に「千鶴子より少なくとも理性的なところ」のある自分は頼ってはならないと自戒する。しかし、休憩の幕間、ホールへ出る時もピエールと伴にいる筈の千鶴子に「かすかな嫉妬心」を感じ、真紀子が中座している桟敷に千鶴子がやって来ると、事態は一変する。真紀子と違う香水の匂いを鮮やかに「矢代の頭の中に流し込」みながら彼の傍らに座った千鶴子と、中座した真紀子のことを気遣いながら矢代は、「滅多に出来さうもないと思つてゐた千鶴子の片腕を歩く時のやうに自分の腕の中へ巻き込んだ。」

千鶴子は後ろのドアの方を向いてから顔を矢代の肩へ靠らせたが、また身を起すと足を組み替へ一層重くもたれ直したので、首飾の青石がかすかに鳴つた。二人は暫くさうしたまま舞台を見てゐた。（中略）矢代はフリーゼをかけた千鶴子の髪を首筋で受けとめながら、自分にも分らぬ深部から鳴り揺れて来る楽しさを感じた。

（中略）

「あら、汚れたわ。」

千鶴子は急に首を上げて矢代の肩に附いた粉白粉を払つた。そして、笑ひながら、

「御免なさいね。」

と云ふと矢代の手を自分の膝の上に置き両手で揉むやうに撫でた。

矢代は千鶴子が身動きすると一層高まる酔ひに似たものを感じた。

やがて千鶴子がこの桟敷から出て行き、ピエールの待つ桟敷へ引き返す時、「悲劇にしないでくれ給へ。大丈夫

ですか。」と愛の告白・求愛に等しい言葉を発し、次のような感慨に耽って行く。

たうとう自分も日ごろ軽蔑してゐた旅愁にやられてしまつたと思つた。事実、自分に攻めよせて来たのは千鶴子にちがひなかつたが、千鶴子も自分もパリに総がかりで攻められたことにもまた間違ひはなかつた。これが日本へ近よつて行く度びに一皮づつ剝げ落ちていくとしたら、実際は、自分たち二人は今は夢を見てゐるのと同じだと思ふのであつた。それは考へれば全く恐るべき結果になる。しかし、それも今は考へたつて始まらぬ。なるやうになつて来て、誰がこんなにしたのかも分からなかつた。もう自分はこの喜びを喜ぶまでだ（以下略）

矢代は、完全に〝旅愁〟の流れに呑み込まれ恋情に身を任せている。彼ら二人が、身を最も近く寄せ合うのは、この場面だけである。これより前、闇夜のブローニュの森で道に迷った時、手を繋ぎあったことや、チロルの氷河越えの時手を取り合って滑り降りたこと、更にはオペラ座より後、昼のブローニュの蕨の茂みで方向を見失い、千鶴子を抱き上げて道を探したことはあるが、このオペラ座の密室に等しい桟敷での二人ほど情感に溢れた時はない。ホテルへ帰った矢代は、「地獄か天国か分らぬ恋愛の世界へ入り浸っていくのだ」と思い、「もし千鶴子が何の理由もなく久慈を殺せと云へば、極端に考へれば、自分はこの親しい久慈さへ殺しかねない陶酔した無茶苦茶な世界」に居ることを実感する。翌朝、二人がいつも出会うルクサンブール公園で、矢代はともにベンチに腰掛けた千鶴子を見つめながら、「彼は千鶴子とかうしてただ並んでゐるだけですでに身体が溶け合ひ、皮膚の隅から隅、内臓までも一つの連係をもつて自由に伸縮してゐる貝のやうに」感じるのである。これ程の一体感を味わい、心は至福に満たされているに拘らず、この直後に千鶴子との別れを「一条の刃」を胸に差し込まれたように実感し、自分の得たものは「結局何一つなかつた」と思い「もう悲劇が自分にも来たのであらうか」と迷うのである。

矢代耕一郎におけるアンビヴァランスは、危うい均衡を保ちつつ、常に崩壊の危機に直面している。彼は、外地に旅する限り日本での地位、身分、家柄、財産と言うような諸条件とは無関係に過ごせるが、そういう生活は〝外地〟と言う仮初めの場でしか成立せず、故国・日本へ帰ると〝外地〟での想いは夢として消え去るし、また消え去らさせねばならぬと考えている。この信念が、千鶴子への傾斜に歯止めを掛け、パリでの別れに際しても千鶴子が「みんなこちらのことは間違ひだなんて。そんなこと――」と驚き悲しむことを彼に言わせるのである。

第三篇以降になると、二人の間の障壁として信仰の問題（矢代の古神道、千鶴子のカソリック、矢代の母の法華）とそれに絡んで祖先の問題（戦国末期、矢代の祖先に当たる城主が、キリシタン大名・大友宗麟の国崩し―大砲―によって滅ぼされたこと）など複雑で、ある部分はアナクロニズムを感じさせる事柄が立ち現れて来るが、第二篇までは、信仰の問題が唐突に表現されても大きな意味を与えられてはいない。スイスの山小屋で就寝前に星空のもと、氷河の見える丘の端で祈る千鶴子を見ても矢代には特別の反感もなかった。（この直後の文に「カソリックの千鶴子だとは前から矢代は知つてゐたが」と注釈めいた表現があるが、ここまでいっさい千鶴子の信仰については触れておらず、むしろ反証になりそうな叙述が多い(6)）また、千鶴子のパリでの最後の夜、部屋で彼女がお祈りをした時も、矢代自身は「伊勢の高い鳥居をじつと眼に泛べて心を鎮め」たのであり、「カソリックのお祈りをした千鶴子に気がかりな何の矛盾も感じなかつた」のである。むしろ、

あるいは日本へ帰つてしまへば、カソリックであらうと、法華であらうと、さらに異とせぬ、「えい。」と気合ひのかかつたやうな爛漫たる無頓着さで、事は無事融合されてしまふのかもしれない。

とまで安易に考えている。

かくして〝旅愁〟という浮草の情感に身を任せ、一方で帰国後の現実を見据えつつ「夢見るだけは、もうここで自分らは夢見て来たではないか」と終止符を打った短い期間が、矢代耕一郎の言う〈青春〉だった。

## 3

「旅愁」に登場する主要人物は、それぞれ矢代耕一郎、宇佐美千鶴子、早坂真紀子、東野重造（「梅瓶」では速雄）というように氏名が与えられている。しかし、矢代耕一郎に次いで、と言うより同じように重要に久慈には、姓のみしか与えられていない。しかし、このことは作品における久慈の位置が軽いことを意味しない[7]。新聞に連載した部分が終わった昭和十二年八月六日（前述のスイスの山小屋で千鶴子が祈った箇所）の末尾には（矢代の巻終）とあり、次に連載の始まる『文芸春秋』（昭14・5以降）においても依然として矢代耕一郎が中心的な役割を演じているのであるから、この（矢代の巻終）の意味は不明である。しかし、仮に矢代に代わってこの作品世界を支え展開させる人物がいるとすれば、作者・横光利一の言葉[8]を俟つまでもなく、久慈をおいて他にいない。第三篇以後帰国した矢代や千鶴子が作品世界を領してしまい、久慈は表面から退き姿を消すが、第五篇の終わりに、やっと登場し、結納を終えた矢代・千鶴子の間に小さな波紋を投げかけたところで作品は未完のまま終わる。しかし、少なくとも、はじめの二篇においては、久慈は矢代に劣らぬ重要な意味をもつ人物である。

　渡航の船中で、千鶴子ともっとも親しかったのは久慈である。ペナンの港やピラミッド見物での二人の睦まじい様子は久慈や矢代の眼を通して描かれている。しかし、後に「あーあ、どうして僕はパリへ生まれて来なかつたんだらう。」と嘆声を発するほどのヨーロッパ（パリ）心酔者である久慈にとって、マルセーユに着くや千鶴子は関心を惹く存在ではなくなった。だからと言って彼の千鶴子への関心を一過性のものと見做すことはできない。パリでの女性関係を通じて久慈の心中の聖域に、清純な千鶴子の姿が在り続けたと考えるべきであろう。ロンドンの兄の元へ行く千鶴子と別れパリへ赴いた久慈は、同行の矢代たちが戸惑っている間に要領よく立ち回り、早々にアンリエットという美しいフランス女性を語学の先生に選んでいる。日本人には矢代を除き誰とも会わずパリ生活を満喫している頃、ロンドンの千鶴子からパリ来訪の手紙が届く。久慈は、千鶴子の宿所を始め彼女の世話を矢代に押し付けたのである。ある種の「恋譲り」が二人の間で行われたと見るべきであろう。矢代が、千鶴子の世話を引き受けたについては、矢代自身の、前節に触れた理由があった。船中とは違って洗練された千鶴子に会い、久慈の心は揺れるが、アンリエットとの関係、矢代と千鶴子との生活サイクルの一致など眼前にしては入り込む余地なく、むしろ矢代・千鶴子の二人を応援する側に回ったのである。

矢代・千鶴子の二人がチロルへ行っている間に、ウィーンから、夫に裏切られた真紀子がやって来た。久慈は、取り敢えず矢代のホテルへ真紀子を宿らせるが、矢代・千鶴子とは異なった関係が、久慈と真紀子の間に醸し出されて行く。これには次節で述べる久慈の思想的な迷いの時期ということと無関係ではあるまい。科学を信じ合理主義を奉じパリの全てに陶酔する久慈に一つの試練が訪れた。レオン・ブルム内閣成立後、力を得た左翼陣営は、大々的なストを決行する。街には「フロン・ポピュレール」の声が響く中で久慈は「今やフランスといふ文明の盤面上の駒はその悪結果を知りつつ、駒自身が盤面もろとも自滅してゆく目的に向つて急がうとしてゐる、ある意志に似た傾斜を」感じる。日中戦争の誤報が飛び交うにつけ、中国人と話し合いたいと願っても久慈は、躊躇してしまう。

しかし、それにしても、何と考へることの多過ぎる時代になつて来たものだらう。それにも拘らず自分はまだ何も知らぬ。（中略）過去を知ることが現在を知ることにちがひないなら、およそ自分は現在さへも知らぬのだ。それなら、ここ（パリ）の未来はどんなにして知ることが出来るだらう。——

その結果、所詮日本人の生きられる土地はヨーロッパにはないと考え始め、いつも対立している東野や矢代の意見に同化する不安に襲われる。久慈の所謂アイデンティティ崩壊の危機である。「西洋も知らなければ、東洋も知らぬ心といふものは、これはいつたい何といふものだ。」この反省は、よく自らの弱点を衝いている。久慈は、やっと「自分は倦くまで世界共通の宝を探すことだ」と決心しても、依然として不安は消えない。このような時、「危い溶け崩れるやうな温暖な情緒」を発散している真紀子が現れたのである。矢代と千鶴子とがオペラ座に行った翌日、二人が食を求めてブローニュの森のパビヨン・ロワイヤルまで行った日の午後、久慈と真紀子は、写真家の塩野の手引きで東野を交えた四人でノートルダム大聖堂の中へ入り、聖堂の屋根の上、鐘楼の下に当たる外郭へまで上った。欄干に群立する怪獣（キマイラ）を懸命に撮りつづける塩野の姿に触発され、久慈は「自分も何かしたい、かうしてはゐられない。」とは願うのであるが、東野の言う「近代のまだ全く生じてゐない、西洋といふものの純粋の形」を表している聖堂の内部を廻ることに依って、久慈の心は益々混迷の度を深くし「分からんことばかりになつて来た。分つてゐた筈だつたんだがなア。みんな分つてゐたんだ。」と述懐する。この自己喪失の嘆息を真紀子から揶揄される。「そんなに自分を失つたの。それは困るわね。」この言葉を契機として、独自性のない自分の欠点や痛さを顧みながら、存在の根底にあって「変わらぬ唯一のもの」の正体を探そうとする。真紀子の部屋の浴室でノートルダムの埃を洗い流し、親しい友達としての域をわずかに越えた時、矢代、千鶴子、中国青年・高有明が来訪し、男性たちの愛国心論争が始まる。酒に酔った真紀子は、突然虚妄な論議に水を指し座は白ける。この作品の語りは、ほとんどの場合、矢代か久慈の視点で語られるため、真紀子の胸中は直接明かされないが、彼女の心の寂寥が噴き出したものと久慈は感じた。他の三人が帰った後に残った久慈と真紀子は、愛するもの同士と言うより、自己喪失に苦しむ男女と言うべき状態にあった。久慈の心には、真紀子の部屋に来てから、事々につけて母の姿が浮かんで来ている。その夜の夢に真紀子とともに母が現れ、深夜真紀子の部屋から逃げ出す。母は、久慈にとって至高の女性であり、彼を裁く審判者であり、またひっそりと故国日本から彼を見守っている慈愛そのものであった。深夜のパリの街路に「寒冷な人工の極致の一典型」(9)を見出し「もう俺は恋愛は出来ぬ。これは恋愛以上だ。」と呟く。これ以上の美しい恋愛の対象は在る筈がなく、もし、あるとすれば母たった一人しかないと考える。一方、傷ついたもの同士として真紀子との結婚（或いは同棲）は免れ難いことを予感し、先程純潔に美しく見えた千鶴子の部屋を、聖母マリアを訪れるつもりで訪問する。常軌を逸した深夜の訪問ではあるが、久慈にとってみれば自己回復の危険な賭けである。そしてここにも〝旅愁〟と言うあてどない情感が支配していたのである。久慈は言う、

まだ僕らは旅の途中なんだよ。何が起るかもしれたもんぢやないのだ。まつたく今日はしみじみとさう思つた。もう自分がさつぱり分らん。いつたい、自分とは何んだこれや。

結局久慈は、千鶴子から明確な指示を得ようとしたのではなく、千鶴子の清浄さを目にすることによって閉塞からの突破口を探ろうとしたのである。千鶴子の元を辞する時、久慈は「しかし、俺の悩んでゐるのは女のことぢやない。お袋に代るものがほしいのだ。」と言うが、この言葉によって久慈の真紀子への関わりが愛情のみに成り立っているものではないことが示唆されている。二人は、ついに同棲するが、その関係を日本にまで引き摺らず「こちらだけとしてすませたい」と望んだのは真紀子の方であり、彼女の同棲にたいする姿勢も久慈と大差ないことが判明する。彼ら二人は、旅の途中、傷つき自己喪失に見まわれた心身を凭せ掛け合い、しばしの憩いの場を造ったにすぎない。ただ、後で分かるように、いくらか久慈の方がこの憩いの場に期待をより多く寄せていた。真紀子の心の痛手の深さは、この段階ではまだ分からない。二人の結び付きの危うさは、矢代にも感付かれていた。千鶴子がロンドンへ去った二日後、久慈と真紀子はスペインへ旅立ち、久慈は第五篇の後半まで、真紀子は第四篇の半ばまで、それぞれ作品世界から姿を消す。

しかし、久慈の第二篇までの在りようは、「旅愁」という世界に多様な展開の可能性を齎す要素をもっていると思われる。次節とともに考察すべきであるが、真紀子との関係についてのみ言えば、自己回復ないしは自己改造に

向かおうとする姿勢が顕著である。真紀子と出掛けたセザンヌ展で久慈は目から鱗が落ちるのを体験する。セザンヌの絵の素直さに触れ、自分の思考の歪みを反省しつつ、幾回となく鑑賞しているうちに、「特種な美しさの何もない単純化」に気づく。

それは求め廻つてゐたものが、ほのかに顔を赧らめつつこつそり傍を通り抜けていく姿をかい間見た思ひに似てゐたが、次の瞬間、

「これはツ。」

と久慈はベンチに腰かけたまま無言だつた。とにかく同じ驚きが一回廻るごとに、ごそりごそりと底へ落ち込んで来るやうな得体の知れぬ感動だつた。彼はもう何の想念も泛んで来なかつた。（中略）内心彼は愕然としてゐた。今まで日夜考へつづけてゐたことは何んだつたのだらうと思ひ、ここまで来てただこんな単純な美しさに愕いたとは、何といふ脱けた自分だつたのだらうと思つて歎息するばかりだつた。

久慈は、この感動を単に美術上のことだけとは捉えず「世の中を横行してゐる思想や人の行為」にも当てはまると考え「失はれたものを探し求める謙虚な気持ち」になるのであった。久慈が、求めていたもの、「お袋に代るもの」とは、日常の生活を地に足をつけ素直に単純に生きていく信念・態度だったのである。真紀子の先の申し出を聞き、セザンヌを見た後の幸せな後味を崩さないようにした後も、彼は自分の倦き易いことをどこまでも耐えようと決心している。久慈の満身創痍の〈青春〉は終わった。しかし、彼の矢代と異なるところは、矢代の帰国後の生き方が略予想されるのに対し、久慈のこれからの人生は予断を許さぬカオスに充ちている。真紀子を東野に託して帰国させ、自らは日華事変勃発の中国・上海へ渡る前に、母を安心させるべく結婚するため帰国し、まだ千鶴子との結婚を躊躇っている矢代に「君のは愛ではない。大愛でもない拷問だ。やはり、君より僕の方がどことなく適任者だつたのだ。」と書き送る久慈こそ「旅愁」の世界に新しい展開を齎す起爆剤となる筈であった。

# 4

「旅愁」は、思想小説の名をもって呼ばれることもあり、第一、二篇では、矢代と久慈との間で果てしない議論が戦わされる。これに東野が時折加わり、矢代批判をもするが、概ね矢代・東野と久慈との論争になる。彼らはパリで何を論じようとしているのだろうか。久慈の分類によれば、矢代は「日本主義者」であり、久慈自身は「ヨーロッパ主義者」と言うことになる。両者に東野まで入ってレッテルを互いに投げ合うので、同じレッテルが異なった内容をもって飛び交うこともある。（たとえば「科学主義者」）故に、彼らの相互規定に惑わされず、彼らの思考の実態を探らねばならない。

矢代の基本的な自己認識は、パリに流された「俊寛」と自らを看做すことであり、パリを「監獄」と捉えている。もっとも、パリへの愛着・感動は、次第に深まっていくのであるが、基本的には右のように見て居る。日本からの船が地中海に入ると「戦場に出て行く兵士の気持」のような心構えになり、マルセーユへ着くとスタート・ラインに立ったとは感じないで、「ゴール」へ来てしまったと思う。その彼の心を領するのは、「日本がいとほしくていとほしくて堪らない気持」なのである。一応、古着は振り捨て身に着けるべきものは出来る限り身に着けようとは決心するが、日本恋しさは消すべくもない。結局矢代は「自分の中の日本人」をのみ信じていくことになる。この堅い鎧を纏った青年には、周辺への批判は出来ても、外界から新しい要素を吸収することは不可能になるだろう。

「ヨーロッパ主義者」・「合理主義者」を自認する久慈は、前章でも触れた「あーあ、どうして僕はパリへ生まれて来なかつたんだらう。」の発言や「ああ、もう日本へは帰りたくない。」の言葉によって、従来、軽薄児と看做され、久慈の思想の空無性が、しばしば指摘されてきた。しかし、前章で言及したごとく久慈は自らの無知を自覚するに至り、「パリのみいら」になりかかっている状態から脱出すべく模索し始めるのである。

矢代、久慈の論争は、多岐にわたるが、二人の相違点の根本は、矢代が「民族」という具体的な基盤から全てを律しようとするのに対して、久慈は「万国共通の論理」即ち普遍性を求める立場をとるところにある。ブルヂエ空港に千鶴子を迎え、タクシーでパリ市内へ返る途中での議論を見てみよう。矢代が、千鶴子にパリでは、ヨーロッパか日本かどちらかに「頭」を乗せなければ、一歩も前進出来ないことを述べ、次のような展開になる。必要な部分のみ引用する。

「日本にゐると、黙つてゐても周囲の習慣や人情が、自然に毎日向ふで解決してゐてくれるから、特にそんな不用な二本の縄など考へなくともまアすむんだなア。」

「いや、それや君、考へなくてすむものか。それが近代人の認識ぢやないか。」

「それは一寸待つてくれ。それはまア君の云ふ通りとしてもさ、しかし、日本でなら人間の生活の一番重要な根柢の民族の問題を考へなくたつてすませるよ。何ぜかと云ふとだね、僕らはその上に乗つてるばかりぢやなく、自分の中には民族以外に何もないんだからな。自分の中にあるものが民族ばかりなら、これに関する人間の認識は成り立つ筈がないぢやないか。認識そのものがつまり民族そのものみたいなものだからだ。」

「そんな馬鹿なことがあるものか、認識と民族とはまた別だよ。」

「しかし、君の誇つてゐるヨーロッパ的な考へだつて、それは日本人の考へるヨーロッパ的なものだよ。君がパリを熱愛することだつてまア久慈といふ日本人が愛してゐるのだ。誰もまだ人間で、ヨーロッパ人になつてみたり日本人になつてみたり、同時にしたものなんか世界に唯一人もゐやしないよ。みなそれぞれ自分の中の民族が見てるだけさ」

「しかし、そんな事を云ひ出したら、万国通念の論理といふ奴がなくなるぢやないか。」

「なくなるんぢやない。造らうといふんだよ。君のは有ると思はせられてるものを守らうとしてゐるだけだ。」

「それや、詭弁だ。」

「何が詭弁だ。万国共通の論理といふやうな立派なもので、ヨーロッパ人はいつでも僕らを誤魔化して来たぢやないか。ヨーロッパへ来て、それ一つさへ気附かずして、何のために君は来たんだ。拝みに来たのか。」

矢代の意見の中に『純粋小説論』(『改造』昭和10・4)以来「厨房日記」にも流れて来た作者・横光利一の見解が如実に顔を出している。日本人は何より社会の秩序を重んじ個人を空しくする、換言すれば個人は「民族」という秩序の中に埋没し、「知性」の到達し得る限界とも言うべき「義理人情」を完成している。この上、ヨーロッパ的な「知性」は不必要であるばかりではなく、右の議論の前に矢代が述懐したように、パリへ来て一番困ったことは「誰一人も日本の真似をしてくれぬといふこと」であり、「地球上の総ての文化が完成されればこのやうになるものだといふ模型」(「厨房日記」)としての日本の社会形態を、ヨーロッパが、むしろ学ぶべきだと考えている。矢代は普遍性を信じず、久慈は普遍性の存在を信じている。自然科学に対してのみ矢代は日本に必要と考え、久慈が科学主義、合理主義を「まじなひの道具」に使うことに反対している。右の議論を始め、作品中で繰り広げられる論争では、矢代の意見は、当否は別として比較的具体的に展開されるが、久慈の意見は第一篇の前半では具体性を欠いている。(尤も、矢代の意見の具体性と言っても、「民族」を始めとして矢代の使用する語彙の概念は不明のままである。(10))これは久慈の思想の浅薄さに帰せられようが、作者の肩入れが矢代に傾き久慈に厳しいことも一つの原因であろう。既述の如く「旅愁」における「語り」は、矢代・久慈の側からなされているが、稀にこの両者から離れ、いずれかの人物を批判することがある。その珍しい部分が、次の箇所である。

「いや、俺は科学主義者だ。科学主義者は何と云はうと世界の知識の統一に向かつて進まねばならぬ。それがヒユーマニズムの意志といふものだ。日本人だつて、それに参加出来ぬ筈はない。」と久慈は快活に思ふ。ヒユーマニズムといふ言葉の浮ぶ度びに、久慈は青年らしく言葉の美しさに我を忘れる癖があつたが、またこの癖のために彼は一応自分の立場に安心して散歩することの出来る、便利なエレベーターにも乗つてゐるのだつた。

ここには、東野が「簡便主義」と批判した久慈の実態を語り手も批判・揶揄しているのであるが、この久慈への批判を通して作者の時代への揶揄がこめられているのである。この作品の昭和十一年初夏という時空に託し、横光利一は自らが帰国した昭和十一年後半のヒユーマニズム論議を批判している。矢代とほぼ等身大の梶（「厨房日記」の主人公）は、「種族の知性」を「論理の国際性」より重んじるのは「種族の国際性」を愛しているからだと考え、日本の知識階級の混乱の源は、このことを理解していないからだと判断する。そして、折から沸き上がっているヒユーマニズム論議を次のように見做す。

これも仔細に眺めてゐると、種族の知性と論理の国際性との分別し難い暗黒面から立ち昇つてゐる濛濛とした煙であつた。

時代は、二・二六事件の後、急速に右傾化しつつあり、文壇では「文芸復興」の呼び声も下火になりつつあった。この時、既にマルキシズムからの方向転換を余儀なくされていた三木清は、「日本的性格とファシズム」（『中央公論』昭11・8）と同時に「ヒユーマニズムへの展開」（『文芸』昭11・8）を発表し、「東洋的世界観の根本的特色とされてゐる形而上学的な『自然』従つてむしろ我が国古典文学の精神とされてゐる『あはれ』『さび』『わび』『しをり』『幽玄』『風雅』等の根柢となる『自然』」と激しく格闘し、生活意識を更新して、それと文学を統一することによってヒユーマズムの要求に応えることが出来ると主張した。「旅愁」に於ける「俳句」の重要性については、既に指摘のあるところであり、(11)三木清のこの論と相対立することは一目瞭然であろう。三木清のこの論に先立って森山啓も人間性を廻って論陣を張っていたが、昭和十一年九月号の『文学界』では「ヒユーマニズムの現代的意義」なるタイトルのもとに連評（リレー式）として森山啓「死の思想との袂別」、阿部知二「ヒユーマニズムと文学」、岡邦雄「限定への要求」、三木清「東洋的人間の批判」を特集した。紙面の関係で一々の紹介は省略するが、自己の再生と成長を欲する時、どうしても「全世界的なことに思ひを致す」事と切り離し得ない立場（森山）、「現代日本の食ひ違ひ的状態」を正視することによって広義の啓蒙的ヒューマニズムを求める立場（阿部）、またヒューマニズムの無限定性故に「行動主義や日本ロマン主義の如き傾向」を甘やかすことに反対し、ヒューマニズムに「社会主義的リアリズムなる限定」を与えようとする立場（岡）、「東洋的人間の批判」こそ我が国のヒューマニズムたるモラリストにとって特に重要なテーマとする立場（三木）など、それぞれ時代への苦渋に充ちた模索であり、この昭和十一年後半だけでも、二十編近い評論が発表されている。皮肉なことに、阿部知二の論には、横光の「花散る巴里――渡欧通信」（『文芸春秋』昭11・8）、後「欧洲紀行」に収録）の日本の小説についての言葉「誰も彼も、無意識に、寄つてたかつて、プルーストをやつてゐたのだ。つまり、死ぬ練習をしてゐたのである。もう良い加減に、生きる練習をしなければならぬ。」が、ヒューマニズムの問題に結び付くものと評価されている。勿論、こうした動きに対して、真っ向から反対する立場もある。三浦常夫「反ヒユーマニズム」（『コギト』昭12・6）は、ヒューマニズムのなかに個人主義を見、「現実の国家」は支配征服の歴史過程をはなれては考えられないとし、「僕ら念願するところは進歩ではない、進取である。」と主張する。横光利一は、三浦ほど激しくないが、ヒューマニズムという概念によって「民族」という根源が曖昧にされるのを嫌う。右の梶や矢代の意見には横光利一のそのような思いが託されているのである。

しかし、語り手は、用心深く「矢代非ファシスト説」を千鶴子の口を通して述べさせている。千鶴子の美しさと矢代への想いとに少し嫉妬めいたものを感じた久慈は、矢代がパリに来ていながら、わざわざファッショになったと言い、「あの男は堕落した。」と冗談に託して言う。千鶴子は、勿論反対して次のように言うである。

ファッショだなんて、そんな―立派な方が真面目に考へてらつしやることを、そんな不真面目な言葉で片附けておしまひになるもんぢやないわ。（中略）矢代さんのやうな知識のある方が、ファッショになんかなれば、日本へ帰れば誰も相手にしなくなること定つてるんですもの。

この後、千鶴子の矢代への信頼が述べられるが、これで十分「矢代非ファシスト説」は表明されていよう。恐らく作者・横光利一の胸中には「とかくの問題はあるにしても、日本主義は日本型の一種のファッシズムである。」（戸坂潤『日本イデオロギー論』昭10・7）や「この国に於けるファシズムたる日本主義」（三木清『東洋的人間の批判』昭11・9）という見方に対する防御があったであろう。

「前に作家をしてゐて、今はある和紙会社の重役」をしている中年男性・東野は、第三篇以後、日本主義的色彩を鮮明にしつつ、作品世界に重要な位置を占め出すが、第二篇までは、むしろ矢代、久慈―就中久慈への批判者として機能する。前に述べた如く久慈の奉ずる合理主義を簡便主義と批判し、安全地帯ばかりを通り、道に外れないため、科学に縋り付いている久慈に、自分の道は自分でつけるべきだと指摘する。東野の論は、自由奔放に展開されるので、久慈は常に翻弄され悔しがるが、東野の批判が自分の弱点を衝いていることも同時に理解していく。依然としてヒューマニズムに東西の別はないとの信念を抱いているが、「もう君は日本へ帰つたつて君の考へは通用しない。」との東野の批判を胸に、改めて次のように考える。

久慈はここでの先づ何よりの自分の勉強は、この完璧な伝統の美を持つ都会に働きかける左翼の思想が、どれほど日本と違ふ作用と結果を齎すものか、フラスコの中へ滴り落ちる酸液を舐めるやうに見詰めることだと思つた。

この結果久慈の見いだすものが、前章で述べた無知の自覚であり、「所詮、日本人の生える土地はここにはない」という確認だった。ここで「土」という問題に逢着するが、第三篇以降に見られる矢代や「旅愁」とほぼ併行して書かれた『春園』（『主婦之友』昭12・4〜昭13・5）の主人公のような農本主義の真似事ではない。「問題は土だ。それも農村問題や政治問題ぢやない。もつとその奥の奥にあるものだ――」その奥のものの正体は久慈にも明確に自覚されず、作品の中でも明らかにされないままで終わる。しかし、試行錯誤する久慈の、これ以後の思考の軌跡を追うと、その方向がほの見えてくる。広東における陳済棠と李宋仁との争いが、日華の戦争と誤報され、パリの中華料理店で険悪な雰囲気の中で見せた中国人の西洋ぶりに接した時、矢代ならぬ「パリのみいら」久慈が、ヨーロッパの「みいら」と化した中国人と日本人の共通した精神的紐帯は、「西洋の模倣」以外に「何か東洋独自の精神の結合に似た一線はないのであらうか。」と思索し始める。久慈自身が自覚するように矢代の思想（日本主義は直ちに日本アジア主義に通じる）とは、似て非なるものである。久慈は、第二篇のはじめ（矢代・千鶴子・真紀子の三人がオペラ座へ行った前後）姿を消している。その間彼に何があったのか不明である。しかし、オペラ座から帰ってきた矢代の部屋に現れた久慈を矢代は、「人間派」として成長したと判断している。また、東野から「君の中の日本人はどうした。」と詰問されながら、尚、久慈は普遍的な「自我」を信じて生きて行こうとしている。「遣欧使」としての自覚に立つ時も、矢代が、かつての「遣唐使」たちが東洋の非合理の究明に行って、その結果日本の文明が成立したと考え「日本精神」を「人間の代名詞」と見るのに対して、久慈は、あくまで「合理性を信じることのどこが悪い。これで良いのだ。」と思いを新たにしている。

愛国心論争においても、矢代の「あるからあるのだ。」というア・プリオリな感情とするのに対して、久慈は「合理の愛国心」「批評精神から愛国心が起つてこそ健全」と主張する。しかし、前節で触れた久慈の喪失感は、徐々に大きな空洞を広げつつあった。近代人の求める真実を、真・善・美いずれでもなく、「あるその他の何ものか」だと言う久慈に、矢代は「悪か」と反問するが、久慈は「そんな精神は言葉にはまだ無いのだ」と考える。「一番肝腎のものがたつた一つないのだ。」の認識が「お袋に代るもの」を求めることに繫がっていく。セザンヌ展での衝撃は、久慈に一つの方向を示したとは言え、既にパリにおける違和感を抱いている彼が「胸の底で一点絶望してゐる」もの、自分がたつたこれだけしか知らぬと思う「あきらめ」を感じるのは当然であろう。「生還おぼつかない」久慈が、自分くらいはパリで「沈没」しても良かろうと考える、その捨て身の向こうに久慈の変貌の様々な可能性が見えて来よう。

パリ祭の当日、左右両派の激突の直前、パリの紳士から「日本は健康でいいね。」の言葉を聞き、民族の健康さをひたすら信じる矢代が、「今日こそ久慈に誤りを徹底的に感じさせ、一応は日本人の立場に引き戻さねばならぬ」と決心しても、矢代や作者の思惑を越えた地平を久慈は既に進みつつある。矢代は「生還おぼつかない」と自らをも見なしているが、分厚い鎧を纏った彼は、無事生還し鎧で守っていた裸身を露にしつつ第三篇以後の「旅愁」の世界に君臨する。二人の思考は、対立する立場から類似なものに近づくかに見えながら、あたかも一対の双曲線のように交わることなく離れていくのである。

かくして一人は自己の内なる民族への愛と、異性への夢と現実とのアンビヴァランスを胸に帰国する青年、他の一人はカオスの中に東洋の紐帯の可能性を求め、複雑な愛に満身創痍になりつつヨーロッパに沈潜する青年、そしてヨーロッパでの愛をひたすら信じようとした千鶴子、久慈との愛に浸りきれなかった真紀子、彼らの〈青春〉は、第二篇で終わったのである。

**注**

（1）「東京日日新聞」の連載開始は、昭和12年4月14日付の夕刊からであるが「大阪毎日新聞」は一日早く、同年4月13日付夕刊から始まっている。尚「東京日日新聞」では、昭和12年8月6日付夕刊まで六十五回連載されるが、「大阪毎日新聞」では7月8日付夕刊で中断されている。同新聞での連載状況は次の通り。

四月十三日より四月　15回
五月　23回
六月　13回
七月　3回

計54回連載で、11回分が掲載されなかった。矢代がチロルへ旅立つ直前、千鶴子と別れる決心をするところまで。定本全集第六巻「旅愁」のP122までである。連載中止の記事はいっさいなく突然の中止であり、横光自身の申し出（「旅愁　第一篇」後記）により「中絶」したのか、具体的な理由は不明である。七月九日付夕刊（発行は前日の八日夕方）からは、七日勃発の支那事変（日中戦争）の記事で充たされており、時局緊迫のためと考えられる。しかし同夕刊に連載中の土師清二の「旗本伝法」は続けられた。

（2）　渡航直前の昭和十一年二月一日、三ケ年の契約で大阪毎日新聞社の社友となり、月々、手当二百円を給与された。フランスへの旅費として千五百円（片道）が支給され、毎日新聞パリ駐在員の城戸又一氏へも特別の指示が与えられた模様である。これらは、当時としては破格の待遇であったという。（大阪毎日新聞社、社史編集室の桐生輝一氏のご教示による）

（3）　昭和11年5月から昭和12年1月まで『文芸春秋』「東京日日新聞」『改造』などに発表した紀行文その他を「欧洲紀行」として昭和12年4月1日、創元社より出版。「厨房日記」（『改造』昭和12年1月）もこれに収録された。

（4）　昭和3年11月の「風呂と銀行」から始まり昭和6年11月の「春婦——海港章」まで『改造』に断続的に発表され、昭和7年7月8日改造社から「上海」として出版された。

（5）　ル・ドーム　パリの有名なカフェで、「旅愁」の登場人物は毎日通っていた。モンパルナス大通りとラスパイユ大通りの交差点にあり、モジリアニ、ブラック、ピカソや藤田嗣治などがよく訪れた店。横光利一自身もパリ到着早々、毎日新聞パリ駐在員・城戸又一氏に案内された。同氏からプーレオーリを教えられ、作中、矢代の好物としたのである。「聴きとりでつづる新聞史——城戸又一」（昭和61年4月）

（6）　一例だけを示すと、矢代がサン・ジエルマン・デ・プレの壁画に描かれた、十字架のもと野蛮人を征服するヨーロッパ人を批判する時、クリスチャンの立場からの発言が当然あってしかるべきであるのに、「伝統」を持ち出して矢代を喜ばせている。

（7）　例えば『上海』の主要人物は、参木、甲谷というように姓のみである。

（8）八木義徳氏「『旅愁』の思い出」（『横光利一全集』月報(7)　昭和30年12月　河出書房）によれば、横光は次のように述べたという。

「うん、ぼくもこれからは久慈を主人公にして、久慈のことをうんと書きたいと思っているんだよ。あの男については、まだまだ書くことがたくさん残っているからなァ」

（9）この街路は、オーギュスト・コント通りを指すと思われるが、作者・横光利一も「欧洲紀行」に私の「好きな通り」として「人は殆ど通らないが、夜のこの通りの美しさは、神気寒倹たるものがある。（中略）人は死ぬ前には恐らくこの通りの寂寞たる光景と似てゐることだらう。（中略）ここだけは末期の世界だ。」と記している。また、同書のなかでコンコルド広場についても「人工の美の極を尽したもの」と感想を洩らしている。

（10）田口律男氏「横光利一『旅愁』序論――記号の帝国」『国文学解釈と鑑賞』平成6年4月）に「シニフィエとしての実体は空虚のまま、時間・空間・概念のコンテクストを逸脱したシニフィアンが無秩序に交錯しつつ浮遊する言説」という指摘がある。

（11）西田玄氏「『旅愁』における日本的なるもの」（『俳句文学館紀要』昭和63年8月）、日置俊次氏「横光利一『旅愁』論」（『国語と国文学』平成4年2月）等がある。横光利一は、「覚書」（『文学界』昭和12年10月）の中で、次のように述べている。

俳句はこの三人（テーヌ、スタンダール、アラン）と太刀打ち出来るものを持つてゐる。俳句ほど簡素な日本の哲学であつたものは一つもなかつた。私が俳句に熱情を感じ始めた原因も、これが最も手近な日本哲学の見本だと思つたからである。

# 三　旅の行方

※　外国のことを書くには風景を書く方が近路と思ふ。（中略）風景と人間の心理は、それほど密接な関係があるから、日本人が日本にゐるときと、外国にゐるときとは、総てが変つてしまふと、本人は少しも変らないと思ふものである。読者もしばらくの間、筆者と共に紙の上で旅行する準備をしていただきたいと思ふ。

（「作者の言葉――「旅愁」昭12・3）

※　この十年の間ほど、沢山な日本人が遠方までひろく旅をしたことはない。戦争のためであらうと平和なときであらうと、変りのない旅の愁ひに身を包まれたことは、今までになく今後ともあるまい。（中略）体内から出て来るもの、体外から入り来るもの、それらの擦れちがふものみな、重く身につけて歩かねばならない。各人の旅装は今ほど厳重にあらためられ、整へられねばならぬときはない。（中略）

今、私らは中途より戻つてゐる。背負つて来たものらを殆ど捨てて戻つてゐる。手にする杖もふと捨てかけて眺めてゐる。これは何だらうと。ああ、私らの杖は何んだらうか。使用に耐へぬものならこの坂路で捨てても行かう。しかし、この杖は私らひとりで使つたものではない。父母も使ひ祖父母も使つた手光りのしたものだ。日は傾き、見降ろす谷間はふかい雲である。しかし、道はどこまでも通じてゐる。明日になればまた日はのぼるであらう。

（「旅愁」第一篇後記　昭21・1）

※　この度、本篇を改造社出版部の厚意に加え得たことは、小山書店の寛大さによること多大、深く謝するとともに、四散の厄にあふべき難行の旅愁も、やうやく行路を一つに集め得られ、全篇に出没する諸人物も、これで渡る荒海の和らぎも感じたことと察せられる。進むべし。

（「旅愁」第四篇後記　昭21・7）

作者の言葉に誘われて「紙の上」で旅を始めた読者は、八年四カ月という時代の流れの中で、（「旅愁」第一篇の新聞掲載開始から『梅瓶』発表までを考えると、正確には満九年となる）日中戦争、ノモンハン事件、日独伊三国同盟、太平洋戦争、広島・長崎原爆投下、ソ連参戦、終戦、極東国際軍事裁判開廷等という大動乱に遭遇する。いや、遭遇した読者は幸運な部類に属し、中には自らの命や親族、知人、友人を失った者も多くいたであろう。勿論、作者・横光利一も、この期間を生き抜いたわけであり、終戦を転機とする横光利一の苦悩は、右に引用した「旅愁」第一篇後記に如実に現れている。一方、『旅愁』の作中人物たちは、昭和十一年春から昭和十二年初秋までの二年足らずの時間を生きるのであるが、作者の体験した「終戦」が、作品世界へ波及するのは当然というべきであろう。しかし、戦後版の細部にわたる修正、特に戦後発表された『梅瓶』（『人間』昭21・4）は、その事実を物語っている。しかし、不思議なことに、作品の基底を貫く根幹には、些かの変更も見られないのである。右引用の最後の後記が掲載された「旅愁第四篇」が出版される一月前、昭和二十一年六月には、小田切秀雄による「文学における戦争責任の追求」（『新日本文学』1巻3号）において、菊池寛を筆頭とする二十五名の戦争責任者の一人として指弾されていた。また、『梅瓶』が掲載された『人間』には、「文学者の責務」というタイトルで荒正人、小田切秀雄、佐々木基一、埴谷雄高、平野謙、本多秋五の六人が座談会をもち、「戦時中における文学者の責任」に触れている。そこでは、横光利一の名指しはないが、川端康成や堀辰雄とは一線を画している。後のことになるが、杉浦明平の全否定的評論―と言うより徹底的な罵倒の書「横光利一論―『旅愁』をめぐって」の発表が、横光の死の一月前、昭和二十二年十一月である。このような四面楚歌の中で横光は「旅愁」第四篇後記の最後で言う、「進むべし」と。登場人物たちへの号令であると共に、自らへの叱咤激励であることは明らかであろう。

## 1

パリを中心とするヨーロッパでの生活を「夢見るだけは」夢見た「何ごともみな過去のこと」と割り切って帰国した筈の矢代耕一郎が、「旅愁」第三篇以降の作品世界の中心を占めることになる。第二篇までのダイアローグ的展開は、久慈という「ヨーロッパ主義者」の後退によって終止符を打たれ、第三篇以降は矢代耕一郎を中心とするモノローグ的世界を構築することになる。音楽家・遊部が、僅かに久慈の代役めいた言辞を吐くとはいえ、久慈のように矢代と対等な重みを与えられておらず、むしろ矢代の主張を際立たせる役割を果たし、パリでは矢代を批判した東野は、矢代の思考を支える存在になっている。では、矢代耕一郎の生き方はどのようなものであったのか。

第三篇から第五篇そして「梅瓶」までの「旅愁」は、幾つかの山場によって構成されている。簡単に図示すれば次頁の表のようになる。これらの場面を通して矢代耕一郎と宇佐美千鶴子との愛情、結婚問題が縦糸となって流れているのであるが、『純粋小説論』（昭10・4）で提案された第四人称の眼は、ひたすら矢代耕一郎にのみ据えられているので、彼の想いを中心に展開されるのである。帰国後の矢代耕一郎の生き方を支えるもの、それを整った形で表現する場面がある。第四篇、塩野の写真展（ノートルダムの写真展）の後、田辺侯爵の別邸での祝賀会で、久木男爵の質問「あなたがたの年齢の人の中心問題は、今はどういふことにあるのですかね。」に答えるところである。

それはいろいろややこしい事が、こんがらかつてゐるので一口には云えないですが、やはり、東洋の道徳と

## 『旅愁』第三篇以降のプロット

○第三篇
- 矢代・帰国　（パリ―ベルリン―モスコウ―）シベリアの原野―満州里―ハルビン―（平壌）―下関―東京
- 東北の温泉へ―妹を見舞う―塩野来訪
- 千鶴子と再会―夢の結婚―「今は昔」論
- 上越の山へ（千鶴子・槙三来訪）
- 塩野の写真展

○第四篇
- 田辺侯爵別邸（祝賀会・議論）
- 父の死（千鶴子・塩野弔問）
- 東野・真紀子帰国（横浜で議論）―千鶴子を送り、彼女の母に会う
- 千鶴子とともに東野宅を訪問
- 矢代・千鶴子婚約
- 父の故郷・九州へ（途中、京都で千鶴子と二人で西大谷納骨堂へ）城山へ

○第五篇
- 九州にて（城山―菩提寺―老人連）城山との別れ
- 京都にて
- （支那事変〈日中戦争〉）
- 久慈帰国
- 東野の講演直前

○梅　瓶
- 田辺侯爵別邸（東野の講演をラジオで聴く）

西洋の科学やキリスト教などとの、踏み込み合つている足の問題が、中心のやうに思へますね。西洋が廿世紀だからといつて、東洋もさうだとは限らないんですから、そこを何んだつて、西洋の論理で東洋が片づけられちや、僕らの国の美点は台無しですから、果してそんなに周章てて美点を台無しにすべきかどうかといふ、この疑問から今のすべての論争が発展したり、押し籠られたり、引き延ばされたりしてゐる始末なんだらうと、僕は思ふんです。

久木男爵は、二十世紀の道徳と科学の問題と言うように要約して見せるが、他の登場人物の発言も交えて展開される矢代の考えは、その要約をはみ出す見解が多い。右の発言も入れ、この後に展開される矢代の意見を纏めると次のようになる。

東洋の道徳と西洋の科学、宗教とが混在する現在の日本における若者の立脚点を確定することが急務であり、その際、歴史の進展は、東西両世界で同じ質と速さを有するとは限らず、一方の論理で他方を裁断してはならない。矢代自身としては、「科学」よりも「道徳」を採る。しかし、「道徳」が「科学」より上であることを証する「論理」はなく、「自分の心といふ内部の指針を示す道徳の方が上だ」と確信することが「道徳」だ、と主張する。キリスト教にたいしても態度決定が難しく、ラフカディオ・ハーンの「日本の神道に流れてゐる道徳こそ世界最高の道徳で、今にこの道徳のために世界の国国は美しくなるだらう」という言葉を援用しつつ「みそぎ」に触れ、ハーンが日本で見た道徳は、「みそぎ」を中心にしたものだという。日本の昔のキリシタン宗は、実は、武士道精神であったと一応考えられる。しかし、「信仰の根」は一つにちがいないので、日本人の信仰なら、どのような信仰であろうと、大神からの「古神道」が流れていると思われるので、迫害に平然と死んでいったキリシタン信徒たちも、武士道というより古神道の精神を体現したと言うべきであろう。

長く、入り組んだ議論を余り簡単に要約したが、略右のような論旨にたいして久木男爵は「あなたの道徳論も、それでまア、やつと分りましたな。」と納得する。しかし、そのように直ぐには解しがたい論なのである。

矢代の「古神道」の実態及び筧克彦の古神道論との関係については、本章一節で論じたので、ここでは割愛するが、宗教ではない「古神道」――矢代にとっては自らを支えるレーゾン・デートルから引き出される倫理、それは「東洋の道徳」と表明しながら、その「東洋」には中国（従って儒教）は含まれていないのである。後に東野が帰国し、横浜で出迎えた矢代に日本への忠誠・愛を語る時（これについては「3」で述べる）、矢代もシベリア経由で帰国した時の感動を想起し、

今でも僕は国境を入つて来たときの感動を、これは自分の鍵だと思つて大切にしてゐますよ。


と述べている。では、その「鍵」となるべき矢代の感動とは、何か。それは戦慄するような「祖国」への愛――「実に良い国」日本への感動的な愛であった。神―道徳―祖国（国家）の結び付きに、同時代の、共鳴する理論が背後に見えて来よう。

この第四篇が発表され始める前年、昭和十七年の『文学界』（9月号、10月号）誌上を賑わした「近代の超克」が先ず想起されよう。なかでも九月号「近代の超克」の巻頭を飾った西谷啓治の「『近代の超克』私論」が重要である。六章に互って展開される論の主旨は、次のように纏められよう。

新しい世界観や人間の自覚的形成が求められる現代において、真の主体性は、「主体的無の立場」にこそあるべきであり、これは又「東洋的な宗教性の特色」でもある。この主体的無の宗教性の道によって、国家の個人に要求する職域における練達と滅私奉公との両面を貫徹出来るのである。国民の各々が私を滅して国家へ帰一する深い倫理性が国家総力の強度のエネルギーとなる。この「道徳的エネルギー」こそ国家存在の倫理的本質なのである。ところで、東洋的宗教性が国家倫理と深く結び付き、国家のエネルギーの原動力となり得た国は、日本の外になかった。わが国の伝統的な国家精神をなす「神ながらの道」（清明心を本質とする）は、上述の東洋的宗教性をも内包し

得る地平の広さをもっていたのであり、現代に於いてこそ「惟神の道」は本来もっていた世界的な相において自覚され展開されねばならない。それ故、世界新秩序の樹立と大東亜建設という、わが国の直面している課題に対しても、国家的私欲に走るのではなく、道徳的エネルギーも世界的規模に於ける倫理性への原動力となるべきである。結局、統一的世界観樹立と新しい人間の自覚的形成という課題の基礎をなすもの、即ち主体的無に立脚しての世界と国家と個人とを一貫する道徳的エネルギーの倫理性に対して、現実の日本に包蔵されている精神が深く方向を与え得るだろう。

ここには、道元的な「身心脱落」の境地から説かれた、東洋的宗教の特徴たる主体的無の立場も、惟神の道に包摂されて行く過程が鮮やかに見られ、又、国家と個人の関係もランケの有名な概念語「Moralische Energie」(1)で楽天的に結び付けられている。尤も、この「道徳的エネルギー」(モラリッシェ・エネルギー)」というキーワードを頻用するのは、西谷啓治ひとりだけでなく、後述するように所謂「京都学派」の学者がすべてそうである。ランケ研究の第一人者・鈴木成高やランケを高く評価する高坂正顕が属するこのグループなら、当然と言うべきかも知れない。先にみた矢代の論脈よりさらに大きく、世界への広がりを見せているが、矢代の想いも、同時に横光利一の願いも、実は、世界への視野を秘めていたのである。それに触れる前に、いま暫く「京都学派」の発言に注目したい。

「近代の超克」を挟むような形で、「京都学派」の四人、高坂正顕、鈴木成高、西谷啓治、高山岩男が、『中央公論』誌上で三回にわたり座談会を開いた。「世界史的立場と日本」(昭17・1)、「東亜共栄圏の倫理と歴史性」(同年4)、「総力戦の哲学」(昭18・1)。最初のものは、太平洋戦争勃発以前、昭和十六年十一月二十六日夜に行われたものである。「旅愁」第三篇発表と同時に始まり、第四篇スタートの時、座談会掲載は終わっている。これらの座談会のなかでも、モラリッシェ・エネルギーは、キー・ワードをなし、高山岩男は、モラリッシェ・エネルギーの主体を、十九世紀の文化史的概念の「民族」ではなく、文化的で政治的な「国民」にありとし、「本当の意味で

『国民』といふものが一切を解決する鍵になつてゐる。」（第一回目）と発言している。第二回目の座談会において、高山が八紘一宇を支える倫理として「家の精神」を提示したことに対し、高坂は、国内の秩序と同じ原理が支配する以上に、ひとつの飛躍的なものが出てくる点を力説すべきだとの意見を出した時、西谷は、そこにモラリッシェ・エネルギーを持ち出し、日本の大東亜における指導性を根拠づけている。

　このようなランケ流の「モラリッシェ・エネルギー」に依拠する姿勢は、「京都学派」に濃厚に流れており、特に顕著に現れているのが、高山岩男の『世界史の哲学』（昭17・9　岩波書店）であろう。この言葉が、単に頻用されるのみならず、この著書の思想を支える概念となつていることは、次の引用からだけでも理解できるであろう。

　国家固有の倫理に於ては、嘗てランケがMoralische Energieという概念を以て表現したやうな道義的生命力が、その根源をなしてゐる。こゝに於てはいはゆる権力なるものは健康な生命力・生活力そのものであり、而もそれが唯一の道義的・精神的な活力なのである。ランケの考へたMoralische Energieとは、生命を産み出す、精神的な創造的な力であり、それ自ら生命であるものであつた。（歴史的世界の構造　四）

　以上観たような「京都学派」のモラリッシェ・エネルギーの偏重、「国民」という概念への意味付け、新しい「家の精神」の提供、個人―国家―大東亜―世界の根底に「惟神の道」を想定することなど、矢代耕一郎の思想と無縁ではなく、むしろ、前者から後者への影響が推定される。この内「国民」の持つ意義については、夙に「上海」の参木に自覚させていた。第三回目の座談会の内容と横光利一との関係は後述するが、このような「京都学派」の見解さえも右翼学派から一斉攻撃を受け、彼らの師・西田幾多郎博士の身辺も危険に晒されたことは、戦後大宅壮一の報告するところである。[2] この影響関係を考察するためには、先に述べた矢代耕一郎の世界へ拡がる視野――千鶴子への愛、信仰、家、血、先祖、祖国、東洋、世界と拡がる思考を検討しなければならない。

## 2

矢代耕一郎の生が、古神道―道徳―祖国の基本的な土台の上に成立している以上、一旦は断念したかに見えた千鶴子への愛が、千鶴子主導のもとに甦っても世間的な形で進行する筈もなかった。千鶴子の兄・由吉や槙三（数学者）、パリ以来の友人・塩野（写真家）らのさりげない支援によって、難関だった千鶴子の母にも好意を持たれ出したとは言え、現実的な結婚の前には、信仰の問題が立ち塞がっていた。家（父）の浄土真宗、母の日蓮宗、千鶴子のキリスト教、矢代自身の古神道。一家の中に四つの信仰が入り交じり、反撥することが予想される。それに矢代の先祖が、キリシタン大名・大友宗麟によって滅ぼされたという事実が加わる。(3) キリスト教と科学（大砲）とによって最初の犠牲になったという訳である。全てを許し受け入れる古神道によって法華もキリスト教も認めようとする矢代の理論が、成功するかどうかは、作品「旅愁」の未完によって不明のままである。矢代の切ない苦悩は、夢の中でキリスト教に染まない「真の日本人」千鶴子との結婚を成就させ、「六次元の夢の厳しさ、みやびやかさ」を実感し、太陽に向かって「あの方が自分に結婚を赦され希望を満たせて下すつた」と確信し、礼拝している。この為、現身の千鶴子を「嘘の千鶴子」と思うことが強くなっている。こうした点から見ても矢代の思惑通りに信仰の問題が解決するとは考えられない。祖国への愛を実感して帰国した矢代は、一貫して祖国・日本の道徳、伝統の賛美に邁進するが、ここに奇妙な錯乱がみられる。しばしば非難の対象になる神がかり的で誇大妄想的な矢代の話柄をいうのではない。それらを誘い出す元兇を言うのである。「科学」よりも「道徳」を採った矢代が、祖国・日本の道徳や伝統を称揚する時、否定した筈の「科学」によって、あるいは「科学」と同じ次元で美点を証明し、説明しようとする方法が致命的な欠陥なのである。これが、ことある毎に矢代の論を迷路に誘い、聞き手を混乱させる。もっとも、技術としての科学だけは矢代の肯定するところであったので、この方法が齎されたのであろう。

矢代と久木男爵の二人の口から、多くの数学者の名前が飛び出す。「旅愁」第三篇の後半で、西洋における宗教と科学の接点を研究すべく上越の山小屋に籠もった矢代を、千鶴子が兄・槇三を伴って訪れる。その時、矢代は槇三に向かって「日本の昔からの幾何学」として「幣帛」を挙げ、次のように説明する。

あの幣帛といふ一枚の白紙は、幾ら切つていつても無限に切れて下へ下へと降りてゆく幾何学ですよ。同時にまたあれは日本人の祈りですね。つまり、僕らの国の中心の思想は、さういふ宇宙の美しさを信じ示してゐるんだと思ふのです。

幣帛に祈りや宇宙の美しさを信じる日本人の思想を言うのに「幾何学」という数学（科学）を援用せずにはおれない矢代の思考類型が顔を出している。この幣帛については、「旅愁」第四篇、東野、真紀子帰国歓迎の席上での数学談義となって再燃される。千鶴子に託された槇三の質問が発火点となる。その質問を要約すると、一枚の白紙を無限に連続して切り下げる方法は、目下世界の数学界に於ける最大問題である集合論のうち、特にヒルベルトの位相幾何学の連続の問題と共通した難問の部分であり、まだ未解決であること、また数学界の花形として登場して来た射影幾何学の部門に属するが、矢代が何処から幣帛の研究方法を得たのか、ということである。このことを耳にした平尾男爵が、矢代に尋ねたため、皆の前で矢代は説明せざるを得なくなる。矢代は、これを科学と歴史の相克地点に発する問題と捉え、現代にあっても太古から人心の底を貫いて動かぬものが国民の母体となるべきであり、それが幣帛である。数学界の花形・ヒルベルトらの位相幾何学が、この幣帛の姿に近づいてきたことは、日本人の太古の姿が、実に驚くべき暗示力を蓄えた新鮮な光りを放って来たと言うべきであると説明する。この後登場した久木男爵（大実業家・数学の専門家・作曲家）に東野が、この話題を示し、集合論の解説を求めたため、久木の解説（ラアデマツヘル、カントル、ヒルベルト、メビウスらの諸説を男女一対一の比喩で）[4]する。作者・横光利一が、登場人物の口を通して展開してみせる幣帛と集合論との類似性は、カントルの「無限の理論」をまつまでもなく初歩数学程度の知識で説明され得る。点の集合たる線を真中で二分し、二つの集合に別けても、さらに各々の区分がまた二つに別れ得る。理屈としては、ゼノンのパラドックスに似て、この集合体に別けることは無限に続くのである。幣帛も、全く同様に白紙の真中を切り下げ（勿論、最後まで切断しない）、反対側から、また真中を切り下げると、理屈として無限に続くことになる。点集合より面白いことは、幣帛の場合、その末端の面が連続していることであり、その部分での集合領域が曖昧となり、久木男爵の言葉にも出てくるように、数学者たちが宇宙の姿としている「メビウスの帯」と似ている。横光利一は、「旅愁」第五篇で触れる「クロネッカー青春の夢」(5)とそれを証明した高木貞次博士のことなど、ヒルベルトのことも含めてかなりの量の啓蒙書をみているが、その中に高木貞次博士の『数学雑談』（昭5・3　共立社書店）や『近代数学史談』第二版（昭17・3　河出書房）も含まれていたと思われる。素人にも興味深い「回顧と展望」（東大数学談話会での講演）が後者の第二版に収められており、ヒルベルトにミスリードされることで高木博士は「類体論」を書いたことなど、控え目に語られている。実は、そこからクロネッカーの青春の夢に定式化を与え、初めて正確な証明を与えたことになるのである。この高木博士の事も、「旅愁」では龍安寺の石庭への感想と関係して由吉によって述べられ、日本人の能力の中に存在する「数学的に卓越遺伝」の蓄積を言うことになる。このような日本の歴史、伝統の美点を科学と同水準で称揚しようとする態度は、哲学をも援用し、千鶴子にまで「明らかに矢代の正気を疑ふ様子」をとらせる「今はむかし」の時間論、生命論へと進展する。

今がつまりむかしで、今かうしてゐることが、むかしもかうしてゐたといふことですがね。きつと僕らの大むかしにもあなたと僕とのやうに、こんなにして帰つて来た先祖たちがゐたのですよ。むかし日本にお社が沢山建つて、今の人が淫祠だといつてるのがあるでせう。その淫祠の本体は非常にもう幾何学に似てるんですよ。それも球体の幾何学の非ユークリッドに似てゐて、ギリシヤのユークリッドみたいなあんな平面幾何ぢやない、もつと高級なものが御本体になつてゐたんですね。つまり、アインスタインの相対性原理の根幹みたいなものですよ。それもアインスタインのは、ただの無機物の世界としてだけより生かしてゐないところを、日本の淫祠のは、音波といふ四次元の世界を象徴した、つまり音波の拡がりのさまを人間の生命力のシンボルとして行つてゐたといふことも、まア日本を大切に思ふときには思へるんだなア。妙なものだ。今はむかしといふのは。

千鶴子の驚きをよそに、続けて、『言霊』という伝来の書に触れ、そこに音波が函数にまでなっていることや、さらに「みそぎ」をしたいことを述べている。この後、先に触れた「夢の中の結婚」を体験し、その「あの没我のひとときの感覚」の現実性を思案する時、

人の生命といふものの持ち得る感覚は、肉体の死滅の後もなほ一層生き生きとしてゆくものかもしれないと思ひ始めて来るのだつた。そして、

「いまはむかし。」

と矢代はかういふ日本の云ひ伝へて来た原理をくり返しくり返し呟いてみてゐると、ふと、それなら人は生きてゐても楽しく、死んでもなほ楽し、といふ結論に突きあたり勇気が一層増すのを覚えた。

という感慨に達している。ここには、論脈の混乱、飛躍、曖昧さが重なり、矢代の詠嘆のみが際立っているが、実はこの混乱は、作者・横光利一その人のものだったのである。

「日記から」(『刺羽集』昭17・12)に横光利一の想いが記されているが、逐一ここに引用するのは繁雑であるので、整理しながら考察して行きたい。

「今はむかし」論のヒント乃至切っ掛けとなったのは、哲学者・佐藤信衛氏の『哲学試論集』(昭16・9　創元社)と「みそぎ」体験とであった。昭和十六年十月三十日に『哲学試論集』を読んだことが記されており、「ベルグソンについて」の章からかなりの抜き書きをしている。この章の(一)「ベルグソン」は、昭和十年一月〜三月

の『思想』に掲載されたのを横光利一も読んでいるのであるが、「みそぎの行といふ時間を——この時間といふもののの本源を信仰とするみそぎの祭事について、(中略)昔と今との連係に関して私も一試論を試みたい誘惑を感じた」から、佐藤氏の論理を追うのだと記されている。

では、佐藤氏の論をどのように受け止めたのか。『哲学試論集』のあとがき「試論集を編んで」によれば、ベルクソンの「感得(intuition)」に関する説が論述の頼りになったことと、それ以上に『La Pensée et Le Mouvant』(一九三四年)に対する感想が、強く動機をなした由が書かれている。佐藤氏は、「感得」と訳されたが、「直観」と訳した方が分かりやすいであろう。ベルクソンの所謂「哲学的直観」である。『La Pensée et Le Mouvant』(『思想と動くもの』)に於けるベルクソンは、「時間」の問題が従来等閑に附せられていたのを指摘し、「純粋持続」という時間の本源的な相に思い至る[6]のであるが、佐藤氏は、知性の無力を主張する「ベルグソンの逆説」として次のように纏める。

それなら、そこに何があるか。生がある。生の躍動がある。類ひのない、何ものを以てしても置換へ得ない、最後の、言ひ難い、何かがある。人間は万事を抛擲して刻々の現在に生き、この躍動してやまない生を相続してゆけば足りるのである。(中略)従つて、「科学」は一つの過失である。課題も不当なら解答も錯つてゐる。

最後の一文は、横光利一も抜き書きしているが、佐藤氏は、「知」が適当に評価されていないとし、ベルクソン批判を進める中で、佐藤氏自身の「時間」論の一端を示し、次のように述べる。

この今は無限な一様な時の流の一点ではない。もし今が無数に多くの今の一つだとすると、この今のすぐ前にも別の今があつた筈である。しかるに、今は唯一のもので他の時を排斥するところに成り立つのであるから、今の外にまた今を考へるなら、すでに時として同等の資格を与へるのだから、二点を区別すべき標準はなくなり、時は流れなく即ち無くなる。即ち、この無数の今は実に空間の点である。(中略)時はここに一つしかない。時と別に時に制せられないものがあつて、それが今私の時の中に流れつつあるといふのではない。時の外にあるものはない。すべてが時を流れ、在るとは時に移ることである。かしこに在るといふものも実はいま在るのである。ものの拡がりはなくてすべてはただ私の時に在る。私の時——時はこの他にない。何も過ぎ去りはしないし、何も来ようとはしていない、極言すれば「悉くいつも即ち今の中になければならない。」という佐藤氏の論は更に展開するのであるが、右の部分の論述がいかに横光利一に影響したか、多くを語る必要はあるまい。横光が「みそぎ」で体験した時間を次のように述懐する時、佐藤理論に身を任せ切った安堵感が漂っている。

昔から今に流れて来てゐるもの。——しかも、昔も今もない時といふ同一物の流れの中に、じつと立つてゐる今といふこの「われ」に関して、誰が黙つてゐられるであらう。先祖が自分といふものである以上は。そして、時間はその外のどこにあるのであらう。

右の「日記から」昭和十六年十月三十日の記事の前日、十月二十九日の箇所でアインシュタインに触れている。アインシュタインが、物理学全体の問題として、自然の単一性を探究し定義しようとする時、自然に単一性があることを誰が証明するのか、と質問したヴアレリイに対して「信仰の仕業」と答えたことに、ヴアレリイが感動したことを記した後、

一ケ月ほど前、ある人が来て、アインスタインの相対性原理の宇宙観と、みそぎの宇宙観とは同じですよ、と云つてゐたのをふと思ひ出す。

と書いている。横光利一の記す両宇宙観の具体的内容が不明であるから、比較が不可能であり、従って「同じ」という意見の当否は判定しがたいが、横光利一は、科学の根底に信仰を置き、神道の「みそぎ」を相対性理論と同等に位置づけなければ納まらないのである。但し、細部に拘るようであるが、数学用語や概念をかなり専門的に使っ

ていた横光利一としては「相対性原理」の用法は、当時の新聞などによって報じられた広義のもので、厳密性を欠いていると言うべきであろう。特殊相対性理論を形成する複数の論文の第一論文『Zur Elektrodynamik bewegter Korper』（一九〇五年『動いている物体の電気力学』）で、全宇宙に充満していると考えられていた仮想的媒質エーテルの存在を否定し、時空概念の変革をはじめ「相対性理論」の創造的な論を構築する基礎をなしたのが、二つの原理であった。即ち、「相対性原理」と「光速度不変の法則」である。因に「相対性原理」にたいするアインシュタインの定義は次の通り。(7)

互いに他に対して一様な並進運動をしている、任意の二つの座標系のうちで、いずれを基準にとって、物理系の状態の変化に関する法則を書き表わそうとも、そこに導かれる法則は、座標系の選び方に無関係である。

しかし、専門家（物理学者、数学者）は別として、後の一般相対性理論もこの特殊相対性理論も、さらには相対性原理も、その差異を問題外として漠然と「アインシュタインの相対性原理」と呼び、二十世紀の新しい理論として理解されていたと見てよいであろう。アインシュタインは大正十一年十一月、改造社社長・山本実彦や物理学者・石原純らの招きで来日した。その途上、ノーベル物理学賞授与の通知があり、二週間余りの滞在中、日本における講演会には、専門家・学生は勿論、一般市民も多く詰め掛け、新聞などにも啓蒙的な記事が載った。(8) この頃、東京にいた青年・横光利一も、アインシュタインの講演を聴いたか、どうかは不明である。しかし、新聞などに掲載された記事など目にしたであろうことは推定である。そうした一般的なレベルの理解が右の述懐の基盤になったのであろう。

先の矢代耕一郎の「今はむかし」論の飛躍の蔭にある水脈は、ほぼ明らかになったと思う。時空を超えて先祖と同じ生を生きる自分と千鶴子は、アインシュタインが無機的物象界で樹立した相対性理論以上の、「人間の生命力」をも函数として捉える程の優れた日本の伝統の中に生かされているのだ、それを端的に示すことばが「今はむかし」なのだ、ということになる。この思考回路の示すヴェクトルの、すぐ眼前に浮上してくるものは「日本精神」讃美にほかならない。

## 3

作品「旅愁」後半において、矢代の思想や生き方の指標になる人物として東野重造（「梅瓶」では速雄）の存在は大きい。帰国時、矢代と語り合う場面をもう一度検討してみよう。東野は言う。

僕は外国を歩きながら、日本精神といふことを絶えず考へ通して来たがね、とどのつまりは、日本精神といふことは、人を寛すといふことだと思つたね。それや怒るときは怒るがね、しかし、そこにまた何といふか、怒つてしまふと、ぱッと怒りを洗ふ精神が波うつて来るそのおほらかな力だよ。それが日本精神さ。それが八紘為宇といふ飛び拡がるやうな光だよ。もしそれが無ければ日本は闇だ。また世界も闇だ。人類は滅ぶばかりだ。諸君青年はこの精神のために立てよ。ただそれだけがもう世界を美しくするのだ。そのどこにいつたい嘘があるか。

この東野の意見に従えば、「日本精神」とは、寛容の精神であり、おおらかな力がある。これのみが、世界を美しくし、総てを——日本を、大東亜共栄圏を、全世界を救済するものなのだ、と言うことになる。この部分、戦後版では勿論「八紘為宇」の四文字は消え、この言葉を含む文も次のように変えられている。「それが大和ごころといふ複雑な光りものだよ。」日本から世界に及ぶ外向的精神は、戦後版では「美」の側面のみが強調され、政治的側面は完全に抹消される。右の戦後版の文に続く表現をもう少し引用してみよう。

もしそれが無ければ日本は闇だ。滅ぶ方がいい。諸君青年はこの美のために立てよ。ただそれだけがもう諸君

　の精神世界を美しくするのだ。そのどこにいったい嘘があるのか。

世界や人類への拡大は後退し、日本青年の精神世界に限定する主張は、敗戦直後の時勢を考慮すれば当然と言えるであろう。しかし、「日本精神」に美的浄化力を認める姿勢は、昭和十八年の発表時から見られたところであり、戦後の訂正においても美的「日本精神」への信仰は、いささかも衰えていない。むしろ、信念は一層強化されていると言うべきである。と言うのは、戦後版の方が、「日本精神」が多く使用されているからである。右の言葉の前に東野が次のように発言するが、最後の一文は戦後版では大きく変わる。

　僕は忠義を竭すよ。誠忠――これ以外に僕らにはあり得ない。これは実に豊かなものだよ。ただ人はこれを間違へて、こせこせしたものだと思ふやうにさせる傾向のあるのは、臣下のもののもつとも慎しむべきことだね。とにかく、これは万葉のやうにおほらかな清浄さだといふことを、極力僕は人人に信じさせたい。

「臣下のものの」が抹消されるのは当然であるが、最後の一文は次のように変えられている。

　とにかく、あのこせこせした日本精神だけは、一番激しい非日本精神だよ。

この改定には、戦後という「時」の逆照射によって、ここに言う「日本精神」は、戦中のそれとは異なる本物の「日本精神」であることを強調している。寛容で美的なおおらかな精神――このように理解し、戦後にまで強く提示した「日本精神」は、あながち横光利一の痩せ我慢、妄想と一蹴することはできない。

　ここで想起されるのが、第四篇に出て来る千鶴子あての矢代の手紙である。「悪憎どもの手の中から千鶴子を救ひ出したくて」書いた手紙の後半に登場する「万邦をしてその所を得せしめよ。云々」について、安永武人氏の批判(9)があった。昭和十五年九月二十七日、日独伊三国同盟条約締結に際し渙発された「詔書」の後半に出て来る文言

　惟フニ万邦ヲシテ各〻其ノ所ヲ得シメ兆民ヲシテ悉ク其ノ堵ニ安ンゼシムルハ曠古ノ大業ニシテ前途甚ダ遼遠ナリ(10)

の一部を借用したことによって天皇制に屈服した、と言う批判であった。確かに、矢代の手紙は、天皇のお言葉として、その意味を解説し讃仰している。矢代の次の文中にある「神」は言うまでもなく、「現人神・天皇」を意味している。

「万邦をしてその所を得せしめよ。」

これは僕らの国のすべての光を集められた神のお言葉です。何といふ細やかな、荘大な、浸透無端な、光の根元そのもののやうな超越力のあるおほらかなお言葉でせうか。それも太古のむかしから連り、今も変りません。この現実性をかねた抽象性とも申すべき、これ以上に人の心身ともに救ふお言葉といふものは、かつての世界の上にあつたでせうか。この千差万態の変化を許容されつつ、その中に流れた、純粋現象の絶えざる回帰を本願とせられた理想に勝つて光る理想が、一つでもあつたでせうか。（中略）繰り返して申しますが、自分の国の光を浄く信じればこそ、他の国の光をも完全に認め得られるといふことを強く信じて下さい。これを傲慢になることだと思ふやうな、女女しい思ひは夢夢なさらぬやうに。僕は誓つて申しますが、日本の国が滅んだ国に正気を吹きこもらせずにどこの国がそれをなし得られる理想の言葉を瞭らかに示したことがあるでせう。

何故これほどに褒めたたえ感動しているのだろうか。千鶴子をキリスト教の信仰から引き出すために、又は、天皇のお言葉の故に、というだけではあるまい。昭和十二年晩春の作品世界に、敢えて昭和十五年秋の詔書の言葉を用いるところに、作者・横光利一の特別な思い入れがあったと思われる。

国防国家としての大日本帝国の生命線は満州にあり、乏しい資源のため南洋は確保しなければならない、かくして西へ南へ拡張する版図を「侵略」行為の結果と見ることと、欧米の資本主義、帝国主義の魔手から東亜を守るべく大東亜共栄圏を建設しようとする名目とは両立しない。来るべき対米英戦争を「自存自衛ノ為蹶然起ツテ一切ノ障礙ヲ破砕スルノ外ナキナリ」（昭16・12・8　宣戦の大詔）と見て、時代の激流に呑まれて行った知識人にとって、良心あるいは自己弁護、言い訳の唯一の拠り所が、「万邦ヲシテ各〻其ノ所ヲ得シメ」るという発想ではなかったか。

植民地の再分割、再再分割のための戦争ではなく、資本主義の旧体制秩序と広域の大東亜共栄圏を志向する新秩序との戦争であると捉える所に、一国家のエゴイズムに陥ることなく、新しい東亜の盟主として「モラリッシェ・エネルギー」を発揮し、虐げられた東亜の国国に自立を齎すべきである——これこそ「京都学派」の学者による第三回目の座談会『総力戦の哲学』(『中央公論』昭18・1)の主旨である。三回の座談会を通して、「各〻其ノ所ヲ得シメ」というフレーズは、使用範囲や意味の領域を拡大し、種々な場合に応用されている。いかにこのフレーズが珍重されたかが分かる。作者・横光利一は、戦後右の部分を「神」から「父祖」への変更など部分的に手を加えるにとどめ、大筋はこのまま生かしている。先に述べた「日本精神」との類縁性は明瞭であろう。また、この第三回目の座談会で、西谷啓治が発言した「日本精神」論が、矢代の論、そして背後にいる横光利一の思考と極めて近い関係にあることが判明する。西谷からの影響ということも考えられる。

日本の行き方は、よくいはれるやうに、中世でも近世でもみな古代の、或は古代以前の、精神を洗練するといふ行き方で、従つて古い所謂肇国の精神が歴史を貫いて、あらゆるものを消化する力になつている。(中略)要するに、日本には古代的なもの、古代以前的なものが現在まで生きて働いてゐた結果、日本が近代的になり得たといふところがある。そこに他の国々には見られない特色がある。それは結局日本精神といふものゝ弾力性だと思ふ。

以上のように、「日本精神」への傾倒、しかも戦後変えることなく、むしろより一層強調しようとする姿勢は、「古神道」に対する姿勢と全く同じである。これらの意味するところを考察する前に、「梅瓶」——ということは、未完の「旅愁」最後の章における東野の講演を検討しなければならない。

昭和二十一年四月『人間』に発表されたこの章は、これまでに間々あった執筆時の状況が作品世界に持ち込まれるというアナクロニズムの、最も濃厚な章である。日比谷公園での講演（同時にラジオで放送される）で東野は、歎異抄、新約聖書、般若心経、論語、の章句やパスカル、岡倉天心、ラ・ロッシュフコウ、二宮尊徳らを引用しながら「皆さんの憂ひ」について語ろうとする。その憂いの正体は何か。東野は言う。

しかし、どのやうに云ひませうとも、最も小さな、それ故に最も重要な憂ひは、何と云ひましても、現在では原子核の作用に関する憂ひであります。

昭和十二年秋の時点で、文学者兼実業家が原子核について一般市民にラジオを通して講演することがあり得たであろうか。既に述べたように、アインシュタインが大正十一年に来日し「相対性理論」の大まかな理解はあっても、そこから原子の構造理解へ進むには、あまりに難解である。成る程、東野の原子構造の説明には、拠るべき資料があるようである。昭和十二年二月十一日、即ち紀元節の日に、勅令として「文化勲章令」が公布され、同年四月二十六日第一回叙勲者として九名の学者、芸術家が選ばれた。その中に磁気のひずみの研究で有名な大阪帝国大学・前総長、長岡半太郎博士がいた。「大阪毎日新聞」では、四月二十七日に受賞者の業績と略歴を載せ、翌二十八日から「文化勲章拝受の人々」の連載を始め、第一回目に「日本物理学　黎明の巨人」として長岡半太郎博士を採り上げたのである。原子物理学での偉大な業績として、先ず一九〇四年イギリスの『フィロソフィカル・マガジン』に発表した「線および帯スペクトル並びに物質放射能を説明する粒子の運動組織系について」の解説をしている。その中で、陽電気を帯びた核の周囲に陰電気を帯びた多数の粒子が微動な振動を続けながら回転する原子の構造の説明がある。〈昭和十二年秋〉という作品時間に拘われば東野のいう「物の本質をなすこの微粒子の中心には、刎ねつけあふ電気の争ひと、磁力の牽きあふ愛情とがあります。」に、この記事の揺曳を看ることも可能であろう。しかし、東野の原子核についての説明は、後述する仁科博士や浅田博士の解説に負うところが大きいと考えられる。

ところで東野の論が不可解なのは、全物理学者の関心が高まった際、突如として戦争が起こり、その憂いの根本も分からなくなり、再び空空漠漠になったと言う展開なのである。東野の言う「戦争」とは、作品世界に徹する限り昭和十二年七月勃発の日中戦争（支那事変）であるが、そのため物理学界や世間が空空漠漠となったこともなく、むしろ、この後太平洋戦争にかけて原子物理学は、原子爆弾製造への過程を急ピッチで進むことになる。東野の言う状況は、敗戦直後にこそ相応しいのではないか。昭和二十年八月六日と九日とに広島、長崎に「新型爆弾」が投下され、八月十一日の「朝日新聞」で「原子爆弾」の語が使われた[11]。続いて八月十六日の「朝日新聞」に理化学研究所の仁科博士による原子爆弾の詳しい解説と大阪大学教授浅田博士の「科学的調査および対策」が掲載された[12]。この頃から終戦後にかけて「原子」や「原子核」という言葉、大体の構造などが、一般人の耳に親しいものとなったのである。作者・横光利一は、東野速雄の口を通して、戦後社会へ、戦後の読者へ自らの願いを訴えているのである。小説上のアナクロニズム、プロットの不整合を犯してまでも、戦前、戦中、戦後を通じて変わらず抱いていた「旅の行程」を歩もうとしている。東野は、更に続ける。空空漠漠たる空の中から呼び覚ますべきものは、「秩序」であり、「忽然として念じ起たねばなりません。文学も、哲学も、宗教も、新しい愛情さへも、発足点をここに念じて、出発すべきであります。」と演説する。作品自体の未完のため、ここで東野の講演は終わり、彼の提唱する「秩序」の具体的構想や方向は不明のままで終わる。しかし、どのような方向に向かうかは、この発言の前後のコンテクストやいままでの考察によってほぼ推測できよう。この東野発言に関して、既に神谷忠孝氏の興味深い指摘があり[13]、「空空漠漠から出発して秩序を求めるという『旅愁』の主題がうかびあがってくる。『空虚』を克服するために日本の伝統の根本にある『空《くう》』なるものを再発見しようとしたのが『旅愁』であったということになる。」と論じておられる。新しい秩序を求めるという主題の提出には異義はないが、「梅瓶」が既にのべたような偏向を有し、しかも東野の講演からのみ導くことに危惧を感じる。東野は、確かに矢代の理論的支柱ではあるが、ここまで「旅愁」の旅の中心をなしたのは矢代耕一郎と千鶴子であり、彼らこそがこの「秩序」形成という難事業を背負うべき人物である。これに、再登場した久慈も加わるであろう。

矢代耕一郎は、初め「新アジア」と題された東野の演題について次のように感じていた。

自分ならむしろ新世界としたかつた。東野と大きさを較べるわけではなく、一分の小さな柱の穴から、空の光を望み噴き立ちのぼつた、白蟻の群のやうに秩序ある、繊細柔軟な想ひにも似てをり、またそれは、いま見た蠟色の子蜂の透明な脚先が、弁にかかつたひとときの花底に流れる、いのちのやうな真新しさであり、新秋のみのりにも通じる敬虔な祈りのやうなもの。

新世界の芳情ある題を願っていた。ここには、太陽の光を神の恵みと捉え、千鶴子に自分の力を信じるように勧める向日的な姿勢、おおらかで寛容な優しさが見られよう。作者・横光利一の胸中にあった「旅愁」の続稿に、「京都学派」の学者たちの好んだ「主体的無」(西谷)や「絶対無」「無我」(高山)のようなタームや発想――その根底には、彼らの師・西田幾多郎の、トポス論としての「絶対無」がある――が潜んでいたかも知れない。しかし、自己否定を媒介とする肯定の有り様《よう》は、「梅瓶」までの矢代たちには見られない。東野の講演に出てくる「空」が、仏教的な「空」なのか、単なる「空虚」なのか、定かでない。[14] 大正末期から昭和初期の横光利一作品に潜んでいた「虚無」の創造力は、白日のもとで変質したのであろうか。「作家にとつて、体系はすべて踏み砕かるべきために必要なものである。虚無のみが体系と対立する。(中略)文学者の仕事といふものは、優秀であればあるほど、体系からの創造ではなく、虚無からの創造であつた。」(「覚書二」昭8・10)と宣言した横光利一の信念は、遺された「旅愁」の世界では具体化されずに終わっている。

宗教ではない「古神道」の日本的人道主義に立ち、「日本精神」のおおらかな寛容性に徹し、雨後の筍のように戦後急増した似而非なる俄民主主義者や悪しき右翼とも別な東洋の「道義」のもとに、旅の憂い・愁毒を心に、日本、東洋、世界のあるべき姿（平和）を求めていく求道の旅。遺された作品の、遙か彼方の世界を目指そうとする矢代耕一郎たちの姿が見え隠れしている。それは同時に作者・横光利一のそれであり、例え、うら寂しいラ・マンチャの騎士の姿に通うとしても、あまりに生真面目な求道の旅人であったというべきであろう。

## 注

（1）ドイツの歴史学者・フリードリヒ・マイネッケは、その大著『近代史における国家理性の理念』（一九二四年）の「第三篇　近代ドイツにおけるマキアヴェリズム、理想主義および歴史主義　第三章　ランケ」でランケの『強国論』の結びの思想に注目しつつ、次のように「道徳的エネルギー」を解説している。「世界史が示しているのは、一見するとたしかにそうみえるような、諸国家および諸民族の偶然的な狂奔、角逐継起ではない。…われわれが世界史の発展において認めるのは、もろもろの力、すなわち、生命を生みだす精神的な創造力であり生命そのものである。つまり道徳的エネルギーなのである。」（強国論）そのようなことがいえるためには、ランケは、もちろんこのばあい「道徳的エネルギー」を権力政策の力の源泉として賛美したほかの概念を、良心によって命ぜられた不変の道徳律―われわれがみたように、かれ自身やはり、ほかの箇所ではこのような道徳律をふたたび適応したが―という通例の意味よりははるかに広い意味で、把握しなければならなかった。（林健太郎編集『世界の名著　54マイネッケ』昭和44年9月　中央公論社）（但し、右引用部分は岸田達也氏訳）

（2）「西田幾多郎の敗北」昭和29年6月『文芸春秋』

（3）宇佐市教育委員会の小倉正五氏によれば、史実としては光岡城主の赤尾氏（作中、矢代の先祖と擬される）は、大友宗麟方の有力武士であり、周辺の反・大友勢力と争ったことが報告されている。（「光岡城あるいは城山」『横光利一と宇佐』平成5年10月30日　翰林選書）横光佑典氏（利一の次男）は「うちの親父が昔、自分の祖先がお城を持っていたというんですよ。それは大友宗麟に滅ぼされたんだというんです。」（「回想　父を語る」昭和63年10月30日豊の国宇佐市塾発行　宇佐細見読本①『横光利一の世界』）これらを勘案すれば、横光利一が矢代と千鶴子の対立を描くために敢えて史実を逆転させたというよりも、横光自身、本当に自分の先祖の城主が宗麟によって滅ぼされたと信じていたのであろう。

（4）久木の解説は、集合論の、最も基礎的な「同等」の概念を、男女の一対一で説明したものである。「ラアデマツへルといふ数学者でしたかは、その男の云ふのには、一つの部屋に男といふ集合があり、また別に女といふ集合があつてダンスをした、とすると、一人の男と一人の女が手を繋いでみて、うまい具合に残りがなくなつた場合には、一対一の対応が出来たといふことになって、男女の数は相等しいといふ、その証明の仕方が、つまり、集合論のそもその始めのやうな所ですからね。」や、カントルの説として「一対一の対応の値を、2のX乗という代数の形で表現」したことなど述べている。例えば、横光も参看し得たであろう『集合論初歩』（『輓近高等数学講座・第十五巻　南條初五郎編輯　昭和六年一月十五日発行　共立社書店）によれば、次のように解説されている。

同等　一ツノ集合Mガ他ノ一ツノ集合Nト同等ナリトハ、集合Mノ各要素ト集合Nノ各要素ト適当ニ対応セシムレバ、一―一対応出来ルトキニ集合Mと集合Nトハ同等ナリトイフ、爰ニ　一―一対応トハ、集合Mノ一要素aニハ集合Nノ一要素aガ唯一ツ対応シ、又逆ニ集合Nノ一要素aニハ集合Mノ一要素aガ唯一ツ対応スルコトヲイフノデアル

（5）クロネッカー自身、一八八〇年三月十五日、デデキント宛の書簡で次のように述べている。

……私は、再びこの数ケ月を徹底的に携わった研究を集結させようとしてこれに立ちはだかってきた多くの困難に、今日終に打ち勝つ事が出来たと思い、これを貴方にお知らせします。それは私の最愛の青春の夢（Mein liebster Jugendtraum）即ち、整数係数のアーベル方程式が円周方程式によって尽くされるように、有理数の平方根を持つアーベル方程式が特異母数を持つ楕円関数の変換方程式によって尽くされることの証明です。

（『数学の歴史　19世紀の数学　整数論』河田敬義著　一九九二年三月十日発行　共立出版株式会社）による。

（6）ベルクソンの「思想と動くもの」は、河野与一訳の次の岩波文庫本によった。

『哲学入門・変化の知覚――思想と動くものI』（昭和27年2月25日）

『哲学的直観　他四篇——思想と動くものⅡ』（昭和28年2月25日）
『哲学の方法——思想と動くものⅢ』（昭和30年3月25日）

(7) アインシュタイン『相対性理論』（岩波文庫　内山龍雄訳・解説　一九八八年十一月）による。同書の内山龍雄氏によれば、「相対性原理」は、次のように解説されている。

任意に選ばれた二つの慣性系を考えてみよう。このうちの一方は、もうひとつの慣性系に対して、ある一定の速さで、一定の方向に向かって走っているとする。これらのうちのいずれを基準にとって、物理系の状態の変化に関する法則を書き表わそうとも、そこに導かれる法則は、まったく同一で、慣性系の選び方には関係しない。

(8) 特に大正11年11月25日の「東京日日新聞」は、「相対性理論」について、やや詳しく報じている。前日24日の神田青年会館における第二回通俗講演会が、二五〇〇名を越える聴衆がつめかけたことなどを報じた後、ガリレオの惰性の法則を否定したこと、時計の周期的運動が相対的であること、更に、光の問題、ベラレ・マックスレーの電気に関する法則などについてアインシュタイン博士が語ったことを報じている。

(9) 「戦時下の文学〈その5〉四　文学の転向（つづき）Ⅱ　横光利一のばあい」『同志社国文学』（昭和46年3月）

(10) 「朝日新聞」（昭和15年9月28日）

(11) 「朝日新聞」（昭和20年8月11日）の第一面中央部に「原子爆弾の威力誇示——トルーマン対日戦放送演説」を掲げ、〔チューリッヒ特電九日発〕としてポツダム会議に関する記事を六ケ条にまとめている。その最後の六番目に米英重慶三国共同の警告を拒否したため「日本に対し最初の原子爆弾が使用された」とある。Atomic　bomb の訳として使われたものである。

(12) 仁科博士の解説は、かなり専門的であるが、先に触れた東野の演説に、博士の解説の影響がみられよう。その一部を引用する。

原子爆弾とは原素ウランの原子核の分裂の際生ずるエネルギーを利用したものである。（中略）一個の原子の放出するエネルギーは約一千万倍位に達する。この分裂を起させるには中性子即ち水素分子と同じ重さをもち、全く電気を帯びない粒子をウラン原子にあてる必要がある。一個の原子核は分裂すると二乃至三個の中性子がふた丶び放出されこの中性子が更に他のウラン原子核に衝突してこれを分裂させる。

尚、東野演説に関係するものとして、長岡半太郎博士、仁科、浅田両博士の記事以外に、昭和12年から昭和13年にかけて『科学画報』に連載された大阪大学教授　菊池正士博士の連続講話「原子核に就て」も挙げられよう。

(13)「横光利一『旅愁』―空虚という主題―」『昭和の長編小説』（平成4年7月　至文堂）

(14) 東野の言葉の中に「色即是空」（「般若心経」）が現れたり、また作者・横光利一自身についても、戦後、ヘルマン・ヘッセの言葉に触発されて、自らの作品『夜の靴』が、禅の公案から来ていることを述べ、仏教的なものへの志向も見られるが、作品『旅愁』に関する限り、仏教よりは、古神道の線を貫いている。

（付記）本章で引用した横光利一の作品は、すべて『定本横光利一全集』（河出書房新社刊）によった。但し、漢字は常用漢字体に改めた。

# 第八章　「夜の靴」

## ――自己流謫の書――

### 一

「夜の靴」は、それ迄発表されていた四つの章「夏臘日記」（『思索』昭21・7）、「木蠟日記」（『新潮』昭21・7）、「秋の日」（『新潮』昭21・12）、「雨過日記」（『人間』昭22・5）更に「雨過日記」に載せなかった部分と最後の（十二月一日１－２）[1]を加筆し、昭和二十二年十一月二十五日に鎌倉文庫から出版されたものである。

横光利一は、昭和二十年五月二十四、二十五日の東京空襲の後、被災を免れた下北沢の家を橋本英吉、石川桂郎に託して千代夫人の実家・山形県鶴岡市鳥居町四十九に疎開した。そこで八方手を尽くして借家を探しても見つからなかったが、ふとした偶然から西田川郡上郷村の佐藤松右衛門家の一室（六畳）を借りることができ、終戦の三日前の八月十二日にこの部屋に引っ越した。

「夜の靴」は、ここでの生活を中心に終戦の昭和二十年八月十五日から十二月六日まで書かれた日記体の作品で、内容的には戦中の事柄も回想風に語られ、最後の十二月六日には、いよいよ東京へ帰るべく水沢駅近くの蕎麦屋で泊まることが記され、開戦日の十二月八日に帰宅できるであろうと想像するところで終わっている。一人称の

「私」が横光利一であることが明示され、川端康成、小林秀雄、石塚友二、岩波茂雄らも実名で登場する。加えて、この作品の「十月―日、5－3」に別家の久左衛門が第二放送で「旅愁」の放送のあることを「私」に話すところがあるが、当時の新聞によれば、昭和二十年十月十一日と十二日の両日、横光利一の「旅愁」が第二放送で岡野拓の朗読によって放送されたことが判明し、事実がそのまま作品中に使用されている。また、「雨過日記」の終わりの方では、「罌粟の中」(『改造』昭19・2)に登場した踊子「イレーネ」を、「イレエネ」として想起する部分もある。しかし、村の人々は実名ではなく仮名で描かれている。横光利一は、この作品の「あとがき」で次のように述べている。

これはそのころの日記である。終戦の日から自宅へ帰る日までの、およそ百ケ日間ほどのことだが、前から私は、一日人が生きれば何らかの意味で、一つ、その日でなければ出来がたい短篇が有るべき筈のものと思つてゐた。その結果は自然にこの夜の靴のごとき、百ばかりの短篇集となつたが、しかし、短篇集とはいへ、日日の進行であるからは、これを貫く糸は天候と季節の変化である。変るものが貫いていくといふ自然の法は、ここでも私は身をもつて感じ、やうやく私なりの窮乏を切りぬけ得られた。と同時に、私の感官の長篇ともなり変つた。

ここで横光利一は、「日記→短篇→短篇集→感官の長篇」の推移を認めており、短篇集を貫く糸を「天候と季節の変化」という自然法則をもってし、それを感じることによって「窮乏」を切り抜け、自らの「感官の長篇」ともなったという。しかし、「夜の靴」という作品が、果たして「感官の長篇」という面だけで括れるであろうか、という疑問がある。これについては後述するが、初めの「日記→短篇」についても慎重に考察しなければならない。

かつて「純粋小説論」(昭10・4)において「近代小説の生成」に触れ、「物語を書かうとした意志」と「日記を書きつけようとした意志」との二源流から説き起こし、それぞれ「通俗小説」と「純文学」の功罪を論じた時、次のように述べている。

しかし、純文学が、物語を書かうとするこの通俗小説の精神を失はずに、一方日記文学の文体や精神をとりいれようとしてゐるうちに、いつの間にか、その健康な小説の精神は徐々として、事実の報告のみにリアリティを見出すといふ錯覚に落ち込んで来たのである。

この状況を横光利一は「病勢」と呼び、「日記を書く随筆趣味」「自己身辺の事実のみまめまめしく」書く態度にマイナスの評価を与えていた。更に、自らの初期を振り返り「初期の作」（『月夜』序　昭14・8・24）では次のように論じている。

芸術はすべて実人生から一度は遊離して後初めてそこに新しい現実を形造るべきでそれでこそ小説の小説たるべき虚構といふ可能の世界が展かれ、さうして、これこそ真実といふべき美の世界であると私は思ひ、ひたすら人人の排斥する虚構の世界を創造せんことを願つてやまなかつた。生まの現実を日記のやうに追つ駈け廻し、これこそ真実だと云ひふらすなら、書かぬ前に現実で起つてゐる事実の方がはるかに真実なのである。

「小説を随筆のやうに書く私小説」の全面否定であり、「現実をいくら追ひ廻したところで、人間の手へは現実といふものは這入つて来るものではない」と言葉を継いでいる。

このような日記的私小説否定の思想と「夜の靴」とは、どのように繋がるのであろうか。

この「夜の靴」の創作ノートと覚しき「夜の靴ノート」（定本全集第十一巻）や最近全貌が明らかになった「感想集」（『横光利一研究会会報』№4に全文翻刻　平11・3）をも視野に入れながら考察して行きたい。

## 二―1

「夜の靴」は、昭和二十年八月十五日から十二月六日までの一一四日間から七二日分の日記文を記すという形式で構成されている。ここでは、初出時の「夏臘日記」「木蠟日記」「秋の日」「雨過日記」の枠組みは外され、エピグラフとして付けられた指月禅師の詩句

　木人夜穿靴去　石女暁冠帽帰(2)

から取った「夜の靴」というタイトルで総括されている。ということは、個々の日記を解体し新たに全体を有機体として統一したことになろう。その統一の鍵は、新たに加えられた「十二月―日１-２」以下の部分にあると考えられる。「雨過日記」最後（十二月―日１-１）に書かれた農会の人々との会合が釈迦堂で開かれたが、実は「私」を慰安しようという好意溢れる会合であった。その席で農業問題から日本文化全体に話題が及んだ時、あらゆる面で「宗教の形をとつて、より固つてしまふ」日本文化の悪い癖を指摘した「私」は、

　宗教なら各団体の理想は何んと云はうと、人を救ふといふことが目的ですから、どんな悪い団体にしたつて、根柢にはその理想が何らかの形で流れてゐると、僕はそんな風に思ふんです。ですから今は、道徳が失はれたのではなくつて、本当の徳念をより建てようとしてゐる姿の混乱だと僕は見てゐます。

と発言する。戦後の混乱を「本当の徳念」を模索・建設しようとする姿と捉えている。この時、この釈迦堂が禅寺であることを想起した「私」は、重要なことに思い至る。

　禅では殺すことだつて救ふことではなかつたか。自分を木石と見て殺し、習練する法ではなかつただらうか。

盟友・川端康成が後に好んで引用するように、横光利一もここで『臨済録』(3)示衆の一説を思い浮かべていることが

分かる。

道流、儞欲得如法見解、但莫受人惑。向裏向外、逢著便殺。逢仏殺仏、逢祖殺祖、逢羅漢殺羅漢、逢父母殺父母、逢親眷殺親眷、始得解脱。不与物拘、透脱自在。

（道流《どうる》、儞《なんじ》如法《にょほう》の見解《けんげ》を得んと欲せば、但人惑を受くること莫れ。裏に向い外に向つて、逢著《ほうじゃく》せば便ち殺せ。仏に逢うては仏を殺し、祖に逢うては祖を殺し、羅漢に逢うては羅漢を殺し、父母に逢うては父母を殺し、親眷《しんけん》に逢うては親眷を殺して、始めて解脱を得ん。物と拘《かか》わらず透脱自在《とうだつじざい》なり。）

禅における「体究練磨」の厳しさを、超俗の論をもって言い切っているのであるが、後の『無門関』(4)最初の有名な「趙州狗子」の終わりの部分にも同趣の言葉が用いられている。

如奪得関将軍大刀入手、逢仏殺仏、逢祖殺祖、於生死岸頭得大自在、向六道四生中遊戯三昧。

（関《かん》将軍の大刀を奪い得て手に入るるが如く、仏に逢うては仏を殺し、祖に逢うては祖を殺し、生死岸頭に於て大自在を得、六道四生《ろくどうししょう》の中に向つて遊戯三昧《ゆげざんまい》ならん。）

横光利一は、「裏に向い」逢著する自我を殺そうとしているのではなかろうか。そこに現出する自己のあり様《よう》が「木石」なのであり、「習錬する法」なのであって、決して「人間らしさの極北」(5)（茂木雅夫）とは言えないものなのである。

釈迦堂から一人さきに帰る「私」は、自らの靴音を聞きながら指月禅師の詩句を思い出し「夜の靴といふこの詩の題も、木石になつた人間の孤独な音の美しさを漂はせてゐて私は好きであつた。」と述懐するが、実は「夜の靴」における「私」は、「木石」となり透脱自在に遊戯三昧の境地にありたいと願いつつも、ついに「木石」たりえなかった人物と言うべきであろう。

「私」は、この村において「自分の職業」を隠すよう努め、「傍観の徳」というものを信じ「農村研究＝人間研究」に勤しむのであるが、決して自らを空しくし冷酷に観察し批判するのではなく、「農民」への「尊敬」の念や愛の想いが基盤にあり、そのことを自認しているのである。当然、農民との対比において「私」自身への想いが重なり、事象や感想をメモした「感想集」「夜の靴ノート」類との相違が顕著になる。村人への暖かい想い、特に離別の時、財産を飲み尽くした参右衛門と無類の働き者・清江夫婦に礼をしつつ涙する「私」、朝早い旅立ちのため駅前の蕎麦屋に泊まる「私」に付き添ってくれた久左衛門の寝顔に見入る「私」は、「木石」となり得なかった姿を如実に示している。しかし、このような「私」のあり様《よう》こそ、この日記体の形式に小説としての纏めをあたえていることに留意しなければならない。では、何故「私」は木石たらんとしたのであろうか。この作品の構造と内容を考察しながらこの問題をも考察したい。

二―2

「夜の靴」は、詩的な自然描写を基本的な下絵にして成立している。例えば

南瓜の尻から滴り落ちる雨の雫。雨を含んだ孟宗竹のしなやかさ。白瓜のすんなり垂れた肌ざはり。瞬間から瞬間へと濃度を変へる峯のオレンヂ色。その上にはつきり顕れた虹の明るさ。乳色に流れる霧の中にほの見える竹林。（八月―日4）

のような短章が、多く見られる。渡欧前から凝りだした俳句によって磨かれた観照が、冴えている。「欧洲紀行」の散文詩風な捉え方と表現は、遥か年少のころの「夜の翅」「第五学年修学旅行記」との類縁を思わせるが、「夜の靴」における自然描写は、俳諧的な視点の鮮やかさが顕著である。このような自然描写の短章それ自体が、東北の農村の自然を活写するのみならず、後に述べる農民の右往左往する様子や「私」の内省の部分と鮮やかな対照をな

し、一つの大きな空間を形成しているのである。

この下絵の上に、上郷村西目を中心とする戦後の農村問題を観察・考察する部分と、特定の農民を観察し描く部分、さらに「私」の問題を述べる部分の三要素からなっている。「私」に拘る部分については、後に詳しく考察するとして、今、彼の外部（農村）に対する基本的な姿勢から考察を始めよう。冒頭の「八月―日1」は、内容からみて八月十五日のものである。

駈けて来る足駄の音が庭石に躓いて一度よろけた。すると、柿の木の下へ顕れた義弟が真つ赤な顔で、「休戦休戦。」といふ。借り物らしい足駄でまたそこで躓いた。躓きながら、「ポツダム宣言全部承認。」といふ。

「ほんとかな。」

「ほんと。今ラヂオがさう云つた。」

私はどうと倒れたやうに片手を畳につき、庭の斜面を見てゐた。なだれ下つた夏菊の懸崖が焔の色で燃えてゐる。その背後の山が無言のどよめきを上げ、今にも崩れかかつて来さうな西日の底で、幾つもの火の玉が狂めき返つてゐる。

（中略）

義弟の足駄の音が去つていつてから、私は柱に背を凭せかけ膝を組んで庭を見つづけた。敗けた。―いや、見なければ分からない。しかし、何処を見るのだ。この村はむかしの古戦場の跡でそれだけだ。野山に氾濫した西日の総勢が、右往左往によぢれあひ流れの末を知らぬやうだ。

「私」の驚愕が見事に表現されている。すでに井上謙氏の優れた解説がある(6)。井上氏は、「八月―日1」と「八月―日2」を引用した後で次のように述べておられる。

ここには、「躓いて」「躓いた」「躓きながら」駈け込んでくる義弟から敗戦を知った〈私〉の驚きと衝撃が見事に描かれている。そして、茫然とした〈私〉の目に先ず映ったものはなだれ下った夏菊（国家）と背後の山の無言のどよめき（民衆）と、西日の底で狂めく幾つもの火の丸（日の丸）であった。またこの敗戦の憂いの支えとして、細い干瓢の花茎にまで頼りたくなる〈私〉の心には、純粋に戦いの勝利を信じたものの哀しい衝撃の大きさをみることができる。

確かに井上氏の指摘されるように「純粋に戦いの勝利を信じたものの哀しい衝撃」が表現されている。開戦時の横光利一の感想「戦はつひに始まつた。そして大勝した。先祖を神だと信じた民族が勝つたのだ。自分は不思議以上のものを感じた。出るものが出たのだ。それはもつとも自然なことだ。自分がパリにゐるとき、毎夜念じて伊勢の大廟を拝したことが、つひに顕れてしまつたのである。」との落差を視野にいれると一層明白になろう。この驚愕・衝撃の中で「私」は、何をしようとしているのか。彼は言う、「いや、見なければ分からない。」と。しかし、彼自身も自問するように「何処を見るのだ。」敗戦という古今未曾有の歴史的事実を自分の眼で確めようというのであるが、何処を、そして何を観ることによって確認しようとするのであろうか。「私」にとって、「古戦場の跡」である「この村」を動くことが出来ないとすれば、「この村」で「見る」ことをしなくてはならない。

そこで「私」は、「見る」前に自らの位置を、既に次のように確認していた。

一人の知人もなく、親類もない周囲とまつたく交渉の糸の断たれた生活は、戦時の物質不足の折、危険不便は多いにちがひないが、これも振りあてられ追ひ詰められた最後の地であれば、自分にとつては何処よりも貴重な地だ。（八月―日3－4）

加えて「私の職業を誰一人知つてゐるもの」がいないし、「私は東京から一冊の本も、一枚の原稿用紙も持つて来てゐない。職業上の必需品を携帯しなかつたのは、どれほど職業から隔離され得られるものか験しても見たかつた」（十一月―日5－2）と言う覚悟ももっていた。かつての場、旧知、職業を離れ、知人の一人もいないこの農村に、裸身の自己を放擲し、自らを流謫に処したのである。その彼にとって農村研究とは、先に触れた様に、人間研究に外ならない（九月―日14－9）。しかも農民に「尊敬」の念をもっており、「日本でもつとも誇りとなるものの一つ」と捉えている。このような「私」は、「高速度の映写機」で写すように観察したいと願う。その場合、毎夜苦しめられる蚤を有力な契機として農村を計量しようとする（八月―日6－2）。そして、次のような反省と決意を明らかにする。

どちらか云ふと、私はいつも彼ら（農民）の味方をしてゐるので、悪いことも良いやうに解釈をしてゐる傾きもあり、心覚えも要心しいしいといふところがある。冷たい心で歴史を書くのが正しいか、愛情で歴史を見るのが正しいかはいつの場合もむつかしいことの根本だが、実相を危くして物質的真実を追求するといふ手は、私はいつも嫌ひだ。これは真実から遠のくことだ。（十月―日12－2）

三

「私」のいる西目の村で、困ったことが起こっている。米どころの農村に思いもかけず起こった事とは、深刻な米不足であった。消費地ではなく、日本でも有数の米産地の西目に起こったということは、期せずして戦後日本の食料難を象徴することになる。

ことの起こりは、この村の善良さにあった。昭和十九年の米供出が、個人割り当てになった時、完納すれば、一日四合分配給するという約束が敗戦で反故になったことから始まった。戦争に「勝つために」他の村に率先し、互いに融通しあって完納したため、村民自身の食べる米がなくなったのである。加えて、暴風の度重なる襲来、都会での米価の高騰があり、主婦たちは、「もう死ぬ、もう死ぬ」を繰り返しながら、余力の有りそうな家を狙って歩く。そこには、仮面を脱いだ様々な人間の姿が見えてくる。「私」は、日本を顧みて不滅の芸術のないことを嘆きながら、次のように言う。

　しかし、私は米のことを書かう。滅ばうとしてもまだここに人人が喰ひ下つてやまぬ米のことを。どんなに人人が自身に嫌悪を感じようとも、まだ眼を放さず見詰めてゐる米のことを。これは農村のことではない。谷から、川から、山襞から、鬼気立ちのぼつてゐる焔のことだ。私は地獄を書きたい。今ほどの地獄はまたとないときに、その焔の色も色別《ママ》せず米を逐ふ人人の姿は、たしかに人が焔だからだ。自身の中から燃えるものの無くなるまで、火は火を映しあうだらう。（九月―日5－7）

飢餓に追われる農民は、そのまま戦後の日本人に重なる。しかし抽象的に概観しても意味はない。農民、農村の中に入って身近に観察すること、即ち「傍観の徳」でもって具体相を観察することが必要なのである。

　ここで「私」は、家主の参右衛門・清江夫婦、次男の天作（白痴）、別家の久左衛門・お弓夫婦、長男の嫁、美しい老婆・利枝、菅井胡堂和尚、宗左衛門のあば、その他の人々に注目する。特に、はじめの二人と久左衛門とが注目の中心になる。

　参右衛門は四十八だ。巨漢である。いつも炉端に寝そべつてゐて働かないが、無精髭がのびて来ると、堂堂たる総大将の風貌であたりを不平さうに眺めてゐる。剃刀をあてると、青い剃りあとに酒乱の痕跡の泛び出た美男になる。農夫とは思はれぬ伊達な顎や口元が、若若しい精気に満ち、およそ田畑とは縁遠い、ぬらりとした気詰りで、半被を肩に朝湯にでも行きさうだ。（八月―日7－2）

このように描写された参右衛門は、村一番の旧家を酒代で潰しても、自分の過去に少しも後悔していない。働き者の妻・清江と次男の天作の稼ぎの上にどっかり寝そべっている。「私」の部屋代についても「おれは金がほしくて貸したのではないからのう。ただで良い」と言い切り、貧乏だから米をはじめ食料のことは一切世話できないが、

「薪と柴」だけは幾らでもあるので心配させんと明言する。彼は、村の貧農組の頭目で、この家の炉端は貧農組の集会場になっている。親類間でも米の貸し借りを拒否する非情な時期に、困っている農夫が居れば、長男の嫁の実家からやっと借りてきた米一斗の中から、二升を貸してやる人情家でもある。しかし、群がる蚤の中にも動じない、この健康な男に「私」が、「その健康さうに見える陰から覗いた衰微の徴候」を見抜いていることは重要である。参右衛門のような生き方が、既に過去のものになっていることを示している。

この参右衛門と正反対の生き方を見せているのが、別家の久左衛門である。この久左衛門こそ「私」たち一家に、参右衛門の部屋を紹介してくれた人物であるが、彼は隣村から参右衛門の母の妹の所に入り婿した人物であった。日露戦争に従軍し旅順で負傷した時の恩給を元手に商売を始め、得意な算数を頼りに懸命に働き、釈迦堂の横の小舎で汁と笹巻ちまきを売って財をなし、六十八歳の現在では、村で五番目の金持ち（現金では村一番の金持ち）になった。また、日本一の米作りの名人で、話し方によっては難しい話も、よく通じる聡明さも持ち合わせている。午前中の貴重な時間を「私」は、この老人の訪問によって何時も潰される。この苦痛を忍耐していたが、やがて「講習会に出席したつもりになつて、この老人から農業について学ぶことにした」と溜息が出るが、「私」の農村研究（人間研究）は大いに進むことになる。商売による蓄財への反撥、よそ者としての疎外、合理主義への反感などから久左衛門の評判は、甚だ悪い。それにも拘らず彼の米蔵は狙われる。借りる者は当然と思い恩義も忘れ、貸す方は米不足に見舞われる。久左衛門は、精米所の台帳を預かっているので、何処が本当に不足しているか、何処があるのに無い振りをしているか、すべて知っている。自分が死んだら、すべてが明らかになるだろうと信じている。彼の口癖は「神も仏もあるものぢや」。その彼が、「私」たちに一室を世話したとき、「部屋を世話したからは、困らせるやうなことをおれはせん」と呟いたのを頼りに、米の融通を依頼しようと思っても、米はやるやると言いつつ、一度もくれず、「神や仏は気持ちぢや、人の気持ちといふものぢや」と言う。しかし、彼は決して吝嗇なのではない。聞く「私」の方で「自然な説教」を聴くような気持ちになり、米を貰うより気分がよく、彼から米を貰おうなどと思わなくなる。ここで想起されるのが「感想集」と「夜の靴ノート」である。「感想集」は、戦中戦後の疎開先での見聞を、子供の「理科」ノートの裏側から記しめたメモとも言うべきものである。昭和二十年六月末から八月末頃まで書かれ、本家・松右衛門、別家・八治と言うようにモデルの本名が明記されている。「夜の靴ノート」は、直接「夜の靴」に繋がるもので、詳細な記述が見られる。この二つの資料に記された別家の老人には、「夜の靴」と異なる有り様《よう》が浮かび上がって来るのである。

「感想集」に興味深いメモが一行残されている。「◎八月二十日　五升（佐藤八治氏より受納）」横光利一は、別家の八治氏から穀物らしい物――恐らく米であろう――を受け取っている。「夜の靴ノート」になると、別家の老人は、頗る精彩に富んだ相貌を明らかにしてくる。疎開者（前後の文脈から見て横光利一自身であろう。）にあるとき、安い値段で米を譲ってやった。疎開者は米価とは別に闇値同様の金をお礼として持って来た。そこで老人は迷う。

「これを貰つちや、闇で売つたことと同じになるぞ。しかし、お礼といふ以上は、感謝の気持ぢやな。気持は金以上のものぢや。さうしてみると、これは神さまがおれに下さつたものぢやて。―はてな、さうすると、金といふものは―物ぢやないぞ。」

貧困から叩き上げて金を貯へたこの老人に新しい到達点が来たことは、それからの彼を一層反省的にさせるのであつた。何ぜかといふと、この老人は頭が論理的に廻るので、到達点は次への出発点にならざるを得なかつたのである。

三四度これが続くと、「老人は、それを当然なことのやうに思ひ始めてゐる自分に気がついた。」それ以後老人は売ってくれない。もし他所で売ってくれなければ、おれん所へくるように、あんたにだけは、どんなことをしてでも安値で分けてあげるから、と言う。この老人の論理と倫理、愛情まで兼ね備えた言い分は、複雑に見えて却って素朴な人間性を表している。小説中の人物としては、こちらの方が遙かに面白いに違いない。
しかし、横光利一はこちらを採らず、「夜の靴」では、頑なに「気持ちぢや」を繰り返す人物に仕立て上げている。何故だろうか。恐らく、村人から悪評しか受けない久左衛門の、知られざる倫理性、精神性を強調したかったからであろう。「夜の靴」の「私」の久左衛門への愛情のなせる業である。彼を代表として、村人全てへの愛情が、日記から小説への質的変容をもたらしたのである。結局、「私」は久左衛門を農業に勝った唯一の人物と認めるのである。

観察者「私」が、右の二人に劣らず注意を惹かれるのが参右衛門の妻・清江である。

　農家のものの働きを知るためには、ある特定の人物を定め、これにもっぱら視線を集中して見る方が良いやうに思ふ。私は清江の行動に気をつけてゐるのだが、この婦人は一日中、休む暇もなく動いてゐる。今は収穫前の農閑期だのに、清江はもう冬の準備の漬物に手をかけたり、醬油を作る用意の大豆を大鍋で煎つたり、さうかと思ふと草刈り、畠に肥料をやり、広い家中の拭き掃除をし、食事の用意、一家のものの溜つた洗濯物、それに夜は遅くまで修繕物だ。自分の髪を梳くのは夜中の三時半ごろで、それを終ると、竈に焚きつけ、朝食の仕度、見てゐると眠る暇は三時間か多くて四時間である。驚くべき労働だ。（九月―日5－3）

右のように寸暇を惜しんで働く清江は「滅多に人のことを賞めないこの村で、誰からも賞められてゐる」のである。若い頃の美貌がしのばれる上品さも持ち合わせている。「紋服でも着せて出さうものなら、東京のどこの式場へ出したつて、じつと底光りして来るよ。」と「私」には思われる。しかし、「私」は、彼女の想像を絶する働き振りに「感動より恐怖」を覚え、「労働マニア」になっているのではないかと疑っている。その清江にも悩みがある。樺太から帰還して来ない長男のことと、村の米不足の原因を作ったとされ村人の非難を一身に背負っている実家のことである。夫・参右衛門は、村人と妻双方への気配りから、率先して米供出の実行組合長・兵衛門（清江の実家）を非難する。貧農組の口から、政府からの褒賞を独り占めにしたとか、困っている者に率先して自分の米を差し出すべきだなどの非難が出るが、清江には清江なりの反論もある。村民が実行組合長になって欲しいと言うから仕方なくなったのに、今となって非難するのは、おかしいと言う意見を持っているが、口に出すことは無い。彼女の純農民的感覚からは、商売で財を成した久左衛門こそ非難されるべき人物だった。この清江の勤勉が報われたのか、参右衛門夫婦の田に鳥が巣をつくった。この地方では、瑞祥とされるもので、僅かながら、この家庭に光りが射し始めたようである。

本家（参右衛門宅）から峠の向こうの漁村へ嫁入りし、常に帰って来ては生家の廊下を拭く老婆・利枝、何時も村民から褒められる久左衛門の長男の嫁、息子の履歴書を代筆したことで、米一升も呉れ、「私」に好意的な宗左衛門の「あば」、おとなしく力持ちの白痴・天作、樺太に嫁いだ長女を心配する久左衛門の妻・お弓、その他の村人が織り成す人間模様の中で、彼らの好意に触れて行く「私」は、一方で自分の領域にのみこだわる農民のエゴイズムや米価の急騰に血眼になっている姿をみながらも、やはり彼らへの感謝や愛情で心を充たしている。村民が「私」を隣組の一員として取り扱ってくれるようになると、「私も観察を止めよう。」と思い、さらに「長い疎開生活中それほど執心したものは一つもなく、僅に村里の人人の心だけ持ち去りたい」と願うのであった。

このような村民の中にあって、別格の人物がいる。釈迦堂の菅井胡堂和尚である。「僧侶くさみの少しもない闊達な老人」で、村民よりも他郷の者に真価を理解され「名僧」と呼ばれている和尚である。「私」に道元禅書やおはぎを贈ったり、なにくれと心づかいを示す和尚は、この村で「私」の正体を知る唯一の人物であろう。この和尚が「私」のもとへ現れてから、久左衛門の「私」に対する待遇も変り「今までは崩した膝を両手で組んでゐたのも、このごろは、揃へた膝の上へ両手を乗せるまでになつて来た」。この変化は、単に久左衛門が和尚のお陰で商売が出来、財を成したことへの恩義だけから来るものではあるまい。和尚の姿勢を通して「私」への敬意が生まれたからであろう。前述したラジオ放送番組の「横光利一・旅愁」を「私」に質問するのも、単純な好奇心を越えた関心からと思われる。その久左衛門の口を通して思いがけないことが告げられる。

和尚さんはのう、あなたの家をこの村へ建てようぢやないかと、おれに云はしやるのぢやがのう。どつか気に入つた場所を探して、さういうて下されさうしたら、村のものらでそこへ建てますでのう。(九月一日3－1)

「私」は勿論、深謝して辞退したが、村民の好意の背後に菅井和尚の配慮が読み取れよう。「私」がこの村を引き揚げる事に決まった時、釈迦堂で開かれた農会に招かれたが、実は、菅井和尚の計画したらしい(私を慰める会)であった。心の籠もった持て成しに、感謝した「私」の口からほっと出て来た話は、前夜見聞した参右衛門夫婦のことであった。

別家・久左衛門の末娘・せつの結婚式(留守式)の祝酒で上機嫌になった参右衛門が、普段の酒乱癖を発揮せず、寝室に入っても、下手な歌を歌い続けていたが、あの働き者の鑑とも言うべき妻の清江に歌うよう迫った。催促が二三度続いた時、突如清江が「おおばこ来たかやと…」と歌い出した。よもや歌うまいと思っていたらしい参右衛門も、虚を衝かれた形だったが、やがて「うまい、うまい、うまい。」と手を叩いた。

夜半のしんとした冷気にふさはしい、透明な、品のある歌声だつた。調子にも狂ひが少しもなかつた。静かだが底張りのある、おばこ節であつた。それも初めは、良人を慰めるつもりだつたのも、いつか、若い日の自分の姿を思ひ描く哀調を、つと立たしめた、臆する色のない、澄み冴えた歌声に変つた。(中略)

「朝鮮とオ、支那とさかひの、鴨緑江オー」

鴨緑江節となつては、参右衛門ももう我慢が出来なくなつたらしく、「流す筏は…」その後を今度は夫婦揃つてやり始めた。私もひどく愉快になつた。そして、もうこのまま一緒にこの良い夜を明かさうと思ひ、隣室で寝ながら二人の歌を愉しく聞いた。

この話に和尚の感動を始めとして、一座の人々は慶びに顔がほころびたが、前夜の「私」の想いは、複雑であった。明治と昭和に挟み打ちに合った大正時代に青春を送った「私」は、同年代の参右衛門の呂律の怪しい歌にさえ、心中応援していたが、清江の歌を聞くと

私は聞いてゐて、自分と参右衛門と落伍してゐるのに代つて、清江がひとりきりりと立ち、自分らの時代を見事に背負つた舞ひ姿で、押しよせる若さの群れにうち対《むか》つてくれてゐるやうに思はれた。

清江の歌は、最も損な時代の重荷を背負わされた「私」たちの世代へのオマージュだったのである。参右衛門との合唱を聞きながら、「私」は、心中に「若さがしだいに蘇つて来る」ように感じた。

『夜の靴』あとがき」の最後に

全篇を夜の靴として長篇としたことは、短篇の集合を一つに揃へてみた軸座の色調が、稲を作る村に枝葉をひろげた大元の家の歎きを主軸として、少しは展けたかと思はれた結果である。

とあるが、農民への愛の中でも、特に参右衛門・清江一家（未帰還の長男、彼の嫁、白痴の天作、三男を含め）への愛情が、この作品の要《かなめ》になっていることが分かるのである。

## 四

敗戦という未曾有の事態に直面し、「私」は「見なければならない」と決意し、それを実行し始める。しかし、当然のこととして、眼は反転し内なる自己に向かってしまう。

昭和二十年八月下旬のある日、「私」は湯の浜（湯野浜）へ、一週間一度の楽しみの入浴にいった。途中二人の

復員兵を見、敗戦後のすべての事態と無関係ではないことを認識しつつ湯に入れば、心はなまけた潤いに満たされ参右衛門の怠け癖に馴染み、腹のあたりの垢を擦る。その時、「私」は次のように述懐する。

しかし、敗戦の日の私の物思ひは、こんなことでは片付きさうもない。私は何も云ひたくはない。（八月―日8‐3・傍点は引用者）

この日々、左右両陣営からの批判に晒され、人生の辛さを改めて噛み締めているが、「私」には、他者の批判を全て受け入れる性質があり、自分が悪いと思えばこそ人に感心する性質を「風雅」であると心得ている。その謙虚で寛容な心で、戦時中の思い出から戦後の想いを述べる部分は重要である。

ある晴れた冬の日、頭上のB29一機の翼すれすれの高度で高射砲弾が炸裂した。それを見ていた青年が「あッ、いい高度だな。」と一声もらしたのを聞いた「私」は、次のように記す。

そのひと声が、晴れた空と調和をもつた、一種奇妙な美しさをもつてゐた。敵愾心もなく、戦闘心もない、粋な観賞精神が、思はず弾と一緒に開いた響きである。私はこの世界を上げての戦争はもう戦争ではないと思つた。批評精神が高度の空中で、淡淡と死闘を演じてゐるだけだ。地上の公衆と心の繫がりは断たれてゐる。それにも拘らず、観衆は連絡もなく不意にころころ死んでゆく今日明日。たしかに死ぬことだけは戦争だが、しかし、戦争の中核をなすものは、何といつても敵愾心だ。いつたい、今度の長い戦争中で、敵と呼ぶべきものに対して敵愾心を抱いてゐたものは誰があつただらうか。事、この度の戦争に関する限り、この中核を見ずして、他のいかなることにペンを用いようとも無駄である。（八月―日9‐3）

高射砲弾とB29との関係は、確かに右の引用文はじめの様に言えるであろう。しかし、後半の「敵愾心」についての見解には、欠落している視点がある。戦場での、論理を超えた恐怖と憎悪、人が鬼と化す次元や、無辜の民が戦火に追われ堕地獄の恐怖・辛酸をなめる次元からの視点に考慮が払われていない。ひとたび、そのB29から無数の焼夷弾が投下されれば、換言すれば「私」の言う「高度の空中で」演じられている死闘と「地上の公衆」とが猛火という死神によって繋がれた時、「粋な観賞精神」は、何時迄維持できるであろうか。その半年後、「私」は家を焼かれなかったものの、東京大空襲を経験しているのであるが……。右の「私」の見解は、銃後の或る平穏な日の或る瞬間の感想としては通用し得るであろうが、ここから戦時中や戦後の日本人の有りようを演繹するのは無理がある。しかし、以下展開する「私」の論を韜晦とか、ごまかしとして一方的に否定しさることは出来ないであろう。むしろ試行錯誤する心の苦渋を見るべきではなかろうか。

愛国心は誰にもあり、敵愾心は誰にもないといふ長い戦争。そして、自分の身体をこの二つの心のどちらかへ組み入れねば生きられぬといふ場合、人は必ず何ものかに希願をこめてゐただらう。何ものにこめたかそれだけは人にも分らず、自分も知らぬ秘密のものだ。しかし、人は身の安全のためにさうしたのではない。たとへそれは間違つたものに祈つたとしても、そこに間違ひなどといふ不潔なものなど、も早や介在なし得ない心でしたのである。それは狐にしようと狸にしようと、それ以外には無いのだから通すところのものはどうでも良い、有るものを通して天上のものへしてゐたのにちがひないのだ。ここに何ものも無い筈はない。（八月—日9—3）

敵愾心がないのだから、愛国心との二者択一になれば、当然のこととして愛国心を選ぶ。しかし、その際、個人的な利害を越え、自らも分からない「何もの」かを通して「天上のもの」への祈願を籠めていたのであるから、そこには「間違ひ」などと言う「不潔なもの」など存在しない。戦前、戦中の、何も知らされなかった国民の心情を代弁している。では、敗戦後の日本人はどうなり行くのか、「私」は続けて言う。

おそらく以後進駐軍が何をどのやうにしようとも、日本人は柔順にこれにつき随つてゆくことだらう。思ひ残すことのない静かな心で、次ぎの何かを待つてゐる。それが罰であらうと何んであらうと、まだ見たこともないものに胸とどろかせ、自分の運命をさへ忘れてゐる。この強い日本を負かしたものは、いつたい、いかなるやつかと。これを汚なさ、無気力さといふわけにはいかぬ。道義地に落ちたりといふべきものでもない。しかし、戦争で過誤を重ね、戦後は戦後でまた重ねる、さういふ重たい真ん中を何ものかが通つていくのもまた事実だ。それは分からぬものだが、たしかに誰もの胸中を透つていく明るさは、敗戦してみて分つた意想外な驚愕であらう。それにしても人の後から考へたことすべて間違ひだと思ふ苦しさからは、まだ容易に脱げきれるものでもない。（八月—日9－3）

敗戦国民として日本人が柔順に振る舞うことを予測し、それを「汚さ」「無気力さ」とは異なるものと捉え、「道義地に落ちたり」とも見ていない。戦後初めて実感する「明るさ」に新しい可能性を見出そうとしている様である。右の引用文の最後に見られる虚脱感は、戦前戦中の「私」の思考が、まだ総括されていない苦痛を物語っている。昭和二十二年三月、鎌倉文庫の木村徳三に、「『夜の靴』のことですが、あの原稿はどこいも出すのを止めました。ストツプ願ひます。（中略）他意は何らありませず、意に満たぬ原稿の個所噴出（以下省略）」と書き送ったのも、このあたりに原因があったのだろう。

作家として「私」は、国破れても後にのこるであろう様な「淡海のみゆふなみちどりながなけば心もしぬにいにしへ思ほゆ」（人麻呂）の美しさや戦後一層さみしい美しさを増した「荒海や佐渡によこたふ天の川」（芭蕉）に感動しても、自分のことを思うと直ちに「悲しみ」に襲われる。それを「文士に憑きもの」と見なし、何処にいても「さみしさ」まさり来るばかりだと言い、そして、「何だか私には突き刺さつてゐるものがある。」と言う（九月—日5－6）。何を見、感じても過去の亡霊が付きまとい、新しい自己は未だ確立されない。与えられた民主主義の証明にしても、人間は生活しなければならぬと言う条件のもとでは、「今」を見ることが最も重要である。ところが、今、農民と労働者はまさに王侯そのものである。ここまで現実が民主主義に徹しているからには、後は「これに統一を与へる精神」が必要なだけである。しかし、人々は米と精神とを追いかけ、米だけは眼につくが、精神は見つからない。「分らなくなると、一つの顔を悪いといふ。誰も彼もその一つの顔で血刀を拭かうとする。」戦前戦中の自己を正当化するための他人への誹謗が始まる。横光利一もその血刀を拭われた犠牲者の一人である。

羽前水沢駅から西目まで、稲田の中を半里ほど真一文字に続く道がある。ものを考えるより仕方のない道であり、「私」はこの道で多くのことを考えた。十月のある日、配給の醤油を取りに出かけ、この道を歩きつつ種々考えた。この日この道での思索の一部が、既に昭和二十一年五月『婦人文庫』に「春の日」(7)と題して発表されている。難解な比喩にみちた表現の裏側に戦後の苦渋が如実に述べられている。「夜の靴」においても、この道を歩きつつ遠い山波を眺め考えたことが記される。

「汝自身を知れ。」とデルフオイの神殿に銘された文字が哲学の発生なら、私らのここの山山には何があるのか。

「人間であるといふことは何を意味するのか。」

雲の映つた泥濘の中の水溜りを跳び跳び、ソクラテス以来のこの課題に悩まされた多くの哲学者たちの答案の結果が、つひに原子爆弾といふ天蓋垂れた下の人間の表情となつて来た現在。このギリシヤ以来の精神の連続と、私といふ人間と、どこにいつたい関係があつたのかと私は考へた。何にもない。かの山山は、物部、蘇我二族の殺戮しあふ血族の祈りだけだつた。神は一度も通つた様子のない憂鬱な山脈のところどころの窪みに、仏が巣をちよぴりと結んだだけではなかつたか。そして、私はまだ絶望さへしてゐない。(十月―日6－3)

後半に難解な表現のある右の文章に、飛躍を含みながら「私」のアイデンティティを求める焦燥を読み取ることが出来よう。未完の大作「旅愁」以来の想いがここにも現れている。西洋哲学の潮流が科学万能主義に吸収された十九世紀から二十世紀にかけて、科学が産み出したものが結局殺戮の武器だったことに、東洋的乃至日本的な精神との異質性と感じているのである。しかし、目前の山々には修験道の痕跡はあるものの、「私」の考える「神道」の跡がない。四散し統一を欠いた「私」の思索は、「絶望」する次元にまでも至っていない。妻と二人で柴刈りに出かけた時の戯れに「もう駄目らしいぞ。お前もおれも、爺さん婆さんになつたもんだ。」と笑いながら言い、妻の励ましにも「いや、もうおれは諦めた。」(十月―日15－3)と言うのも、強ち冗談とのみ言えまい。自分に対する懐疑も頭を擡げる。「自分はいつたいいつまで続く自分だらうか、よくも自分であることに退屈せぬものだ、と私はあきれる。」(十一月―日4－1)それ故、時として虚無的な想いに足元を攫われそうな瞬間がある。自然に埋没してしまう自分の思考が陰鬱さで充ち、無感動な気持ちでいる時、次のような想念に襲われる。

人間全体に目的なんてない。――私は突然そんなことを思ふ。それなら手段もないのだ。生を愉しむべきだと思つても酸が下つて来ては死が内部から近づいて来てゐるやうなものである。びいどろ色をした、葛餅色の重なつた山脈の頂に日が射してゐて、そこだけほの明るく神のゐたまふやうな気配すらあるが、私の胃の襞に酸が下つて来て停らない。眼に映る山襞が胃の内部にまで縛りつづいて来てゐるやうに見える、ある何かの紐帯を感じる刻刻の呼吸で、山波の襞も浸蝕されつつあるやうに痛むで来る。切断されようとしてゐる神――木の雫に濡れた落葉の路の上で栗のいがが湿つてゐる。(十一月―日10－4)

結果論めくが、ここには既に死の予感が充ちている。胃の襞に酸が流れるのが、比喩ではなく実感として表現され、それと併行して日本の古い神々の信仰も断たれようとしていることに触れている。右の文章が書かれた一月前、昭和二十年十月六日のAPワシントン特電によれば、アメリカ政府は、国教としての神道廃止を決定しており、日本国内では、右の文章より一カ月後の昭和二十年十二月十五日連合軍司令部から、国家と神道の分離、神道教義からの軍国主義的、超国家主義的思想の抹殺、学校における神道教育の排除等が指令された。「夜の靴」における「私」の、神道乃至信仰についての具体的な発言がみられないので、文章中の「神」の内容については不明であるが、少なくとも日本古来の「神」が変容しつつあることを「私」が感じていることは間違いない。「神」の問題に限らず、戦後の日本はすべてが激変しつつある。

恐るべき速度で何事か皆かき消えて進んでゐるのだつた。速度の方が恐ろしい、茫然としたこの痴漢のやうな自分の中で、何が行はれてゐるのか私ももう知らない。（中略）異常なことが日常のありふれた事に尽く見えてしまつてゐる今日この頃の心情は、われも人も同様に沸騰した新しさだ。私は自分がどれほど新しくなつてゐるのかそれさへも分からぬが、これを表現する言葉は誰にもない。（十一月―日13－2）

こうした時に「私」の拠るべきものは何か。結局「私は東洋を信じる。日本を信じる。」という信念に帰るしかない。突如降って湧いたような東京への引き上げ話で、荷物を見も知らぬ人に託する時も「人よりもその機縁」を信じ、その男の養父――山賊の親分のような風貌の人物をも、疑心の底から澄み冴えてくる彼の正しい筆跡によって信じようとする。「篆刻のごとき美しさだ。あれが生の象徴だ。私は東洋を信じる。日本を信じる。人みな美し、とさう思つた。」（十一月―日23－1）

菅井和尚の好意で持たれた慰労会において、既述の参右衛門夫婦の歌に続く話し合いで「私」が語ったのは、既述の日本社会の通弊と可能性であった。日本の政治、経済、文化、全ての領域において、「宗教」の形をとり、固まってしまう癖がある。そのようなセクト主義が日本を滅ぼしたのであり、敵は自分の中にあったのである。しかし、「宗教」の形をとっているからは、最終の理想は「人を救ふ」ことにある。「私」はここで西目から見た戦後日本の総括をする。「今は、道徳が失はれたのではなくて、本当の徳念をより建てようとしてゐる姿の混乱だと僕は見てゐます。」

右の如くであるなら、直ぐに「東洋」「日本」へ逃げ込む自分を、旧知のいない僻地でもう一度白紙の孤独な状態に置き、「木人」と見て殺し、修練し直すことが必要になってくるであろう。「私」が「木人」たろうとするのは、このことによるのである。

## 五

以上観てきたように、山形の寒村で農民を、自分を、日本を眺め思索した軌跡を描いた「夜の靴」は、横光自身が言うような「感官の長篇」であるばかりでなく、「観察の長篇」「思索の長篇」と成り得ているのであり、「私」なる一人称を視点人物として設定し、横光利一は自らの想いをこの人物に託している。その場合「夏臘日記」の最後でヴァレリイの言葉を引くように、「生《な》まのままの真は、偽《に》せよりも偽せだ。」の信条を生かし、「感想集」→「夜の靴ノート」→「夜の靴」と虚構の度合いを深め、「芸術はすべて実人生から一度は遊離して後初めてそこに新しい現実を形造らるべきでそれでこそ小説の小説たるべき虚構といふ可能の世界が展かれ」ると言う横光の芸術観が実践されたのである。特に最後に付加された「十二月―日1－2」から終わり迄は、四つの随筆の世界を解体し、先に述べた戦後社会への総括、自ら「木人」たらんとする決意、参右衛門夫婦との涙の別れ、生涯見ることもあるまい久左衛門の寝顔との離別を描くことにより、作品空間を完結させている。そこには、「黙示録」風な奥行きがあり、「自己流謫」の書としての特徴が色濃く流れている。ここに戦後、横光利一の立ち直り、再出発の可能性が示されたのであるが、この書が出版されてから一月余り後、満四十九歳の若さで横光利一は早すぎる死を迎えたのである。

**注**

（1）この作品では月は記されているが日付はなく、すべて「――日」で示されている。そこで、今、便宜的に「――日」の順番を「――日1」で表し、さらに「――日1」が複数に分かたれているとき、その順番を「――日1－2」

のように記した。因に「八月——日3－2」は、「八月——日」の三番目の二段落目を表す。

（2）『指月禅師仮名法語』（享保十八年六月書かれたが、指月禅師の死後、文化九年七月三日に上梓された。）六篇中の「十玄談仮名註」にある漢詩の一部。指月禅師（一六八九～一七六四）、名は慧印、江戸時代中期の曹洞宗の学僧で、多くの著書がある。

ところで、右記「十玄談仮名註」に載っている詩句と横光が引用しているものとの間に、文字の異同がある。

（仮名註）木人夜半穿靴去　　（夜の靴）木人夜穿靴去
石女天明戴帽帰　　石女暁冠帽帰

鶴岡市西目の東源寺住職・川妻裕尚師（「夜の靴」に登場する菅井胡堂和尚の部屋に飾ってあった写真の青年のモデル）のご教示により、『景徳伝灯録』（承天道原編の、禅者の問答の集大成）に「仮名註」と同じ詩句のあることを知った。『大正新脩大蔵経』第五十一巻史伝部三（昭和48年8月15日再刊）所収「同安察禅師十玄談并序」の「心印、祖意、玄機、塵異、演教、達本、還源、廻機、転位、一色」の「廻機」から引用する。なお、「十玄」は、十玄縁義のことで、華厳宗の代表的教説。中国の智儼《ちごん》と法蔵が説いた古十玄と、法蔵が改訂したものを澄観らが継承した新十玄がある。

涅槃城裏尚猶危。陌路相逢没定期。権挂垢衣云是佛。却装珍御復名誰。木人夜半穿靴去。石女天明戴帽帰。萬古碧潭空界月。再三撈漉始応知。

『景徳伝灯録』の本文と「仮名註」の本文とを読み比べると、指月禅師が、『景徳伝灯録』の詩句にのっとって十玄談を説いていることが判明する。指月禅師の文章は、片仮名に漢字（殆ど禅語）交じりのもので、「木人夜半…」の詩句を、直ぐに見出すことは難しい。しかも既述のように横光が引用している詩句には、文字の異同がある。

横光は、古典から引用する場合、字句を改変することが、よくある。意図的なのか、記憶の誤りなのか、分からない。（一例のみを挙げれば、道元禅師の「坐禅箴」にある「水清徹地兮、魚行似魚、空闊透天兮、鳥飛如鳥」の句をよく引用するが、「鳥飛んで鳥に似たり。」と書く《「北京と巴里（覚書）」『改造』昭14・2》。「魚行いて魚に似たり。…鳥飛んで鳥の如し。」の混同があり、意図的なのか、記憶違いなのか、分からない。また、「歎異抄」の有名なことば「善人なをもて往生をとぐ、いはんや悪人をや。」を引用するとき、「善人なほもて往生す」（「梅瓶」）とか「善人なほもて往生す、まして悪人においてをや」（「紅い花」）などと書く。「夜の靴」の場合、七言を六言に変え、「夜半」の「半」を削るだけでなく、「天明」を「暁」に、「載」を「冠」に変更しているのは、出来過ぎているように思う。「夜の靴」本文に「夜の靴といふこの詩の題も、…」とあるが、『景徳伝灯録』にも「仮名註」にも「夜の靴」という題はない。作中、菅井和尚から「私」は、よく禅書を借りているので、禅問答や禅に関係した詩句を集めたアンソロジーのような書物があって、そこに載った「木人夜穿靴去…」を引用したのではなかろうか。『定本全集』第十六巻の「雑纂」に収められた日記的随筆（昭和二十二年六月九日前後）に（「夜の靴」といふ意は禅の公案）という言葉があり、『景徳伝灯録』からも「仮名註」からも公案とは考えられないので、やはり別の書籍に拠ったと考える方が良さそうである。

また、「夜の靴」の中に「夜の靴といふこの詩の題も、木石になつた人間の孤独な音の美しさを漂はせてゐて私は好きであつた。」とあるが、これも「私」の個人的感想であって、「仮名註」で指月禅師が説く融通無碍の在り方、「時ニ臨ンデ機ニ応ズ」教説と大きく隔たっている。

川妻師のお話によると、曹洞宗の僧侶がよく読誦する「宝鏡三昧」にも

木人方歌　石女起舞　非情識到　寧容思慮

なる語句もあるとのことである。

（3）朝比奈宗源註の岩波文庫本（一九三五年七月三十日発行）による。
（4）西村恵信訳注の岩波文庫本（一九九四年六月十六日発行）による。
（5）茂木雅夫「横光利一―『夜の靴』―」（森山重雄編『日本文学　始原から現代へ』昭和53年9月　笠間書院）
（6）『横光利一　評伝と研究』（平成6年11月　おうふう）
（7）「春の日」（『婦人文庫』昭和21年5月）

戦前戦中の国粋主義的な思考から如何に脱皮するかの苦渋を比喩を使って述べている。内田良平らの「黒竜会」を連想させる「黒竜」（ブラック・ドラゴン）の姿が、「私らの信じてゐた文化文明」であったのなら、「そのままには

通用しがたい、無念なもの」となっていたこともあるだろうと反省し、自分一人を考えても、多くの鱗が後から後から生えて止まなかった、という。そして、突然「比喩を止めよう。」と言い、国家の中だけでものを見ていた状態から、「人類といふかつて見たこともない実体」に触れた苦痛、混乱を述べる。

「私は去年のある秋の日、一壜の醤油を携げて野路をひとり歩いて来た。」この路は、「人ひとりも見えない半里の長い野路」で、「夜の靴」に登場する水沢駅からの一直線の路である。この路で壜が教えてくれた「忘れてゐた一番大切なこと」は「恩を忘れぬことだ、与へた恩は忘れることだ」であった。東京に帰った今でも「あの囁きだけは、今も私は覚えてゐる。」と言う。

横光の苦しい生の声が聞こえて来る。

なお、「ドラゴン」は「旅愁」第一篇にも登場し、沖老人のことばとして次のように表現されている。

二・二六といふのはわたしらは見なかつたけれど、あの話の模様ぢや、ひと通りの風模様ぢやありませんぜ。外国人もみな驚いてますね。日本といふところはドラゴンが政治を動かしてゐるさうだが、今度は龍が跳ねたのかといひよる。

# II

# 一、「旅愁」「祕色」と伊勢神宮

横光利一は、昭和十二年四月十二日から「大阪毎日新聞」（4・13夕刊）、四月十三日から「東京日日新聞」（4・14夕刊）に「旅愁」の連載を開始した。それから八ケ月後の十二月二十一日、横光利一夫妻は伊勢神宮に参詣し、そこで奇しくも柘植（母の古里であり、且つ彼が幼少年期を過ごした「第二の故郷」）の消防団員に出会う。その伊勢詣を素材にした「祕色」が二年後に書かれ、それより半年早く昭和十四年七月、「旅愁」の第一篇の最終部に、初めて「伊勢神宮」が重要な意味をもって語られる。更に、「祕色」の二月後、「旅愁」で矢代の両親が伊勢神宮に参拝したことが書かれた。これら一連の事柄を表にすると、次のようになる。

| | |
|---|---|
| 昭和12年4月12日 | 「旅愁」連載開始 |
| 昭和12年12月21日 | 横光利一夫妻　伊勢神宮に参詣 |
| 昭和13年1月26日 | 友人・沢井善一氏へ書簡にて伊勢神宮参詣のことを伝える |
| 昭和14年7月 | 「旅愁」（第三回・『文芸春秋』）に初めて〈伊勢神宮〉が登場する |
| 昭和15年1月 | 「祕色」を『中央公論』に発表 |
| 昭和15年3月 | 「旅愁」（第十一回・『文芸春秋』）矢代幸子の手紙の中に両親の伊勢詣のことが書かれる |
| 昭和16年8月2～6日 | 大政翼賛会主催の第一回〈みそぎ〉に参加 |
| 昭和16年10月31日 | 筧克彦の『国家之研究』を読む |

昭和19年2月　「旅愁」（第六回・『文学界』）第四篇　千鶴子、由吉・槙三とともに伊勢神宮、長谷寺に詣で京都に来たことが書かれる

「旅愁」後半には、矢代の信じる〈古神道〉が登場し、作品自体が一つの方向を取り始めるのであるが、本章は、作者・横光利一、「旅愁」の世界、その中心人物・矢代耕一郎と伊勢神宮とが、どのように関わりあっているのか、以下考察するものである。

一

昭和十三年一月二十六日、横光利一は小学校時代の幼友達・沢井善一氏に四百字詰原稿用紙四枚の手紙を送る。少し長いが、その半分程を引用すると次のようになる。

神宮へ皆で行かれたとの事ですが、私も暮れの二十日に参宮をして、二十一日に山田へ着き、内宮を家内と一緒に這入つて行きましたら、全く偶然、東柘植の字を背中に浮べた消防団と一緒になり、非常に驚きました。誰も気がつかぬやうでしたが、私は社前で消防団に取り包まれたまま、団長の最敬礼の号令に従ひ、皆と一緒に拝殿に向つて最敬礼をしました。近ごろ、これ程嬉しく喜ばしく、爽々しい気持ちを感じたことはありませんでした。敬礼をすませてから誰か知つた人はいないかと、あかず眺めてをりましたが、誰も皆、僕のゐたころは生まれてもゐない人ばかりでしたので、そのまま黙つて別れて来ました。家内にもこの一団の人々は僕の村の人たちだと教へてやると、何だかどこか似ていると云つて、非常に偶然にびつくりしてをりました。（中略）私は大阪の講演がありましたので、時間もありません故、鳥羽へ出て、電車で大阪へ行きましたが、一寸柘植へ行つて見たいと思ひました。

私は本籍は九州になつてゐますが、九州へは殆ど行つたこともありませんから、やはり故郷と云へば柘植より頭に浮んで来ません。

偶々、夫婦で内宮へ詣でた時、〈故郷〉とも言うべき東柘植の消防団の人びとに出会う〈偶然〉に、横光利一は余ほど感動したと思われる。後述するように、ヨーロッパから帰国後、神道への関心を深め、「旅愁」連載の進行とともに〈古神道〉へと進んで行く途次、伊勢神宮で経験したこの〈偶然〉への感動は、先ず「祕色」として結晶する。

故郷を出て、コック、料亭の主人、料亭の転売で財を成し、今では高利貸を営み、同時に東京市市会議員を勤める矢代老人は、妻・柿乃を伴って伊勢神宮に参詣する。老人は、富み栄えた親戚に苛められた少年時代の記憶から、四十年も帰郷していないのであるが、この度伊勢へ詣でたのは、伊勢に近い故郷に近づく喜びと、それ以上に、娘の長患いから来る心労を静めたいという願いからであった。しかし、この夫婦にとって、最も苦手とするものは、金貸業だけはやめて欲しいという子供からの苦情であった。

矢代老人のこれまでの生活は、まさに〈合理主義〉に徹しており、「働いて金を儲け、それを頼まれて貸すどこが悪いか」の信条のもと生きてきた。金を貸す時も、普通の〈借用証〉ではなく、自分の資産を相手に預ける形式をとり、〈預り証〉を書かせた。満期に返済出来ぬ時、相手は横領罪となる、一見辛辣な方法であるが、却ってこれが借用人の心理を刺激して警察沙汰にならずスムーズにことが運ぶというものであった。

妻の柿乃を貰う時も、結納金の半額しか柿乃側が返さなかったというので、三年間も〈夫婦の行ひ〉をしなかったが、あるとき、それが柿乃の地方の習慣と分かると、「矢代老人は柿乃の前に両手をついてひた謝りに謝つた。以来彼の柿乃を愛すること他人目も恥じぬほどに変り、柿乃以外の女を近づけたこともかつてなかつた。」という徹底振りである。しかし、このような矢代老人も、三万円の詐欺に引っ掛かり「昨日の烱眼も日日衰へを見せ、海岸の別荘に療養させてある娘の子の病ひも手をつくす甲斐が顕れず、何となく宗教心のとみに加はつて来たかのやうな潤みの増した風貌」になり、老人の〈合理主義〉的生き方に破綻が兆し始めてきた。このような時に老人の伊勢詣がなされたのである。

神のみ前で、矢代老人の崩壊しかけた〈合理主義〉はどのように立ち直るのか、或いは変容するのか、作品「祕色」後半の中心はここに置かれる。

先ず矢代夫婦が詣でた外宮において、トンビを砂利の上にじかに敷き、正座して祈る矢代老人は、内外両面から次のように描かれる。

あまりに激しいひた向きな老人のその様子は、私は正しさを実行いたしたのでございます、お咎め下さいますな、お咎め下さいますな、と云ひつづけてゐるやうに見えた。（中略）老人は膝から石の冷えのぼつて来るのも罪の深さの吸ひ取られてゆくやうな快感に感じた。寒さに少し青ざめた顔も立ち上つたときには、筋立つた額の下で眼が鋭く輝き、妻の柿乃のことも忘れて老人は暫くひとり無言で歩いた。

老人の様子といい、胸中といい、正当であった筈の生業を、既に〈悪業〉と観じ〈罪〉深い行為と見做している。老人の〈合理主義〉は、立て直しされるのではなく、むしろ、断罪されるべきものに転落している。それも、「神宮に関する知識」から来るのではなく、「ただ樹の美しさ苔の見事さ」に代表される「あたりの荘厳さ」に包まれて己の罪を感じたのである。これに対し内宮ではどうであったか。

内宮の境内は外宮の厳しさとは違ひ何となく豊かに延びやかな心地がして、これこそ人間の罪の心もお咎めもないやうな自然なみな景色だと思はれ、老人はほくほくと嬉しさうな笑顔だつた。

矢代老人は、期せずして神道本来の〈すがすがしさ〉[1]に包まれて、蘇生したかに見える。しかし、生業から生じる後ろめたさ、罪意識から解放され、真に蘇るためには、故郷との出会いが用意されていた。

五十鈴川で手を清めた夫婦の前を、隊伍を整え奥へ進む消防団の青年たちの一行があった。するると、矢代老人は突然、「あッ。」と霊消るやうな声を上げたかと思ふと棒立ちになつたまま動かなかつた。顔は見る間に赧くなり、眼は爛爛と輝き、消防団の法被の背の文字を見詰めたまま急いで柿乃の袖を引つ張つた。

「どうなすつたの。びつくりしますわね。」

とかう引つ張られながら云ふ柿乃に老人は、

「あの消防団は油日ぢや。背中の字を見い。わしの生れた村ぢや。早よう行こ。」

この「偶然の出来事」を老人は「神のみ業」と思う。作者・横光利一からすれば、〈東柘植〉を少しずらせて隣村の「油日」に設定したことになる。油日は、滋賀県の三重県との県境にあり、鈴鹿山脈の西南端に聳える油日岳の麓に位置する寒村である。県は異なるものの、柘植とは地続きの隣村で、JR草津線でも隣同士であり、油日岳の勇姿は柘植からも間近く望める。先の書簡に書かれた出会いの感動を横光利一は、矢代老人に投影しているのである。書簡にあった横光利一と同じように、矢代老人も青年たちの顔を「一人づつ穴のあくほど眺め」るが、「勿論知つた顔は一人もなかつた」。夫の喜ぶ様子から、一度帰郷することを勧める妻の言葉に、矢代老人は「今では郷里の方が赦すまい」と思い、「名誉にならぬ高利貸が商売」と思うにつけて青年たちに名乗りもできない。内宮の境内にはいって直ぐに感じた「豊かに延びやかな心地」は、跡かたもなく消えて〈高利貸〉という負い目が老人の心に、新たな責め苦を用意する。老人が最後に帰村した時、臨終の父が遺した言葉の鞭が、改めて彼の胸に突き刺さる。臨終の父に向かって「それでは安心なさつて成仏なされや。」という彼に、父はかっと眼を大きく開けて「生意気ぬかすな。お前が成仏出来ぬ奴ぢやぞ。」と怒鳴りつけて息絶えた。この父の言葉が、故郷の青年たちを前にした今ほど痛く胸に突き刺してくることはなかったのである。

どうして自分が悪事をしたことが一度でもあつただらうか。働いて金を儲け、それを頼まれて貸すどこが悪いか、―とこのやうに思ひ考へても、何となく悪事らしい臭ひのとれぬのは、森森と直立してゐる杉の端正さに包まれた、身の汚れのためばかりではないらしかつた。老人は初めて訳の分からぬことに出会つた気持ちで歩くうちに、いつの間にか道は行き詰つて拝殿の前まで来てゐた。

疚しい事のない自分の生き方で、矢代老人は、「初めて訳の分からぬことに出会つた気持ち」に遭遇した。換言すれば、〈合理的判断〉がつき兼ねたのである。「神のみ業」は、更にもう一つの偶然を用意していた。参拝の場所が、狭かったので、「自然に塊りよつた消防団の隊伍の中に巻き包まれた形になつた」老人は、団長の号令で消防団の青年とともに、神前に最敬礼をした。その途端老人は、「来る途途胸にわだかまつてゐた心の曇りも一時に飛び去つた思ひ」に浸り、この「神前で受けた感動」によって心の穢れを洗い落とし、妻にも「新しい良人」のように見えたのである。伊勢神宮と故郷の青年たち、この二つが結び付いたところに〈新生〉が用意されていた。心身ともに明るくなった老人が、鳥羽で海女の潜る「青磁色の水面」に見たものは、正に「祕色」の世界――高貴な、穢れのない清明な世界だったと言えるであろう。

矢代老人の転身とも言うべき変容は、同時期に進行していた「旅愁」の変種を思わせる。合理主義から神秘主義へ、それは西洋合理主義信奉者・久慈から古神道信奉者・矢代への移行を思わせる。「移行」と言うような無機的なものではなく、やはり「変容」と言うべきであろう。「旅愁」が、そして矢代、久慈がどのように成り行くかは、ついに示されなかった。しかし、横光利一は、この作品で一つの蓋然性を試した、と言えるのではなかろうか。

## 二

伊勢神宮参拝で体験した感動は、横光利一をして「祕色」を書かしめたのみならず、彼の日本への姿勢や連載中の

「旅愁」の内容について大きく影響を与えることになった。

「旅愁」第一篇で〈伊勢神宮〉が登場するまで、〈神〉という言葉は度々使われていたが、殆どの場合比喩的な意味に終始していた。

インスブルックのホテル・カイザの窓から矢代と千鶴子が二人で見る夜の氷河に、稲妻が閃く、その情景を「爆裂して来る音響の中で明滅する氷河は、夜の世界を守護してゐる重厚な神に似てゐた。」と表現する。〈偉大な超越者、支配者〉の意と解すべきで、特定の宗教に限定することは出来ない。また、矢代の言葉で、ヨーロッパの知性の為に懐疑の淵に落ち込んだ日本の知識階級を批判する箇所で「さうなれば、自分をつまらなく思はせたヨーロッパが、神さまみたいに有り難くならうといふものだ。」も同様に解すべきであろう。（但し、この箇所は戦後版では改変されて別の表現になっている。）更に、矢代、久慈、東野の三人が偶然入ったホモのカフェーから逃げ出して、「自然に還」ることに意見が一致した時、久慈の言う「どうもしかし、論争のない世界といふ奴は面白くないものだな。仕事がなくなつたみたいで、いやに仲ばかり良くなるのは、これや、神さま何か間違つてるぞ。」も同趣と捉えてよいであろう。但し、一ケ所やや趣の異なった用法がある。それは、チロルの唄に従って集まる羊の大群を見て「まるで神さまを見てゐるやうだわ。」と感嘆する千鶴子の言葉の「神さま」である。〈羊を牧する神〉には、彼女の信仰するカソリックの〈神〉が投影されていると見ることが出来よう。（因に、千鶴子がカソリック信者であることは、この場面の直後に、唐突に明かされる。）いずれにしても、〈神道〉の神々でないことは明らかである。

ところで、最後に挙げたチロルの場面で、氷河の見える暗い丘の端で膝つき祈る千鶴子を見た矢代と、千鶴子がパリを去る最後の夜、彼女の部屋で膝つき祈る千鶴子を見る矢代とでは、反応に大きな違いのあることは既に論じたので、ここでは発表の時期に注目して簡単に考察したい。(2)

横光利一夫妻の伊勢神宮参詣（昭12・12・21）以前に書かれたチロルの場面では

千鶴子の立ち上つて来るまで、彼も祈りに近い気持ちで、空の星を仰いでゐた。もう云ふことも為すこともなかつた。心は古代を逆のぼる柔らぎに満ちて来て、…

（「東京日日新聞」昭12・8・6）

これに対して第二篇最終部分で、別れを翌日に控えた二人が、ワインで乾杯する直前、千鶴子が矢代の後の床へ膝をつき寝台の上で黙ってお祈りをした時は、次のように描かれる。

チロルの山上のときに一度千鶴子の祈るところを矢代は見たことがあつたが、今夜のはひどくこちらの心を突くやうに感じ、彼もその間ともかく伊勢の高い鳥居をじつと眼に泛べて心を鎮めるのだつた。

（「旅愁」・終篇『文芸春秋』昭15・4）

これも既に指摘したが、前者・チロルの箇所は、この初出本文と『文芸春秋』（昭14・5）と更に単行本『旅愁第一篇』（昭15・6　改造社）の本文とは微妙に変化している。そのいずれにも出て来る「古代」の指す実体は不明である。しかし、どの場合も矢代にキリスト者・千鶴子への拒否反応はない。一方、『文芸春秋』連載（終篇）の方では、矢代の心を突くような千鶴子の祈りに対して、はっきりと「伊勢の高い鳥居」を思い浮かべることで対抗している（二回目の「伊勢神宮」の登場）。即ち、キリスト教対神道の構図が提示されている。加えて、千鶴子の祈りを許容することはチロルの場合と同じであるが、〈神道〉の許容力によってそれが為されたことが重要なのである。キリスト教対神道の構図は、両者が対等にあるのではなく、〈神道〉が前者を包み超える関係である。先の引用に続いて書かれた次の一文は、以上のことを明確に物語っている。

暫くして千鶴子が立つて来たとき、矢代はカソリックのお祈りをした千鶴子に気がかりな何の矛盾も感じなかつたのが気持ち良かつた。

〈神道〉の導入、その強力さは、作者自身の伊勢詣体験と無縁ではあるまい。作品「旅愁」に、初めて「伊勢神宮」が登場するのは、先に触れた昭和十四年七月の『文芸春秋』連載第三回目に於いてである。ドイツの青年に漢詩（崔護の詩）の読みを質問され、矢代が答えている傍らで、久慈が感想をのべる箇所から引用すると次の通りである。

「支那人といふのはこのパリを見てゐても、みな人間の死んでしまつた跡の空虚《から》ばかりが眼につくんだね。また後へどこの馬の骨かしら這入つて来るだらうぐらゐに思つてるんぢやないか。」

ドイツの青年が李の傍へ戻つた後で久慈は矢代に云つた。

「さうも思はないだらう。そんなことを思つては楽しんでゐるだけだよ。人間が空虚《から》になつてゐるところばかり美しく見えるのなら、ここから日本を想像してみなさい。人が一人もゐないやうに見えるぢやないか。実際僕に不思議でならぬのは、ここから日本のことを思ふと、いつでも人が日本に一人もゐなくて、はつきり、伊勢神宮だけが見えてくることだね。これやどういふもんだらうね。」

矢代の言う〈空虚〉は、決して仏教的なものではなく、又、ヨーロッパ的な虚無でもない。仏教的な〈空〉でないことは、後で述べるが、ヨーロッパ的な〈虚無〉でないことは、伊勢神宮に詣でた数学者の槙三と矢代の会話（第四篇）で明らかになろう。数学上の困難に直面した槙三が信仰を持たずにはいられないと告白し、内宮の前で「一番単純な公理を信仰しようと決心しました」と言う槙三に今までにない新鮮さを矢代は感じるのであるが、本文は次のように続く。

またそれは数学のみに関したことではない、万事精神の世界に共通した心理の分裂に関する、今日の日本人の態度決定の問題にも迫つてゐた。

「虚無的になれば、どんなに深からうと、どこまで行つても虚無的だらうからな。しかし、それはあなただけのことぢやないんですよ。」

「さうです。それは虚無的になれば、どんなに深からうと、何もないといふことですよ。」槙三はわが意を得たと云ひたげに眼を光らせた。

右のように〈空虚〉が〈虚無〉でないならば、矢代の言葉は何を意味しているのだあろうか。先の久慈との対話の続きで、矢代は日本の知識階級のニヒルな態度を指摘し、「世の中がひねくれたつてかまはない」が、「日本だけは滅んでくれちや困るとひそかに思ふのだ。」と言う。矢代の言うのは、「愛国心」という偏狭なものでなく、世界の人間が忘れてしまい「日本にだけたつた一つあるやうに思ふ」もの、〈ある云ひ難い精神〉なのである。彼は、それを「大神に捧げまつらん馬曳きて峠を行けば月冴ゆるなり」という短歌を引いて説明するのであるが、要するに、民衆の中に満ちている涙ぐましい素朴な美しさ、明るさを言いたいのである。戦後版では、どこの国民も持っているけれども忘れている「平和な宝のような精神」、即ち「云いがたい謙虚極る純粋な愛情」と言い、例歌も「父母と語る長夜の爐の傍に牛の飼麦はよく煮えてをり(3)」を挙げ、そこに「素朴な美しさ」「和かさ」「平安な愛情」などを読み取り、先の「平和な宝のような精神」の説明としている。戦前版戦後版、いずれも民衆の中に存在する素朴で平和な精神を指していると解してよかろう。そうすれば、先の矢代の言葉は、仏教的な「空」ではなく、「伊勢神宮」によって代表される、明るく素朴で謙虚な生き方によって日本が満たされていることを意味しているものと考えられよう。

作品「旅愁」で二回目に「伊勢神宮」が登場するのは第二篇の終わりに近い部分であり、これについては先に引用し考察を加えた。しかし、そこでは「伊勢神宮」は、「高い鳥居」によって代表されていた。これ以後第三篇で三回（戦後版では二回）登場する「伊勢神宮」も、すべて大鳥居によって表されている。あの聖なる唯一神明造の正殿ではなく、何故簡素な鳥居を想起するのであろうか。これは、案外簡単な理由によるものと思われる。板垣南御門をくぐり外玉垣南御門から参拝しても、正殿はよく拝することが出来ず、印象に残るのは五十鈴川に掛かる宇治橋の両側に聳える鳥居であり、それらの代表として一の鳥居、二の鳥居の質素でおおらかな姿が心に刻まれる。同時にその鳥居をくぐるという行為のもたらす転身の想い（後に触れるが、横光利一は「転神」の語を用いている）、辺りの境内の清潔さ、明るさに気持ちは伸びやかになり、奥深く鎮座する正殿よりも鳥居の印象が鮮明となる。しかも、この大きな鳥居は、上部に鎬（しのぎ）を付けた五角形の笠木を乗せているが、反りがなく、大抵の神社の鳥居にある額束（がくつか）がない。余計な装飾がなく白木造りの姿（神明鳥居）は、一層の神々しさを増している。このような情況を横光利一は参拝し感じたであろうと推測出来る。これらが矢代の想いに投影されていると見てよいであろう。この伊勢の大鳥居は、ヨーロッパ文化特にキリスト教（矢代の場合はカソリック）を考える時に矢代を支えるバック・ボーンとして現れる。では、伊勢の大鳥居によって示される思想は、どのようなものであろうか。

## 三

「旅愁」（『文芸春秋』第十一回　昭15・3）第二篇、パリ祭の朝、矢代は妹・幸子からの手紙を受け取る。その中に両親が伊勢参りをしたことを知らせ、次のように書いている。

――いつかお報らせしたかと思ひますが、お父さまも気がこのごろお弱くなりましたのか、お金貸しもあまりひどいことをなさらなくなりました。お伊勢参りをお母さんとなさつたとき、偶然に郷里の消防団と一緒になつて驚かれたことがありましたが、それ以来急にお年をとられたやうに思ひます。郷里へも先日初めて帰られ、御先祖のお墓参りをされました。

矢代耕一郎の父・信常は、「旅愁」では、青年時代に福沢諭吉の教えを受け、欧州主義で通しトンネルやダム工事に情熱を注ぎ、自らの希望であった「洋行」を息子にさせるため、年老いては庶民金庫に勤め「生涯を貯蓄に暮らしつづけた」と説明されているのであるが、金貸しのことは、ここ以外では出て来ない。明治人間・矢代信常の、息子・耕一郎とは違った堅実でしたたかな生き方が見えてくるが、今ここでは、それを指摘するにとどめ、作品「祕色」との類似に注目したい。この部分を含む『文芸春秋』連載・第十一回は、「祕色」発表に遅れること二カ月、既述のごとく昭和十五年三月であった。「祕色」の矢代老人の故郷は、滋賀県の東南端〈油日〉であったが、「旅愁」の矢代信常の故郷は、九州であり、参宮後、故郷を訪れている。このように、少しの相違があるものの、参宮によってそれまでの生き方を変えているのは同じである。矢代信常の胸中は、詳述されていないが、「祕色」の矢代老人の場合とそれほどの径庭はないであろう。伊勢神宮の齎す感化力は、矢代老人の場合のように、参宮した人間に心理的に感受されるものとして描かれている。しかし、昭和十七年八月の『文芸春秋』に掲載された第五回（第三篇）になると、明確な思想的背景をもって「伊勢の大鳥居」は登場する。

昭和十二年十二月二十一日の参宮は、神道への関心の高まりの現れと見てよく、それ以後も神道関係の書籍を読んだことが推測されるが、昭和十六年十月三十一日の『国家之研究』まで、どのような資料に当たったか定かではない。『古事記』『日本書紀』を初めとして『神道五部書』や本居宣長（復古神道）の著述、山崎闇斎（垂加神道）や吉田兼俱（吉田神道）の見解にどれほど迫ったかは不明であるが、昭和十年代の日本の情況に直結させようとする横光利一にとっては、神々の系譜や祭祀の歴史などに心を留める余裕がなかったのではなかろうか。伊勢神宮での貴重な体験が、そのまま素直に深まらず、現代史との縫合を急ぐあまり、不幸な出会いが用意されてしまった。筧克彦の著述――〈古神道〉との出会いである。「旅愁」における古神道については、既に論述しているので、ここでは、第三篇の一ケ所のみを採り上げて考察する。矢代が千鶴子のカソリック信仰にからんでキリシタン大名・大友宗麟などを想起する場面である。重要なので少し長いが引用する。(4)

「王のものは王に還せ、神のものは神に。」

と矢代は深夜眠れぬ時などひとりかう呟いてみたりしながら、世界の言葉の中でもつとも恐るべきこの深さを持つた言葉の描く波瀾丈疊の世界を空想した。さまざまの破局の飛び散り砕け、浮き沈み消滅してゆく中で、唯ひとり原始のさまを伝へ煉り上つて来てゐる日本といふ国家、これはも早国家といふべきものではなく、宇宙の諧調を物言はず光り耀かせた儼とした白光元素の象徴とも見える「神のもの」そのもののやうな優しみの国となつて映じて来るのだつた。

矢代はかういふ有機物のいのちの原理を指し示して延び栄えてゐる自分の国柄のことを考へると、心もまた怨みなくなり、優美深遠な情緒をともなつて来るのを覚えた。

「神のものは神に還せ。」

こんなキリストの言葉のある前に、自分らは身も心も神に還し祭つてゐる日本人だと矢代は思つた。それは無機物の形造つた物理学的宇宙といふやうな、有機物のいのちを除いた非情寒冷な論理世界のみを対象として、宇宙の諧調の美を作らうとする自然科学者の頭に映つた世界ではなく、万物をいのちと見、論理以前の論理体系を国家として、同時にそれを宇宙の根元と観じてゐる希望有情の充実した日本人ではないであらうか。（中略）

「知りたくばここを潜れ。」

とこんなに云ふやうに、少し開いた伊勢の大鳥居の黙然とした簡素鮮明な姿は、いつもヨーロッパにゐたときから矢代の頭に浮んで来た姿だつた。また彼は、恰も、転神の術かと見えるこの姿が浮んで来るときに限つて、千鶴子の信じてゐるカソリックも許容し得られる雅びやかな気持ちの掠め通つて来るのが、いつもながらの不思議なことだと思ふのだつた。

（右引用の（中略）以後の部分について、戦後版では〈古神道〉が、早くもここで使用されている。[5]）新約聖書の有名な言葉――マタイ、マルコ、ルカに出て来る――「カイザルの物はカイザルに、神の物は神に納めよ」に示される二元の世界とは異なり、神と王とが一致し、聖なる世界と俗なる世界とが古代から統合され洗練されて来た日本は、〈国家〉という概念を遙かに超えて、宇宙的規模の調和に光り輝く「『神のもの』そのもののやうな優しみの国」として矢代に捉えられている。従って、矢代にとって日本人とは、「身も心も神に還し祭つて」おり、「万物をいのちと見、論理以前の論理体系を国家として、同時にそれを宇宙の根元と観じてゐる希望有情の充実した」民族ということになる。こうした国家観、民族観を矢代に教え示すものとして「伊勢の大鳥居」は捉えられていたのである。大鳥居を潜ることにより、千鶴子のカソリック信仰も「神道」への「転神」、少なくとも「神道」による許容が可能なのである。

しかし、この大鳥居によって代表される「神道」の思想は、すでに作者・横光利一が親炙している筧克彦の〈古神道〉の世界に深く影響されている。ここに見られる国家観は、『皇国之根柢万邦之精華古神道大義』（大1・10・20　清水書店）や『国家之研究』（大2・11・25　清水書店）更に『続古神道大義上・下』（上巻・大3・12・27、下巻・大4・4・20　清水書店）に詳述されている国家観をほぼ正確に受け継いでいる。例えば、次に引用する筧克彦の論述と比較すれば明らかであろう。

我我一同も泄れなく神の表現者たる方面を有するけれども、我我の表現者たることを総攬し、且つ神ならぬ独立人として神と対立する人人に対し常に神を表現する者がなければならぬ、此何時にても永久不断、瞬間の間断もなき表現者が現人神たる天皇であらせらるる。此信仰は最も尊く、従つて宇宙の普遍的公道であるが、ただ此信仰に基き最も純粋に之を国家の根本制度として居る者は我国より他に類例がないのである。実際は万国が学ばんとしても到底及ばぬことであるが、万国でも之を理想として居るのである、否、万国の理想に拡張すべきである。

（『古神道大義』第一章　古神道の性質　第三節　神神の特質）

先に「ほぼ正確に」と条件を付けたのは、天皇にたいする作者・横光利一及び主人公・矢代耕一郎の態度が、筧克彦のそれといささか異なっているからである。右の引用によっても明らかなごとく、筧克彦は、天皇を「現人神」「神道の神様」と位置付け、神神と人人とを合一させることが出来るのは総攬者たる天皇お一人と論じる。[6]しかし、作品「旅愁」においては、用心深い配慮によって、「神」という言葉で直接天皇を表現することは一ケ所を除いて他には見られない。その一ケ所も、注意深く読まなければ分からないものである。この他にも、筧克彦の説によりながら、横光利一は、独自の〈古神道〉論を築き上げようとしていた。このことも既に論じたので、[7]ここでは要点だけを述べる。

伊勢神宮での感銘を作品化しつつ、昭和十六年八月には、大政翼賛会主催の第一回〈みそぎ〉に参加し、神道への関わりを深めていった横光利一は、「大鳥居」によってイメージ化した「伊勢神宮」を常に思い起こしながら、理解としては筧克彦の〈古神道〉に惹かれ、やがてそこからも抜け出て独自の〈古神道〉論を作中の矢代耕一郎に称えさせる。矢代耕一郎の称える〈古神道〉は、大きく次の三ケ条に纏められよう。

（1）古神道は宗教ではない。

（2）古神道は、日本人の信仰の根底に存在し、キリスト教はじめ、他の宗教をも許容する。

（3）日本の憲法・法律は古神道の精神によって創られている。

矢代耕一郎の思想としての〈古神道〉は、宗教ではない故に神々の系譜は語らず、広く日本の社会、文明の根底に存在する歴史的遺産であり、今も尚日本という国家、民族を支えている基盤であり、これを拡大して行けば全世界に平和を齎すことが可能な思想なのである。既に閉塞状態にあるヨーロッパ合理主義、キリスト教にたいして、東洋的ヒューマニズム、日本精神のおおらかさ、[8]寛容さを志向し、来るべき時代の平和を願うものであった。この〈古神道〉の内容は、「旅愁」戦前・戦中版から戦後版への改訂を通してみても、基本的には変わっていない。これは同時に作者・横光利一の抱いた〈古神道〉の内容でもあった。

度会神道を中心とする「伊勢神宮」の世界とは、かなり隔たった〈古神道〉の隘路に迷い込んだとは言え、横光利一の神道への関心は、「伊勢神宮」参詣を契機に一層深まったのであり、彼が体験した「転神」が、人間としての感動から思想へと深化し、その過程が彼にとって如何に重要な意味を持っていたかが理解されるのである。

**注**

（1）谷省吾著『神道原論』（皇學館大學出版部　昭和46年6月25日「前篇　神道の根本理念　第四章　清々」に言う。
清くなるといふことは、罪やけがれを去ることであるが、罪やけがれは、人間の本性に必然的に具有せられるものではない。いはゆる原罪の観念は、神道のものではない。罪やけがれは、生活と共に、意識的に、また無意識的に附着してくるものであつて、結果的にほとんど避けることのできない人間の本然のやうではあるものの、決して本来のものではない。別の言ひ方をすれば、祓ふことは、まがれるものう直すことでもあるのであり、祓へによつて現前する清浄の境地こそ、人間本来のものなのである。

（2）本書・第六章「旅愁」一　参照

（3）昭和13年1月から刊行され始めた『新萬葉集』からの引用。安永武人氏の指摘による（「戦時下の文学〈その五〉「同志社国文学」昭和46年3月）。

（4）注2に同じ。

（5）「旅愁」第四篇で、矢代の千鶴子にだす手紙の中で、昭和15年9月27日に渙発された日独伊三国同盟条約締結の「詔書」の一節「惟フニ万邦ヲシテ各、其ノ所ヲ得シメ」を使う箇所で、「神のお言葉」と表記している。この「神」は、注意深く読めば「現人神」即ち「天皇」であることが分かる。尚、この部分については本書・第六章「旅愁」一参照。

（6）注2に同じ。

（7）（8）本書・第六章「旅愁」一　参照。

# 二、「雪解」解説

横光利一（一八九八～一九四七）は、大正末期から昭和にかけて活躍し、常に盟友・川端康成とともに日本近代文学に新しい展開を齎した作家であります。ヨーロッパのアバンギャルド（前衛芸術）に学びながら、文学のあたらしい技法や表現を求めて「新感覚派」の先頭に立ち、当時勢いを得つつあったプロレタリア文学運動に対抗しました。現実の奥に潜む「真実」を求め、「虚構」によって作品世界を構築し、「蠅」、「日輪」（大12）、「頭ならびに腹」（大13）等にモンタージュや感覚的で奇抜な表現を駆使し、日本語表現の新しい可能性を追求しました。昭和に入り、世界的視野で中国民衆の五・三十事件を描いた「上海」（昭3～6）を初めとして長篇小説に取り組み、「寝園」「紋章」「家族会議」等の長篇小説を発表し『文学の神様』と称せられました。これらの長篇小説を貫く理論として有名な「純粋小説論」（昭10）があります。昭和十年代に入り、日本が世界の中で孤立し、戦争の足音が段々強く響いてくる頃、西洋文明と日本精神の対決を描く長篇小説「旅愁」（昭12～21）を執筆し始めましたが、横光利一の余りに早過ぎる死によって未完に終わりました。戦後、横光利一、特に「旅愁」に対し激しい批判がなされましたが、横光利一がこの作品で提示した問題は、現在でも未解決のものが多く、未だに有効性を持っています。

このように文学の本道を邁進した横光利一にも、自分の体験を素材にした所謂「私小説」的な作品があります。幼い姪との、もどかしい肉親愛を描いた「御身」（大13）、「春は馬車に乗つて」（大15）や「花園の思想」（昭2）によって代表される、妻・キミの病死前後を描いた「病妻もの」等あるのですが、勿論凡庸な「私小説」とは異なり、素材は横光利一の鋭い眼光によって瑣末な現実の姿を超え、真実を捉えた客観的な作品世界を築いています。このような「私小説」的な作品群の中に、不思議な『雪解《ゆきげ》』という作品があります。私は、敢えて「不思議な」という修飾語を付けましたが、この「不思議」の内容を考え解きほぐして行けば、自ずから『雪解』という作品のもつ意味と役割が明らかになるものと思います。

先ず問題になるのが発表の時期なのです。中篇小説というには、やや短く、短篇小説と中篇小説の中間ぐらいのこの小説が、完結するまで実に十二年もかかっていることなのです。単に長期間を費やしたということのみならず、その隔たった二回の時期が問題なのです。この作品の前半は、昭和八年六月『週間朝日』夏期特別号の〈特輯小説〉「雪解」として発表され、後半は昭和二十一年一月号雑誌『改造』に「青葉のころ」として発表されました。（尤も、昭和二十年十二月に養徳社版『養徳叢書12　雪解』として全文が発表されており、後半など「青葉のころ」より詳しく、表現、内容ともに充実しています。）

昭和八年と言いますと、横光利一にとって問題作、大作の端境期にあたります。先に述べましたように「上海」という野心作を雑誌『改造』に昭和三年から断続的に発表し始めます。もともとこの作品の素材は、プロレタリア系の作家が扱うべき中国民衆運動でありますが、横光利一は、自分たちの「新感覚派」こそ唯物論的に創造し得るという信念（多分に気負い・強がりの傾向があります）のもとに、新感覚派の集大成としての表現を駆使し、東洋の動乱を描いて行きました。同時期の中国動乱を描いたアンドレ・マルローの「征服者」や「人間の条件」とともに、世界文学としての視野の広さ、スケールの大きさを持っていました。しかし、その完結の前に「新心理主義」という新しい方法に心奪われ、「機械」（昭5）で成功を収めると「寝園」の連載を始め、昭和七年に完成させ、昭和六年未完のまま連載を終えた「上海」をも、かなりの修正を加えて昭和七年七月に改造社から出版しました。おそらく横光利一は、一段落ついて、ほっとしたのではないでしょうか。昭和九年から始まる「紋章」や昭和十年の「純粋小説論」、「家族会議」などの評論や小説は、昭和八年の休息……そこで書かれた「雪解」の効果からうまれた賜物というべきでしょう。では、「雪解」は、どのような世界が描かれていたのでしょうか。これは、次の「青葉のころ」の発表時期に触れた後に一括して考えたく思います。

後半の「青葉のころ」は、戦後第一作と言ってよい作品です。戦後は言うまでもなく、時代の歩みとともに模索してきた横光利一受難の幕開けです。昭和二十一年六月には『新日本文学』誌上に文学における戦争責任者の一人として指弾され、死の一月前には杉浦明平の徹底的な罵倒の評論が発表されます。こうした四面楚歌の中で横光利一は、「青葉のころ」を執筆したのです。未完の大作「旅愁」の、現在遺された最終章「梅瓶」の発表が昭和二十一年四月ですから、これよりも早いことになります。最近、鶴岡で精力的に横光利一研究を進めておられる田村茂廣氏によって、散逸した「雪解」の原稿の一部が発見されました。これを見ますと、戦争末期山形に疎開していた時も、執筆・添削を繰り返していたようです。敗色濃厚な戦争末期、そして敗戦の時期――決定的ともいえる挫折の時に書かれたのが十二年前に書き残した「雪解」の続きだったのです。失意の日に何故「青葉のころ」が書かれたのでしょうか。

やっと作品内容・作品世界を考察する段取りになりました。(既に区別しているのですが、「雪解」と「青葉のころ」とを合わせ『雪解』と書くことにします。)問題作の端境期に横光利一の心をときほぐし、失意の日々に横光利一を惹き寄せる世界とは、どのようなものなのでしょうか。実は深遠な哲理の世界でもなく、また歓楽の妖しい世界でもありません。十代の少年少女の、実に他愛ない、幼い心の交流が描かれているにすぎないのです。これが第二の「不思議」なのです。しかし、この幼くて純粋な世界にこそ人間・横光利一を癒す大きな力があったのです。一つの作品をモデルから強引に説明することは、作品自身の世界を壊し、作品の命を縮めることになりますから、要心しなくてはならないことですが、この作品の主人公・卓二少年に横光利一の心情がかなり強く投影されており、自伝的要素が濃厚に漂っています。そのため、一応モデルから説明しておきましょう。

　作品の始めの方に出て来る「城を後にした町」とは、言うまでもなく伊賀上野の町であり、卓二の通っていた中学校は三重県立第三中学校、現在の三重県立上野高等学校の前身であります。また卓二の下宿は、横光利一が下宿した上野市東忍町の小林建材店の借家がモデルになっています。さて、美少女・阿波栄子のモデルは、横光利一より四歳年下（『雪解』では三歳年下）の宮田おかつという少女でした。また、卓二たちがマラソン競争で、栄子たちが団体で各々参拝する「町から一里半ほど離れた村の宮」の大祭とは、伊賀一の宮敢国神社の祭りであり、作品最後の雑貨店は、銀座通りの内金商店と思われますが、栄子が身を寄せたポストも店自体も道路拡張のため、今は位置と姿を変えてしまいました。そして、栄子のモデル・宮田おかつは、大正五年十二月十四日、突然の病で倒れました。『雪解』では、世界的に流行したスペイン風邪によって死亡したことになっています。作品『雪解』には出てきませんが、現実の成り行きには、更に悲しい後日談があります。おかつの母は、娘の死後も支給された恩給の返還を迫られ、途方に暮れて縊死してしまったのです。勿論、このことは、横光利一も知っていました。このおかつ親子の非運は、よほど深い傷痕を横光利一に齎したようで、『雪解』以外の作品にも影を落としています。「上海」では、湯女から春婦にまで身を堕とすお杉――彷徨い続けた参木が最後に帰って行くあの可憐なお杉――の身の上に使われています。軍人だった父の、演習中での死、誤って支給された恩給が返せず縊死した母。「忘れられた岩陰で、虫気もなくひとり成長してゐた若芽」に譬えられたお杉の背後に、おかつの思い出が色濃く流れています。未完の長編「旅愁」（第四篇）にも、おかつのニックネーム「ビシ」が登場します。矢代・千鶴子二人の仲人をする東野の妻が「勝子」、それをラテン語でビシ（勝つ）と洒落れ、東野自身の俳号と愛蔵の古硯の名を「眉《び》子《し》」とし、離れ座敷まで「眉子山房」と命名しています。モデル詮索は、これ位にして作品世界に返りましょう。

卓二と栄子が町の路上で最初に出会ったのが、卓二・十五歳、中学二年生、栄子・十二歳、小学五年生の時であり、ここから四年間の物語が始まるのです。（具体的に二人の交渉が持たれるのは、三年間です。）少年期から青年期にかかろうとする少年少女の、余りにも幼く清潔な心の揺らめきが描かれています。卓二少年の一喜一憂する心理と反省癖、栄子の無邪気で大胆な発言と行為、これらは誰もが想い出の宝箱にそっと秘めている経験といえますが、横光はそれを見事に表現しています。

冬休みの帰省から下宿に返った日のこと、幼い二人の心ときめく場面が、次のように描かれています。

帰ると部屋の中で俄に大きな影が硝子に入り交つてぱつたり消えた。来てゐるなと思つたが下駄がなかつた。卓二は部屋へ上つて一番奥の暗い襖の所まで歩いていくと、吊り下がつてゐる外套に胴から上を隠して栄子がひとり立つてゐた。

卓二は黙つて外套の上から両手を廻して栄子を捕まへると、栄子はそのまま立てずにじつと小さくなつて縮んでゐた。すると、卓二は自分がふざけるつもりで快闊に両手を廻したはずだつたにもかかはらず、事態が意外にも濃やかな情景になつてしまつてゐることに気がつき、初めて栄子を抱きかかへてゐるもののそのままなほじつと同じことをしつづけてゐて良いものか、どうかと迷ひ出した。

しかし、なほさうしてゐると、栄子はやはり黙つたまま、だんだんぐつたりと卓二の胸の中へ崩れかかつて来るのだつた。卓二は外套をほどいて栄子の顔を見降ろしてみた。栄子は「ふッ。」と一声かすかに声を立て、顔を両手でおほつて俯向いた。卓二はその両手をも取り除けてみると、初めて栄子は彼を見上げて面白さうに笑ひ出した。

卓二が明るい表の部屋へ出て来ると栄子も後からついて来た。

「ああ、面白かつた、あたしのゐたこと知らなかつたんでせう。」

しかし、ここで注目しておきたいことは、卓二少年の強い倫理的な「潔癖性」です。鋤を借りにきた栄子を見て、友人・津山が「あの子は君を愛してるね。」と発言したことに対して、「下品な」言葉、「下劣な奴」という反応をみせています。また、三谷、津山にランプを持ち去られ暗闇の部屋で栄子と対座した時の、卓二の心の移ろいにも自制の姿勢がよく窺われます。多感な少年らしい好奇心、少女への憧れは強くあるのですが、それに流されまいとする潔癖さが「一番安手な真似」を抑えることになります。このような卓二と栄子にとって、先に挙げた戸惑いの「濃やかな情景」は、二人の別れの場面とともに『雪解』中の最も美しく切ない情景と言えましょう。この作品の後半に見られる卓二の、周辺への配慮――特に栄子の母親の意向に従おうとする姿勢は、卓二の「倫理性」と彼の人間的成長の現れと見てよいのではないでしょうか。それは、作者・横光利一の意図的造型と言ってもよいのです。

上京した卓二が、栄子の訃報に接した時の想いは次のようなものでした。

もうゐないのだと思ふ人の姿が、静かにそしてだんだん強く匂つてくるのを感じた。今まであれほど自分が悲しい目に合つてゐたのだと思つてゐたのも、それは反対で、出さうとしても声にも出ぬ、愉しい、はらはらした、麗しい世界にゐたのだと思ふやうになつた。そして、それは静かに追憶すればするほど、愉しくて儚ない、菜の花の茎色に似た色合いで卓二の胸を満たしてくるのだつた。

このような状態は、ラストの、かつて栄子が卓二との別れに身を寄せたポストに、同じ姿勢で立った卓二が、ポストの口に手を入れて「そこからどこか分らぬ遠い所へ手紙を出してみたいと思つた。」のと同じく、過去の悲しさを未来の青春の可能性に転じようとする健気な姿勢の現れというべきでしょう。しかも、雪の日の「城を後にした町」での想いでした。現実の横光利一は、おかつの死を知った時、「厭世」の想いに囚われ、おかつの母については「ア、　もう俺は彼女の母については言ひ得ない。俺は憎む、」（葉書　大6・7・22日消印）という感情の嵐に見舞われています。それから、約三十年の歳月を経て作品化する時、横光利一は、卓二に託して、おかつ（栄子）にまつわる思い出（母親の自殺も含め）やおかつの夭折に「浄化力」を与え、それらが来し方のいかに貴重な一時期であったかを確認しています。その体験の場（町）が、故郷喪失者ともいうべき横光利一にとって、「こころの故郷」・伊賀上野だったのです。幼い貴重な思い出とそれを育んだ伊賀上野、青年時代に抱いた反逆心は影を潜め、その思い出と場は常に振り返るべき「聖域」と化してしまったのです。先に挙げました二つの「不思議」の疑問が解けたように思います。困難な問題や大作の狭間で、また四面楚歌の中で自分を見つめ直す時、横光利一に安らぎと活力を与える清純な泉・「聖域」を描いたのが『雪解』だったのです。

このように考えてきますと、作品『雪解』こそ横光利一と伊賀上野とを結び付ける貴重な紐帯と言えるのではないでしょうか。

（注）『雪解』について詳しい研究を読みたいと思われる方に、次の二氏の論文をお勧めします。
※井上謙「横光利一の青春──『雪解』の世界」（『鈴木知太郎博士古希記念国文学論攷』昭和50年）
※福田和幸「『雪解』の意味」（『芸術三重』第30号特集　横光利一展　昭和59年）
「『雪解』再考と横光利一生誕百年」（井上謙編『近代文学の多様性』平成10年12月）

# 所収論文初出一覧

横光利一・文学の軌跡——「序」に代えて——
上野高等学校創立九十周年記念誌『上野高等学校は　今』　平成元年10月3日（一部改稿）発行・上野高等学校

I

第一章　初期作品と青年・横光利一——「虚無」からの創造——
原題「横光利一序説—「虚無」からの創造」『芸術三重』第30号　昭和59年9月（一部改稿）発行・三重県芸術文化協会

第二章　「御身」
前半のみ『国文学　解釈と鑑賞』平成12年6月号（平成11年12月　成稿）

第三章　「蠅」・「頭ならびに腹」再論——蠅・子僧と構図を中心に——
原題「横光利一『蠅』『頭ならびに腹』をめぐって——蠅・子僧と構図を中心に」『叙説』第18号　平成3年12月　奈良女子大学文学部国語国文学研究室編

第四章　「春は馬車に乗って」
原題「横光利一『春は馬車に乗って』論」『叙説』第24号　平成9年3月

第五章　「上海」
　一　（未発表・平成11年10月成稿）
　二　原題「横光利一『上海』論――参木の人物像を中心に――」『奈良女子大学大学院人間文化研究科研究年報』第2号　昭和62年3月（一部改稿）
第六章　「機械」――戯画化された自意識の混迷――（未発表・平成10年9月成稿）
第七章　「旅愁」
　一　「旅愁」と古神道　原題「『旅愁』と古神道――『旅愁』論（1）」『叙説』第21号　平成6年12月
　二　「旅愁」に於ける〈青春〉　原題「横光利一『旅愁』に於ける青春――『旅愁』論（2）」『奈良女子大学文学部研究年報』第40号　平成8年12月
　三　旅の行方　原題「旅の行方――『旅愁』論（3）」『神女大国文』第9号　平成10年3月　神戸女子大学国文学会編
第八章　「夜の靴」――自己流謫の書――（未発表・平成11年9月成稿）

Ⅱ

一、「旅愁」「祕色」と伊勢神宮
　『伊勢志摩と近代文学』濱川勝彦・監修　半田美永・編集　平成11年3月31日　和泉書院発行
二、「雪解」解説
　『雪解』平成10年5月20日　横光利一研究会発行

# あとがき

横光利一の五十回忌に、遅くとも生誕百周年までに上梓したい、と密に念じていた本書が、いつに変わらぬ著者の怠惰から、今やっと完成したことは、いろんな意味で感慨深いものがある。二十年近く、横光利一と向き合ってきた間、時代に先んじた数々の試みを見せながら横光が語りかけて来たことは、日本人として如何に生きるべきかと言うことであった。己の人としての尊厳を大切にしない人間が、どうして他の人々の尊厳を大事に出来ようか、己の生きる国土を否定する民族が、どうして世界の人々を愛することが出来ようか、と言う問いかけでもあった。その問いは、私一人に対するものでなく、現代の日本人一人一人への問いかけであり、一人一人が答えるべきであろう。

今、筆を擱き、何よりも強く心に浮かんでくる想いは、私自身が横光利一研究のスタート・ラインに立ったばかりだと言うことである。戦後、「旅愁」刊行の際、横光利一が作中人物たちに、そして自らに言い放った言葉「進むべし」を、私は改めて私自身に言わねばならない。

とはいえ、この書を成すに当たって、直接間接に多くの方々のご尽力を賜ったことに深く感謝の念を表したい。横光利一が中学五年間を過ごした伊賀上野に、今年で四十四年間住み続けた私は、余所者としての気詰まりをいまだに感じ暮らしているが、消極的で自閉的な私を何かにつけて引き立て励ましてくれる多くの教え子たち、その縁に繋がる人人が居なければ本書は完成していなかったであろう。伊賀における横光利一関係資料を永年に渉って探索し続け、貴重な数々の成果を挙げた横光利一研究会の福田和幸、番條克治の両君を始め、横光利一生誕百年記念事業に集結した七十名を越すボランティアの人々の熱意が、常に私を支えてくれていたように思う。個々のお名前を挙げていけば際限がなくなるので割愛せざるを得ないが、多くの教え子たちの暖かい眼差しと支援は生涯忘れることはないだろう。

昭和五十八年初夏、西武美術館から横光関係の貴重なパネルを譲られ、横光利一研究会所有の資料と併せて展覧会を企画したとき、資金難に苦しむ研究会を見かねて、三日間の会場費、光熱費すべてを負担して下さった関田庄司画伯の恩情も忘れることは出来ない。画伯とは、当時一面識もなかった。後で知ったことであるが、故・今鷹瓊太郎氏（「上海」の主人公・参木のモデル）のご縁によるものであった。関田画伯は、その後三重県立上野高等学校同窓会長を長年勤められ、その間、上野高等学校創立百周年記念行事の一環として横光利一文学記念碑を建立されたのを始め、陰に陽に横光利一研究会を支援していただいた。改めて、ここに深く感謝するものである。

平成十年に開催した横光利一生誕百周年記念行事に参加していただいた宇佐市塾の方々や鶴岡市の田村茂廣氏にも、大変お世話になった。宇佐の石松健男・幸子ご夫妻に案内して戴いた光岡城址や横光一族の墓地など、現地を知ったことで『旅愁』読解に大いに役立ったことは勿論、ご夫妻を始めとする宇佐市塾の方々の横光顕彰によせる熱意に多くの刺激を与えられた。平成十年九月、鶴岡市で、ほとんど独力で『横光利一と庄内・文学展』を開かれた田村茂廣氏にも多くの恩恵を戴いた。この文学展で驚いたことがある。田村氏の集められた数多くの写真展示の中で、最後の壁面に解説掲示の余地がなく『夜の靴』関係者の人物写真が所狭しと貼られているのを見て、不思議な感動を覚えた。懐かしい旧知の人々に出会った喜びであった。その一人一人の名前が解説もないのに分かるのである。田村氏にそれらを確認しつつ、横光利一の表現力の素晴らしさを今更の如く確認した。多忙な田村氏は、私のために庄内を隈無く案内してくださり、横光一家が疎開していた上郷村の旧・佐藤松右衛門宅を見学した後、釈迦堂のある東源寺の川妻裕尚老師（『夜の靴』に登場する菅井胡堂和尚の部屋に飾ってあった写真の青年のモデル）に紹介して下さった。老師は、昼食時にも拘らず、また退院された直後の病躯で快くお会いいただいた。この日の一時間半ばかりの静謐な時の流れの中で、私は現実の塵労から蘇る想いを味わった。横光についてのご教示から話が進み、つい老師の優しさに甘え、「喝」の痛棒を覚悟で私の愚かな野狐禅を申しあげたところ、かえって励ましを戴き、道元禅師の『正法眼蔵』などについてお話し戴いた。私が鶴岡へ引き返す時、わざわざ西目のバス停留所まで送って戴き、バスに乗り込んだ私が振り返ると、老師は深々と頭をさげ合掌された、そのお姿はいまだに瞼の裏に焼き付いている。

横光利一生誕百周年記念行事に参加された横光佑典（利一のご次男）氏と親しく話しあえたことも心にのこる出来事であった。同氏と私とは同年の生まれ（但し、佑典氏は早生まれで、学年は私より一年上）であり、戦中戦後の体験を同じくし、共通の想いを話し合うことができた。ただこの上なく心残りなのは、本書を象三氏（利一のご長男）にお見せできなかったことである。今年、逝去された象三氏のご冥福を心よりお祈り申し上げる次第である。

本書を成すにあたり、多くの図書館にお世話をいただいた。私の勤務する神戸女子大学図書館を始め、国立国会図書館、日本近代文学館、東京大学史料編纂所、奈良女子大学付属図書館、皇學館大學付属図書館、神宮文庫、大阪府立中之島図書館、同中央図書館に感謝の意を表したい。

実に多くの人々の好意に支えられて本書は出来上がったのであるが、最後に、私の我が儘な希望を聞き入れ出版にまで漕ぎ着けて下さった和泉書院社長・廣橋研三氏に厚くお礼申しあげ、この冗長な「あとがき」を終えることにする。

平成十二年十月　　　　濱川勝彦

## ■著者略歴

濱川勝彦（はまかわ・かつひこ）

昭和８（1933）年12月、神戸市生まれ。京都大学文学部文学科国語学国文学専攻卒業。専攻は日本近代文学。三重県立上野高等学校、松蔭女子学院大学、京都女子大学を経て、平成９年３月奈良女子大学を定年退官。現在、奈良女子大学名誉教授、神戸女子大学教授。著書に『中島敦の作品研究』（明治書院）、『鑑賞　日本現代文学17　梶井基次郎・中島敦』（角川書店）、『伊勢志摩と近代文学』（監修・和泉書院）、『梶井基次郎論』（翰林書房）などがある。

近代文学研究叢刊　24

論攷　横光利一

二〇〇一年三月三〇日初版第一刷発行

（検印省略）

著者　濱川勝彦

発行者　廣橋研三

印刷所　亜細亜印刷

製本所　渋谷文泉閣

発行所　有限会社　和泉書院

大阪市天王寺区上汐五－三－八
〒五四三－〇〇〇二

電話　〇六－六七七一－一四六七

振替　〇〇九七〇－八－一五〇四三

装訂・上野かおる／装画・奈路道程　ISBN4-7576-0086-0　C3395